美国艺术与科学院院士文学理论与批评经典

主　编　聂珍钊　　副主编　王松林

1913：现代主义的摇篮

1913: THE CRADLE OF MODERNISM

让-米歇尔·拉巴泰（Jean-Michel Rabaté）◎ 著

杨成虎　等 ◎ 译

上海外语教育出版社
外教社　SHANGHAI FOREIGN LANGUAGE EDUCATION PRESS

图书在版编目（CIP）数据

1913：现代主义的摇篮 /（美）拉巴泰著；杨成虎译.
—上海：上海外语教育出版社，2013（2014重印）
（美国艺术与科学院院士文学理论与批评经典）
ISBN 978-7-5446-3016-0

Ⅰ. ①1… Ⅱ. ①拉… ②杨… Ⅲ. ①世界文学－近代文学－文学史－研究－1913
Ⅳ. ①I109.4

中国版本图书馆CIP数据核字（2013）第002690号

All rights reserved. Authorised translation from the English language edition, entitled *1913: The Cradle of Modernism*, ISBN 978-1-4051-5117-7, by Jean-Michel Rabaté, published by Blackwell Publishing Limited. Responsibility for the accuracy of the translation rests solely with Shanghai Foreign Language Education Press and is not the responsibility of Blackwell Publishing Limited. No part of this book may be reproduced in any form without the written permission of the original copyright holder Blackwell Publishing Limited.

本书由约翰威立国际出版公司授权上海外语教育出版社有限公司出版。

图字：09-2011-123

出版发行：**上海外语教育出版社**
　　　　　（上海外国语大学内）邮编：200083
电　　话：021-65425300（总机）
电子邮箱：bookinfo@sflep.com.cn
网　　址：http://www.sflep.com.cn　http://www.sflep.com

责任编辑：蒋浚浚

印　　刷：同济大学印刷厂
开　　本：787×1092　1/16　印张 13.5　字数 300千字
版　　次：2013年2月第1版　2014年1月第2次印刷
印　　数：1 100 册
书　　号：ISBN 978-7-5446-3016-0 / I · 0227
定　　价：49.00 元

本版图书如有印装质量问题，可向本社调换

美国艺术与科学院院士文学理论与批评经典

顾　问：陈众议　玛乔瑞·帕洛夫　庄智象
主　编：聂珍钊
副主编：王松林
编　委：（按姓氏笔画为序）
　　　　王守仁
　　　　史惠风
　　　　吴　笛
　　　　陆建德
　　　　陈　红
　　　　陈建华
　　　　罗良功
　　　　胡亚敏
　　　　胡全生
　　　　隋　刚
　　　　曾繁仁
　　　　蒋洪新
　　　　谢　群

编委会名单

总序

"美国艺术与科学院院士文学理论与批评经典"是一套学术翻译丛书,国家出版基金资助项目。丛书从20世纪80年代以来入选美国艺术与科学院文学批评领域的院士中,选择9位院士的文学批评力作,译介给中国学术界。所选内容涵盖诗歌批评、小说批评、戏剧批评和文化批评,尤其对当代美国诗歌批评的学术成果做了重点译介。最近二三十年来,我国外国文学批评界大量翻译介绍了国外的文学理论著作和思想著作,对我国的文学研究发展产生了积极的推动作用。与外国文学理论著作的翻译相比,对外国某一领域的有代表性的文学批评专论的译介还有待加强。这套丛书产生的初衷,就是想在这方面有所弥补。本丛书力图通过对当代美国文学批评家精心之作的翻译,向中国学术界展示"理论热"之后,美国文学批评家如何更新文学批评方法,以更宽广的学术视野和更包容的态度对不同类型的文学进行有效的批评。与一些所谓的解构主义批评不同,在这些出色的学术研究中,文学的边界不仅没有消失,文学本身不是正在死去,而是以新的特点获得了新生,充满了活力,让我们看到了文学的永恒魅力。我们从这套丛书中还可以看出,一个伟大的负责任的批评家不能利用自己的专门知识去曲解文学、误导读者甚至去毁灭文学,而应该通过批评与阐释,探索文学对于我们每一个人以及社会的价值,引导读者阅读和欣赏文学,从中得到教诲。这一点对于我国文学批评中盛行的文学经典的戏说和大话倾向,其警示意义是不言而喻的。这套丛书从一个侧面反映了当今美国文学批评领域的成就,编者期望这套丛书能对我国的文学批评和文学理论建设有所启示,进而推动我国人文学科的学术发展和社会主义文化事业的繁荣。

"美国艺术与科学院"(AAAS)创办于1780年,是一个蜚声世界的、独立的学术研究机构。这个组织每年都要在美国及世界范围内选取当代最杰出的人才成为该院的院士。在230余年的历史里,"美国艺术与科学院"在自然科学、社会科学、人文和艺术、公共管理等各领域一共选举产生了4000多位美国院士和600多位外籍院士,其中包括200多位诺贝尔奖得主和100多位普利策奖获得者。目前入选"美国艺术与科学院"文学批评领域(含语文学学者)且仍然健在的院士仅有169人,他们均是当今诗歌、小说、戏剧和文学文化理论及批评方面的顶级专家,其学术思想在美国及世界文学和文化批评界都有着重大影响。

20世纪堪称是一个"理论的世纪"。建国以来,国内出版界组织力量翻译了大量外国文艺理论经典,尤其值得一提的是,人民文学出版社和上海译文出版社联合推出的"外国文艺理论丛书"以及中国社会科学出版社、上海文艺出版社和上海外语教育出版社共同推出的"外国文学研究资料丛书",意义重大。这两套丛书的选材范围涵盖了从古希腊罗马至现代的文学理论,几乎囊括了国外最重要的文学理论与批评经典,对我国的文学研究和理论建设产生了深远的影响。改革开放以后,尤其是20世纪80年代以来,大量西方的文学批评理论被介绍引入中国,如强调意识形态的政治批评、以社会和历史为出发点的审美批评、在心理学基础上发展起来的精神分析批评、在人类学基础上产生的原型—神话批评、在语言学基础上产生的形式主义批评、在文体学基础上产生的叙事学批评,还有接受反应批评、后现代后殖民批评、女性主义批评、新历史主义批评、文化批评、伦理批评、生态批评等。这些批评是我国文学研究中经常使用的批评方法,形成了我国文学批评中西融合、多元共存的局面,推动着我国文学批评的发展,造就了我国文学研究领域前所未有的繁荣局面。

可以说,外国文学理论的引进极大地开阔了我国文学研究者的视野,使我们的研究走向深入。然而,在一阵阵理论热浪的背后,也出现了一些令人担忧的问题,这就是文学批评偏离了对文学的批评。有一些打着文化批评、美学批评、哲学批评等旗号的批评,往往颠倒了理论与文学之间的依存关系,割裂了批评与文学之间的内在联系,出现了某些理论自恋(theoretical complex)、命题自恋(proposition complex)、术语自恋(term complex)的严重倾向。这种批评不重视文学作品(即文本)的阅读与阐释、分析与理解,而只注重批评家自己某个文化、哲学或美学命题的求证,造成文学理论与文学文本的脱节。在这些批评中,文学作品被肢解了(用时髦的话说,被解构了、被消解了),自身的意义消失了,变成了用来建构批评者自己文化思想或某种理论体系或阐释某个理论术语的自我演绎。文学的意义没有了,自然文学的价值也就没有了,其结果必然是文学的消失导致文学批评家的自我消亡。这种倾向的产生,一方面是我们对西方一些影响巨大的思想家如德里达、利奥塔、拉康、赛义德等人的理论的误读或消化不良所致;另一方面也是我们在翻译介绍西方文学批评理论时还没有为中国学者提供充分的可供学习和借鉴的范例。正是考虑到这一点,我们选择了9部当代美国文学批评的力作译介给读者,试图展示当前美国文学批评界"理论热"之后建立在文本细读和学术洞见之上的另一幅批评图景。

自20世纪90年代起,盛行于美国的各种文学批评理论开始在美国学界遭受冷遇。对于美国大学英语系名目繁多的理论课程,赛义德十分不满,将其称为"残缺破碎、充满行话俚语的科目"。2006年,美国现代语言协会(Modern Language Association)的时任主席、著名批评家玛乔瑞·帕洛夫也针对文学批评理论与文学的泛文化批评乱象告诫同行们说,大学的文学批评教授们可能是在"没有适当资格证明的情况下从事文学研究的……而经济学家、物理学家、地质学家、气候学家、医生、律师等必须掌握一套知识后才被认为有资格从事本行业的工作,我们的文学研究者往往被默认为没有任何明确的专业知识"(参见威廉·崔斯:"英文系的衰退",《美国学者》2009年秋季刊)。美国布朗大学教授罗伯特·斯科尔斯也将大学英文专业的衰落归咎于理论的过度膨胀。在不少专家看来,那些花样翻新的时髦理论消弭了文学的人文价值,抽空了文学的道德情感内涵。美国国内的这一反"理论热"现象很快引起了我国文学研究界有识之士的注意,并引发了对"理论热"之后的美国文学教学与研究的热烈讨论。例如,本世纪初我国有关文学伦理学批评的研究与讨论,就是在理论热之后对文学理论与批评的深度反思。我们认为，文学批评是对文学的批评，因此文学批评不能离开文学文本。只要脱离了文学，不对文学的文本进行分析和解释，文学批评根本就无法存在。只要脱离了文学文本，所谓的文学理论只能陷于空谈，变得毫无价值。我们反对"不读而论"的概念推理式研究，推崇富有情感交流的、有个人洞见的对文本的解读式批评，主张批评者要担当起文学批评的伦理责任。当然，要做到这一点并非易事。我们此次翻译的这套文学批评丛书，就是为了给国内学者如何认识和理解文学批评提供一些可资借鉴的范例。

译丛选取的9部专著，涵盖了诗歌、戏剧、小说等文学领域，可以说体现了当今美国批评家的创造性思想和开阔的学术视野。其中有3部关于诗歌的专论。《激进的艺术：媒体时代的诗歌创作》的作者是斯坦福大学玛乔瑞·帕洛夫教授。她站在美国当代诗歌的最前沿，用最敏锐的眼光审视媒介时代的诗歌创作，高擎智慧的火炬把我们带入一个新的学术天地。她用精深的学识和批判性的研究引导着当代诗歌学术研究的发展，评论家称她是一位"阅读精确、拒绝将艺术的评判权拱手交给教师或理论家"的作者。《语言派诗学》的作者是宾夕法尼亚大学的查尔斯·伯恩斯坦教授。他是当今美国"语言诗派"的代表诗人和理论家。他从意识形态和审美的角度讨论了现代主义和后现代主义语境下的美国诗歌特征，尤其是他对语言诗的语言、声音、形式与意义以及政治策略的研究，是我们认识和解读语言诗的一部指南。《诗与感觉的命运》的作者是普林斯顿大学的苏珊·斯图尔特教授。她是美国具有广泛影响的诗人、批评家和教育家，帕洛夫教授、伯恩斯坦教授分别称其为当今"国际最顶级学者"之一和"本世纪文学批评界最重要的学者"之一。她的著作援引上至古希腊下至后现代的诗歌经典，论述了诗歌与人类触觉、视觉、听觉等感官的内在联系，从艺术审美的高度探究了诗歌艺术在人类文化中所起的作用。在原来的选题计划中，我们还选择了美国圣母大学吉拉尔德·布伦斯的《诗歌的材料：诗学理论概要》一书准备译介给国内学界。该书对当今美国先锋派诗歌的写作实践做了哲学层面的解读，认为诗歌的意义隐藏在诗的创作和阅读的空间之中，主张读者应该像人类学家那样回到诗歌的社会、文化和历史现场去寻找意义。遗憾的是，由于未能获得这本书的版权，我们无法将这部著作翻译成中文出版。

在戏剧研究方面，我们选择了著名莎学专家、前国际莎士比亚协会主席大卫·贝文顿教授的著作《莎士比亚：人生经历的七个阶段》。贝文顿教授是当今为数不多的最重要的莎士比亚专家之一，在莎士比亚研究领域享有崇高地位。他把莎士比亚一生分为七个阶段，对莎士比亚的历史背景、个人生平、戏剧创作及舞台表演等多方面的问题进行了深入探讨。作者驾轻就熟，思路清晰，说理透彻，成就了这部研究莎士比亚的经典之作。

在小说研究方面，我们选择了3部著作。耶鲁大学克劳德·罗森的《上帝、格利佛与种族灭绝》从文学人类学和后殖民批评的角度出发，通过细致入微的文本考究，批判了近五百年来欧洲对所谓异邦"野蛮人"的"他者"文化想象，涉及的作家有斯威夫特、蒙田、王尔德、萧伯纳等，视野开阔，见解独特，启示深刻。霍普金斯大学埃里克·桑德奎斯特教授的专著《福克纳：破裂之屋》依据丰富的文献资料，从社会历史和政治的角度研究了福克纳的作品主题、结构及其与南方神话之间的关系，是研究福克纳不能不读的著作。爱荷华大学盖勒特·斯图尔特的著作《小说暴力：维多利亚小说的形义叙事学解读》从文体学与叙事学的角度,就维多利亚时期小说家笔下强大的语言力量的表述与情节之间的密切关系进行了细致的解读。该书研究方法独特,注重文本细读,是近年来小说研究的重要成果。

在文化批评方面,哥伦比亚大学安德鲁·戴尔班科教授的《撒旦之死:美国人如何丧失了罪恶感》一书,如作者自己所说,是"一部美国精神传记"。作者对美国过去和现代之间的道德传统的割裂,特别是对美国社会面临的道德危机及精神信仰的匮乏进行了批判,作者也因此而被《时代杂志》评为2001年度"美国最佳社会评论家"。宾夕法尼亚大学让-米歇尔·拉巴泰教授的《1913:现代主义的摇篮》将现代主义文学纳入1913年这一特殊的年代,详细考察了1913年发生的一系列标志性文学艺术现象和政治事件,如非西方作家泰戈尔获得诺贝尔文学奖、一战爆发前最后的世界和平、叶芝和庞德的合作等,从全球文化思想变化及交融的角度审视现代主义文艺思潮的发端,视角独特,见解深刻。

20世纪以来,美国的文学研究空前繁荣,出版了大量影响深远的学术著作,但我们只能从中挑选部分杰作,翻译介绍给中国读者。以上译介的著作,都是文学批评各个领域的代表性作品。从中可以看出,美国同行们在文学研究方面有其突出的优点:方法多样,务实求新,细致深入,特色鲜明。这些专著均有非常重要的学术参考价值,借得认真阅读和参考。我们希望这套丛书能够给中国读者的文学研究提供有益的借鉴。

译丛选择的著述涉及文学、历史、哲学、政治、文化等多方面的内容,不易阅读、理解和翻译,因此对于译者而言是一项十分艰巨的任务。尽管各位译者做出了巨大努力,希望把这些学术著作翻译得完美,但是由于水平有限,仍然无法达到目标,在此请各位读者多加批评指正。

主编　聂珍钊

谢辞

"美国艺术与科学院院士文学理论与批评经典"即将由上海外语教育出版社出版，我们借此机会首先向中国外国文学学会会长、中国社会科学院外国文学研究所所长陈众议先生表示衷心感谢。陈众议先生长期关注中国的文学理论建设，关心中国的外国文学研究和学术发展，关心中外文学与文化的交流。这套丛书的选题、论证和整个翻译工作，都倾注了他的热情和关心。他的珍贵友谊、热情鼓励、宝贵建议，是我们完成此项工作的动力。还要衷心感谢玛乔瑞·帕洛夫教授。她是这套译丛的顾问，为我们初选的著作提供了实事求是的和富有建设性的学术评价，为我们联系每个作者和协商版权提供了重要帮助，在我们遇到困难的时候，她都能及时地热情地帮助我们。可以说，这套译丛得以面世，陈众议先生和玛乔瑞·帕洛夫教授是我们最需要感谢的人。

我们还要感谢这套丛书的各位作者，他们是：玛乔瑞·帕洛夫、查尔斯·伯恩斯坦、苏珊·斯图尔特、大卫·贝文顿、克劳德·罗森、埃里克·桑德奎斯特、盖勒特·斯图尔特、安德鲁·戴尔班科、让–米歇尔·拉巴泰。我们不仅要感谢他们同意我们翻译他们的著作并在中国出版，还要感谢在翻译过程中他们提供的各种帮助，感谢他们随时解答译者遇到的各种问题。我们相信，他们的著作在中国翻译出版，中国的学者和读者都将大受裨益。我们还要感谢这套译丛的美国出版社，是它们的充分合作和授权，才使这套译丛的中文翻译和出版得以顺利进行。

我们还要感谢庄智象教授、副编审孙静女士，以及所有著作的责任编辑。庄智象教授既是上海外语教育出版社社长，也是这套译丛的顾问。这套译丛从选题、翻译到出版，与他的指导和帮助是分不开的。这套译丛也是他特别倾心的一个项目，用他自己的话说，一个人一生要做几件有意义的事，而这个项目正是他一生中做的最有意义的事之一。孙静女士是出版社这套译丛的具体负责人，她不断对译丛的翻译工作提出具体指导和帮助，这套译丛倾注了她的大量心血。每部著作的责任编辑都是学识渊博的学者，他们对每部译著都进行了仔细认真的审校，提出十分重要的意见，消除其中的疏忽与瑕疵。我们还要感谢刘华初先生，他负责这套丛书的版权谈判。是他辛苦和有效的工作，为我们奠定了顺利完成这项工作的基础。还要感谢负责这套译丛的装帧设计的美编，因为是他的精心设计才最终使这套译丛的出版变得完美。

最后，我们还要感谢参与这项工作和为我们提供帮助的所有人。离开了大家的共同努力和来自各方面的帮助，要完成这样一项大的工程是不可想象的。对所有帮助过我们的人，我们心存感激。

聂珍钊　王松林

目录

译者序	I
致谢	V
绪论：现代主义、危机与早期全球化	1
第一章：艺术中的新观念	15
第二章：集体力量	37
第三章：日常生活与新认识	59
第四章：1913年学会现代	79
第五章：全球文化与他者的出现	97
第六章：现代主义的分裂主体	115
第七章：与自己作战：德国与奥地利现代主义最后的世界之旅	135
第八章：现代主义和怀旧之情的终结	153
结论：多种对抗	171
原文注释	179

译者序

让—米歇尔·拉巴泰(Jean-Michel Rabaté)，现任美国艺术与科学院院士、宾夕法尼亚英语与比较文学教授。作为一位学殖深厚的现代主义研究的学者，他的主要研究领域包括现代主义、心理分析、当代艺术和哲学等。他著述甚丰，其中2007年出版的文论专著《1913：现代主义的摇篮》(*1913: The Cradle of Modernism*，布莱克韦尔出版社)是现代主义研究的最前沿成果，这部书对现代主义的研究在资料发掘、现代主义的发展理路和概念认识上达到了前所未有的高度。

《1913：现代主义的摇篮》是一部写作方法独特的现代主义思想研究的专著。作者选取了1913这一特殊的年份作为全书的框架，深入挖掘了全球语境下现代主义各个方面的事件和史实，对1913年出现的现代主义端倪进行了鞭辟入里的史诗般的超学科(transdisciplinary)研究，是美国学界现代主义研究的标志性成果，为我们提供了现代主义艺术思潮的一场盛宴，在本书中文学、音乐、绘画、科技、哲学、数学、建筑学、乃至性学与优生学，几乎无所不包。这部书对现代主义的发端以及历史价值有着深刻的认识，以丰富的史料、渊博的知识、广阔的视野和特别的见解给人留下了难忘的印象。

这部书的汉译深化了我们对现代主义的了解和认识。比起以往的现代主义研究著作，这部书显得尤为独特。概括起来，它对现代主义的前沿研究具有以下三个方面的显著特色：

第一，多科并举，开拓概念。这部书在概念上突破了传统的文艺理论的范畴，论及了整体的宏观的现代主义思想，开拓了现代主义概念的新范围。一般论述现代主义的著作多集中在某一方面进行讨论，比如现代主义文学、现代主义绘画等等，而这部书却是集多种学科于一体来探讨现代主义思想的端倪在各个方面的表现，可谓视野广阔，内容综合，兼收并蓄，体大思周。这部书与其说是一本现代主义文艺理论的著作，倒不如说是一部现代主义思想的著作。在现代主义思想的框架下，作者论及了文学、绘画、音乐、舞蹈、戏剧、电影、哲学、语言学、数学、物理学、建筑学、科技、政治、军事、乃至性学、优生学等等，合文、理不同学科于一体，说明现代主义思潮并不仅仅表现在人文科学的文艺创作上，同样也表现在如政治、军事、性学、优生学等社会科学和数学、物理学、建筑学、科技等自然科学的研究思想和理论发现上，深刻反映了现代主义思潮的超学科性质。作者学术思想的深邃性在于他在人文科学和社会科学以外，还从自然科学的发展和发现来考察现代主义思想。他在第三章"日常生活与新认识"的第一节"科学精神及其不满"中指出，恰恰是自然科学的研究发现产生了与传统告别、观念更新的现代主义思想意识：奥地利物理学家和哲学家厄恩斯特·马赫早已预料到了从稳定物质、可预知的吸引以及逻辑因果基础上的整体世界观念到普朗克和爱因斯坦公式所统治的相对宇宙观念的演变，他是第一个抛弃牛顿的绝对时间和绝对空间的科学家。他认为，从宇宙范围上讲，物体的惯性不是物体本身所固有的属性而是由宇宙中无数巨大的天体对该物体的作用所产生的。马赫还提出了许多光学、力学和波动力学的重要原理；马赫的这些原理都得益于他认为知识是由感觉经验数据形成的概念组织，而这正是现代主义的基本思想。

与此同时，作者对现代主义的思想端倪又进行了深入细致的讨论，书中论及了未来主义、象征主义、达达主义、表现主义、印象主义、立体主义、奥弗斯主义、涡旋主义、野兽画派，乃至民族主义、女性主义等现代主义的各种思潮，并将它们的情况还原到1913年前后的历史环境中考察。这些方面的考察说明了现代主义并不局限在文艺研究的范畴。

第二，文理史哲，综合治学。文史哲三方面综合的学术研究原本是中国学者，特别是中国传统学者治学的一大特色，而近代西方学者基本上是对学科进行分门别类的研究，现当代西方学者对学科的分类更为细致，学者基本上成了某一方面研究的专家，造成了学科间的壁垒和杆格，以至于同一学科不同方向的研究者互不理解对方。然而，令人称奇的是，这部书的作者雄才大略，总揽全局，对早期现代主义思潮进行了包括人文科学、社会科学和自然科学的大综合研究。这种综合各大科学的现代主义思想的文理史哲研究方式已经打破和超越了中国传统学者的文史哲综合研究局限于文科的局面，实为值得我们注意和重视的一种超学科性质的治学方式。书中所涉及的数学、物理学、建筑学、科技等自然科学以及政治、军事、性学、优生学等社会科学与文学、绘画、音乐、舞蹈、戏剧、电影等人文科学一起，在早期现代主义思想的层面上进行了知识重构(knowledge reconstruct)，这正是超学科的治学方法。同时，作者明显是将早期现代主义作为20世纪初的一种哲学思潮来看待的，而哲学乃是各学科研究的理论思想的概括和提升而来的最高层面的学术。可以说，作者是在这样一个层面将以上所提到的人文科学、社会科学和自然科学各学科统一起来，并进行知识重构的；同时，作者又将早期现代主义置于1913年这一历史阶段之中来考察，实现了文理史哲这一新的综合研究模式。在这样的研究模式中，作者通过历史资料的挖掘，运用1913年前后大量的人物、事件、趣闻和轶事，生动而又机趣地记述(同时也论述)了现代主义精神，讲述了现代主义从旧的母体里诞生的阵痛和这个"新生儿"的个性和生命力。这种将学术研究和难以把握的现代主义哲学思想讲成让人爱听的历史故事的治学方式实属作者的首创，这也是这部书题目的深意所在。作者的这种"史家笔法"除了将枯燥而又抽象的现代主义思想通过人物和事件进行有趣的论述和阐释以外，还起到了客观公允地以史评学的作用，对早期现代主义的历史价值问题已经做了很好的回答。

第三，夹叙夹议，以史立论。夹叙夹议本来是记叙文和某些小说的写作风格，一般学术著作采用的都是客观严谨的逻辑论证方式，而不采用这种文艺性的写作方法，然而，这部书的作者可以说具有独特的智慧，打破常规，将这样的写作风格移植到他的学术著作的撰写中来，开创了学术著作写作文体的新形式，为今后学术著作的写作提供了新样本。这部书对人物、事件、文献以及作品等史实的引入方式丰富多样，有独立成段的引入，有截句截词的引入。除了直接引入以外，还有间接的引入。作者引入的目的是为了对引入对象进行深入的分析，并以此为证据论证自己的观点，表达自己的学术思想。作者的每个立论都以大量的翔实的史实为基础，可谓持之有据。这样的立论不但表现了作者功底深厚、学风踏实，而且也体现了这部书规模宏大、气势雄伟。

此外，这种新形式还打破了学术写作与文学写作的界限，将两者有机地融为一体，使学术写作也具备了小说创作的"复调"效果，为作者打破界限的现代主义超学科研究模式找到了切合的撰写方法。请看第八章"现代主义和怀旧之情的终结"中"华顿的再婚喜剧"一节的一个选段：

> 1908年5月，她[华顿]沉浸在婚外情的喜悦中，最终发现了肉体的快乐，华顿注意到："在'善恶的彼岸'，一下子感觉到自己的存在，这有多奇妙哇！"就在那个春天，她一口气接连读了《善恶的彼岸》、《权力意志》和《道德的谱系》。昂汀是尼采式的女主人公，在为独立和自由而奋斗时，她不惧怕打破秩序的外表形式。她的武器是社会为女人提供的杀手锏——美貌。小说多次回响着尼采的"重估一切价值"（Umwertung aller Wert）。昂汀一次次发现，"所有原先被认可的社会价值又被倒置了"（《风俗》，第180页）：每一次某个稳定措施确立后，昂汀都需要将它推倒，从而走向另一层次。在力图掌握法国贵族规约的过程中，她学会了不将地位与美貌联系起来，她在纽约就是这样天真地做的，然而她发现社会地位的提升与道德并不对应："但就她[埃斯特拉蒂娜公主]竟然也吹牛说与阿黛尔申夫人十分亲密，并以此为借口来给自己取名，这就推翻了昂汀的等级观"（《风俗》，第242页）。

这里将尼采著作的名称和《乡土风俗》的原文等引入作者自己的行文中，一系列的界限都被取消了：《乡土风俗》小说外的作者华顿与小说里的主人公昂汀在精神生活上的界限被取消，她们都是相同的命运。华顿在读完尼采的《善恶的彼岸》后，自己也达到了"善恶的彼岸"，她与尼采的精神感觉的界限被取消。她与她小说里的昂汀以及尼采又都在"重估一切价值"这一现代主义思想中进行着相同的思想实践，这样，尼采、华顿和昂汀三人的界限由于他们的思想和行动一致而被取消。文中还写道，埃斯特拉蒂娜公主与阿黛尔申夫人取的也是相同的美名。也就是说，不同人之间的界限还可以通过取相同的名字来取消。

这种写作样式还将叙述与议论的界限也取消了，形成了叙述中含有议论、议论中也含有叙述的互含态势。在形式上的叙述与议论的界限取消的同时，内容上的人物、名称以及思想的界限也随着被取消了，最终实现了这部书在现代主义这一哲学思想的高度上打破各种界限的"大融合"。

通过对这部内容宏富的学术著作的翻译，让—米歇尔·拉巴泰对早期现代主义研究的苦心孤诣给我们几位译者留下了难忘的印象。"诗家清景在新春，绿柳才黄半未匀。"（杨巨源语）从细致入微的剔罗爬抉到对现代主义研究的嘎嘎独造，这部书给我们展现了一个表达严谨、语言机趣、心手相移、潜心治学的学者形象。翻译的过程也是我们学习、了解、研究、欣赏和重新表述这部著作的过程。我本人承担了绪论和第一章的翻译,周洁老师承担第二章的翻译,后面各章分别由我们的研究生汉译第一稿,然后由我修改、校正和统稿。其中徐方芳负责第三、四章,赵力瑾负责第五、六章,胡祖珺负责第七章,谈少杰负责第八章,乔璐璐负责结论部分。学术著作翻译的标准和要求不同于文学作品,客观严谨的原文学术语言如何在汉语中得到应有的表达,特别是一些尚无现成译名的概念、人名、地名和书名等,以及除了英语以外的法文、德文等其他语言,在汉译遣词造句过程中,我们为了"忠实"和"通顺"的翻译标准,可谓殚思竭虑,"为立一名,旬月踌躇",也不知道这样是否达意了。"奇'书'共欣赏,疑义相与'译'。"我们目前向读者朋友呈现的这个译本,也恳请各位学者方家切磋和批评。

杨成虎

2012年12月5日于宁波大学文萃新村竹云轩

致谢

本书作者及出版商承蒙慨允复制以下版权资料,特为致谢:

引文:

"长眠于此",威廉·卡洛斯·威廉姆斯作,新方向出版社(美国版权),卡尔卡内特出版社(英国及世界其他国家版权)。

"在地铁站",埃兹拉·庞德作,新方向出版社(美国版权),法伯尔与法伯尔出版社(英国及世界其他国家版权)。

"喇叭",罗伯特格伦尼尔译,罗伯特格伦尼尔授权。

"彼得堡诗节"、"1913年",奥希普·曼德尔施塔姆作,选自《石》,罗伯特·托拉希译,普林斯顿大学出版社。

"沼泽体",达尔林·J·萨德里尔译,见《费尔南多·佩索阿简论:现代主义与作者身份的悖论》,佛罗里达大学出版社。

本书尽力寻找所使用版权资料的版权所有者,取得他们的授权。以上列表中如有任何错误和遗漏,出版商均表歉意,如有方家指正错误,我们深表感谢,改正意见在本书今后再版中纳入。

最后,我要感谢艾里克·布尔逊,是他拨冗阅读本书书稿,并提出了无数有益的建议。

绪论　现代主义、危机与早期全球化

会不会是1913这个年数让我们厄运加身？我之所以专论1913这一年头以探讨现代主义的端倪，倒不是因为，回眸历史，这一年似乎是最后的和平年景，第一次世界大战的烽火随后就燃遍了世界，或是这一年似乎彻底结束了法国人过去常说的"美好时代"和美国人所谓的"镀金时代"。依照法国和美国人的看法，1913年返照了一个自我满足的旧世界的所有回光，人们都尽情地享受着那份来之不易的优待和一场工业革命的成果。我并不把这一年当作最后的天真时光（虽然以前也曾给我这样的美好感觉），相反，我现今意识到，更确切地讲，这一年可以说是我们现代全球化阶段的元年：1913年，人们已经感觉到一股牵引第一次世界大战的力量在热情高涨的人群中蠢蠢欲动，这股热情创造了许许多多杰出的文艺作品；从这个意义上讲，我们可以得出共识：虽然这一年给世界带来了厄运，但也永远改变了我们对新旧观念的感知。

1912+1

实际上，最为敏感的见证者、目光更为犀利的艺术家和高级知识分子1913年都相当程度地感觉到这一点了。莫顿·富勒顿（Morton Fullerton）先知先觉，于1913年出版了一部书，提及了费恩斯伯格村一个老妇给普鲁士王储威廉一世的预言，老妇断言，日耳曼帝国将于1913年灭亡。[1]这一不祥之兆也为列昂纳多·夏夏[1]所感知，他为这一年专门写了一部文字优美且内容简洁的小说。[2]夏夏得到了一本邓南遮[2]所著的《圣塞巴斯第安的殉教》（Le Martyre de Saint Sébastien），这本书此前是邓南遮赠给一个朋友，上面题写着一句警言妙语（"每一支箭都是为了救赎"），落款和年月日为：加布里埃尔·邓南遮，1912+1年6月7日。这便激发了他的灵感。这远不止是作者迷信，或让读者迷信，它表达了一个想要在1913年延续1912年的愿望。《圣塞巴斯第安的殉教》经克劳德·德彪西（Claude Debussy）改编为芭蕾舞剧并由伊达·鲁宾斯坦（Ida Rubinstein）在巴黎上演后，1911年确已演出多场。不幸的是，观众都认为演出虽然场面盛大，但却是失败的：剧本歌词浮而不实，絮叨冗长，带着印象派革新的硬伤，无可挽回。这是德彪西第一次失败的公演；这一硬伤显示了这位作曲家已经债台高筑，他的第一次婚姻很快破裂，健康状况也每况愈下。1900—1909这无忧无虑的10年间，文化之旅在巴黎发展到了巅峰。整个巴黎城似乎都

---

[1] 列昂纳多·夏夏（Leonardo Sciascia, 1921—1989），意大利作家、政治家。
[2] 邓南遮（Gabriele D'Annunzio, 1863—1938），意大利著名诗人、小说家、剧作家。邓南遮也是著名的法西斯分子，是墨索里尼的主要支持者之一。

沉醉在该城特有的节庆气氛之中,歌声绵绵不断,奥芬巴赫[1]的曲子从《巴黎人的生活》(La Vie Parisienne)一直唱到《美女海伦》(La Belle Hélène)。与这10年相比,1912年却被蒙上了加深的阴影:又是武装冲突,又是重整军备,又是招兵买马,巴尔干战事在中欧前线正阴云密布。

颇如麦迪瑞斯·埃克斯坦斯(Modris Eksteins)在其名著《春之祭礼》(Rites of Spring)[3]中所显示的,音乐、绘画和文学反映了时代精神的微妙变化。对埃克斯坦斯来说,1913年斯特拉文斯基[2]芭蕾舞剧《春之祭》(The Rite of Spring)的首演打开了现代主义尚古洪流的闸门。在这股洪流中,人们心知大战已是不可避免。斯特拉文斯基曾将其芭蕾舞剧命名为"受害者",他给人最大的惊讶是让那个命中注定要做牺牲品的年轻姑娘同意自己杀身成祭。这里,在沉思"尚古的"祭礼时,我们认识到,那就是创造与毁灭已然不可分离。不仅艺术领域在酝酿一场大革命的艺术运动,日常生活中也同样如此。我在下一章还会回头再论斯特拉文斯基的著名芭蕾舞剧。这里,我要特别说起另一位带来革命的音乐家,他曾是这位俄国音乐家的朋友,但却给音乐带来了更为持久的变革。阿诺德·勋伯格[3]于1908—1911年开始试验自由无调性音乐的时候,他既受到内在需要的驱使,又受到德国表现主义作家的影响。1909年的德国独角戏《期望》(Erwartung)就是开创新气象的一个典型。这部歌剧的歌词为贝尔莎·巴本汉姆(Bertha Pappenheim)的一个亲戚玛丽·巴本汉姆(Marie Pappenheim)所写,她就是弗洛伊德(Freud)和布鲁尔(Breuer)所著《歇斯底里症研究》(Studies on Hysteria)一书中的"安娜·欧"。歌词是一个女人的内心独白,这个精神错乱的女人最终发现自己因为醋意大发谋杀了情夫。开场时,她分不清哪是林子,哪是尸体,她这些幻觉和极度痛苦的诘问出现在与情夫的一系列分别之中,每次幻觉后都跟随着一段音乐,每段音乐都持续了几秒钟,然后在一个高潮的地方停住;没有明显的主题推进;那有节奏的结构不断变化;这种快速变化给人的印象是,一段完整的生活几秒钟就展现完毕。[4]

这部舞剧让我们感兴趣的是勋伯格相信迷信。他厌恶13这个数字,平常计数时,他都不计13,就连书籍中的第13页也常常重新编号。他甚至极端到将他《摩西和亚伦》(Moses und Aron)剧名中"亚伦"的德文拼音删去一个"a"字母,这样,剧名的三个单词只剩有12个字母。他这一迷信的计数法和他战后决定通过创立十二调技术将无调性音乐系统化之间一定有着某种联系。20年代,他在某种程度上回归古典主义,这便将一个不知出自何人之手的古老迷信变成了作曲的必要规则,变成了新音乐的法则。确确实实,勋伯格生于12月13日,但他害怕会死在某月13日的一个星期五——而他偏偏就死在1951年7月13日星期五。[5]我马上会通过阿道尔诺回到战后勋伯格"革命"音乐和斯特拉文斯基新古典音乐有明显差异这一问题上来。早先,他们二人仍在合作时,斯特拉文斯基可能已知勋伯格害怕13这个数字。毕竟,就

---

[1] 约克·奥芬巴赫(Jacques Offenbach, 1819—1880),法国作曲家、古典轻歌剧创始人之一。
[2] 伊戈尔·菲德洛维奇·斯特拉文斯基(Igor Fedorovitch Stravinsky, 1882—1971),生于俄罗斯圣彼得堡附近的奥拉宁堡(今罗蒙诺索夫),美籍俄国作曲家、指挥家和钢琴家,西方现代派音乐的重要人物。
[3] 阿诺尔德·勋伯格(Arnold Schoenberg, 1874—1951),美籍奥地利作曲家、音乐教育家和音乐理论家,西方现代主义音乐的代表人物。

在他修改并完成《春之祭》乐谱时，于1912年12月去柏林参加过彩排，还演奏过一次《月迷彼埃罗》(*Pierrot Lunaire*)。在《月迷彼埃罗》中，题名为《断头台之歌》(*Galgenlied*)的超短的第12乐段只有13个节拍——大约15秒钟就演奏完了——而第13乐段讲的是彼埃罗用月亮般"明晃晃的短弯刀""砍头"的故事。

鉴于勋伯格后来的作曲法则，本书所集中讨论的这一年份不应被视为他创作灵感的一个特例——1913年，他确实佳作连连，该年是他难以置信的丰收年；但在国际现代主义至少点缀了半个世纪的其他重要年份中，他同样产量颇丰。应该将现代主义理解为一系列文化和政治上的标点符号，而不是罗列几个纪念日，但人们需要用一种共时性或"同时性"(我们会看到，这是许多艺术家当时使用的字眼)的方法来理解这个问题。这一方法，本书应在一系列"百年片断"中落实其理想位置，这百年的现代主义可分为三个阶段，在这一点上，批评家们差不多已形成共识：他们将这半个世纪分为"早期现代主义"(1900—1916)，"中期现代主义"(1917—1929)和"后期现代主义"(1930—1945)。如果再多聚焦几个年份，分期就会更为精确，可以以这几个主要年份为题撰写几部新书：《1900》、《1905》、《1908》、《1913》、《1917》、《1922》、《1929》、《1933》、《1936》、《1939》、《1945》、《1950》。要是有谁迫不及待，这丛书的12种可以精减成4种：《1905》、《1913》、《1922》和《1929》。除了几个特例以外(1912年也是多产年，尤其是德国和奥地利)，这些年份都会为早期、中期和后期现代主义的主要杰作提供引人注目的应有信息。

我刚才提到了称为中期现代主义"辉煌之年"的1922年：麦克尔·诺思(Michael North)在其《阅读1922年：重回现代情景》一书[6]中对这一年有精彩的论述，而马克·蒙加纳罗(Marc Manganaro)则在其《文化，1922年》(*Culture, 1922*)一书[7]中探讨了同时出现的诸如"文化"之类的其他术语来定义1922年的新精神。另一方面，我所提到的12个年份没有一个能与汉斯·乌尔里希·古姆布莱希特(Hans Ulrich Gumbrecht)在决定运用共时方法写作文学史时所选的年份相吻合。他的著作《1926年：在时间的边缘生活》(*In 1926: Living at the Edge of Time*)[8]几乎是随机选取了1926年，这似乎出于家庭的原因，只是为了说明一个原则，即"历史的共时性视角不依赖于选择某一年的时间跨度"。[9]古姆布莱希特承认，他的方法就是选择了926年也都可以！通过那个时代的人和事，比如飞机、汽车、汽车装配线、发膏、留声机、典型人物(工程师、忍饥挨饿的艺术工作者、生活在巴黎的美国人)、对立性标准(行动与无能、真实与伪造、中心与边缘)以及概念模式(海德格尔[1]是这方面的代表人物)，他重塑了一个时期的历史亲历感，手段高超。重构1913这一转折之年几乎显得多余，因为普鲁斯特(Proust)、穆齐尔(Musil)、华顿(Wharton)、卡夫卡(Kafka)、里尔克(Rilke)、别雷(Biely)、曼德尔施塔姆(Mandelstam)、阿波利奈尔(Apollinaire)、桑德拉(Cendrars)、格特鲁德·斯坦因(Gertrude Stein)等各类作者无论是当时写作，还是后来回忆，都将这一年有力地竖立为一座丰碑。

本书的研究计划与上面那些作者不同，在情感上更接近于玛乔瑞·帕洛夫(Marjorie Perloff)的奠基性著作《未来主义时刻》(*Futurist Moment*)。[10]帕洛夫在这部书中集中讨论了典

---

1 马丁·海德格尔(Martin Heidegger, 1889—1976)，德国哲学家，20世纪存在主义哲学创始人和主要代表。

型的战前前卫的"割裂的语言",其文笔穿梭于巴黎、伦敦和俄国之间,以此来勾勒"未来主义"的情感。我还受到其他几部书的启发,首先是莉莲·布里雍—盖里(Liliane Brion-Guerry)编辑成三卷本的几乎无所不包的煌煌巨著《1913年》(The Year 1913),[11]其中就有2000多页专论这一年;其次是弗雷德里克·默顿(Frederic Morton)重构了维也纳辉煌的《黄昏雷霆:维也纳1913/1914年》(Thunder at Twilight: Vienna 1913/1914)[12]。除了这两部书以外,我还要再加两本综合性论述的旧著,即艾伦·瓦伦丁(Alan Valentine)所著的《1913年:两个世界之间的美国》(1913: America between Two Worlds)[13]和弗吉尼亚·考尔斯(Virgina Cowles)所著的《1913年:结局与开端》(1913: An End and a Beginning)[14],这两部书都有丰富有趣的细节描写。后三部书在具体轶事和总体论述之间熟练穿梭,旨在重构这一年作为一个时段的气氛,而帕洛夫则在1910—1914年间来回,以凸显现代创造性。布里雍—盖里的巨著分析这一年则是为了深度处理该年能观察得到的所有艺术表现,但她解释说,选择这一年份是出于对其在现代性发展史上战略地位的考虑。[15]此外,纵使这部巨著似乎着力于书写美国和俄国,其大部分篇幅仍集中在欧洲。现在该是质疑诸如某部书开头这样一个假设的时候了,纵使这部书为20世纪头10年"世界大战的趋势"提供了大量的史实:"20世纪开始时的世界与两代人过后相比,是很不相同的世界。之所以如此,主要是因为在政治和经济两个方面,欧洲仍是世界的中心,而欧洲大体上仍是古老制度下的欧洲。"[16]为了避开欧洲中心主义的陷阱,最佳方法就是尽量运用"比较"的眼光;这就意味着,个人力量是无法提供详尽论述的,一下子也是难以论及所有国家的。因此,我一方面对此问题保持清醒的头脑,一方面尽可能地多方面论述,将"现代主义"的范畴作为我不能逾越的红线。

  我并不简单地将现代主义作为包罗万象的标签来定义整个一个历史时期的"精神",也不拟将更多开始为人所知的激进性创举罗列在"前卫"的名义之下。我研究的问题主要是:1913年,人们如何会"现代",这个现代性出现的条件是什么?是什么联结着现代新观和已知故物,以至当时(至少自歌德之后)新出现了现代文学的概念?因此,我并不仅仅从文体学的角度使用"现代主义"这一概念。在世界范围内描述"1913年现代主义"就不可能只集中于考虑各种艺术成就的形式特征:媒体与媒体的差异、国家与国家的差异是如此之大,以至于没有一条"前进"的标准可以定义下来。与此同时,决定专论一年不至于让人采用目的论模式,因为在目的论中,人们知道什么会是"进步"因素,什么会是"退步"因素。虽然创新有体裁的差别、媒体的差别、国家的差别,但是仍有一个共同的变化趋势:每当一个旧的常规即将打破时,新的道德价值观和审美价值观便随之兴起。这种创新常常是在作品中表现出来的一种迷糊不清的求新欲,而不完全是成功的试验(在比较威廉·卡洛斯·威廉姆斯[1]的诗歌与格特鲁德·斯坦因同时期的文本时,我们会证明这一点的)。总之,聚焦于这一具体年份,专论其文化与战争,似乎在一种不断产生的紧张中摆明了一种令人不安的关系,而这种紧张则是由于新近掌控的速度、通讯和技术所致。

---

[1] 威廉·卡洛斯·威廉姆斯(William Carlos Williams, 1883—1963),20世纪美国最负盛名的诗人之一,与象征派和意象派联系紧密。

速度与战争

20世纪70年代末以来,保罗·维利里奥一直强调,在战争、技术和通讯相互交织的网络中,速度起了关键的作用。[17]他创造了"速学"一词来定义19世纪末一切事物的加速度,尤其是战争领域的加速度。可以这么说,信息快速和精确的传递,拉开了现代战争的序幕。因此,从信息论的角度来看,1578年8月臭名昭著的凯比尔堡之战中葡萄牙国王塞尔斯蒂安是否失踪一事长期不能确定,1898年5月马尼拉之战中美国舰队决战西班牙舰队的战果被拖延传达,这两者并无很大区别。1578年,毫无经验的葡萄牙国王决定支持摩洛哥的一个王位觊觎者;"三王之战"在葡萄牙一方是惨败的结局:军队和国王都被彻底消灭了。因为谁也无法相信,一个国王和一支军队会消失得无影无踪,所以产生了塞巴斯蒂安会回来的传说,塞巴斯蒂安的重回传说19世纪仍然在流传,这对我后面将要论述的一个作家费尔南多·佩索阿[1]产生了影响。马尼拉之战,虽然规模较小,但同样是无可争议的现代技术最早运用于海战并赢得胜利的一个战例,这场战争中,杜威司令统帅的美国舰队击毁了护城堡垒、全歼了港湾里的西班牙舰队(西班牙舰队无法击中任何目标,而美国舰队的大炮百发百中,占尽上风)。然而,外界连续一个星期都无从得知关于这次海战的确切结果:西班牙一方过早地发送了汇报胜利的电报之后,杜威命人掐断了海底电缆线,致使国际媒体中断了消息。一连9天,谣言四起,传说西班牙舰队将要袭击纽约,在美国以及其他地方造成了恐慌。实际上,战斗发生于1898年5月1日,而美国舰队胜利的全部过程到5月10日才登上欧美报纸。

相比之下,1912年4月14/15日夜泰坦尼克号触到冰山沉没的消息传到西方世界则十分迅速。当时,泰坦尼克号被认为是最安全、最快速的游轮,但像所有其他豪华巡游船一样,也落入了旨在对抗德、英两国的一场创造速度纪录的国际竞赛,为赢得这场竞赛,泰坦尼克号的船长被迫在凶险的大海上不顾一切地航行。泰坦尼克号的航行员于4月15日凌晨零点15分发送了无线电求救信号,在附近航行的10艘船只都接收到了,而在喀尔巴阡号两小时后第一个赶到时,泰坦尼克号连同1,522名旅客已经沉入大海。纽芬兰的一家无线电台接收到了信号,说该船于凌晨1点20分沉没,这一灾难成了15日清晨世界各大报纸的头条新闻。几天之后,《纽约时报》(*New York Times*)对电能将全世界瞬间联结起来这一新发现作出评论:"如果不是因为几乎魔术般的无线电,泰坦尼克号悲剧将会被笼罩在秘密之中,连沉没的消息也会因此消失在大海之中……纽约人几乎没有意识到,竟然有信息快速不断地穿过这座大城市的喧嚣,在相距遥远的人们之间传递,越过房顶,甚至穿过建筑物安全的墙壁,乃至人们直接呼吸的空气中都是用电写成的词语。"[18]在两次巴尔干战争中,更快的信息传递都为政治意图所利用,而且绝对是世界范围内的信息传递,这种累积效应最终引发了1914年的大战。所有事件都有纪实性报道,并常为公众舆论所操控。奥斯曼帝国与意大利于1911年9月29日至1912年10月18日进行的意土战争,或称"利比亚战争",暴露了意大利新帝国主义的野心,而其对

---

1 费尔南多·佩索阿(Fernando Pessoa, 1888—1935),生于里斯本,葡萄牙诗人与作家。生前以诗集《使命》闻名于世。

新闻媒体的系统利用为公众舆论趋向民族主义和帝国主义的目标推波助澜。这场没有全面展开的战争唤醒了巴尔干各国长期积蓄的民族主义。巴尔干联盟各成员国意识到了意大利人是如何轻而易举地打败奥斯曼人，便在意土战争结束前袭击了奥斯曼帝国。此外，值得注意的是，意土战争使用了新技术。1911年10月23日，一名意大利飞行员飞越防线，进入土耳其区域来侦查敌方阵地军事部署，11月1日第一颗飞机炸弹扔了下去，命中了在利比亚的土耳其部队。[19]第二次巴尔干战争期间，1913年7月25日，罗马尼亚飞行员从飞机上拍下了索非亚的照片，并给该地的居民撒下了传单。索非亚由此成了第一个遭受敌机侵略的欧洲国家首都。[20]

如果说意大利吞并利比亚的企图可以追溯到1878年的柏林会议，那么，1911年3月底，意大利媒体就开始热议入侵利比亚的。多家报纸将该国描写成对意大利人友好，将即将到来的战争形容为一次"军事漫步"，1911年9月29日宣战；10月就拿下了的黎波里。多布鲁克、德纳、胡姆斯等城市先期被顺利攻下，到夺取班加西时，进攻受挫。1911年11月，多布鲁克之战几乎将意大利远征军消耗殆尽，意大利只得增派100,000兵力。这一对峙已将作战方式转向阵地战，就连飞机也起不到作用。1911年11月5日，意大利宣布其为利比亚宗主国，并占领了多德卡尼斯群岛。1912年夏，意大利鱼雷快艇袭击了达达尼尔海峡的土耳其人。保加利亚、塞尔维亚和希腊都武装起来反抗奥斯曼帝国，黑山也对土耳其人宣战。意大利外交部门利用这一局势，获得了有利于自己的和平局面：1912年10月18日在洛桑签订了条约。意大利为入侵利比亚付出了代价，但也证实了一个活跃的政治少数派的游说力量可以改变一个国家的政局。这一教训在大战后的墨索里尼或邓南遮身上将再次得到证实。

另外一个新闻媒体和公众舆论可以发挥强有力的作用的例子就是马其顿革命者们利用这种力量来发动第一次巴尔干战争。成立于萨洛尼卡[1]的马其顿内部革命组织自19世纪最后几年以来一直谋求马其顿脱离奥斯曼帝国的统治，实行自治。20世纪头10年，该组织发动了多次起义，并绑架了一位美国公民斯通小姐，目的是为了引发国际社会的怒火，这一极端措施最终取得了成功。土耳其人对马其顿游击队袭击的不断报复激怒了广大民众。1911年12月11日，一颗炸弹在一座清真寺爆炸后，土耳其人随意杀害马其顿人，由此引发了一系列炸弹爆炸、大屠杀和严刑拷打事件。该组织在唤起公众舆论、给保加利亚政府施加压力以求解决马其顿问题方面发挥了作用。每次大屠杀后，他们都组织抗议集会。最终，1912年，科察尼爆炸案及其导致的土耳其军队的其他报复行为致使保加利亚对土宣战。第一次巴尔干战争爆发。

因为19世纪末欧洲主要列强重组为两大集团，英、法、俄三国协约和德、奥匈、意三国同盟，这两大集团在世界许多国家发生冲突，多数是在非洲和巴尔干地区。20世纪的第一个事件发生在摩洛哥——一个德国和法国均为之垂涎的国家。1904年以英国为首的"三国协约"给予法国对摩洛哥的殖民"权"，而德皇威廉二世力防法国在那里扩张。1905年3月，威廉二世到达丹吉尔，在那里，他会见了作为独立君主的摩洛哥苏丹，向其承诺，如果法国意欲殖民他的国家，德国会提供保护。第二年，阿尔赫西拉斯会议召开了，这次会议旨在确定

---

[1] 萨洛尼卡(Salonica)，希腊第二大城市和希腊马其顿地区首府和最大城市，也是中马其顿大区和萨洛尼卡州的首府。

摩洛哥的国家地位。德国受到了奥地利的支持，而法国却受到了英、俄、美三国的支持。法国被授予特权，允许控制摩洛哥警察、海关和武器运输。此次三国协约战胜三国同盟的外交胜利使德国十分不满：德国感到在欧洲"受到包围"，其在非洲的殖民扩张也受到了限制。

巴尔干是欧洲最乱的地区。该地愤怒的各民族都在反抗土耳其统治，即便是19世纪末，几个臣属的民族，如希腊、塞尔维亚、黑山、罗马尼亚和保加利亚等，也获得了独立，建立了民族国家。这些新兴的民族国家想要通过兼并仍处于奥斯曼帝国或奥匈帝国统治下的兄弟民族来拓展自己的疆域。巴尔干各国对奥斯曼帝国和奥匈帝国侵占的领土慢慢蚕食，企图夺回争议地区。俄国支持塞尔维亚的斯拉夫兄弟反抗土耳其和奥地利的斗争，而奥地利则企图镇压巴尔干地区所有的民族主义倾向。这一紧张局势由于1908年的土耳其青年革命而变得更加复杂，这场革命将自由改革者推上了奥斯曼帝国的政坛。迫于这些自由改革者的压力，苏丹同意制宪。突然之间，保加利亚弗迪南德国王宣称自己也是克里特王，并决定与希腊统一。奥地利于是兼并了波斯尼亚和黑塞哥维纳，这便激怒了俄国人和塞尔维亚人。已经备战的塞尔维亚请求俄国支持。战争眼看就要爆发了，可是英、法不愿卷入，俄国也不那么支持了，而德国则承诺了对奥地利的军事援助。俄国受了屈辱，但在这场危机过后，迅速加强了军备。奥地利对波斯尼亚和黑塞哥维纳的兼并使其成为塞尔维亚不共戴天的仇敌。塞尔维亚民族主义者秘密结社，其宗旨就是在波斯尼亚激起反抗，最终与奥地利一战，而奥地利则在寻找机会将塞尔维亚民族主义消灭在萌芽状态。

1911年，法、德两国的对峙引发了第二次摩洛哥危机。法国人扶植了一个亲法的苏丹登上摩洛哥国王位。这个新任国王不受欢迎。于是，1911年5月，法国军队为了镇压一场起义而占领了非斯。德国做出了反应，派猛豹号炮艇赶赴大西洋沿岸的港口阿加迪尔。英国支持法国，因为害怕德国会因此将阿加迪尔变成它通往好望角路上的海军基地。到最后时刻，德国让步了，战争才得以避免。法国得到了摩洛哥，将直布罗陀海峡对面的一小部分土地留给了西班牙。作为交换，德国被给予了法属刚果的一片土地。阿加迪尔危机显示了欧洲和平有多么脆弱，19世纪末（1898年），法绍达危机让法国和英帝国主义在苏丹相斗，在此情况下，如果战争爆发了，法国会联合俄国对抗英、德。但是，和早年的法绍达危机不同的是，20世纪初的危机加强了新近的法、英同盟。协约三国彼此沟通海陆两军形势发展的信息。1912年，英、法两国做了一个秘密的海军协定：一旦发生战争，英国军舰就会保卫北海和海峡，而法国军舰则会部署在地中海。

土耳其青年革命削弱了土耳其政府，我们已经看到，这场革命给意大利带来了好处，尤其是在进攻的黎波里时。塞尔维亚、保加利亚、希腊和黑山等巴尔干诸国于1912年10月对土宣战。自1912年10月至1913年5月，巴尔干联盟取得了胜利，只允许土耳其保留君士坦丁堡周围地区。于是，中央列强实施干预，签订伦敦条约，强行实施他们的解决方案。方案规定，应该建立一个新的国家——阿尔巴尼亚，以便防止塞尔维亚争夺亚得里亚海沿岸的土地。作为赔偿，塞尔维亚得到了马其顿的一大部分。这一解决方案导致了1913年的第二次巴尔干战争。保加利亚将马其顿视为己有，因而保加利亚与塞尔维亚在马其顿问题上的争吵便升级了。现在，孤立的保加利亚要与塞尔维亚、黑山、罗马尼亚、希腊和土耳其等五国作战。这场战争保加利亚很快就打输了，于是土耳其和罗马尼亚收复了失地。但是，第二次巴尔干战争导致了第一次世界大战的爆发。塞尔维亚一连打赢了两场战争，吞并了部分马其顿，并且确定了与其他斯拉夫兄弟族裔统一的目标，包括臣服于奥地利的800万塞尔维亚人和克罗地亚人。互为关联的诸同盟国冲突加剧，塞尔维亚的这一目标导致了一场不可避免的碰撞：德国皇帝坚定地支持奥地利，而俄国的沙皇，因为对塞尔维亚未获得阿尔巴尼亚感到失望，所以宣布无条件支持塞尔维亚统一。1914年6月28日，两名波斯尼亚塞族学生在萨拉热窝刺杀了大公弗朗茨·斐迪南和公爵夫人索菲，这最终导致了危机的产生。

第一次世界大战的主要起因是世界政治。世界政治，一方面可以理解为威廉二世的殖民政策，他认为，德国有权成为像法、英那样的帝国主义的世界强权；另一方面也可以理解为全球范围内的一个概念，即全欧列强，乃至一些美国政党所共有的一套信仰和宗旨。1912和1913两年，巴尔干地区的战争让塞尔维亚变成了一个强国。奥地利对此不能容忍，弗朗茨·斐迪南大公及其夫人在萨拉热窝被刺杀，揭开了第三次巴尔干战争的序幕，很快，中央列强和法、英两国卷入了战争。军国主义、帝国主义和民族主义都是导致了这场战争的原因，这些原因综合在一起便产生了全球化——即使这一术语听起来有些时代舛误。

早期全球化

"全球化"在1913年真的有些时代舛误吗？最近，迈克尔·哈德和安东尼奥·尼格里进行了强有力的论断，认为我们后期现代性的主要特征是由一个全球化的"帝国"形成的，这里的帝国统治就相当于北美的世界统治，[21]这一观点一经提出，即引起了激烈的大讨论。道格·亨伍德等批评家对这种故意标新立异的现象表示疑虑，强调指出，与一个世纪以前大英帝国的统治类似，那时同样也存在着全球化。[22]事实上，人们倒可以说，在大英帝国的统治下，世界比现在更统一。[23]为了给现在的讨论增加新的内容，我将用到一个当代人的见解，一个对欧洲和世界其他地方的战前形势有特别敏锐的观察的人的见解。此人就是莫顿·富勒顿，一位哈佛大学毕业的具有世界眼光的高级知识分子，美国小说家伊迪丝·华顿先前的恋人，后来的密友。富勒顿1913年出版了《强权问题》（*Problems of Power*）（以下简称《强权》），这本有感而作的书推崇和平，然而，书的开头就不祥地引用了波斯维特的话："神消失时，正准备写作。"[24]这就唤起了一场大战的幽灵，这场大战将会改变欧洲地图上的所有国境线。他将这一引言与俾斯麦的"重来"政策联系起来，将拿破仑与俾斯麦[1]这两个重新定义19世纪欧洲的统治者拿来相比，富勒顿是亨利·詹姆斯和奥斯卡·王尔德的朋友，他在1893—1907年间是伦敦《泰晤士报》（*Times*）驻巴黎的记者，他是当时最敏锐、最有见识的欧洲事态观察家。也许只有一个美国人才能很好地理解中欧各国复杂交织的爱恨情仇、约纵连横与勃勃雄心，恰是这团乱麻使中欧成为一个强权中心。他在书的开头部分引述了奥匈帝国

---

[1] 奥托·爱德华·利奥波德·冯·俾斯麦（Otto Eduard Leopold von Bismarck, 1815—1898），19世纪德国最卓越的政治家，普鲁士王国首相（1862—1890），德意志帝国首任宰相，人称"铁血宰相"，是"德国的建筑师"及"德国的领航员"。

外交部长冯·埃伦塔尔伯爵的话,此人于1912年4月描述过新"世界局势"的政治乱局,这一乱局是由英、法、意、俄一方与奥、德、日另一方联盟造成的。对冯·埃伦塔尔来说,这样的联盟也将目光投向了亚洲和非洲,"引起了其他地点的接触和其他区域的摩擦"(《强权》,第6页),所以证明了世界日益相互联系起来这一观点。富勒顿花了一些篇幅来讨论让世界产生国际间"吻合"(《强权》,第62页)的复杂条约:"它们由此见证现代文明最显著的现实,即,经济规律越来越起主宰作用,由此引起了各民族的相互渗透,这种现象增加了区域摩擦;社会在盲目而又不可避免地往前演进,趋向于'社会主义'交互性状态,这种现象发生在全球每个角落,国家之间的界限逐渐消除"(《强权》,第6页)。

为何富勒顿会说到"社会主义"交互性?他不是一个自由派,同伊迪丝·华顿一样,他支持西奥多·罗斯福——一个明目张胆地实施帝国主义和干涉主义的总统,而新当选的民主党总统威尔逊则欲专心于国内政治事务。然而,富勒顿的历史哲学往往接近马克思主义观点:他坚持认为,经济是人类社会的决定因素;更确切地说,他认为19世纪末的特征是本质上单一化的新民族主义与本质上完全普遍化的市场法则日益加深的碰撞。他举1912年巴尔干战争期间土耳其人关闭了几个月的达达尼尔海峡[1]为例:成吨的俄国粮食滞留在黑海上烂掉,而英国、罗马尼亚、保加利亚和希腊每天都损失约两万英镑。国际海运不得不改道走苏伊士运河。兰斯多恩勋爵说了结论性的话:让一个局部冲突来扼住整个世界贸易利益的咽喉是不能容忍的。"世界贸易领域"不能允许国家战争妨碍他们的利益(《强权》,第7—8页)。因此,富勒顿所描写的现代世界的现状与马克思和恩格斯于1848年所看到的字字相符。

马克思和恩格斯在《共产党宣言》(*Communist Manifesto*)中写下了这样的预言式的话:

> 不断扩大产品销路的需要,驱使资产阶级奔走于全球各地。它必须到处落户,到处创业,到处建立联系。资产阶级,由于开拓了世界市场,使一切国家的生产和消费都成为世界性的了。……过去那种地方的和民族的自给自足和闭关自守状态,被各民族的各方面的互相往来和各方面的互相依赖代替了。物质的生产是如此,精神的生产也是如此。各民族的精神产品成了公共的财产。民族的片面性和局限性日益成为不可能,于是,由许多种民族的和地方的文学形成了一种世界的文学。[25][2]

1913年当诺贝尔文学奖首次授予一个非欧洲人士拉宾德拉纳特·泰戈尔时,这种世界文学就完全出现在世人眼前了。与此同时,像美国电话电报公司这样的公司誓言要将电话服务普及到所有农村地区,便携式留声机投产了,声音录制到了唱片上,广播能对主要政治事件作准确的报道。人们可以从这一年追溯全球化世界成形的时刻,我们知道,在当时技术的不断发明和国际资本的流通与单一主义者(particularist)的重新觉醒之间错综复杂的关系和矛盾

---

[1] 达达尼尔海峡位于巴尔干半岛东南端与小亚细亚半岛西北端之间,沟通地中海和马尔马拉海的水道。位于土耳其西北部。为欧、亚两洲分界线之一段。东北—西南走向。
[2] 此段译文采用了陈望道先生《共产党宣言》首译本。

中，不管他们秉持的是宗教的主张，还是民族的主张，或者两者兼而有之的主张，而解决这样的困境，只有通过战争。

富勒顿适时地注意到了当时几乎各地都在兴起的民族主义运动：他写道，"人们一致发现，20世纪朝着更大规模的'民族'运动发展。"（《强权》，第9页）他将这一趋势与25年前知识界和政治界盛行的"星球热"相对照。他坚持认为，民族精神遭到威胁时，就会表现得更为强烈：他清楚地感觉到，民族主义的重新觉醒是对全球资本主义逐渐荡平世界的反应。至少他认为，美国不能无视其已经成为世界强国的事实（《强权》，第23页），已经不能避免被卷入大战之中。地理重心已从地中海世界转移到了加勒比海世界（《强权》，第310页），美国对其余新兴国家不能再不负责任了。富勒顿认为，1905年，日本胜过俄国的军事和工业崛起，给亚洲世界带来了新变化，这是不祥之兆，而俄国似乎向老欧洲靠拢得比以往更近。他对像罗斯福这样强硬的共和党总统的褒扬与他对社会主义的反对是一致的。他绝不是社会主义的同路人，他引用《国际》和卡尔·马克思的文章，不无某些恐惧地描述了规模越来越大的社会动荡、工人罢工和"大罢工"的神话。然而，他的历史观与马克思和恩格斯的主要学说并非不相容；他认为，历史是由"金钱"（我们称之为经济力量）和"公众舆论"（我们称之为意识形态，如民族主义等）决定的（《强权》，第195页），这两种力量被定义为隐藏于政府背后的两股"神秘力量"。富勒顿并非没有看到这两股力量的合流，因为他见证了它们在德国的融合："德国是一个新起的强国，到处都想要'创造历史'而不仅仅是'赚取金钱'的泛日耳曼主义者"（《强权》，第210页）。他还观察到，1912年10月，印第安纳州加利市的工厂被迫关门，因为2,750名斯拉夫族裔工人突然决定参加巴尔干各国的反土征讨（《强权》，第201页，注释1）。

一体主义与全球或区域危机

由于这些新趋势，"一体主义"似乎应为该时期最合拍的杰出文学运动。朱尔斯·罗曼[1] 1905年发表了一系列批评文章，发动了"'一体主义'运动"（unanimisme）；1908年出版了《一体的生活》（*La Vie unanime*），后来又增添了内容，于1913年将之作为一本新诗集出版，发展了惠特曼式的和集体主义的模式，倡导将每个个人都模式化的"群体"生活，将街道、剧院、工厂、餐厅以及地铁里的人群视作新文学场所。[26]然而，我们将会看到，像纪尧姆·阿波利奈尔及其朋友这样的"现代主义"诗人与罗曼集体主义的慷慨而又有些模糊的诗风及其对常理的呼吁随即发生了冲突。我们今天往往称之为"中期现代主义"的概念基本产生于对一体主义、立体主义和未来主义者三个前卫艺术倾向的反应，这三种主义于1906—1910年间出现在人们的视野中，而"中期现代主义"对这三种主义的反应常常是批评性的，但有时也带有同情的性质。当然，它们的影响与日俱增，这一点，我们从艾兹拉·庞德创作的史实中

---

[1] 朱尔斯·罗曼（Jules Romains, 1885—1972），路易斯·法利戈的笔名，法国作家。20世纪初期"一体主义"理论的发起者。著有《善良的人们》、《诺克博士》等。

得到证实。艾兹拉·庞德在伦敦发动听起来与法国类似的意象主义运动时改动了法语"一体主义"的概念,主要是为了避免与意大利的未来主义相混淆。实际上,"一体主义"群体的诗风以及将现代性确定在城市的空间里可追溯到波德莱尔[1]及其象征主义的追随者,[27]但是,一体主义者欲与晚期意象主义者故意晦涩和充满暗示的文体分道扬镳。他们想要表达得像白话一样简单(伦敦的意象主义派开始也持这一立场),其目的就是与读者进行尽量有效的对话。他们也嘲弄诸如马里内蒂[2]意在言外的"自由话语"所解放出来的纯试验主义。但是,英美的现代主义一开始就拒绝以"个体主义"为名的法国一体主义者的集体主义倾向。将莫顿·富勒顿列举的反论应用于艺术的意识形态之中,是很引人入胜的:不管是在奥匈双重君主制的老牌帝国时代,还是在掌握于国际金融家手中的新型世界经济一体化时代,恰似民族主义受到压制时就会回潮一样,个体主义在受到威胁时就会表现得愈加猛烈。

在这一框架中,现代主义的全球化不应被视作与我们往往认为的现行资本主义相联系的一个新因素,[28]而应视作与19世纪末欧美资本主义发展紧密相联的老趋势,这一老趋势发展到了一个高潮,由此,国际资本和新放开的民族主义之间竞争的逻辑不可避免地导致了世界大战。在英特网的万维网[3]中,我们认为我们看到了今天全球化的星球这样一个恰当的比方,这万维网在以"万维亡"[4]告终的早期历史进程中就有了它的开端。换言之,我们尚未走出现代主义阶段,这便是为什么了解其起源十分重要。因此,我的重要目标就是为简单问题提供一种答案。1913年现代主义已是明显的主导趋势吗?1913年现代主义在多大程度上已经国际化或世界化?现代主义是否同样也是1914年夏世界大战的民族主义海啸所致,抑或这场战争是否扼杀了现代主义慷慨的世界主义精神?如果现代主义一开始就被一种危机感横插一杠子,那么,它是否不能提供什么解决方案,因为它需要处理危机以求兴旺,或者因为它无法避免一次更大的文化垮塌而带来的文化症状?

在这方面,W·E·B·杜波依斯[5]1910年创刊的著名刊物《危机》(*The Crisis*)比罗曼的"一体主义"诗歌相关性更强。杜波依斯闯出了名气,他是有名的鼓动家、教学名师,《黑人的灵魂》(*The Souls of Black Folk*)和《费城黑人》(*The Philadelphia Negro*)两本书的著名作者。他担当了为争取平等权利而斗争的黑人运动的急先锋,这一运动导致了与布克·T·华盛顿领导的政治调解之间的一场冲突。全美有色人种进步协会(NAACP)选他为该组织的宣传与研究部部长时,这场冲突爆发了。杜波依斯离开了他从事教学的亚特兰大,移居纽约,在此

---

1 夏尔·皮埃尔·波德莱尔(Charles Pierre Baudelaire, 1821—1867),法国19世纪最著名的现代派诗人,象征派诗歌先驱,代表作有《恶之花》。

2 菲利波·托马索·马里内蒂(Filippo Tommaso Marinetti, 1867—1944),意大利诗人,作家,意大利剧作家,编辑,20世纪初未来主义运动带头人。

3 万维网(world wide web),即世界大网,汉译取声母均为 w 的三个汉字。

4 万维亡(world wide war),即世界大战,这里汉译亦取声母均为 w 的三个汉字。

5 威廉·爱德华·伯格哈特·杜波依斯(William Edward Burghardt Du Bois, 1868—1963),生于马萨诸塞州的大巴灵顿,毕业于菲斯克大学,获哈佛大学哲学博士学位,他也是第一个获得哈佛大学博士学位的非裔美国人和20世纪上半叶最有影响的黑人知识分子。他最著名的著作是《黑人的灵魂》。

他于1910年10月创立了《危机：黑色人种的记录》(The Crisis: A Record of the Darker Races)一刊。[29]这本十分直率坦言的月刊取得了巨大的成功：创刊号就卖出了1,000本；第二期销售了2,500本，到1911年3月，销量达到了6,000本。到1912年4月，拥有了22,500家订户，到1914年，订户增加到了33,000家。这家刊物致力于种族问题，其创刊号直面令杜波依斯感到恐怖的情景：在南方，乃至在宾夕法尼亚，给黑人上私刑竟未得到惩治。他还登载了大量的长期非洲史料(我会在第五章回到这个话题)，站在鼓励妇女参政的妇女一边，要求与他志同道合的斗士支持妇女选举。

在1913年4月的一篇著名文章"万福，哥伦比亚！"(Hail Columbia!)中，他颂扬了5,000名妇女冲破警察的马阵和粗暴的人群，向华盛顿哥伦比亚特区行进，强调他们是在为追求尊严和平等的那位黑人开道。他是个社会主义者，但同样是个女性主义者，称赞尤金·德布斯[1]，希望新总统威尔逊适当考虑黑人选举(他这一幻想很快就破灭了)。他研究过康德和黑格尔，但他的语言更接近于圣经诗歌和十九世纪诗歌。刊物的名称取自于詹姆斯·罗素·劳维尔(James Russell Lowell)1844年的一首诗，诗云：

> 无论畏缩在哪里，奴隶都会感到他的心灵
> 向着敬畏的人的边缘攀爬，一百年的棘茎
> 已经开满了鲜花，把雄伟的力量举起高擎。

杜波依斯怀疑劳工组织，十分清楚即便是世界产业工人组织(IWW)的左翼分子也不愿承认黑人劳工，黑人劳工也一直被大多数工会排除在组织之外。杜波依斯也是富有才华的小说家[我下面将回到他的"经济"小说《追求银白色羊毛》(The Quest of the Silver Fleece)]和不倦的令人信服的政治观点改变者。他特别希望得到国际，特别是英国和法国公众舆论的帮助，但他的激进主义观点疏远了全美有色人种进步协会的一些朋友。我将回到他的主要哲学信条，集中论述这一点：他十分清楚地看到1910—1913年是"人类历史前进的关键时期"。他和富勒顿一样清楚地看到，导致战争的原因首先是经济，其次才是政治——虽然当时他还不是马克思主义者，到了30年代他才成为一位马克思主义者。他后来政治激进化，与美国公众舆论越来越疏远，以至最终决定自我流放，度过余生。他知道，美国发展很快，作出果断政治行动的时机已经成熟。富勒顿也坚持这一点，强调指出，如果伦敦人或巴黎人出国一段时间，当他们返回他们的城市后，那城市基本还是原样，而纽约人就是出去很短时间，回来也都差不多不认识周围的面貌了(《强权》，第13—14页)。的确，1890—1910年这20年，美国的城市化比前面整个一个世纪都快，这一势不可挡的变化宣告了欧洲未来的变化。

我们将会看到这一论题在伊迪丝·华顿[2]《乡土风俗》(The Custom of the Country)中得到

---

[1] 尤金·维克托·德布斯(Eugene Victor Debs, 1855—1926)，美国杰出的工人运动领袖，社会主义的宣传家，美国社会党的创始人。

[2] 伊迪丝·华顿(Edith Wharton, 1862—1937)，美国女作家。作品有《高尚的嗜好》、《纯真年代》、《四月里的阵雨》、《马恩河》、《战地英雄》等书。

了回应和深入的研究。让我们简单回想一下，在这一充满变化与危机的时期，我们现在所知道的世界诞生了：这个时期出现了第一世界大多数市民都熟悉的电话、汽车、电灯、中央供暖、X光、电影院、镭、飞机和无线电。这就是我们现在全球经济的时代——自由贸易改变了全球，将能找到便宜劳动力的最偏远的村落与最喧哗的国际经济中心联结起来——不同是今天我们大多数人都享受到了这些舒适。我们也许会带着几分怀旧的心情注意到，1913年富裕的男男女女的一些特权没有了。巴黎邮件一天送四次，因为有了气流式输送信件的服务，普鲁斯特[1]的信件可以在一个小时以内送到收信人手里。普鲁斯特还使用了剧院电话，一种联系歌剧和各大剧院的电话服务，让他能够在家实时听到音乐剧和剧院表演。

  与此同时，伊迪丝·华顿养成了乘坐她著名的"马达班机"出入欧洲国家，甚至去摩洛哥的习惯，而亨利·詹姆斯[2]却对"班机"惊恐不已。速度更快的飞机这种诱惑，夺走了普鲁斯特最后的真爱——他先前的司机阿戈斯蒂内利：当时更名为马塞尔·斯万的阿戈斯蒂内利1914年春在他训练飞机坠入地中海后溺水身亡。1913年春，在意大利北部的一次快速汽车旅行中，引擎的轰响几乎让我们听不见理查德·施特劳斯[3]和雨果·冯·霍夫曼斯塔尔[4]讨论他们联合创作的歌剧《没有影子的女人》（*Die Frau ohne Schatten*）。无疑，杰出的现代艺术形式都会是电影：卷盘上默默闪现的胶卷画面与伴随着现场音乐的普遍的形象语言一起，给全世界带来越来越强烈的晕眩感。

---

[1] 马塞尔·普鲁斯特（Marcel Proust, 1871—1922），20世纪法国最伟大的小说家，也是20世纪世界文学史上最伟大的小说家之一，代表作为长篇巨著《追忆似水年华》。

[2] 亨利·詹姆斯（Henry James, 1843—1916），英国以及美国的作家。主要作品是小说，此外也写了许多文学评论、游记、传记和剧本。

[3] 理查德·施特劳斯（Richard Strauss, 1864—1949），德国浪漫派晚期的一位伟大的作曲家，同时又是交响诗及标题音乐领域中最大的作曲家，代表作有《唐璜》等。

[4] 雨果·冯·霍夫曼斯塔尔（Hugo Von Hofmannsthal, 1874—1929），奥地利浪漫及象征主义派诗人、剧作家，作品有抒情歌剧《死亡之门》等。

第一章 艺术中的新观念

以下诸章中,我建议以一种历史的和国际的新方法来阅读现代主义。在提供确切的单篇文本读物或艺术名篇的同时,现代主义还牵涉到使用全球语境定义的文化史。我将聚焦一个年份来研究文学艺术中国际现代主义的端倪,将这一年作为趋势和潮流的一个框架、一个圈定和一个全球影响年。将调查限制在一年中会在语境上动态地重新设定经典或非经典著作的读法。从一个多产的历史时期切出的"切片"中,会有相互联系的各种参照。利用这一方法可以对现代性、前卫以及一国或多国艺术运动之间的联系进行根本的评估。我将把现代主义置入一个新"全球化"的世界文学的更为广阔的语境中,表现文学艺术中的"新"观念,我说的文学艺术包括电影、戏剧、音乐以及视觉艺术,这些都明显是跨大西洋的比较主义和多学科方法研究的基本内容。一个世界范围的现代主义新景象将从这一点彩画法的镶嵌画中显现出来。

1913年,两大著名的文化事件使现代艺术的现代性高度凸显出来:一是《春之祭》在巴黎首演引发的丑闻,一是现代绘画在纽约军械库展览会上出现的喧嚣。音乐和绘画在这里应该具有崇高的地位,虽然电影院的出现似乎是这个时代的恰当标志。电影这种形式太新了,但谁也不为其新奇而诧异——因此,重要的是,要将公众的品味调节到新技术带来的新型文艺上。

电影

1909年9月末,詹姆斯·乔伊斯[1]邀集了给迪里雅斯特三家电影院投资的一群商人,并声称:"我知道有座拥有500,000名居民的城市还没有一家电影院。"[1]很快,他们就想知道这位投资人在哪个理想场所投资,答案是都柏林。随后,就有人交给乔伊斯一些资金以在更多的爱尔兰城市创建电影院。唯一一家开业的电影院是都柏林的伏特电影院,这家电影院虽然一开始经营得比较不错,但在经济上没有赢得预期的成功,一部分原因是乔伊斯开业过后不到3个月就回到迪里雅斯特了,另一部分原因是像《尼禄》(*Nero*)、《比阿特丽斯·辛姬》(*Beatrice Cenci*)这样的意大利电影对爱尔兰观众来说不像迪里雅斯特的奥地利和意大利人那样合口味,但这也表明了到20世纪头10年末,任何一个欧洲大城市都应拥有一家电影院。例如,布鲁塞尔有115家电影院,巴黎约有200家,而纽约1913年就已有986

---

[1] 詹姆斯·奥古斯丁·阿洛伊修斯·乔伊斯(James Augustine Aloysius Joyce,1882—1941),爱尔兰作家和诗人,20世纪最重要的作家之一,代表作有《都柏林人》、《一个青年艺术家的画像》、《尤利西斯》等。

家。的确,头10年占主导地位的法国和意大利电影业在20年代很快就为美国和德国电影生产中心所取代。

1913年的主要变化是上演电影的片长。1913年以前,电影的标准片长一直为一卷盘,就是说,电影放映不超过15分钟。电影制片商认为,他们在为大众创造一种通俗的艺术形式,而大众的注意广度有限。第一部正片长度的电影是澳大利亚拍摄的《凯利帮的故事》(The Story of the Kelly Gang)。该片由查尔斯·泰特(Charles Tait)导演,片长70分钟,1906年12月在澳大利亚发行时以及后来于1908年1月在英国发行时均为最长影片。很快,其他多卷盘影片相继发行:法国的《伊丽莎白女王》(Queen Elizabeth)(1912年)、意大利的《暴君焚城录》(Quo Vadis)(1913年)和《卡比利亚》(Cabria)(1914年)。《暴君焚城录》根据亨利克·显克微支[1]的畅销小说改编,讲的是尼禄在罗马迫害基督徒的故事,导演是安里奴·哥兹索尼(Enrico Guazzoni)。该片共12卷盘,片长3小时,克里斯多夫·杨(Christopher Young)与古斯塔夫·瑟琳娜(Gustavo Serena)主演。哥兹索尼喜欢设计宏大的戏剧场面,经常把使用巨大的马戏团表演场作为场景。那里,人们能欣赏到许多吃人的狮子,还有用于绝技表演的飞驰的战车,让观众产生一种惊奇的悬念效果,这种效果竟会让我们想起后来的《宾·虚》[2]等好莱坞经典影片。《暴君焚城录》在意大利迅速获得巨大的成功,很快就进口到了美国,进口后,片长减到了8卷盘,在纽约引起了巨大轰动(在艾斯特剧院人们付高达1.50美元的费用看一场《暴君焚城录》,比一般电影票贵得多),这部电影具体表明了大众喜欢观看长片。1913年,意大利是第二大电影进口国,仍然引领着品味和技术的标准。这也是最早的女主角时代,如阿斯泰·妮尔森(Asta Nielsen),主演了丹麦欧尔·欧森(Ole Olsen)的情色电影《深渊》(The Abyss),丽达·博雷利(Lyda Borelli)与弗朗切斯卡·贝蒂尼(Francesca Bertini)最早的两位意大利演员"联袂主演"了大受欢迎的《马克·安东尼与克里欧帕特拉》(Mark Anthony and Cleopatra)(1913年)。意大利人对"细腰长裙"的厚爱恰好解释了《庞贝的最后数日》(The Last Days of Pompeii)为何受到广泛欢迎,这是1913年根据老片重拍的一部电影,由马里奥·卡西里尼(Mario Caserini)导演,比原片用的演员多,资金投入也更多。这明显标志着电影业最早的英雄时代已经结束——电影先驱乔治·梅里爱(Georges Meliès)意识到了1913年拍摄的《贝里雄一家游记》(Le Voyage de La famille Berrichon)是他最后一部电影,此后,他即为经济和医疗问题所困扰。

多卷盘或"正片"电影的发展也是美国大卫·瓦克·格里菲斯[3]电影人生涯的标志。1913年12月3日,在《纽约戏剧之镜》(New York Dramatic Mirror)推出的一幅广告中,格里菲斯宣称自己为"所有成功的传记电影大片的生产商,为影片戏剧带来了革命,创立了艺术的现代

---

[1] 亨利克·显克微支(Henryk Sienkiewicz, 1846—1916),波兰19世纪著名的批判现实主义作家,1905年获诺贝尔文学奖,主要作品有三部曲《火与剑》、《洪流》及《渥洛杜耶夫斯基先生》等。

[2] 《宾虚》(Ben-Hur),美国电影,1960年在第32届奥斯卡上共获得11项大奖,创下奥斯卡历史最高纪录。

[3] 大卫·格里菲斯(David Llewelyn Wark Griffith, 1875—1848),美国电影之父,电影界的莎士比亚,一共导演了450部电影。这些影片的题材十分广泛,有喜剧、剧情、恐怖、西部片等。

技术。"格里菲斯1875年1月22日出生于肯塔基州的一个乡村，经历了从喧嚣中脱颖，发展自我，到创立事业的过程，他的行动榜样是他父亲。他父亲原是一个农场主、联邦内战英雄、冒险家、肯塔基州议员。他母亲是虔诚的福音派卫理公会教徒，他从母亲那里继承了一种坚定不移的性格和严格的道德价值观。他于1895年开始做巡回演员，使用假名在各地演出达12年之久。1907年，他在纽约找到了电影演员和电影脚本创作的工作，很快受雇于纽约传记公司的电影制片厂，1908年他在此导演了他的第一部电影。他拍摄的影片大多为一卷盘的喜剧，观众买5美分的电影票即可观看。格里菲斯还拍摄了历史片，但不很成功，1912年拍摄了《阳光》(*The Sunbeam*)，一部预示了卓别林(Chaplin)作品就要出世的喜剧。(卓别林1912年开始从艺，1914年拍摄了诸如《儿童赛车记》(*Kid Auto Races*)等第一批影片；1915年的《流浪汉》(*The Tramp*)获得了相当的声名。)1912年，达尔文式的《人类之女性》(*Female of the Species*)，一部描写在沙漠中生存与嫉妒的故事片，由格里菲斯与克莱尔·麦克道尔(Claire MacDowell)、玛丽·皮克福德(Mary Pickford)和多萝西·伯纳(Dorothy Bernard)合作现场拍摄。《看不见的敌人》(*An Unseen Enemy*)(1912年)由多萝西(Dorothy)和莉莲·吉希(Lillian Gish)首次联袂主演。他还不遗余力地拍摄露天表演的历史古装片，如与布兰彻·斯薇特(Blanche Sweet)、莱昂内尔·巴里莫尔(Lionel Barrymore)以及吉希姐妹合作的《伯图里亚的朱迪思》(*Judith of Bethulia*)(1913年)——这毕竟是一个露天表演的时代，我们将会看到，正如我们在杜波依斯的《埃塞俄比亚》(*Ethiopia*)中所看到的那样。

最为流行的一部传记电影《佩吉巷的火枪手》(*The Musketeers of Pig Alley*)(1912年)通过对强盗生活的浪漫化描写，宣告了匪盗类电影的到来。在这部影片中，当然是莉莲·吉希演热了匪盗战争。《黑暗之屋》(*The House of Darkness*)(1913年)讲述疯人院的故事，堪称格里菲斯最黑暗的影片。《死神的马拉松》(*Death's Marathon*)(1913年)是一部短片，讲述一个男人盗用基金还赌债的故事。他一边玩着手枪，一边给他老婆(由莉莲·吉希扮演)打电话时，他的一个朋友正在寻找他。托德·布朗宁(Tod Browning)1913年主演了两部短片：《察觉一宗可怕的罪行》(*Scenting a Terrible Crime*)和《倒下的英雄》(*A Fallen Hero*)。1913年的其他电影还有《峡谷之战》(*The Battle of Elderbush Gulch*)、《原始人》(*The Primitive Man*)和《黑暗之屋》，但格里菲斯已开始向大型正片靠拢。1913年之后，两卷盘的《母爱之心》(*The Mothering Heart*)是一部弥漫着感伤情调的影片，由莉莲·吉希领衔主演(她丈夫背叛了她，有了另一个女人，而此时他们的小宝贝身患绝症)。她的表演灵感超越感伤的情调，成功地塑造了一个感人至深的女性和母亲的形象。1908年，格里菲斯在洛杉矶"发现"了一个宜人而又便宜的郊区，在此他拍摄了一部影片：《好莱坞》(*Hollywood*)。1913年末，格里菲斯最终离开了传记公司，去了西部，拍摄诸如《一个国家的诞生》(*Birth of a Nation*)(1915年)和《忍无可忍》(*Intolerance*)(1916年)等正片。这两部电影很快使他作为新媒体天才声名鹊起，虽然他们的思想深度保守，但后来还是影响了所有其他电影制片人。杜波依斯及其朋友在全美有色人种进步协会极力禁止这两部影片，但是他们也承认这些影片拍得很漂亮。1913年已经是美国电影业的转折点。1913年后，好莱坞成为美国无可争议的电影生产中心，并且很快就主宰了全世界。

像格里菲斯一样,路易·弗亚德[1]在18年间创作并导演了约800部短片、故事片和连本影片。他也是叙事体电影的先驱,他发展了一种顺应运动意象的电影语言。弗亚德也在电影棚外面拍摄电影,喜欢露天镜头,由此避免了舞台性技巧和戏法效果,电影现实主义的成份增加。1906年,他当上了高蒙公司的总导演。除了社会问题剧、追踪戏、喜剧和大众连本影片以外,他还发明了一种连本侦探影片。于是,他决定改编皮埃尔·苏维斯特尔(Pierre Souvestre)和马塞尔·阿兰(Marcel Allain)1911—1914年间合写的连载侦探小说《方托马斯》(Fantômas)。[2]在《方托马斯》中,与书名同名的主人公是一个胆识过人的罪犯,几乎每次令人难以置信的偷盗、犯罪和耍弄都能成功逃脱,大多数时候都是与受害者互换身份。《方托马斯》(1913年)、《吸血鬼》(Les Vampires)(1915年)、《犹德士》(Judex)(1917年)等连本影片的一个新颖之处就是它们是在法国全境实景拍摄的。这些电影抓住了大批观众的注意力,战后给超现实主义者以心灵震颤,这些超现实主义者将这些影片视为一种高度发达的大众文化的标志;这些影片津津乐道于对人物身份的搅动性颠覆、对现代主义假情节机制的依赖和令人毛骨悚然的愤世嫉俗(真正的主人公是冷酷的杀人犯),还有纯城市诗歌的突然显现。

这种新媒体是适合改编哥特式恐怖小说的理想媒体,坡(Allen Poe)和史蒂文森(Stevenson)的小说都是他们最喜欢的改编对象。在德国,斯特伦·赖伊(Stellan Rye)导演和保罗·威格纳(Paul Wegener)主演了《布拉格的大学生》(The Student of Prague)(1913年),这部两卷盘的影片描述的是一个穷大学生拜倒在一位漂亮的女伯爵的石榴裙下,结果他不仅仅出卖了灵魂,而且也把他的镜像出卖给了魔鬼。镜像犯下了罪行,而受到指控的却是这个大学生。保罗·威格纳扮演大学生的表演技巧受到了马克斯·赖因哈特公司(Max Reinbardt Company)的影响,发展了增强戏剧表演效果的印象主义技巧,使得这部戏至今能给人留下深刻的印象。在美国,爱尔兰籍的多产导演赫伯特·布莱嫩(Herbert Brenon)拍摄了第一部环球影城恐怖电影《化身博士与隐身先生》(Dr. Jekyll and Mr. Hyde)(1913年)。主要演员金·白格特(King Baggot)十分有效地传达了隐身先生反社会的暴力。这不是史蒂文森经典作品的第一次改编,也不是最后一次改编,但却是白格特最引人入胜的一次表演。

总之,人们对电影越来越广泛的使用所产生的结果十分乐观。法国记者雷恩·多米克(René Doumic)认为,既然电影使国王、皇帝和首相更加贴近人民,那么它会产生一种更"民主的艺术"。法国总统庞加莱和美国总统威尔逊等人很快就学会了利用电影技术。对多米克来说,电影院是"爱丽舍宫人人喜爱的一种附属物"。[3]阿波利奈尔曾宣称1917年的电影院没有前些年那样有国际影响("请注意:已经完全是世界艺术的电影,人人一看即知有民族差异,影迷可以瞬间区分出美国电影和意大利电影"[4]),但他也注意到,这门新艺术是当代"杰出的大众艺术",这门艺术迫使普通大众运用流动的意象进行思维,由此更新了人们感知世界的方式。[5]

---

[1] 路易·弗亚德(Louis Feuillade, 1873—1925),法国无声电影时代著名的多产导演,其中最著名的有《方托马斯》、《吸血鬼》、《犹德士》等。

音乐

我已经提到了《春之祭》在巴黎首演引起的丑闻[《春之祭(Le Sacre du printemps)》很快就被巴黎一些精英讥为《春之殁(Le Massacre du printemps)》][6]。这部音乐剧与1830年欧那尼之战的厮杀声一样震天,是年轻的浪漫主义作曲家大胜古典主义作曲家的一场喧闹的献曲。如同雨果的戏剧一般,首演之前就有不少观众前来扎营观看,斯特拉文斯基、佳吉列夫[1]和俄罗斯芭蕾舞团作为前卫艺术的英雄人物而崭露头角。他们取得成功以后,音乐看上去似乎是更为先进的媒体,至少是因为它清晰地跨出了国界,在巴黎引起了一场很大的俄国热,达到了一个历史的和时代的高度:德彪西看到斯特拉文斯基《春之祭》的乐谱时宣称,"这是黑人音乐!"——这在当时可能是合适的赞美之辞。1913年,所有主要的革新派音乐人——维也纳和柏林的阿诺德·勋伯格、柏林的法鲁西奥·布索尼、法国的德彪西和埃里克·萨蒂、圣彼得堡和巴黎的伊戈尔·斯特拉文斯基、美国的查尔斯·艾维斯——都异口同声地表达了他们的迫切要求,即摆脱古典和声预定规则的束缚,抛弃至少自巴赫以来就已形成的纵、横复调织体的崇拜,虽然这些音乐革新人特点各不相同。为了做到这一点,他们有的像德彪西那样寻找早先的模式,有的似乎像斯特拉文斯基那样选择激进的原始主义风格,有的则系统地彻底抛弃整个有调的音乐语言。在抛弃有调的音乐语言方面,勋伯格走得最远,但他知道,这与其说是革命,不如说是演进,这场演进,是对后期贝多芬、瓦格纳主导旋律色差以及勃拉姆斯[2]管弦乐复调发展趋势的突然激进化。布索尼(Busoni)是最早认可由勋伯格(Schoenberg)、伯格(Berg)和韦伯恩(Webern)领导的这场试验的音乐家,他1907年出版的《新音乐美学概论》(Sketches of a New Musical Esthetic)为这场运动提供了理论框架。其后,1911年,勋伯格出版了巨著《和声论》(Harmoniclehre),旨在向贬损他的人证明他是很懂得和声学的,然后解释了为何现在应彻底地重新思考这一问题。

我已经提到了1912年10月在柏林首演的《月迷彼埃罗》(Pierrot Lunaire)。在这场演出中,勋伯格运用女歌手诵读大于歌唱的"道白声"(Sprechstimme)进行语境无调性的自由试验——这似乎表明是嗓音引领音乐。他还在笛子、单簧管、小提琴、大提琴、钢琴小合奏对声乐进行的伴奏中使用音色旋律。自此以后,它一直是现代音乐的经典,而当皮尔·布莱兹[3]在60年代再次发展序列音乐流派时,又复活了这一经典,这部作品在柏林和维也纳取得了成功。同样,1900—1901年创作、1911年演出的管弦乐《古雷之歌》(Gurrelieder)也博得了一片喝彩。1913年3月,首场演出在维也纳进行,这位作曲家第一次在公众中赢得了胜利,观众起立,鼓掌欢呼长达15分钟。这些"歌曲"构成了新近的浪漫主义清唱剧,其中复调风格

---

[1] 塞尔戈·佳吉列夫(Serge Diaghilev, 1872—1929年),俄罗斯剧团经理,创建并经营俄罗斯芭蕾舞团,促进芭蕾成为20世纪一种主要艺术形式。
[2] 约翰内斯·勃拉姆斯(Johannes Brahms, 1833—1897),浪漫主义中期德国作曲家,代表作品有四部交响曲,两部钢琴协奏曲,两部序曲,小提琴协奏曲,合唱《德意志安魂曲》,管弦乐《海顿主题变奏曲》等。
[3] 皮埃尔·布莱兹(Pierre Boulez, 1925—   ),法国作曲家,指挥家,创有无调的前卫派音乐作品,著名作品有《无主的琴槌》等。

的大量运用令人想起后期的马勒[1]——它们与勋伯格最新的思想并不一致。几周后，情况截然相反：维也纳观众一片哗然，停演了伯格、韦伯恩[2]和勋伯格的新音乐。这给了勋伯格一些教训，公众对无调性的接受是有限度的。他决定返回柏林，1913年秋，他完成了《幸运之手》(Die glückliche Hand)，这是他后来《摩西与亚伦》(Moses and Aron)歌剧创作的一个先兆。这部极度浓缩的作品是他早期音乐剧《期望》(Erwartung)的"男性"伴侣。在这部作品里，人们看到，一个普通男人为了给理想中的女人挣得一枚金戒指而和工人们一起拼搏。作品的寓意颇为模糊，但其音乐却强烈奔放、丰富多彩、休止歧出、跌宕多姿、声响有力，将勋伯格此前的表现主义冲击力推到了无调性对位组织的更高水平。所有评论者都强调了勋伯格1913年后的10年沉默——无疑，战争与沉默很有关系——他需要这10年来创立一种新的音乐语言。

伊戈尔·斯特拉文斯基的进展也很快。这位里姆斯基—科萨科夫[3]的年轻门徒在他与自1906年以来一直在巴黎组建俄罗斯芭蕾舞团的佳吉列夫合作后，在欧洲声名鹊起。像1910年的《火鸟》(Firebird)、1911年的《彼得鲁什卡》(Petrushka)等芭蕾舞剧的巨大成功让斯特拉文斯基萌生了更为雄心勃勃的计划。这一计划从1910年就开始酝酿了，他在回忆录中解释道，当时他做了一个奇怪的梦，梦见了"异教徒的祭礼"，老人们围坐一圈，观看着一位漂亮的年轻女人，她命中注定要做牺牲品献祭给他们的神，她要跳舞一直跳到死。斯特拉文斯基和舞台设计兼画家尼可拉伊·莱利克一起创作这部新音乐作品，莱利克对早期的俄罗斯的音乐主题、异教祭祀和斯拉夫传说都有精深的研究。当时，史前民俗对许多人来说都是灵感的源泉，这一点从罗斯尼(Rosny)兄弟1911年出版的小说《火之战》(The War of Fire)盛极一时即可看出，他们特别运用了史前史背景，描写的是粗野的洞人发现了人性的原始主义传奇。

由于佳吉列夫和他的主要舞者尼金斯基[4]的出众才华，芭蕾舞——尤其是俄国芭蕾舞——作为1910年后主要的现代艺术样式出现在观众面前："佳吉列夫发明了新的艺术形式，芭蕾舞已是一门综合艺术：在不到一个小时的一种娱乐形式中，他将所有的元素——故事(如果有的话)、音乐、舞台美术以及舞蹈设计——融为一体。"[7]瓦格纳想让歌剧变成"总括的艺术"，包含长时间的表演、完整的组剧和几乎是宗教似的狂热；与此同时，新俄罗斯芭蕾舞剧却是节奏明快、令人晕眩、美轮美奂、短小精悍。巴克斯特的舞台设计和服装设计与芭蕾舞女演员的美姿一样令人称羡；还有尼金斯基，也是无与伦比。1912年，《牧神午后》(L'Après-midi d'un faune)的成功与德彪西微妙而又流畅的印象主义曲谱以及仙女和牧神的神圣姿势形成对照，而尼金斯基以一个精确模仿的极度兴奋来完成他最后一个"死亡飘落"动作——牧神的

---

[1] 古斯塔夫·马勒(Gustav Mahler, 1860—1911)，杰出的奥地利作曲家，指挥家，他的许多作品体现了他对弗洛伊德精神分析学的理解。

[2] 安东·冯·韦伯恩(Anton von Webern, 1883—1945)，奥地利作曲家，新维也纳乐派代表人物之一。

[3] 尼古拉依·安德烈耶维奇·里姆斯基—科萨科夫(Nikolay Andreyevich Rimsky-Korsakov, 1844—1908)，俄国作曲家、教育家、指挥家，代表作有交响乐《西班牙随想曲》和交响组曲《山鲁佐德》等。

[4] 瓦斯拉夫·弗米契·尼金斯基(Vatslav Nijinsky, 1890—1950)，波兰裔俄罗斯芭蕾舞者和编舞家，以非凡的舞蹈技巧及对角色刻画的深度而闻名。

性爱沉思无疑增强了这一新热情的效果。因此，1913年有了很好的开端，但却遇到了不幸的竞争，1913年5月德彪西的《游戏》（Jeux）上演，而《春之祭》是在两周后才上演。让德彪西颇为震惊的是，在《游戏》的演出中，尼金斯基开始一种新型的舞蹈动作设计最小化试验，他几乎没跳，"让音乐飘过。"这部剧的主题是"现代的"，为了雅谑，使用了打网球作为舞台背景，这与完全由尼金斯基进行舞蹈设计的粗犷十足的《春之祭》形成强烈的对比。佳吉列夫注意到，巴黎观众尚未喜欢上《游戏》，对他们不能理解的创新音乐感到诧异，对整个演出的反讽化风格未置可否，因此，他精心上演了一出后来看来是丑闻的"事件"。他给许多年轻艺术工作人员和同情者发放免费戏票，让他们去鼓掌；他知道，斯特拉文斯基的曲谱是革命性的，尼金斯基的舞蹈设计坚持使用内向弯曲膝部和内向脚趾这样的"史前"体姿，将会创立新标准，但他不想冒险。

有关《春之祭》第二场演出引起的丑闻最浓缩的一个版本（也许不是完全可靠）在格特鲁德·斯坦因的《艾丽丝·B·托克拉斯自传》（Autobiography of Alice B. Toklas）里即可找到：

> 演出开始了。刚一开始，群情就激昂起来。大家都十分熟悉这个布置得很鲜艳的舞台背景，此时并无出奇之处。激昂之声违背了巴黎观众的意愿。音乐和舞蹈刚一开始，他们就嘘声一片。喝彩者开始鼓掌。我们什么也没听见，实际上，《春之祭》音乐我一点儿都没听到，因为我是第一次看这部剧，整场演出，音乐声几乎是听不到的。[8]

瓦伦丁·格罗斯对首场演出也有类似的记述：

> 剧院似乎被一场地震掀翻。整个场地似乎都在颤抖。人们破口大骂，吼叫、口哨声一片，淹没了音乐。甚至有击掌声和击拳声。[……]我看到莫里斯·德雷基很生气，脸涨得像甜菜根一样红。小莫里斯·拉威尔怒不可遏，像一只斗鸡一样，莱昂—保尔·法尔格冲着发出嘘声的包厢破口大骂。[……]这部芭蕾舞剧美得令人称奇。[9]

这部总共才34分钟的作品对观众来说有几十个惊奇之处：当巴松管以离奇的独奏开始时，他们居然未能听出来，节奏一直在变化，舞蹈动作是由尼金斯基安排的，他喊"17"、"18"的数字来提示舞蹈演员。看着一个处女在老人的众目睽睽之下跳完祭礼的舞蹈，然后献祭给太阳神，这一创意在1913年足以惊倒彬彬有礼的观众。但是，到了第三场演出，喧哗声已经退去，观众们已能心怀敬意全神贯注地观看演出了。1913年5月和6月的四场演出，身为画家、诗人和作家的观众几乎全来观看。《春之祭》的音乐学分析已经作过很多次，其中，安德烈·鲍科莱切利耶夫最能描述不协和音与节奏的互动，说明密集的多节奏结构如何为缺少明确的调性作出补偿。正如斯特拉文斯基自己后来一再指出的那样，他不像维也纳作曲家，他不顺从任何理论，只顺从自己的耳朵。[10]

让·科克托[1]曾是斯特拉文斯基的密友和合作伙伴，在这部芭蕾舞剧中，他看到了反映俄国猛然冰雪消融、大地回春的"史前田园诗"。科克托坚持认为，这部剧中血祭的激进性主题难以作为"舞蹈至死"的形象加以崇高化，我们将回头专论这个问题。这部剧的人类学内容似乎可为带有过于狂欢暗示的纯原始主义正名。阿多诺写道，从音乐创作的角度来看，《春之祭》仍是斯特拉文斯基"最进步的作品"，虽然在描写人类祭祀的意义上被认为是最为"退步"的，人们公正地将其评为一种"野蛮主义的审美游戏"。[11]像德彪西一样，阿多诺也倾向于将《春之祭》归为带有斯拉夫倾向的黑人艺术（art nègre），在他题为"《春之祭》与非洲雕塑"一节书中，他敏锐地将斯特拉文斯基的芭蕾舞剧与弗洛伊德的一部当代著作《图腾与禁忌》(Totem and Taboo)相比：

> 虽然几乎是烹饪式设计的杰作《彼得鲁什卡》(Petrouchka)与这部喧闹的芭蕾舞剧之间存在着风格上的差异，两者有着共同的内核——没有悲剧的祭祀，不是以人类新型形象的名义而举行的祭祀，而只是对一种局面被受害人盲目认可的祭祀。这一见解通过自嘲或自灭得到表达。这样的母题完全决定了音乐处理的方式，它从彼得鲁什卡轻浮的面具后面走了出来，出现在《春之祭》沉重的血祭之中。这是野蛮人被改称为原始人的年代，这样的年代走进了弗雷泽[2]和列维·布留尔[3]的视野，接着继续走进了弗洛伊德的《图腾与禁忌》。[12]

稍后，阿多诺又将这部芭蕾舞剧的"谵妄性"与弗洛伊德的乱伦禁忌的后果相比[13]——这表明他已经抓住了弗洛伊德关于人类祭祀、宗教的早期形式以及杀害受害人（这受害人是神灵的化身，而这神灵又是游牧民族被谋害的先祖的化身）之间的联系。这就解释了为何这部芭蕾舞剧虽然有些退步的性质，但颇具治疗作用，其形式上的反论是，这一祭礼执行完了，但"没有悲剧"——除非我们在扭曲的节奏形式中看到了某种与古希腊神话（在古希腊人神世界的紧张关系中，命运主宰着贫民的自由）的可比性。

阿多诺的论题是很激进的：只有勋伯格才体现了真正的革新；他集前辈音乐之大成，并且推动了音乐向着自觉的无调性方向发展。相比之下，斯特拉文斯基无法建立新的体系，于是依靠民族主义的民俗和荣格集体无意识的概念（他在梦中得到这一创意，也非偶然）。他的现代主义遭遇了无政府主义，随后又逐渐消失在拟古主义之中——在反叛的背后潜伏着幼稚，因为"昨天的原始主义就是今天的天真。"[14]阿多诺在第一篇论文发表后即意识到他过于系统化了两位作曲家之间的对立：勋伯格并未因为溢美之辞而感到高兴，相反因为对他的老朋友斯特拉文斯基的负面评价而感到气愤；斯特拉文斯基仍然高傲、沉默。然而，在他的论

---

[1] 让·科克托（Jean Cocteau, 1889—1963），法国作家，超现实主义者，创作追求奇巧，被称为"耍弄文字的魔术师"。

[2] 詹姆斯·乔治·弗雷泽（James George Frazer, 1854—1941），英国著名的人类学家、宗教史学家、民俗学家，神话学和比较宗教学的先驱，著有《金枝》。

[3] 路先·列维—布留尔（Lucien Lévy-Bruhl, 1857—1939），法国社会学家、哲学家、民族学家，法国社会学年鉴派的重要成员，著有《原始思维》。

著出版过后，阿多诺很快又返回到序列主义了。[15]阿多诺弄不清斯特拉文斯基会被称为弗洛伊德派，还是被称为荣格派，这一点，我们将会看到，1913年那个时候是一次真正的抉择。人们可以说，在阿多诺看来，斯特拉文斯基是在重复理查·施特劳斯的创作过程。施特劳斯就是在纯粹创新的时刻之间抉择——比如其奠基性的《莎乐美》(Salomé) (1906年)，随后他又陆续创作了《艾莱克特拉》(Elektra) (1908年)和《阿里阿德涅在纳克索斯》(Ariadne auf Naros) (1912年)，后两部歌剧过于超前，大众难以接受——而像《玫瑰骑士》(Rosenkavalier) (1910年)这样通俗而甜蜜的歌剧，当时就极负盛名。后面我要回到他与雨果·冯·霍夫曼史塔尔合作的话题上来，与斯特拉文斯基20年代的作品相似，自1912/1913年开始，至1917年结束，他与雨果合作的《没有影子的女人》(Die Frau ohne Schatten)是达到新古典主义巅峰的作品。

也许受到由斯特拉文斯基的芭蕾舞剧创新的节奏的推动，1913年春天以后，钢琴便成为德彪西表达和探索音乐的情有独钟的乐器。德彪西的《钢琴前奏曲集》(Preludes for Piano)上下两册，尤其是作于1911年—1913年4月间的下册，和他早期的创作一样，依然使用古希腊模式进行演奏；不避免使用不协和音，并被公认为他最后的杰作。莫里斯·拉威尔1911年在夏沃音乐厅举行萨蒂[1]第二部《萨拉班德》(Sarabande)的首次公演，博得了相当的喝彩；其后不久，德彪西也上演了萨蒂几部奇特的作品，此二人的竞相演出增添了观众的胃口，让这位老音乐家声名鹊起。1913年，萨蒂受到其作于1887年和1888年的音乐被重新发现的鼓舞，发挥其幽默的才智，创作了一组钢琴曲，曲名难以翻译，如《干涸的胚胎》(Embryons désséchés)、《一、海参。二、腾喜龙大斗篷。三、盾叶鬼臼大斗篷》(I. D'Holothurres. II. D'Edriophtalma. III. De Podophtalma)或《森林中大老好人媚相速写》(Croquis et agaceries d'un gros bonhomme en bois)等。他从世纪末的离奇艺术转向了原始达达主义，为他作品的演奏者弄出了难以忍受的指示语；一篇作品竟然加上了"像夜莺牙疼一样"[16]的注解。这种大不敬的精神与当时也很流行的"交响诗"大相径庭。当时，莫斯科有斯克里亚宾[2]的交响诗《普罗米修斯》(Prometheus)，伦敦有埃尔加[3]的《法斯塔夫》(Falstaff)。斯克里亚宾和埃尔加二人在趣味和风格上更接近于理查·施特劳斯，他们在传统与创新之间选择了妥协——因此，见到爱德华·埃尔加(Sir Edward Elgar)1911年为英国国王创作官方的《加冕进行曲》(Coronation March)并不奇怪。

这些仪式性作品与来自大西洋彼岸爵士乐这一新趋势形成对照。20世纪头10年，像斯科特·乔普林[4]这样的先驱正奋力通过自己歌剧的上演在高雅文化中留下印迹。让我们重溯一下

---

[1] 埃里克·阿尔弗雷德·莱斯利·萨蒂(Éric Alfred Leslie Satie, 1866—1925)，法国作曲家，代表作品有钢琴曲《玄秘曲3首》《3首萨拉班德》，交响戏剧《苏格拉底》，舞剧《游行》《炫技表演》和《松弛》等。

[2] 亚历山大·尼古拉耶维奇·斯克里亚宾(Alexander Nikolaievich Scriabin, 1872—1915)，19世纪末20世纪初俄罗斯最杰出的音乐代表之一，著名的作曲家、钢琴家；既是神秘主义者，也是无调性音乐的先驱。

[3] 爱德华·埃尔加(Edward Elgar, 1857—1934)，英国作曲家、指挥家，著名作品有清唱剧《杰龙修斯之梦》、《基督天使》、《王国》等。

[4] 斯科特·乔普林(Scott Joplin, 1868—1917)，美国黑人作曲家、钢琴家，人称"雷格泰姆乐作曲家之王"。

他的履迹。乔普林31岁时因其"枫叶拉格"(*Maple Leaf Rag*)(1899年)而一举成名,这个曲谱到1909年已经销售50万份;1900—1914年间,他已经创作了60多篇作品,大多数都是"拉格泰姆音乐"。1903年,他试写了第一部歌剧《贵宾》(*A Guest of Honor*)来纪念布克·T·华盛顿1901年在白宫接受罗斯福总统的著名宴请。1911年,他移居纽约市,创作了他的巨著,一部叫做《特里莫尼莎》(*Treemonisha*)的歌剧。这部歌剧是基于他的第二任妻子(20岁时即已去世)的人生经历而创作的。歌剧讲述了一位来自南方的年轻的黑人妇女的故事,她设法抵制当地迷信,为自我完善和接受教育而奋斗。1913年,他仍在努力让《特里莫尼莎》出版,但未获成功。他在创作《命运拉格》(*Kismet Rag*)时,身体垮了——他1917年死于梅毒,但已将拉格泰姆长久地确立为新的流行音乐。1913年,已有大批模仿者:查尔斯·"乐凯"·罗伯兹,哈莱姆的一位钢琴家,发表了他第一篇拉格泰姆作品"废旧品商人拉格"(Junk Man Rag),像"大伙登船去南面"(All Aboard for Dixie Land)、杰克·格洛根的"飞机"(The Airplane)都轰动一时,家喻户晓。马克·塞内特(Mark Sennet)1913年甚至还导演了一部叫做《那个拉格姆乐队》(*That Ragtime Band*)的电影。但就在1912年,吉恩·巴克和赫尔曼·鲁比为大卫·斯坦珀创作的叫做"那个莎士比亚式拉格"(That Shakespearian Rag)的拉格泰姆作品写下了抒情诗。这首诗1912年发表于伦敦,如果可预测的话,诗中相当机智地引用了莎士比亚的词句(如"朋友们,罗马人,同胞们……"和"用我的王国来换一匹马"等)。合唱唱道:"那个莎士比亚式拉格——最富智慧,十分高雅,那古老的经典拉格句句精当……"无疑,T·S·艾略特受到这些文学回音的感染,在《荒原》(*The Waste Land*)中引用了以上词句,运用准确的拟声措辞捕捉到了新的切分音感觉,这是现代主义对传统与现代实施拼接的一声清唱:"哦,哦,哦,哦,那莎士比亚式拉格—/它是如此高雅/如此智慧。"[17]

与此同时,一些作曲家已经开始注意那些新节奏了——斯特拉文斯基《春之祭》中狂烈的节拍如果没有俄国民间音乐和早期爵士乐的双重影响,是难以想象的。德彪西1906年写完《儿童角落》(*Children's Corner*)(其中有著名的"戈里沃格比舞得蛋糕"),萨蒂在20世纪头10年演奏的是爵士乐节奏。同样,查尔斯·艾维斯很关注康涅狄格州小镇铜管乐器乐队开创的特殊节律,如他多次指出的那样,对他作为丹伯利乐队(the Danbury Brass Band)队长的敬爱的父亲,他一直充满敬意;那些爱国歌曲、国歌、黑人歌曲、黑人民歌、爵士乐和拉格泰姆混合的回响,对他的"不限于任何琴键"的更富试验性的和弦是一种混合的回响,对此,他一直充满敬意。像勋伯格和斯特拉文斯基一样,他一直致力于将通俗音乐和高雅音乐结合起来,他还更进一步,仅凭听辨舞步就将对早期爵士乐的节奏进行了切分。因此,早在1902年,他就做了立体主义拉格泰姆的试验,写下了"拉格泰姆舞"。《新英格兰假日》(*New England Holydays*)是1904—1913年创作的典型的早期作品。艾维斯将四季与美国官方假日联系起来:冬季以乔治·华盛顿的生日为标志,春季以阵亡将士纪念日(这天两支乐队同时演奏两支不同的进行曲)为标志,夏季以7月4日(这一节日,我们听到不用键盘、不用节奏演唱的)《扬基·杜多》(*Yankee Doodle*)、《凯蒂,达令》(*Katy Darling*)、共和国战歌、福音歌,等等为标志,秋季就以感恩节来说明。艾维斯不但像布索尼和勋伯格的两大徒弟伯格和韦伯恩那样是个激进的试验者,而且也是美国浪漫主义作曲家,对宗教圣歌、小镇进行曲、爱国纪念歌曲都充满了怀念。他在精神上颇近第一维也纳学派——通过运用半音阶、不协和音、无调和弦(这些创新逐渐创制了一个完全一体化的音乐结构)希望让弦的内在活力来控制和声,并大胆打破这种和声。具有反讽意味的是,至少是战前的大多数同时代人都认为,艾维斯没有受过音乐教育,只不过是个一时怪念突起的业余爱好者,他不懂和声和复调的规则,极力回避这些不足。他的创作丰富多彩,对现代人来说十分悦耳,给今天的我们留下了音乐史上的美国超验主义,根据斯坦利·卡维尔的观点,超验主义是唯一真正的美国哲学。因此,艾维斯频频提及爱默生和梭罗绝非偶然。

绘画

1913年,绘画、音乐和文学之间的联系很多、很显著。在这一意识下,让·科克托将《春之祭》描写为纯"野兽派"作品:"该说的都说了,该做的也都做了,《春之祭》仍是一部'野兽派'作品,一部精心组织的'野兽派'作品。"[18]野兽派与高更[1]和马蒂斯[2]有关,他们对正常形式与色彩概念的反叛推动了1903—1905年的艺术革命——此外,原始主义的某一画派也总是与野兽派相联系。阿多诺引用科克托的观点,将这两者之间的联系进行了系统的论述。[19]德彪西是典型的印象主义作曲家,而斯特拉文斯基则在"野兽派"与"立体主义"之间徘徊。人们看到,在勋伯格的早期作品中,某种主观性的新表达方式有时退缩回去了,而广纳整个宇宙的怀抱有时彰显出来了;这说明勋伯格具有足够的水平,能够成为表现主义的作曲家,一看他的绘画即可确定这一归属无误。勋伯格1913年前后放弃了绘画,很长时间以后才重归绘画——这表明,他的思路在往前发展,朝着纯抽象化的方向迈进。以上这些描写在一定程度上有助于我们的理解,因为人们睁眼即可发现立体主义和斯特拉文斯基节奏的共时多维性之间的回响,在同一时间,从不同的角度看,在他的《春之祭》与毕加索的画中能看到大体相似的脸部,这就引出了1913年立体主义意味着什么的问题。

人们在讨论立体主义时,习惯于区分所谓第一波"分解的立体主义"和第二波"综合的立体主义"。前者始于1907年毕加索的《阿维尼翁的少女》(*Les Demoiselles d'Avignon*),后由莱热[3]、勃拉克[4],当然还有毕加索于1909—1910年间加以系统化;后者始于1912年,经格列兹、梅曾格、德劳内[5]、格里斯[6],以及以上提及的所有画家实践,形成了新画风。这一区分很

---

[1] 保罗·高更(Paul Gauguin, 1848—1903),法国后印象派画家、雕塑家、陶艺家及版画家,与塞尚、梵高合称后印象派三杰。
[2] 亨利·马蒂斯(Henri Matisse, 1869—1954),法国著名画家,野兽派的创始人和主要代表人物,也是一位雕塑家、版画家。
[3] 费尔南·莱热(Fernand Léger, 1881—1955),法国画家,代表作有《建筑工人》、《大行列》等。
[4] 乔治·勃拉克(Georges Braque, 1882—1963),现代绘画大师、雕塑家、舞台设计家,立体主义绘画创始人之一,主要作品有《埃斯塔克之屋》、《有小提琴和水壶的静物》、《葡萄牙人》、《吉他》等。
[5] 罗伯特·德劳内(Robert Delaunay, 1885—1941),法国画家,最早创作纯抽象作品的画家之一,主要作品有《日光盘》、《圆形:太阳和月亮》等。
[6] 胡安·格里斯(Juan Gris, 1887—1927),是西班牙画家、雕塑家,一生在法国生活和工作,与毕加索、勃拉克同为立体主义风格运动的三大支柱。

快激发了1912—1913年其他画风的试验,如毕加索、勃拉克等人开始在油布布头和报纸碎片上作画,或者将广告搬上了画布,这种画风叫做拼贴画。[20]1913年,阿波利奈尔(Apollinaire)受德国表现主义周刊《风暴》(*Der Sturm*)之邀,撰写这一年"现代绘画"的综论文章。该文发表于1913年2月,[21]恰巧是在阿波利奈尔和德劳内访问柏林之后。文章有效地勾画了各种最新趋势。阿波利奈尔对巴黎的所有大画家都十分了解,与毕加索、马蒂斯和德劳内交往甚密。他认为,1913年的两大主要画派是立体主义和奥弗斯主义——后者为德劳内所创立的画派。根据阿波利奈尔的论述,毕加索发现立体主义主要归功于莫里斯·德·弗拉芒克[1]和安德烈·德朗[2],弗拉芒克早在1902年就收集了非洲面具,并模仿它们的图形设计,而德朗则追随其后。1905年,德朗遇见了马蒂斯,一年后又与毕加索有了密切的接触。年轻画家迷恋黑人艺术,由此对色彩和图形产生了新的感觉。毕加索、勃拉克、梅曾格、格列兹、莱热和格里斯1905—1906年间的画作越来越棱角分明、僵硬挺直,马蒂斯将这种新画风称为"立体主义"(cubist),这一称谓其后很快为这群画家所接受。

早期的立体主义倾向于将物体分解为同一平面上的各个构件,这是从毕卡比亚[3]和杜尚开始出现的一个新趋势;与此同时,德劳内正在运用分光法创造一种纯色彩艺术。阿波利奈尔将奥弗斯主义与发动了德国表现主义运动的蓝骑士画家群(如康定斯基[4]、马尔克[5]、麦克等人)相提并论:像德劳内一样,他们也对光线和形状的精神特性感兴趣。毕加索和勃拉克已经开始将广告、字母以及其他社会符号搬上画布,因为他们想要换回人们对大城市里映入眼帘的所有公共符号的体验。最后,阿波利奈尔认为意大利的未来主义画派诞生于立体主义与野兽派的交叉。所有这些画派都共同关心不同感觉层面的共时性表达——而共时性对德劳内来说是个关键词。同年晚些时候,德劳内给柏林《风暴》组织的秋季沙龙送去了一批画作,画名就很有启示意义:《同天并时的日月》(*Simultaneous Sun and Moon*)、《同时并存的塞纳河、铁塔、轮子、球》(*Simultaneous Seine Tower Wheel Ball*)和《同时呈现:巴黎、纽约、柏林、莫斯科、塔》(*Simultaneous Representation: Paris New York Berlin Moscow the Tower*)。[22]共时性的审美效果是:不仅世界各大都市,而且各种艺术混合为一体都是可能的。阿波利奈尔一直坚持认为,现代画家作画的过程就像得到灵感时的诗人做诗一样:希望是"现实主义者",专注于实际感觉,因此,画家不避免寻求"纯色彩"表达。

像阿多诺和阿波利奈尔一样,弗吉尼亚·伍尔夫(Virginia Woolf)稍晚时候所作的关于新

---

[1] 莫里斯·德·弗拉芒克(Maurice de Vlaminck, 1876—1958),法国画家,野兽派领袖之一,主要作品有《夏都的住宅》、《红树》等。

[2] 安德烈·德朗(Andre Derain, 1880—1954),法国著名画家,野兽派先驱,主要作品有《舞蹈》、《两艘驳船》、《科利乌尔的山》等。

[3] 弗朗西斯·毕卡比亚(Francis Picabia, 1879—1953),法国画家,早期作品受印象派的影响,后来转向立体主义,创作从来没有固定的模式,一直在变革之中。

[4] 瓦西里·康定斯基(Wassily Kandinsky, 1866—1944),俄国现代艺术的伟大人物之一,现代抽象艺术在理论和实践上的奠基人,主要著作有《论艺术中的精神》等。

[5] 弗兰茨·马尔克(Franz Marc, 1880—1916),德国画家,艺术团体"蓝骑士"的成员。他是20世纪最伟大的画家之一和德国表现主义的创始人之一,主要作品有《蓝色的马,一号》、《大象》、《公牛》等。

时期的奠基性文章也肯定了从一个媒介综合性地跨越到另一种媒介的趋势。伍尔夫是在描述1910—1914这5年的时光，论说方向如何从绘画转变到文学的一篇文章中说到这一点的。这一"新"精神诞生于1910年底（"大约1910年12月前后人类性格变化了"[23]），她的这一著名言论与文学发展趋势有关，因为她的目的是将她同时代的作家划分为两个阵营：爱德华时期的老一代作家和乔治时期的新一代作家。因此，韦尔斯、贝内特和高尔斯华绥是"爱德华时期"（Edwardians）的老一代作家，属于爱德华七世统治时期仍带有维多利亚时代理想的20世纪头10年。福斯特、劳伦斯、斯特雷奇、乔伊斯和艾略特是乔治时期的作家，所有这些人，我们称为"现代主义"者。伍尔夫如何能够断言1910年12月时代发生了急剧的变化？这个日期与爱德华国王去世（国王驾崩是在1910年5月）和新国王加冕并无紧密的联系，它凸显的是伍尔夫家的一个密友罗杰·弗莱1910—1911年冬在格拉夫顿美术馆（Grafton Galleries）组织的两场后印象主义画展的第一场。弗吉尼亚1910年12月参观了题为"马奈与后印象派"的第一次画展，这次画展对她产生了深刻的影响——她的言论首先表明1910年12月她对世界的看法改变了，而这一改变主要是在现代绘画的影响下发生的。

"后印象主义"是一个便于表达的名称，是罗杰·弗莱[1]1910年为将19世纪末还没有在伦敦举行过画展的若干重要的法国画家归类到一起而创造的。1910年，当弗莱展览高更（Gauguin）、塞尚（Cézanne）、梵高（Van Gogh）、秀拉（Seurat）、奥迪隆·雷东（Odilon Redon）和图卢兹—洛特雷克（Toulouse-Lautrec）等人的画作时，大多数法国批评家殚思竭虑也未找到他们共同的特征，难以对其命名。诚然，弗莱在1912年加上了马蒂斯、毕加索和勃拉克，就更趋近于这一时代的现代性了，但是，他仍认为，画家们意识到印象主义过后会有一场大运动，他们会将点画派、野兽派、象征主义、早期立体主义以及法国各种表现主义流派大体包罗进去。他们都是法国人，隔峡相望的距离允许作这样的概括——但我们会看到，这样的概括很快受到了绘画界诸如温德汉姆·刘易斯等业内人士的质疑。

罗杰·弗莱也许首先因为他对弗吉尼亚·伍尔夫和她的姐姐瓦内萨·贝尔的接近而显得重要。伍尔夫令人感动的证据就是简称为《罗杰·弗莱：一部传记》（Roger Fry: A Biography）[24]的书，该书对所有过去的时期都作了概述，差不多可以说是一部身后的自传。在围绕欧米伽工作室的那场争论中，伍尔夫站在她姐姐瓦内萨、罗杰·弗莱和邓肯·格兰特一边，这三位画家此前做了个集体闯荡的事业：沿着威廉·莫里斯艺术与工艺运动的路线开设了一个艺术家工作室，这是一项宏大的工程，旨在传播孕育着"新精神"的艺术作品和日常使用的物件。然而，他们工作室位于布鲁姆伯利中段的菲茨罗伊广场这一事实却表明，他们并不那么激进，他们经常是一边开拓"后印象主义"，一边创新舞蹈动作、舞服、戏剧布景，甚至还搞起了非洲民间艺术的收藏。当时，由沃尔特·希科特领导的一个更为严肃的画派则以坎登镇工人阶级生活区为基地——坎登镇小组与欧米伽工作室同时开张，希科特是这一画派磁铁般吸引力的主导核心，成员包括斯宾塞·戈尔（Spencer Gore）和哈罗德·吉尔曼（Harold Gilman）

---

[1] 罗杰·弗莱（Roger Fry, 1866—1934），英国著名艺术史家和美学家，20世纪最伟大的艺术批评家之一，早年从事博物馆学，后来兴趣转向现代艺术，著有《贝利尼》、《视觉与设计》、《变形》等。

等富有才华的画家。1913年,他们与伦敦小组融合为一个流派。伍尔夫在其写作中几乎不谈绘画的话题,但偏偏谈论希科特,可谓是个例外。

希科特或许会被弗莱称为"后印象主义者",但实际上,他很难被划归为哪一类,但他却是英国最重要的一位画家——一位自觉的现代主义者,而且与别人难以相处。他拒绝他第一位师傅的教导之后,就独自发展了:他先投师惠斯勒[1],但很快就离开这位美国流放者新印象主义的门庭,改投在一位"法国人"的门下。他取法于德加[2],而不是塞尚、毕加索、或是马蒂斯,并且也将德加日常生活的鲜明审美观作为他自己的审美观。他追求雅俗共赏、简奢同一。在德加对舞者、女裁缝和街景迷恋的基础上,他坚持某种现实主义,至少认为绘画应该仍然作为一种叙事的艺术保持对可理解性的关注,由此将现实主义推向了极端。制图技术是判断一个画家素质的重要方法,希科特感到,毕加索、马蒂斯和刘易斯都在走捷径。德加在绘画技术的各个方面都是典范。希科特1912年写道,"我将自己明确划归到惠斯勒反文学绘画理论的对立面上正好25年了,对我的归属我颇感满意。所有伟大的绘图员都会讲述故事。"[25]在这一问题上,他从未改变过观点;对他来说,绘画就是"文学的一个分支"。[26]在此语境中,"文学"并不意味什么高雅的文化,因为他坚持认为,"文学"在日常报纸、教堂布道、音乐厅歌曲,或者在大众舞台上大声喊叫的拉格泰姆抒情诗里莎士比亚的回音中都能找到。

这一观点说服了弗吉尼亚·伍尔夫,她已经忘却了从马奈、塞尚和后印象主义画家那里所学到的东西。伍尔夫在少有的写画家的一篇文章中召唤与希科特相同的精神,因为她了解他,钦佩他。[27]她称扬希科特献给威尼斯的那批画作色彩所用材料的可触性:"我们渴望摸到他的云朵和尖塔,抱到他的圆柱,触到他的实墩。人们几乎听得见他那金黄色和赤红色的水滴溅入从运河流来的水里的声音。"[28]质地如此浓烈的色彩和组织结构让我们感知到隐含在最简单物体里的一种不可触及的美。[29]即便是物体或建筑物也反映人性的轨迹,连山水画也能涌出一种人性。这是因为希科特基本上是一位"传记画家",能偷偷"拍下"他眼中人物的视觉快照,他的人物往往都是在"危机时刻"抓"拍"的,由此提供了我们想要重构的生活片断。伍尔夫将"看到他们那些人物就很难不创造一个情节"[30]的原则运用到希科特1913年的一幅最有名的画作《烦恼》(*Ennui*)上。这幅画运用鲜明的对比方法呈现了一个中年男子和一个年轻女子的形象,那名男子坐在那里,嘴上叼着一根雪茄,前面有一个半空的玻璃杯,那名女子在他身后看着墙壁,眼睛半闭,身体半靠在一个抽屉柜上。两人的身体在一条对顶线的中间汇合,眼光凝视的方向正好相反。这看起来像是一个讽喻,表现了一个店主在小店里地狱般拥挤不堪的日常生活,男人和女人互相之间已经枯燥得无话可说。伍尔夫详细描写了这幅画的情景:"这个年老一点的店老板,前面桌上放着一个玻璃杯,嘴上的雪茄烟已经熄灭了,他小猪般精明的眼睛紧盯着身前被丢弃的令人难以忍受的垃圾",而这个胖女人"在他后

---

[1] 詹姆斯·麦克尼尔·惠斯勒(James McNeill Whistler, 1834—1903),美国画家,作品有铜版画《法国组画》、肖像画《母亲》、组画《泰晤士河》等。

[2] 埃德加·德加(Edgar Degas, 1834—1917),法国印象派中以传统精确素描与印象派色彩风格绝妙结合的画家,被称为"古典的印象主义者",在众多油画和粉蜡笔画作品中,以栩栩如生地描绘芭蕾舞演员的舞姿而著称。

面懒洋洋地倚着，胳膊搭在一个便宜的黄色抽屉柜上。"她解释道，

> 无数日子积累起来的烦闷就像一副重担压到他们头上，将他们埋在了成堆的垃圾里。窗外的大街上，电车在嘶鸣，孩子在尖叫。此刻还有人不耐烦地在酒吧的柜台上敲着玻璃杯。她还得动一下自己，振作一下沉重倦怠的身子，走过去为他服务。形势的冷酷性在于看似没有危机平安无事这一事实；沉闷的时间在持续，火柴头在堆积，脏玻璃杯在堆积，抽过的雪茄在堆积；他们还要如此继续下去，还要打点起精神。[31]

这种对烦闷生活的沉思是在这样的前提下展开的：夫妻俩开了个酒吧，此时已经上楼休息。这位年老一点的"店老板"原形是哈比，一个改过自新的酒鬼；如果放在桌上的大玻璃杯装的是水，人们会将他理解成一个厌世者。哈比是希科特家雇来的家务总管，希科特家连他的妻子玛丽也一起雇来了，希望她能拴住他，不让他再去酒吧。他们俩都是《离家去酒吧》(*Off to the Pub*)（1912年）画中的人物，画中，人们可以看到一个男人正要离家外出，手伸在门把上，一个女人正对他怒目而视。伍尔夫可能是从希科特本人那里听说过这么件事的。在《烦恼》中，人们注意到有一个玻璃盒装着一只嗉子饱饱的小鸟，这使画中的情景令人更加窒息。墙上还有一幅画，画的是一个美妇人，肩头裸露，勾引的目光直视着观画者。尽管满是俗丽，但也显示了对某种秩序和美丽的不懈追求，这使得这幅画具备了一幅典型的现代主义画作的品质，虽然其画技并未超过德加或鲁奥[1]画作的水平。

我在下章还要提到的一家重要的社会主义刊物《新时代》(*The New Age*)邀请希科特做定期撰稿人，他在1910—1913年间接受了这一邀请。他在1910年先以激进的革新者面貌出现，但在1913年，他的观点与埃兹拉·庞德和T·E·休姆发生了碰撞，他们二人捍卫诸如温德汉姆·刘易斯和雅可布·爱泼斯坦这样的后立体主义画家。《新时代》的总编辑奥拉奇并不介意某些争议，对观点分歧采取坦诚开放的态度。1913年底盛行起来的年轻的"涡旋主义画派"对他们在希科特画作里感觉到的表现主义与新现实主义的混合颇为轻蔑。此外，他们感到，希科特对弗莱过于亲密，简直就是密友，而且他们俩谁都不懂立体主义。1913年1月，人们还能看到就在《新时代》上希科特就T·E·休姆的责难而捍卫弗莱的画作，将弗莱作为画家的品质与他作为批评家的头脑不清区分开来——与此同时，对毕加索和马蒂斯进行了一番挖苦："我们不能因为弗莱不小心当上了职业的画展主办人和他画评的蒙昧主义而对他的油画抱有偏见。作为一位批评家，他总是让我们严肃对待毕加索先生多谜而无答案的乏味创造和马蒂斯先生空洞的无聊。"[32]

这是温德汉姆·刘易斯(Wyndham Lewis)所不能容忍的。在法国逗留过后（像1905年回国的希科特一样），刘易斯回到了伦敦，在战前的几年里将其大部分精力都投到了绘画中。

---

[1] 乔治·鲁奥(George Rouault, 1871—1958)，野兽派画家，风格较接近表现主义，主要作品有《基督头像》、《老王》等。

1911年,他加入了坎登镇小组。到1913年,坎登镇小组变成了伦敦小组,并在布莱顿举行了小组画展,刘易斯还为画展的宣传册子撰写了前言。罗杰·弗莱在格拉夫顿美术馆举行两场画展过后,曾邀请刘易斯和伦敦小组的其他成员参加他的欧米伽工作室活动。双方的联合开始于1913年7月,但于10月突然终止:刘易斯、弗莱德里克·伊切尔斯、卡斯伯特·汉密尔顿和爱德华·沃兹沃思发文反对弗莱的指导。他们与弗莱的"各种后时髦主义"(Post-what-not fashionableness)明确划清了界限。刘易斯与弗莱之间的战争,乃至与整个布鲁姆伯利小组之间的战争,由此开始了。

在另一条战线上,马里内蒂1910年春在学园俱乐部非常成功地演讲之后,刘易斯与马里内蒂[1]本人发生了碰撞。1912年,未来主义画家的重要画作在萨克维尔美术馆举行的未来主义国际画展上展出,而1913年,马里内蒂就在 T·E·休姆的诗人俱乐部演讲。刘易斯虽然很钦佩诸如塞韦利尼和巴拉等画家开创的造型艺术,但是他认为崇拜机器的未来主义信念被误导了,它和他们想要废除旧的世界一样已然青春不再,是一场青春期迟到的浪漫主义运动。一句话就足以推翻那种自高自大的幻觉:"坐上飞机的人仍不过是只笨鸟。"[33]

以下引文来自刘易斯为1913年11月在布莱顿举行的"英国后印象主义、立体主义及其他画派"画展撰写的前言。在这篇短小但很富有洞察力的文章中,刘易斯精确地区分了未来主义、立体主义和后印象主义。首先,他从意大利未来主义开始,颇具幽默地展开了他惯用的叙述方式:

> 未来主义——现代绘画的一个可替换的术语——是源于米兰的专用名称。该术语的意思是现在,并严格地将过去排除在外……未来主义只表示绘画中在马里内蒂影响下五六个意大利画家所实践的艺术。吉诺·塞韦利尼是他们的急先锋,取材于巴黎最好的夜景。这样的题材,明显与未来无关,因为,我们都会预见到,大约一个世纪以后,每个人都将被一名国家级保姆在晚上7点哄上床。[34]

这个和塞韦利尼一起参展的小组,即他自己的小组,由弗莱德里克·伊切尔斯、卡斯伯特·汉密尔顿和爱德华·沃兹沃思、C·R·W·奈温森、雅克布·爱泼斯坦和大卫·布朗伯格等人组成。他们将立体主义作为参照点,避免被贴上"后印象主义"的标签,他们发现这个名称软弱无力:

> 立体主义的意思主要是,一些画家的极其严格,并且到目前为止又十分苦闷的艺术,他们以赛尚这位天才为起点……在他笔下,立体主义是要重建一个更为简单的地球,这个地球现已是沉闷不堪、浑浊模糊的碎片。立体主义的含义还不止这些,而且立体在这位大师的笔下也是隐含的。

---

[1] 费利坡·托马索·马里内蒂(Filippo Tommaso Marinetti, 1876—1944),意大利诗人、文艺批评家,是未来主义的右翼代表,1909年在法国《费加罗报》发表了《未来主义的创立和宣言》。

至于术语与标签的问题，后印象主义是由一位记者创造出来的一个枯燥空洞的名称，这个名称已由大众讨论现代艺术时出现的更好的术语"未来主义"自然取代。[35]

这一小组想要做的既更朴素，又更激进：

今天所有革命性的绘画都有一个共同点，那就是以画家的精神刻板地反映钢铁和石头，是一种似乎只要造一部能飞能杀的机器天下就太平的欲望；是与传统摄影师职业相悖的异化，是颜色与形式的价值的实现，这些颜色和形式脱离了它本身所包含的形式，不可识别。总之，他要求人们完全改变对画家使命的观念，毕恭毕敬地跟着他一起钻进一个变了形的宇宙，和音乐家一样抽象的宇宙，虽然两者各自不同。[36]

对刘易斯来说，即便未来主义画家碰巧发现了某些真谛，他们的实际所为产生了低劣的意大利情节剧，一场为表演本身而进行的鼓动，一场歇斯底里的旧梦重醒，复活了源于工业革命的19世纪后期一些概念——也许在意大利有些新鲜，但在英国却是旧帽一顶。认为解决方案在于对机器进行审美化是从根本认识上犯了错的想法，即使这些人在不同地方也创作了有趣的艺术作品。未来主义画家主张滑动平面构图与远景的互动作用，这让人想起了照相机就能做到的多次曝光，又回到了马雷[1]和迈布里奇[2]的时代。就在伦敦小组想要超越"意象主义"，避免掉入未来主义画派陷阱里的时候，漩涡主义异军突起。艾兹拉·庞德与美国摄影师阿尔文·兰登·科伯恩的合作表明漩涡主义画家看到了摄影学提供的新的可能性。活跃的未来主义画家卡罗·鲁多维科·布拉加利亚1913年7月刚出版了一部他叫做《未来主义的动态摄影》(Fotodinamismo futurista)的书。人们还要等待到1916年才能看见科伯恩做万花筒与照相机的试验，由此诞生了"漩涡摄影"，其中就有艾兹拉·庞德的立体主义摄影肖像。

这证明了1913年的时候意大利未来主义还未消失。一下子罗列这一年的活动会令人惊愕。塞韦利尼(Severini)画了《造型节奏》(Plastic Rhythm)，伯奇奥尼(Boccioni)创作了一幅重要的画作《一个自行车骑手的劲头》(Dynamism of a Cyclist)和一座铜雕《一只瓶子在空中的显影》(Development of a Bottle in Space)。瓦伦丁·德·圣—布旺在性的问题上开始攻击马里内蒂的男性统治的保守主义；此事源于1913年1月她在巴黎撰写的《未来主义者的欲望宣言》(Futurist Manifesto of Lust)，一年后很快就有了米娜·鲁瓦新版的宣言(《未来主义的格言》(Aphorisms on Futurism)和《女性主义的宣言》(Feminist Manifesto))。像德·圣—布旺一

---

[1] 艾蒂安—朱尔·马雷(Étienne-Jules Marey, 1830—1904)，法国科学家。他在心脏内科、医疗仪器、航空、连续摄影等方面的工作卓有成效。他被广泛认为是摄影先驱之一和对电影史有重大影响的人。

[2] 埃德沃德·迈布里奇(Eadweard J. Muybridge, 1830—1904)，摄影师，因使用多个相机拍摄运动的物体而著名，在摄影史上最早对摄影瞬间性进行了探索。

样，未来主义画家伊塔罗·塔沃拉托鼓动情色、淫荡以及施虐—受虐等性反常行为的价值；在《称扬淫荡》(*In Praise of Prostitution*)一书中，他专门对性道德观进行颠覆，最终因有失体统而被逮捕。当他在佛罗伦萨被判无罪时，观众闻风而动，高呼"未来主义万岁！"

1913年3月，一场未来主义晚会在罗马科斯坦齐歌剧院举行，布齐、巴拉泽斯基、佛尔戈尔朗诵了诗歌，波丘尼和巴比尼作了讲话。3月，鲁索罗[1]朗读了《噪音的艺术》(*The Art of Noise*)，将语言与音乐合为一体。马里内蒂在新创刊的未来主义杂志《尖刻者》(*Lacerba*)上发表了《自由话语》(*Parole in Libertà*)，塞韦利尼的新宣言题为《动态主义的造型类比》(*Plastic Analogies of Dynamism*)，卡拉的宣言叫做《乐音、噪音与气味的绘画》(*Painting in Sounds, Noises and Smells*)，马里内蒂自己的宣言《消灭句法：无拘无束的想象和自由的词语》(*Destruction of Syntax: The Imagination without Constraints and Words in Freedom*)旨在发起一场运动。普拉特拉创作了一部歌剧《飞行员德罗》(*L'Aviatore Dro*)。但在1913年，马里内蒂和巴比尼二人在全国大选的时候均忙于确定未来主义的政治纲领。他们倡导的里雅斯特和阜姆地区的民族统一主义和非洲的殖民扩张，并重申他们的杰出人物统治论和反社会主义的立场。因此，虽然这些活动十分狂热，并且从米兰这一局部地区扩大到佛罗伦萨和罗马，但是，意大利以外的未来主义势头在1913年似乎已经变弱，这完全是因为这一主义如果说还不完全是反动的话，也越来越被感觉是区域性的、侵略性的。[37]然而，崇拜机器的未来主义信念在布拉加利亚的《未来主义的动态摄影》(*Fotodinamismo futurista*)得到了创造性的技术应用，这部书讲他的"光动效应"摄影试验，是当年最富革新意义的未来主义出版物。

主要是由于阿尔弗雷德·史蒂格利兹的不懈努力，摄影学运用了与特洛伊木马类似的计策，将现代精神带入了占主导地位的纽约市侩中。他的领域是摄影，他1903年创办后来颇有影响的杂志《照相机作品》(*Camera Work*)时，在德国和美国已是有名的摄影家了；两年后，他在第五大道开了一家名为"291"的独立摄影小相馆。在那里，他行使其自诩的国际现代主义泰斗的职责，常常介绍科伯恩（他在1907和1908两年举办过两次个人摄影展）、斯泰肯等摄影师的重要作品；他还将欧洲画家的作品第一次介绍到美国，1908年、1910年和1912年介绍了马蒂斯，1909年介绍了图卢兹—劳特累克[2]，1911年介绍了塞尚和毕加索，1913年介绍了毕卡比亚，然后又介绍了布朗库西[3]。[38]颇有感染力的毕卡比亚很快建立了聚集在291小屋定期讨论的现代审美家们的小世界与被吸引到军械库展览会上看当代艺术的大观众之间的联系——就在展览刚结束不久，他举行了自己的个展，并与史蒂格利兹一直过从甚密，为像杜尚这样的朋友不久后到纽约铺平了道路。

---

[1] 路易吉·鲁索罗(Luigi Russolo, 1885—1947)，意大利画家，自学成才，他的作品可以看作是对理论的图解。主要作品有《雾的坚固性》等。

[2] 亨利·德·图卢兹—劳特累克(Henri de Toulouse-Lautrec, 1864—1901)，法国画家，作为艺术的革新者，以描绘那些抓住并准确表现巴黎蒙巴特尔地区放荡不羁的艺术家们的生活特点的表演艺人而著称，主要作品有《阿尔方斯·德·图卢兹—劳特累克伯爵夫人》、《洗衣女》、《红磨坊舞会》等。

[3] 康斯坦丁·布朗库西(Constantin Brancusi, 1876—1957)，20世纪现代雕塑的先驱和最伟大的雕塑家之一，生于罗马尼亚，曾入巴黎美术学院学习，也当过罗丹的助手，受毕加索立体主义绘画的启发开始开拓雕塑领域。

相比之下，军械库展览会是主办方的一次巨大努力，一开始就确立了规模最大、领域最多的当代艺术展的目标——这次展览货真价实，至少约翰·奎因在开幕讲话中是这么讲的，这位火辣的爱尔兰大律师也成了庞德和乔伊斯的资助人。[39]这次展览1913年2月17日在纽约开展时，展出了1,300件艺术作品，看得美国大批观众目瞪口呆，它所引起的震撼从此改变了美国艺术。只有三分之一的绘画、雕塑、素描和照片来自欧洲艺术家，但由于这些作品往往更加脱俗，所以引起了更大的兴趣。马蒂斯笔下的裸女被认为是一桩丑闻，而杜尚1912年的《走下楼梯的裸人》(Nude Descending a Staircase)被认为是纯粹的恶搞：要是模特儿(说不清是什么性别，这引起了许多淫秽的假设)不动，画个裸人是可以的，但一个裸人如何能"走下楼梯"呢？这幅画被上百幅漫画开过玩笑，甚至被描写为"瓦厂爆炸"。[40]此后多年，杜尚在美国的名声一直被说成是"裸人的画家"，这是他战时在纽约的欢乐岁月中忍受的刻毒声名。

军械库展览会自1911年即开始酝酿，组织者得益于偷看弗莱1912年在伦敦格拉夫顿美术馆组织的第二次后印象主义画展。唯一没有参展的画派是未来主义派，他们只同意作为小组参展。德国表现主义画派没有得到充分表现，只有康定斯基的一幅抽象画(题为《即兴》)(Improvisation)，被史蒂格利兹买走)，一幅基什内尔，三幅莱姆布鲁克斯。否则的话，法国的画派就占了上风：野兽派有德朗、杜菲、马蒂斯(他有13幅油画、一座雕塑和巨幅素描参展)、马凯特和弗拉曼克参展；立体主义画派有毕加索、巴拉克、莱热、格列兹、毕卡比亚、维庸、杜尚—维庸和杜尚参展。老一辈欧洲画家参展的有凡高、塞尚、高更、奥古斯特斯·约翰和奥迪龙·雷东。雕塑因为布朗库西、马约尔和罗丹而大展风采。最崭露头角的美国画派包括乔治·贝洛、杰罗姆·迈尔斯、格兰·奥考莱门等人的"垃圾箱画派"和蔡尔德·哈萨曼、奥尔登·韦尔和西奥多·罗宾逊的美国印象主义画派。惠斯勒有四幅画参展，但是奥吉夫、多佛和曼·雷没有被包括在内。这次展览对整个一代画家影响巨大，他们可以立即跟上欧洲各大新画派的步伐。人们认识到，他们可以收藏这些新画家的作品——由此开始了当代艺术收藏热，美国各大博物馆和私人收藏家杰作荟萃，藏品颇丰。

鉴赏家当初的热情回应逐渐让位于报端的猛烈批评——艺术批评家所不能接受的是立体主义的非表现特征、马蒂斯对颜色和形式的革命性使用以及杜尚和毕卡比亚抽象化的画风。报刊开始系统地抹黑似乎应为脱离传统负责的三位老大师：凡高有精神问题——他割下自己的耳朵，然后自杀了；塞尚只是个染指绘画的仇恨人类、深居简出、自学成才的银行家；高更是个抛弃了自己的家庭、在塔希提[1]女人中间纵欲的股票经纪人。对道德沦丧和精神病的总指控是尊奉派与反对派之间的拼死一战，人们同时担心被造假者和不真诚的吹牛者所骗，这些人滥用了美国大众的天真的信任。舆论认为，马蒂斯和毕加索有意搞晕观众。如此愚蠢的谩骂随后很快就平静了下来，大家很快明白了，现代主义在新世界打了胜仗。

---

[1] 塔希提(Tahiti)岛，又称为大溪地，是南太平洋中部法属波利尼西亚社会群岛中向风群岛的最大岛屿，也是南太平洋上的波利尼西亚群岛118个岛中的最大岛屿，为法属波利尼西亚国际机场和首府所在地，总面积约1,000平方公里，人口约100,000。

虽然随后在芝加哥和波士顿开的展览会不很成功，但是，军械库展览会的结果是，到1913年，杜尚和毕卡比亚在纽约比在巴黎更有名气。此后不久，杜尚移居纽约。1913年，他还在圣日内维耶图书馆当助理馆员，一边深情地读着希腊怀疑论者皮浪[1]和黑格尔左翼派哲学家麦克斯·施蒂纳[2]的著作，一边和朋友们讨论着"第四维度"。1912年，他曾在慕尼黑逗留，在此期间，他接触了康定斯基的新抽象画及其理论，其后，他就忙着打扮"大玻璃"，它最终变成了《被光棍们剥光衣服的新娘》（La Mariée mise à nu）。1913年还是凳子上的自行车轮这第一件"成品"艺术品的问世年。杜尚宣称，这一物件含有朴素的美：一旦安在凳子上，就好看，就更放松随意。这一并不很成品（这个意思的词还没造出来）的作品所获得的令人宽慰的价值与其说是引起了审美的沉思，倒不如说是引发了概念的反论：一只轮子在显影中被"逮住"了，它在空中悬着，不是在地上转着，不转而转，速度变成了静止。这只轮子获得了崇拜自行车的阿尔弗雷德·贾里的首肯，在这里起到了提喻的作用：一个部件表达了所有运动机器的原理。其工业地位在于它象征着艺术迅速消失，代之而起的是工艺（杜尚1912年看到飞机的操纵杆，宣称这是最好、最美的物件）。凳子上的轮子是第一部"单身汉机器"（确实"单身"），它是一件冻结了速度的工业成品，表达了这一交通工具一方面废除了讽喻，一方面又废除了对讽喻的废除。

1913年，杜尚从立体主义（那件著名的《裸人》（Nude）可以被恰当地描写为未来主义和立体主义的作品）转向更为激进的概念论，这位画家凭此拒绝艺术作品的纯"视网膜"地位。美国形式主义批评家克莱门特·格林伯格在后来的一次研讨会上说，1913年前，杜尚还在画习作，要么是准未来主义者，要么是准立体主义者，在哪一个流派，他都不是一个杰出的实践者。为了抓住立体主义的内在逻辑，画家们采用透视法，由此产生了画作的深度感，杜尚过于依赖于这种幻觉性的深度感。根据格林伯格的观点，这是向纯平面方向发展的趋势。杜尚的第一批新立体主义画作表明，他"基本上没有掌握真正的立体主义是什么。"[41]此后，他师法毕加索，画了大量的拼贴画，由此诞生了第一批"被发现的物件"，如1913年的《自行车轮子》（Bicycle Wheel）和1914年的《瓶架》（Bottle Rack）等。这些画作走向了物件方向，意味着杜尚没有真正理解毕加索拼贴画（即，扁平平面上的简单倒伏）的意旨。根据格林伯格的重构，很可能是因为杜尚苦恼于绘画媒介的局限，他才在1913年变得如此"革命"。[42]杜尚开始攻击形式主义和形式主义化的艺术，虽然并不总是这样。后来像1917年的作品小便池，意旨就是要"挑战和否定任何审美判断，挑战和否定任何作为艺术的趣味和艺术满足感。"[43]杜尚当时已经竖立了一个完整的反审美形象。

以上这些判断虽然有些引人入胜、发人深思，但如果我们稍稍东移，观察一下1904到1914年间活跃于俄国的各前卫画派的复杂发展的话，就可以从不同视角看待杜尚画风的演

---

[1] 皮浪（Purron，前365或360—前275或270），被称为"爱里斯的皮浪"，古希腊怀疑派哲学家，怀疑主义创始人，早期怀疑主义代表人物。

[2] 麦克斯·施蒂纳（Max Stirner, 1806—1856），德国哲学家，其著作影响着后来的虚无主义、存在主义、后现代主义及无政府主义，特别是个人无政府主义，主要著作有《唯一者及其所有物》等。

进。在那更为广阔的语境中，我们观察到，格林伯格的论题是建立在绘画中限制过严的现代主义观念和导致二维抽象的定义过当的扁平性基础上的。像马列维奇[1]这样的画家也同样显示了向与诸如口味和审美判断之类的传统绘画有关的所有价值观发出根本质疑的倾向，与此同时，坚定地迈向了与其他绘画技巧和媒介试验齐头并进的抽象化方向。

  俄国的形势富有启发性，因为那里的大多数主张革新的画家都懂得他们要么模仿、要么攻克的重要方向就是立体主义和未来主义，由此在莫斯科、圣彼得堡和基辅兴起了各种立体—未来主义画派。[44]1905年失败的革命提供了原动力，虽然在这次革命中马列维奇遇到了重重障碍。1906年，他认为自己是印象主义者；1907年，他又一度为比利时的象征主义所吸引。此时，在莫斯科举行的金色羊毛画展上展出了塞尚、高更、凡高、德加、马蒂斯、德朗、马克特、凡东根、勃拉克、毕萨罗、伯纳德、丹尼斯以及维亚尔等人的画作，这次画展有将他唤醒之功。在塞尚"浴者"的影响下，马列维奇更接近了新原始主义，同时对康定斯基在慕尼黑新发起的蓝骑士画派遒劲的画风留下了深刻印象。文学上，新原始主义或本土主义运动以瓦西里·卡门斯基为代表，他的小说《泥屋》（The Mud Hut）（1910年）引起了很大反响（他在1911年的著名空难中也闹得很神奇）。马列维奇和米哈伊尔·拉里诺夫、纳塔丽娅·贡恰洛娃、弗拉基米尔·塔特林等朋友一起探索将辐射主义、立体—未来主义和表现主义结合起来的途径。圣彼得堡未来主义诗人赫列勃尼科夫[2]和马雅可夫斯基[3]1912年发表了新未来主义宣言（"在大众趣味脸上的一记耳光"）；与此同时，辐射主义画家坚持俄国文化的"亚洲"或本土特色——我们后来在谈到小说家别雷时还要再接触这一主题。

  到1912年，马列维奇在未来主义和立体主义之间拿捏着。一方面，他想翻译格列兹和梅曾格的《论立体主义》（On Cubism）（1912年），另一方面，他又在彼奥特罗·欧斯潘斯基（Piotr Ouspensky）《新工具》（Novum Organum）（1911年）的影响下，像杜尚一样，在第四维度的反论上作画。他联合赫列勃尼科夫和克鲁钦内赫，创立了"超理性"的概念，这是类似于马里内蒂《自由话语》（parole in libertà）的一场未来主义的文学实践；这一实践将语言视作纯媒体，运用双关和曲解来实现语言的音乐性和对"普通意义"的颠覆。马列维奇和克鲁钦内赫是在离圣彼得堡不远的一个芬兰的春季旅游胜地写下题为"首届全俄未来游吟诗人大会"联合宣言的，虽含有讽刺的意味，但也不乏自豪之情。这个宣言是1913年4月15日撰写的，宣称有必要将一切有碍艺术世界的纯美和自得的俄语、资产阶级固有观念等等陆续"消灭"。这个宣言常被当作原始达达主义者的第一个宣言，其攻击性笔调令人难忘："我们聚集在这里让反对我们的整个世界武装起来。在脸上打耳光的时代已经过去。"[45]这一新小组拒绝受到赫列

---

[1] 卡西米尔·塞文洛维奇·马列维奇（Kasimier Severinovich Malevich, 1878—1935），俄国画家，至上主义艺术奠基人，曾参与起草俄国未来主义艺术家宣言，主要作品有《手足病医生在浴室》、《玩纸牌的人》等。

[2] 赫列勃尼科夫·韦利米尔（Khlebnikov Velimier, 1885—1922），俄国诗人，未来派的主要发起人之一，也是该流派的理论家之一，主要作品有《对罪人的诱惑》、《铁匠》、《笑的咒语》等。

[3] 符拉基米尔·符拉基米罗维奇·马雅可夫斯基（Vladimir Vladimirovich Maiakovsky, 1893—1930），著名的俄国诗人，代表作为长诗《列宁》。

勃尼科夫和马雅可夫斯基1912年提倡的语言温和的未来主义，但他们仍然是未来主义者，只是有了不同的倾向——已改称"阿文理主义者"（即法文的"未来主义者"），其目标是由相同的诗人出版不同的书籍，此外，还要彻底改变俄国戏剧、音乐和语言，因为这些东西是彻底大检修的重要对象。阿文理主义宣言以一个宣战结尾："我们需要扫除过去的地雷，竖起像枪弹一样坚实的摩天大楼。"[46]

这就是1913年夏这一小组第一次集体创作的新未来主义歌剧《战胜太阳》（*Victory over the Sun*）酝酿构思的经过。音乐由马久生[1]创作，超理性台词(the *zaum* libretto)由克鲁钦内赫创作，布景、服装和舞蹈设计由马列维奇负责，他还为剧本撰写了前言。该歌剧只于1913年12月3日和5日在圣彼得堡月亮公园剧院上演过两次。因为这一小组资金很有限，音乐演奏较差，仅有一台走调的老钢琴可弹。马列维奇将剧院强烈的聚光灯巧加利用：他将舞台地面设计成令人震撼的黑白分明的几何图案，而各式服装都极度夸张地设计成了圆锥和圆筒形状，这样它们就会在强烈的聚光灯下闪耀，然后后退到黑暗中去。该歌剧的主题是新的创造者（一位飞行员力图戳破代表旧世界保守主义的太阳）与父权意志之间的斗争。像伊卡洛斯[2]一样，最终是主人公的飞机坠毁在舞台上，他走出驾驶舱，没有受伤，仰天大笑："哈哈哈，我还活着。我还活着，只是机翼有点受损，还有我的鞋子！"[47]这部歌剧的总体格调是极其活泼的，它以这样一句挑战性的话收尾："这个世界终将死去，但是我们并没有终点。"

尽管演出遭遇了嘲弄和起哄，但由它引发的愤慨却富有成果——至少马列维奇的事业找到了一种方向感和自主感，最终创立了至上主义。其最著名的标志《白色背景上的黑色方形》（*Black Square on White Ground*）将绘画推向了彻底的非描写性。马列维奇宣称，他在1913年就已经创作了黑色方形——诚然，在1913年立体主义的画作《奶牛与小提琴》（*Cow and Violin*）中，人们看到小提琴后面隐藏着一个白色的方形，而为以上那部歌剧设计的几幅素描也出现了方形里的三角形。1913年后，在纸上画的一幅铅笔素描呈现了第一幅"至上主义方块的拉长"。马列维奇1913年已经在谋划至上主义了（为《战胜太阳》而设计的好几幅素描并无至上主义倾向），而第一批完全无形象的绘画是在1914—1915年出现的。至少，我们可以认为《战胜太阳》是与斯特拉文斯基和佳吉列夫为欧洲首都的国际上层社会创作的豪华芭蕾舞剧完全相反的戏剧，是一部"反《春之祭》"。这里，人们发现，它对后起的贫困艺术、达达主义的迅猛发展以及通过艺术来玩笑似地却又是决意地否定艺术这一新概念的诞生，都是一种暗示。激进的集体创作决定了这一否定绝不仅仅是超越了虚无主义。因此，我们需要探索将现代主义推进到这一步的集体力量。

---

[1] 米哈伊尔·瓦希利耶维奇·马久生(Michael Vasilyevich Matyushin, 1861—1934)，俄国作曲家，业余画家，创立了将人类视觉与音乐相结合的第四维艺术，著有《颜色参考》。

[2] 伊卡洛斯(Icarus)，希腊神话中代达罗斯(Daedalus)的儿子，与代达罗斯使用蜡和羽毛造的翼逃离克里特岛时，他因飞得太高，双翼上的蜡遭太阳融化跌落水中丧生，被埋葬在一个海岛上。为了纪念伊卡洛斯，埋葬伊卡洛斯的海岛命名为伊卡利亚(Icaria)。

第二章 集体力量

　　1913年4月13日,朱尔斯·罗曼组织了差不多是一场闹剧的活动,乌尔姆街的巴黎高师人因这场闹剧而知名,然而这却是他们的一个大骗局。那个衰老不堪、自学出身、半痴半呆的语言学家让·皮埃尔·布里赛特,突然被人们从昂热一个鲜为人知的地方拉出来作为嘉宾出席了作家、诗人和学者应邀参加的颁奖仪式。1913年1月6日,他当选为"思想者之王"。这是对一年前保罗·福特当选为新"诗人之王"的恶搞。年仅40岁的保罗·福特正式取代了以前非正式的"诗人之王"保罗·魏尔伦。在百合园饭店举行的一场盛大宴会聚集了与福特过从甚密,与纪德[1]、克洛岱尔[2]、鲁易[3]等人交朋结友的法国知识界名流。然而,使布里赛特成为学生恶作剧对象的这场闹剧,在蒙巴那斯车站举行一开始还较庄重,活动中,布里赛特受到的礼遇是朱尔斯·罗曼致了欢迎辞。参加仪式的这群人用餐时间较长,中间穿插的演说夸夸其谈,荒诞不经,逗得人人捧腹大笑,只有那个严肃正经的获奖人除外。用完餐后,他们都去了先贤祠广场,聚集在罗丹的《思想者》(*Thinker*)塑像旁,布里赛特做了致谢辞。这位老人,对这久久才来的公众认可极为高兴,一心一意地接受"加冕",丝毫没有意识到这是一场骗局。路易·拉撒路在《费加罗报》(*Figaro*)上对此事件进行了报道,报道说,在用餐进行到一半时,布里赛特惊呼,他高兴得就在当场死去都可以,欢闹的人群中间掠过了一阵尴尬之情。[1]

　　演讲中,布里赛特一字不差地特别提到,思维不需要那么多体力,罗丹的雕像不应表现那些肌膂。他的演讲中不时出现他个人的奇谈怪论,如:"军人精神和宗教精神均来自野兽,它们先于人类而存在,是人类的祖先。"[2]后来,在多家学会联合宾馆举行了晚宴,晚宴上虚情假意的讲话就更多了。朱尔斯·罗曼和他的朋友们已经不自觉地开创了"宴饮的年代"(这里引用了罗杰·沙特克一部好书里的说法)的新风尚。罗曼可能有些自责,因为没想到这样一个玩闹如此成功,他甚至留出钱以布里赛特的名义每年组织一次宴会——布里赛特1919年去世,而宴会却一直办到了1939年。到1939年为止,布里赛特始终被称为超现实主义的先驱,而不只是个文学狂人。他是安德烈·布勒东[4]《黑色幽默文集》(*Anthology of*

---

[1] 安德烈·保尔·吉约姆·纪德(André Paul Guillaume Gide, 1869—1951),法国著名作家。保护同性恋权益代表。主要作品有小说《田园交响曲》、《伪币制造者》等,散文诗集《人间食粮》等。

[2] 保罗·克洛岱尔(Paul Claudel, 1868—1955),法国戏剧家、诗人、外交官,代表作有《黄金头》、《正午的分割》、《诗艺》等。

[3] 皮埃尔·鲁易(Pierre Louÿs, 1870—1925),法国诗人、作家,以同性恋及传统主题写作而闻名,主要作品有小说《女人》、《阿芙罗黛忒—古代规仪》等。

[4] 安德烈·布勒东(André Breton, 1896—1966年),法国诗人和评论家,超现实主义创始人之一。主要作品有诗集《大地之光》、小说《可溶解的鱼》等。

Black Humor）（1939年）收入的作家之一。布里赛特的这种双重身份在人文主义中热闹的"一体主义"与20世纪前卫的最久负盛名的一名学者之间建立了联系。

谵妄的语言理论

朱尔斯·罗曼只是碰巧发现了布里赛特的著作，但当他开始阅读《上帝的秘密》（*The Mystery of God*）与《人类的起源》（*Human Origins*）等书时，发现这些书极具娱乐性，忍不住与他的朋友分享。布里赛特一直是个发明家，他拥有"助泳浮力内裤腰带"[在他1871年第一本书《游泳的艺术，一小时内自己学会游泳》（*The Art of Swimming: Self-Taught in Less Than an Hour*）基础上的连带发明]和神秘的"书法板"两项专利。这些专利没有碰上商业上的成功机遇。他并未知难而退，1878年出版了《逻辑语法》（*The Logical Grammar*），接着，1900年又出版了《神的科学》（*Science of God*）。此后，他开始了完全基于遐想的语言系统研究：人类语言起源于前人类古老的、拟声的口叫，是人类模仿其祖先青蛙的叫声。只有法国人才会悟出来这样的道理！通过一系列趣味横生的双关，布里赛特想出了让整个法语来自于青蛙叫声的奇想，例如"呱呱"[产生出人类最早的疑问词："侉？侉？（法语词'Quoi? Quoi?'音译）"]或是"勃来客客客斯"[这是个词根，解决给性命名这一根本问题，因为产生了："该势可傻"听起来像"该是个啥？"（法语"Que sexe est?"和"Qu'est-ce que c'est?"音译）[3]]。他对词语的这种极力推演令人忍俊不禁，也难以翻译，由此开创了法语概念双关的新传统，而雅克·拉康[1]让这一传统登峰造极。布里赛特的抱负是要返回到人类堕落之前的乐园，试图在亚当式的幻想中回到人类与动物一起和平相处并进行精神交流的美好时光。布里赛特的这种歪打正着的前达达主义也有其必然性，因为虽然仍有争议，但他的作品的确可能是达达名称的起源，毕竟布里赛特将这一名称归入了"众神的语言"。这是基于税务员卢梭的一幅画作表达出来的幻想画面：诸神在原始森林中与野兽们嬉戏，拥抱它们，并称它们为达达。布里赛特注意到当时法语和德语正使用"达达"指称动物，由此认为"达达"体现了人间天堂的概念，达到了语言与存在同一的最高真纯状态。在一片语言的天堂中，死亡是不存在的——直到有一天开始，"达达"被杀害了……[4]

朱尔斯·罗曼偶然出席过一次税务员卢梭举办的风格独特的聚餐会，并从中获得启发，想到了举办滑稽、有趣的宴会的主意。卢梭在艺术上和生活上都是个本性难移的天真派，无论他所有的熟人如何严厉地考验他，都无法改变他天真的性格，比如有些人假装给他颁发莫名其妙的奖项，有些人假装邀请他出席官方午餐会，有一次竟说成是与共和国总统共进午餐，他竟然也兴冲冲地赶去了，结果当然是被赶了出来。然而，他坚持在自己的画室里组织大型宴会，并且每周六晚上举行家庭艺术晚会。晚会上，在开怀畅饮之际，客人们可以

---

1 雅克·拉康（Jacques Lacan, 1901—1981），法国心理学家、哲学家、医生和精神分析学家，结构主义的主要代表。他提出的诸如镜像阶段论（mirror phase）等学说对当代理论有重大影响，被称为自笛卡儿以来法国最为重要的哲人，在欧洲他也是自尼采和弗洛伊德以来最有创意和影响的思想家。

反客为主，因为友善的卢梭所关注的是简单的乐趣，特别是深夜人人进入醉酒狂欢的时候。[5]此外，有些恶作剧的在传，说发现了卢梭幼稚的画，这些故事要么来自阿波利奈尔，他说卢梭转战墨西哥，要么来自雅里，他声称是他建议卢梭从事绘画的；这些恶作剧源源不断。朱尔斯·罗曼从卢梭的天真加自我推广的性格中了解了他的特征，将他与布里赛特联系到了一起。至少马塞尔·杜尚是这样评说的：他将布里赛特看成是"语文学的税务员卢梭",[6]并且，雷蒙·鲁塞尔开始吸引人们的注意力时，布里赛特已经处于年轻前卫的雷达位置，这是绝非偶然的。

鲁塞尔[1]的《非洲印象》(Impressions d'Afrique)于1911年9月在费米纳剧院两、三场的演出失败后，1912年5月在安托万剧院举行第二轮系列演出。剧本是由一部怪异小说改编的，文字变动不大，许多场戏上演的都是奇怪至极的机器：一座鲸鱼骨架塑像行走在用软牛肉铺就的轨道上，自动乐团将电流转换成温度，一只蠕虫释放出水银般的液体，滴到齐特拉琴上，弹奏出流行的旋律，一条腿的布勒东人在他的胫骨上吹着笛子，一个叫迪兹麦的黑女人情愿被舞台灯光的电流击死，一整面墙都是由多米诺骨牌堆积起来的，看上去像牧师……正像后来鲁塞尔在《我的一些书是怎样写成的》(How I Wrote Some of My Books)中解释的那样，小说中，这种原始的超现实主义的玩意儿是通过能听不能看的双关语将听起来相似的两个句子松散地串起来实现的。与弗洛伊德在《释梦》(Interpretation of Dreams)中发现了梦的画谜逻辑相仿，这种语言的杂交过程产生嵌合体，这是技术性想象的怪物。这轮演出，杜尚观看过一次，就永远记住了它："这太妙了……这纯粹是发疯似的怪异。"[7]他后来承认，这部剧本不带感情色彩的谵妄对他有所启发，他得到了灵感，开始创作《被光棍们剥光了衣服的新娘》。与此同时，普通观众因为一点不懂，对演员嘘声一片，发出诘问。于是，鲁塞尔决定和演员一起演出（他是个巨富，花得起巨资去宣传他的戏剧创意，推广他作为剧作家的声望）。同时，鲁塞尔又在创作一部更加令人惊讶的小说，《唯一的地方》(Locus Solus)，小说于1913年完稿，并于当年12月在《高卢人的星期天》(Le Gaulois du dimanche)杂志上连载，然而，这部小说却没引起什么反响。

还有两个巴黎高师人对创造疯狂语言感兴趣：一个是米歇尔·福柯[2]，他于60年代重新发现了布里赛特，并将他的关键之处与雷蒙·鲁塞尔联系起来；另一个就是让—雅克·勒赛尔克勒[8]，他们都指出了以上话语的现代性，尽管上面两种情况很清楚都是精神病话语。在费尔迪南·德·索绪尔[3]早逝之际，这种甚至借助荒诞的表演来凸显语言的创造力说明了现代性具体的"语言转向"。索绪尔1913年去世，此时他的名著《普通语言学教程》(Course in General

---

[1] 雷蒙·鲁塞尔(Raymond Roussel, 1877—1933)，法国诗人、小说家、剧作家、音乐家，主要作品有诗体小说《塞纳河》等，其创作对20世纪法国文学产生了深刻的影响。

[2] 米歇尔·福柯(Michel Foucault, 1926—1984)，法国哲学家、"思想系统的历史学家"，被认为是一个后现代主义者和后结构主义者，他对文学评论及其理论、哲学、批评理论、历史学、科学史（尤其医学史）、批评教育学和知识社会学有很大的影响，著有《词与物》、《临床医学的诞生》、《规训与惩罚》等。

[3] 费尔迪南·德·索绪尔(Ferdinand de Saussure, 1857—1913)，祖籍法国，瑞士语言学家，现代语言学之父，现代语言学理论的奠基者，其学说见于后来学生整理出版的《普通语言学教程》。

Linguistics)尚未出版,他被誉为现代语言学的创始人,他的创见催生了结构主义。他还留下另外一些笔记,探讨拉丁语诗歌中的专有名词"字谜",他认为这些专有名词是隐藏在著名的拉丁语诗歌中的。[9]他的关联逻辑有时与布里赛特乱来的词源学一样似是而非。至少在这一点上,布里赛特更为激进:按照他的观点,拉丁语是不存在的。这是一门人造语言,类似于将单词中的字母颠来倒去、将句子中的单词颠来倒去的儿童游戏;或是说,它充其量只是语法学家的一项发明——他甚至还证明了正常人从未以如此随机的语序使用过单词。[10]

一体主义与集体行动

朱尔斯·罗曼的直觉一直都是对的,然而,又常常因过分的激情而失策。正如我们所看到的,他先是想当诗人,但他又意识到自己更合适当小说家和剧作家。他1913年出版的《好友》(Les Copains)至今仍有可读性,甚至是很有娱乐性。情节很简单:七个男性"好友"或酒"友"经常通宵饮酒,一次在喝醉了过后,决定随机挑选两个城市,然后肆意胡为。他们的目的就是创造刺激,在法国某个地方的沉寂之夜制造事端。他们选中了中央高原的两个小城市,伊索尔和安伯。他们中三个具有天生领导气质的人,每人谋划一次行动。在安伯,布鲁迪埃尔装扮成某个部长,由秘书和主任陪同,他们惊动了地方卫戍部队。他们宣布首先是来参加临时夜间演习,他们来此有个主要目的:平叛,假设叛乱分子武装占领了市政厅,并将市长扣为人质。他们的理由是那么充分,一个整团的官兵都被叫醒,披着毯子参加夜间演习——结果是他们制造了这么大的骚动和混乱,以至全城人都被惊醒,都很恐惧。其余4个"好友"观察居民是如何惊慌失措的,见证安伯人是如何为没见过世面而付出代价,沦为新兴人"群"。他们的所作所为不仅仅是要使墨守成规者惊愕,而且也要使他们自己以一个群体形式存在,并且最终占据这座城市。[11]

现在轮到贝宁来对付安伯了。随后的星期日,教皇的心腹、著名的天主教神学家拉居伊神父刚从罗马到达那里,他便冒充这位神父的身份进了城。他登上讲坛,就性和信仰天主教的人家需要加倍增加人口为题,发表了极具说服力和亲和力的自由演讲。所有听众被煽动得欲火难耐,最后,无论年轻人还是年长者都开始相拥相吻,而坐在长凳上的"好友"抚摸起早就物色好的漂亮女"同座"。当天,他们转移到伊索尔,在那里这几个人策划了维钦托利骑马雕像的揭幕仪式。在地方代表发表演说时,雕像就揭幕了。雕像是个超现实版的维钦托利,古铜色、裸体,只背着一个盾牌和一个挎包。那位代表直接对维钦托利使用呼语,并称之为法国的缔造者,接着又口若悬河,都是些典型的有关第三共和国的陈词滥调,就在这时,雕像复活了,以最猥亵的方式侮辱演讲人,然后,向逃离的观众投掷煮熟的苹果。

在最后一个情节里,几个"好友"去了山里的一个隐蔽处,做了一顿丰盛的晚餐,喝了一大堆好酒来庆贺他们的"胜利"。最后,贝宁酒后狂言,高谈阔论,做了很长的演讲,从中,人们看出了罗曼的一体主义哲学宗旨:年轻人只要集体行动,就能更加强大,更有生气,因为那时他们感到与事物的规律有特别的关联,就会朝着进步的方向行动。罗曼的主要哲学宗旨是群体聚集着活力。这样的集体生活,有着强大的力量,能使人接近神圣的智慧。

个体需要寻找力量的源泉,只要回归神一般的一体主义,就会拥有这一力量。完成这一任务的前提乃是打破资产阶级的自满和终结有限的个人主义。这"伙人"通过恶作剧"创造了安伯","毁灭了伊索尔",达到了创造与毁灭的平衡。他们遵循着相当于"纯粹任意"的"纯粹行为"原则;然而,这种任意有其目的性(第152页)。通过组织一场联合行动,他们更接近神了;因此,有人告诉这群好友:"今晚你们是化身为七人的唯一神"(第153页)。他们体现的是集体的存在,这种状态下,世界是属于他们的。既然永恒不存在,这七面"神"也不例外,他们能做的只有为这种智慧干杯,尽情地欢笑和饮酒。

罗曼的《化神指南》(A Manual of Deification)为这篇短小但却引人入胜的小说提供了一个蓝本:人们要到大街上、广场上甚至纪念碑周围寻找一体主义生活的无意识形式,然后再到咖啡店、饭店、图书馆、剧院乃至教堂里寻找这种生活的有意识形式,如此这般,不一而足,最后,当某一人群意识到了他们的集体生活,并与别人分享这种意识时,"神圣的惊喜"就会来到,就过渡到了高级阶段。罗曼上演了对日常生活的一场颠覆活动,这样可以召回50年代末和60年代境遇主义者的习惯做法,他使用这样令人震惊的韬略,开发了一个重振城市的计划,以期达到这样的结果:几个专职负责的唯美主义者独具匠心地策划出相互协调的行动,以此从最深的根基处动摇处于休眠状态的居民。结果当然是一场捧腹大笑,一场令人不以为然的捧腹大笑。难道这是对前卫人士搞恶作剧?不,朱尔斯·罗曼是十分严肃的,而且,就好像几个"好友"骑着自行车穿过美丽的风景区,激情充沛地表达出自己与世界化而为一的幸福感一样,每次他澎湃的诗情像野马一样脱缰过后,他的话听起来都过分严肃。他们会通过摧毁某些东西来创造一个神的世界,这就是为何他们集体性的作为中总是含有那么一点儿火药味。泛神宗教在这些时候总是建立在无疑是惠特曼式的男性友谊关系这一概念上。这意味着需要重新思考一个关于友谊的"政治学",因为要让友谊保持共同的方向和相关的意义,集体行动是不可或缺的。[12]

在法国,这种政治纲领并不难归类,因为它是社会主义者或无政府主义者的主要理念,这一点可以从天主教会和军队的滑稽模仿中得到证实。的确,在他们的具体描述中,七个好友中领头的布鲁迪埃尔、贝宁和勒苏埃尔都让人想起1908年路易斯·佛尔顿想象出来的克罗季诺尔、费罗莎和理鲍尔丁格三个无政府主义的骗子,《超越》(L'Epatant)的读者"悦"读到了这三个在卡通画中横冲直撞的冒险形象——而这些读者并不都是孩子。1913年,飞毛腿尼克勒斯一家再次越狱,逃往塞尔维亚和保加利亚,在如火如荼的巴尔干战争中装扮成形形色色的国民。与佛尔顿不同,罗曼提供了无政府主义的多种高水平文学版本:小说最为突出之处是这样的过瘾时刻——几个人行动或全体一起行动,然后这七个人为他们的同志友谊欢呼雀跃。他们习惯了使用假拉丁语作长篇演讲,通过交换押了韵的诗歌来赛诗,令人兴奋的趣味触发了他们的欢乐,比如以卡门贝为题几分钟内就作出仿效马拉美体的诗句。他们主要的武器是带有目的性的精心伪装和能言善辩。

令人惊讶的是,有一个人对这种态度不满,他就是纪尧姆·阿波利奈尔[1]。更加令人惊讶

---

[1] 纪尧姆·阿波利奈尔(Guillaume Apollinaire,1880—1918),法国诗人、剧作家、艺术评论家,其诗歌和戏剧在表达形式上多有创新,被认为超现实主义的先驱之一,主要作品有《醇酒集》、《被刺的诗人》、《蒂雷西亚的乳房》等。

的是，他与罗曼有类似的文学抱负，一度还是朋友，而且他们都注意到了一个巧合，两人同日出生，只是相差五岁，阿波利奈尔生在罗马，这就使他也成了个"罗蛮"。另外，阿波利奈尔几乎从未写过反面的评论。1911年4月，他看完了罗曼的剧作《驻城部队》(The Army in the City)，就对其开火。剧本讲的是城里一次地方暴动被驻城的后备队镇压下去的故事。在《新法兰西评论》(La Nouvelle Revue française)上发表的一篇特别苛刻的评论中，阿波利奈尔就罗曼在前言里所使用的名词发起攻击。罗曼在寻找与法国传统相联系的"既富经典性，又富民族性"的一种艺术。阿波利奈尔反对这些主张，认为该剧"失真"，既十分"拙劣"，又缺乏笔法，对话很糟糕，堆积了夸张的华丽辞藻，一下子下降到了原始的历史情景剧的水平。他不怀好意地引述了罗曼简要指导一体主义的《化神指南》，书中，罗曼为《好友》出具理由，并解释说，他喜欢通过"暴力行为""唤醒沉睡的人们"，[13]比如在大街上高声说话或是在艳阳下撑开雨伞。这次激烈的抨击终止了阿波利奈尔与该杂志的合同——自此他再也不能在《新法兰西评论》上发表文章了。

同月，在另一篇评论中，阿波利奈尔引用同一段文字作为罗曼承认迷上了组织暴力活动的"自白"——这不构成当苦差事完成的看了上文便知下文的机械创作的借口。这一粗暴的谴责带有政治性：罗曼的文章带有"贸易工会领导宣布阶级战争的口吻"，[14]他大量制造乏味的剧作及陈词滥调的诗歌，正如他要以军事方式组织闹剧一样。法国早期现代主义的两种形式均有意于汇聚在一起，但两者之间的冲突再明显不过了：一方面，罗曼的现代主义面向普通人，大众人群必须接受前卫的教育，即便这种教育意味着对他们使用暴力；另一方面，阿波利奈尔的现代主义紧随象征主义的步伐，只采用语言、音乐、视觉三方面的艺术媒介作为有效试验的场所，这样的试验可能冒着与观众失去联系的风险，但是，人们也可以认为如果观众想跟进的话，可以从中得到教育，而且当观众理解了美，理解了试验的必要性时，就会更加自愿地接受这样的教育。

说到罗曼的纲领性或示范性的闹剧，我们想起了稍早时候发生的牵涉到弗吉尼亚·伍尔夫的一场真实闹剧。1910年2月，弗吉尼亚、她的弟弟艾德里安、一个叫贺拉斯·科尔的朋友以及另外几个人假扮成阿比西尼亚[1]的外交官和外事办要员，登上了"无畏舰"。他们蒙混过了关——但他们外国味儿的装束、化了妆的面孔以及模仿阿比西尼亚人的模样给战舰上的官员们留下了深刻的印象。这是否包含着这样的信息：在与意大利关系紧张时，身在困境之中的阿比西尼亚人团结一致？其实不然。虽然这出闹剧可能是空洞无物的，但它毕竟留下了已经达到某种颠覆程度的意味，即使这种颠覆的结果回想起来可能遭到嘲笑。这也解释了拉弗卡狄奥一时冲动的原因，安德烈·纪德《梵蒂冈的地窖》(Vatican's Cellar)（小说于1913年6月完稿，1914年出版）中有个著名场景，那个年轻人将滑稽人物阿梅德从飞驰的火车上推了下去。阿梅德摔死了，但谁也不把谋杀罪和拉弗卡狄奥联系起来，他因为智商高而"不付代

---

[1] 阿比西尼亚帝国(Abyssinia Empire)，又称埃塞俄比亚帝国(Ethiopian Empire)，是1270年到1974年期间非洲东部的一个国家，1974年被门格斯图推翻，即今日东非国家埃塞俄比亚的前身。

价"。所有这些均出自怪异的骗局，确切地讲是诈骗，拉弗卡狄奥的老板普洛特斯想方设法诈骗轻信他人的伯爵夫人，让她相信他已将教皇绑架，囚禁在他的地窖里。正如纪德所说，这是一部"使人道德沦丧的书"，消解了资产阶级的道德观，证明了深深的危机感，不仅仅是流浪汉小说的仿作。

相比之下，一体主义的乌托邦式小说《好友》试图采取另一类行动——这是一个意志坚定的小组，能够在某一地点完成复杂的突击行动。罗曼以及杜哈明和韦勒德拉克等来自"修道院"的朋友都认为，他们是法国笛卡儿[1]传统的维护者，强调清晰的逻辑，呼吁人类的"常识"。从这一共同点出发，由共同的热情聚拢起来的这一小组催醒了惰性的社会大众，必要时他们不惜使用暴力。这些大众缺乏激情，任何激情都比冷漠要好。这样的做法在民族主义狂热的时期可能还很危险。纪德的小说与这种行动主义相对立，它发出了异响，它集中描写一个与世隔绝的个人，来反思那些集体性的神话和价值观。普鲁斯特攻击罗曼·罗兰，说他强调社会现实主义，表现简单的"生活"，导致作品失去了风格，[15]像普鲁斯特一样，阿波利奈尔认为，一个人不可能通过直接劝导的方式（即，使用让所有人都能立刻理解的语言）来让大众觉醒，不可能用这种方式为他们做些有益的事情。

罗曼的一体主义纲领遭遇了棘手的问题，这些问题与列宁1913年热烈讨论的那些问题类似。当时，他与其他社会主义革命者就党的作用以及国际主义的局限展开了热烈的讨论。"你说到，社会主义政党教育无产阶级。在当前的斗争中，要解决的关键问题是捍卫党的生活的基本原则。"[16]另外一个相关的问题是，共产党究竟是像自由主义者希望的那样，做一个"公开政党"，还是做一个时刻准备着使用政治手段使群众变得激进的"地下党"，就像1913年夏圣匹兹堡的62,000名工人举行罢工那样。有一件事真是惊人的巧合：弗雷德里克·莫顿发现，[17]1913年1月，列宁、托洛茨基[2]和斯大林三人都在奥地利；托洛茨基享受着首都生气盎然的酒吧文化生活，列宁在克拉科夫一边筹划革命活动，一边撰写著作；一个叫约瑟夫·朱加什维利（即斯大林）的年轻人，曾是一名神职人员，1989年因有共产主义倾向从第比利斯神学研究所被驱逐，随后五次被驱逐出境，但均逃脱，1912年底他加入了布尔什维克中央委员会。他在维也纳待了几乎不到五个星期，却始终没有受到夜生活和咖啡厅的影响，而是专心于他的差事：他被派去对双重君主制应对民族主义情绪躁动的方式与俄罗斯政策进行比较。他在一个月里完成了一篇题为"马克思与民族问题"[18]的经典文章，标注的时间和地点是1913年1月，维也纳。在那里，斯大林像欧内斯特·勒南一样开始思考"民族是什么"的问题，并将倒退的"资产阶级民族主义"与更加开放的共产主义方案加以对比。如果社会主义本质上是国际性的，它就不应该反对"区域自治"，就应推行区域"自我裁决"，一个在俄罗斯环境下

---

[1] 勒内·笛卡儿（Rene Descartes, 1596—1650），法国哲学家、科学家、数学家，西方现代哲学思想的奠基人，提出了"普遍怀疑"的主张，开拓了"欧陆理性主义"哲学，对现代数学的发展做出了重要的贡献，因将几何坐标体系公式化而被认为是解析几何之父。

[2] 列夫·达维多维奇·托洛茨基（Lev Davidovich Trotsky, 1879—1940），俄国与世界历史上最重要的无产阶级革命家之一，20世纪国际共产主义运动的左翼领袖，工农红军、第三国际和第四国际的主要缔造者，以对古典马克思主义"不断革命"和"世界革命"的独创性发展闻名于世。

重新解决奥地利民族主义问题(正如我们所见,这一解决方案是暂时的,民族主义问题的紧张局势触发了战争)的计划。主要结论为:在社会主义制度下,民族主义将相对独立。这样巧妙的妥协得到了列宁的赞赏,相当一段时间里,斯大林都是党的民族问题专家。列宁喜欢这样坚定的现实主义,不太喜欢托洛茨基对世界革命的国际影响所持的单纯而又不切实际的思想。回俄罗斯不久,斯大林就因假扮农村妇女露馅而被捕。他开始了第六次也是时间最长的放逐生活。也是1913年,他选择了具有感召力的在党内使用的名字"斯大林",意思是"钢铁之人"。

巴黎的"新精神"或早期现代主义

19世纪90年代,蒙马特卡巴莱酒吧流行着开玩笑的风气,或云讲究逃避义务者的智慧,这便是埃里克·萨蒂式的机智,阿波利奈尔对此并不陌生,他在别有意义的日期1913年4月1日在讲述沃尔特·惠特曼[1]葬礼过程时就表现出了这种机智。"由某个见证人讲述的沃尔特·惠特曼葬礼"的"轶事"表现的是1892年发生在卡姆登墓地的拉伯雷式[2]的一个怪诞场景。参加葬礼的人数超过了3,000,几个大酒缸里装满了啤酒和威士忌,长长的送葬队伍由拉格泰姆乐队领头,灵柩太大,无法通过陵墓的大门,只好让酩酊大醉的抬棺人将灵柩高高地举起。阿波利奈尔取笑那些参加葬礼的"伙伴",因为惠特曼没有"掩饰他对恋童癖的爱好",随后,英俊的费城电车司机,这位诗坛泰斗的忠实恋人彼得·康奈利领着"大量男同性恋者蜂拥而至"。[19]然而,尽管日期不准确,这个模拟的史诗场景并非完全杜撰:"见证人"不是别人,正是布莱斯·桑德拉尔[3],或称为弗雷德里克·骚塞,他声称,在纽约听一个木工讲过这个故事,当时他经常光顾费雷尔学校,他的女友菲拉1911年冬到1912年在那里工作过。[20]阿波利奈尔一如既往地将小花絮扩大,还进行了任意发挥。事后当惠特曼的支持者们抱怨时,他自卫并发誓说,桑德拉尔才是这个"荒诞故事"的始作俑者。

用刻意的闹剧取乐一度曾是很危险的事情;1911年夏就发生了这样一件事。当时,阿波利奈尔的一个熟人,盖瑞·皮埃雷给了他几尊从罗浮宫偷出来的腓尼基雕像。皮埃雷从博物馆偷盗过两次,至少有一尊雕像卖给了阿波利奈尔当时的密友毕加索。8月29日,皮埃雷企图将更多的赃物卖给《巴黎报》(*Paris-Journal*),皮埃雷失踪前曾将这些文物放在阿波利奈尔的公寓里。他争辩道,他的用意是警示公众舆论,法国博物馆的安全存在问题。这一警示在8月21日《蒙娜·丽莎》(*Mona Lisa*)被盗时引起了注意,并成为世界各地的头版新闻。毕加索和阿波利奈尔因为极度害怕他们要担当责任,害怕因外国人身份被驱逐出境,所以处理了这些会使他们名誉招致损害的物件,但拙劣得很,他们竟把这些物件放到了《巴黎报》门前的台

---

[1] 沃尔特·惠特曼(Walt Whitman, 1819—1892),美国著名诗人、人文主义者,创造了诗歌的自由体(Free Verse),著有《草叶集》。

[2] 弗朗索瓦·拉伯雷(François Rabelais, 约1493—1553),法国文艺复兴时代的伟大作家,人文主义的代表。

[3] 布莱斯·桑德拉尔(Blaise Cendrars, 1887—1961),原籍瑞士,法国诗人、小说家,喜欢到世界各地旅行,将旅行的过程、体验、遇到的人等外国文化,写进作品里。

阶上。很快警察就顺藤摸瓜，找到了阿波利奈尔，9月7日他被批捕。阿波利奈尔在监狱里呆了一周，写出可与维庸[1]和魏尔伦[2]相媲美的诗作。与此同时，新闻界指责他是"被派到法国盗窃我们博物馆的国际团伙头目。"毕加索被带到他面前对质时，竟否认认识这个诗人。与此同时，他的劲敌正在挖出他以往的罪行和过错，这一阴谋最终导致他与其当时的女友，年轻的画家玛丽·洛朗森痛苦地分手，因为她母亲禁止女儿与这样一个声名狼藉，甚至不是法国籍的骗子交往。阿波利奈尔努力证明自己的清白，洗刷名誉，但这一沉重的打击使他发生了深刻的变化。他与玛丽·洛朗森于1913年最终分手。许多评论家推测他后来转向试验诗，写成了《地带》和其他作品，全因突如其来的监禁所致——至少当时的很多首诗都戏剧化地表现了他的困境，一个与新环境格格不入的古董，一个没人要的废物，恋爱总是不如意，爱人离去，永久流放，就等着遍尝各种新苦头。

嘲弄的态度总在决定历史趋势的最为庄严的时刻出现，偶尔也会触动时代思潮中那根自由表达的神经。那个名画大盗文森佐·贝鲁吉亚声称他的行为是出于爱国，是为了将这幅名作归还给自己的祖国。1913年，佛罗伦萨的一个艺术经销商出价购买一些艺术珍品，他收到了仍在巴黎的贝鲁吉亚的来信；贝鲁吉亚将《蒙娜·丽莎》藏在自己箱底的夹层里，带到了佛罗伦萨。贝鲁吉亚当即被捕，其后，《蒙娜·丽莎》在乌菲齐展出，然后又在意大利巡回展出，最后返还给了法国。名画1913年12月31日抵达巴黎。5天后，在罗浮宫的一个新展馆展出。6个月后，佩鲁吉亚在意大利受审，结果是宽大处理；他几乎是被立即释放，作为民族英雄受到群众的欢呼。在法国，国宝短暂的流失引起了达·芬奇热，这股热因战争而中断，而到1919年又得到恢复，1919年恰好是列奥纳多·达·芬奇逝世400周年。

这一历史背景很重要，能帮助我们了解为何马塞尔·杜尚1919年秋取笑这幅画像，他买了一副廉价的赝品，在蒙娜·丽莎的娇容上添上了八字胡和山羊胡，并将其"新"作取名为《L. H. O. O. Q》（法语首字母词构成的句子，是"她发情了"的淫秽双关语）。[21]那个时候，达达的风气已经到来，而且在那里一度盛行，蒙娜·丽莎的真实性别成了一个争论未决的问题。对阿波利奈尔来说，战时和战后，他留给他朋友们的基本印象是他被捕后的惊慌和对被驱逐出境的恐惧和他不能自已的法国民族主义的高涨情绪，甚至是好战情绪。玛丽·洛朗森置阿波利奈尔的感情于不顾，嫁给了一个德国画家，战争爆发时逃到了西班牙，而阿波利奈尔完全可以不去应征入伍，但他却决意参加了法国军队。《蒂雷西亚的乳房》(Les Mammelles de Tiresias) 是迄今第一部超现实主义的剧作，被视为意乱情迷的未来主义者意欲传达的民族主义的信息。

1913年阿波利奈尔转向了未来主义，他具体转向的是新立体主义，上述原因解释了为何评估这一点很重要。1913年，阿波利奈尔出版了两部书，诗集《醇酒集》(Alcools)和兼收了40幅立体派作品的论文集《美学沉思录，立体主义画家作品选》(Esthetic Meditations, Cubist

---

[1] 弗朗索瓦·维庸(Francois Villon, 1431—1463?)，法国中世纪最杰出的抒情诗人，市民抒情诗的主要代表，著有《大遗言集》。

[2] 保尔·魏尔伦(Paul Veriaine, 1844—1896)，法国象征派诗人，著有《绿》。

Painters），这证明了他的疯狂行为有增无减，同时也使他走进了法国最重要诗人的行列。接着，1913年6月，他撰写了签订了日期的宣言，题为《未来主义的反传统》(*The Futurist Anti-Tradition*)，[22]并于1913年9月在意大利的《尖刻者》杂志上发表。这篇令人惊慌失措的文字，开列了应予消灭和应予保留的名字和概念：先将它们按照"消灭"与"创造"一分为二，然后按照"卑鄙者"和"高尚者"进行严格的二分，前一份名单上有但丁、莎士比亚、托尔斯泰、歌德（他在最后一分钟删去了拉辛[1]），接着给后一份长长的画家和诗人名单上的人奉上了"玫瑰"，名单包括马里内蒂、毕加索以及所有的主要未来主义者；这份宣言还追溯了1909年以来的大多数未来主义宣言，同时也预示了"爆炸"与"保佑"的对立的《爆炸》(*Blast*)之作的到来。具有讽刺意味的是，在宣言中，他意欲摧毁"艺术的崇高"，而在《美学沉思录》中的第二页他就陈述道，火焰"之光具有崇高的真理，谁也无法否认。"[23]除了此处措辞有出入以外，两个文本都主张相同的论题——《美学沉思录》所用的语言更加通俗："一个人不能总背着父亲的遗体行走江湖。"他补充道，"但是，我们的双脚要离开承载死者的土地也会是徒劳的。"[24]

这就强调了以下事实：即使阿波利奈尔的宣言逐字模仿了前卫者的花样（加粗大写字母，创新版式，同一页面上多层次并列，省略的句法结构），他仍旧是在谈论"传统"，即使是在反传统。这一做法很适合像《尖刻者》这样的小杂志，杂志的名称《尖刻者》（原文*Lacerba*）不仅仅是"那尖刻者"（原文L'Acerba）一词的简单缩写，还是一个与切科·达斯科利有关的文学典故。切科·达斯科利是位诗人，1327年以异教徒身份被宗教法庭绑在柱子上烧死，他的说教诗《阿采尔巴》（原文L'Acerbo）在他死后的1476年出版。《尖刻者》1913年的每一期都有引自切科·达斯科利的那句格言"这里，人们不以青蛙的方式唱歌"，这句话让让·皮埃尔·布里塞特感到高兴。百思不得其解的读者对杂志名中省字号的脱落这一奇怪的拼写大胆地提出了质疑，而编辑们则以"令人震惊的意大利人文学上的愚昧无知"[25]予以回击。《尖刻者》尽管被认为是纯未来主义的评论杂志，但却不是党派的喉舌，发表的文章有时候观点也不尽相同，甚至是非常不一致，1913年3月的帕皮尼的"反未来主义"就是一例。这就是为何看到"诗人之王"保尔·福尔[2]、罗杰·弗莱、马克斯·雅各布[3]、康定斯基、斯特拉文斯基等人与主要未来主义者被同时授予玫瑰时，人们并不感到吃惊。

在将阿波利奈尔推向"现代精神"的人群中，布莱斯·桑德拉尔可以说给了他最直接的影响。桑德拉尔从俄罗斯和美国旅游回来，1912年11月在巴黎发表了他在纽约写下的诗歌[《复活节》(*Easter*)]，后来重新题为《纽约的复活节》(*Easter in New-York*)。在画室里，桑德拉尔把《复活节》念给德劳内夫妇听，阿波利奈尔当时也在座。这种以结构松散的意象主

---

[1] 让·拉辛（Jean Racine, 1639—1699），法国剧作家，主要作品有《忒拜依特》、《亚历山大大帝》、《安德罗玛克》等。

[2] 保尔·福尔（Paul Fort, 1872—1960），法国诗人，被称为"象征派诗王"。诗集达32卷之多，《法兰西短歌集》是他全部作品的总集。

[3] 马克斯·雅各布（Max Jacob, 1876—1944），法国作家和诗人，与阿波利奈尔同为现代主义诗歌大师，著有散文诗集《骰子盒》、小说《圣马托雷尔》、诗文集《达尔杜弗的辩护》等。

义用自传体形式贯穿全书的新颖手法立刻吸引了阿波利奈尔，神话与宗教总是用反讽的笔调放到一起对比，为大都市平稳的脉搏提供了弱拍的节奏，说话者慢慢地变成了有点儿无政府主义色彩的基督，基督正在招呼妓女、赤贫的犹太人及各种不合时宜的人。

按照见证人所述，诗作读完之后，阿波利奈尔脸色变得苍白，并声明与该诗对比起来，他自己写的一系列诗歌显得平淡了。然后，他连夜草就半自传体诗歌，"地带"，并于1913年10月向杜尚、毕卡比亚和其他朋友背诵这首诗作。事实上，《纽约的复活节》是由一个孤独的年轻人带病于1912年复活节那天在纽约的一个寓所中一挥而就的。该诗仍是传统模式的分诗节作品，全诗大多是中规中矩的亚历山大体。阿波利奈尔尽力浓缩桑德拉尔诗作的精髓，将"地带"改写得更加大胆。最终在11月份，在第二遍校稿的最后一分钟，他决定将标点符号删去(他同月发表的诗作"文德米艾尔号"也未使用标点符号，该诗作为"地带"的姊妹篇收到了诗集中作为压卷之作。)他还将诗集从未收入的最短的一篇诗加到了校稿之中，这篇短诗名叫"领唱者"，只有一句，既强烈有力，又十分玄奥——"还有那海螺号的独弦"。《醇酒集》最终出版于1913年4月，打开首页，煌煌的"地带"映入眼帘：

最终你厌倦了这古老的世界

今早"桥群"咩咩叫埃菲尔铁塔啊牧人

厌倦了与罗马跟希腊的古董一起过日子

甚至连汽车看上去也那么古董
只有宗教还保持着年轻
还保持着纯朴就像空港的飞机棚[26]

人称代词使用得不稳定——说话者一会儿称呼为"你"，一会儿称呼为"我"；在前后不一致的对话以及起主导作用的城市背景(以巴黎为场景，另有尼斯[1]、马赛、科布伦茨[2]、罗马和其他城市的街景快拍)中，两个人称代词的变换使用构成了意象主义诗歌的原型。埃菲尔铁塔变成了牧人，俯视着塞纳河上咩咩叫的桥群[今早"桥群"咩咩叫埃菲尔铁塔啊牧人(原文为法文)]。[27]地名的抒情意味(我热爱这条工业街道的优雅/它在巴黎特纳大街与阿蒙—迪耶维尔大街之间)从来没有得到过这样有效的表达。他作品的新颖之处不在于删除什么标点符号[毕竟，马拉美的《骰子一掷》(*Un Coup de Dès*)一诗也没有标点]，而在于将一种抒情表达(这种表达总与德国抒情歌曲避免花哨词藻的浪漫歌词非常接近)与一系列的意象并置融为一

---

[1] 尼斯(Nice)，法国第五大城市，位于普罗旺斯—阿尔卑斯—蓝色海岸大区，地处马赛和意大利热那亚之间，为地中海沿岸法国南部港口城市，滨海阿尔卑斯省行政中心。

[2] 科布伦茨(Koblenz)，位于莱茵河和摩泽尔河的交汇之处，为德国中莱茵上游地区世界文化遗产的一个重要组成部分。

体。阿波利奈尔充分利用法国文学的各种表现形式,从大俗到大雅,全面总结了现代世界的文学观,认为文学到处都是,并不是只有在书中才能看到:

> 传单产品目录册演唱会海报
> 这都是你早晨读的诗歌而报纸就是散文
> 专刊都是刑事案
> 名人传记和其他引人入胜的读物都只要25生丁[28]

《醇酒集》一直是备受欢迎的诗集,它孕育了一个世纪的抒情诗,为后来广受读者喜爱的艾吕雅[1]、阿拉贡[2]、乃至普雷维尔[3]、布拉桑[4]等诗人铺平了道路。难怪这些诗一再被谱成歌曲。

《醇酒集》出版两个月后,乔治·杜哈明因未曾饶恕他朋友罗曼1911年的剧本的侮辱性评论,撰写了一篇刻薄的文章。从根本上讲,杜哈明指责阿波利奈尔缺少原创性,写的都是陈词滥调;更尖锐的是,他指责后者使用廉价的异国情调,由此暴露了"犹太人的"成见:

> 我称它为旧货店,因为大量混杂的物品在那里找到了藏身之所,虽然有些东西是有价值的,但是,没有一样是旧货商自己生产的。这就是这类行业的特征:只倒卖,不生产。[……]其余的货物就是收来的假画、外国的破烂衣服、自行车零部件以及私人的卫生用品。这堆杂货只是各种刻毒的东西令人眼花缭乱地堆放在一起,根本不是艺术。只要透过十字褡上虫蛀的洞,透过那个经销商无知的令人啼笑皆非的眼神,这些问题就能略见一斑。这个经销商出身就是个贩杂货的,他既是个地中海东部犹太人,又是个南美人,是个波兰绅士,也是个意大利"小脸蛋"。[29]

至此,一体主义者最终暴露出了丑陋的一面——民族主义、反犹太主义及沾沾自喜的传统主义的一个大杂烩。对阿波利奈尔来说,这种人生侮辱太大了,他派密友马克斯·雅各布挑战杜哈明,与他决斗。这一事件最后以和平的方式得到了解决,但它在巴黎"新精神"界划出了一道清晰的界限。事后回想起来,觉得滑稽可笑的是,杜哈明拒绝《醇酒集》时所使用的词语完全适用于像乔伊斯《尤利西斯》(*Ulysses*)那样满是杂货的小说。到了1922年,即使带有愚蠢的种族侮辱,同样的表述听起来却是正面的。

---

[1] 保尔·艾吕雅(Paul Éluard, 1895—1952),法国诗人,超现实主义运动发起人之一,一生写诗和战斗,参加了达达运动和超现实主义运动以及反法西斯斗争,主要作品有《痛苦的都城》、《不死之死》、《公共的玫瑰》、《丰采的眼睛》、《诗与真》、《凤凰》等。

[2] 路易·阿拉贡(Louis Aragon, 1897—1982),法国当代著名诗人、小说家及编辑,创作异常丰富,在诗歌、小说及评论等方面取得了巨大成就,被法国报界誉为"20世纪的雨果"。

[3] 雅克·普雷维尔(Jacques Prevert, 1900—1977),法国抒情诗人,电影剧本作家,他的许多诗都被谱成歌曲,广泛传唱,主要作品有《歌词集》、《戏剧集》、《雨天和晴天》、《故事象》等。

[4] 乔治·布拉桑(Georges Brassens, 1921—1981),法国歌手、歌词作家、诗人,主要作品有《雨伞》、《臭名声》等。

同年，诗歌试验作品还有布莱斯·桑德拉尔的《跨西伯利亚及法国小贞德散文集》(*Prose du Transsibérien et de la Petite Jehanne de France*)，这是一部独特的书，书中配有索尼亚·德劳内[1]的插图。正如我们在第一章中所看到的那样，德劳内夫妇从1912年开始一直做同步主义的试验，而这本漂亮的配着画的书后来成为"第一部同步主义图书"。该书只用一大张纸，叠成22个折面，像手风琴一样，平摊开的话，总长度是2米。所以，如果将150本全部展开粘在一起，可以达到埃菲尔铁塔的高度。书的右侧是无韵诗，左侧页面是彩色的；几乎所有的空白处都是用遮版技术绘上了像水彩一样相似的彩粉。书的左侧是绘图，看上去是在明亮的原色上画的半抽象的画儿，再往下看，图形就渐渐地显得精确、实在，可以看到埃菲尔铁塔钻进了用橙、绿两色画出来的一个巨轮里。这首叙事诗的作者后来返回巴黎老家时，发现巴黎已改称为"铁塔……和巨轮之城"时，他才发现自己原来写的实质上是一首旅游诗。[30]玛乔瑞·帕洛夫在细细地品读过后，令人信服地论证了这部书是未来主义精神的最佳标志，即使桑德拉尔和索尼亚·德劳内不接受这一认识。他们想要这部书表现"同步主义"精神，这是罗伯特·德劳内在米歇尔·欧仁·谢弗勒尔1893年出版的《论色彩的同时对比法则》(*The Law of the Simultaneous Contrast of Colors*)中看到的一个概念。就在这一年，摄影术的发明得到法国政府的全面推广。化学家谢弗勒尔发现邻近色趋向于不相似，他使用许多图表、圆圈和球形将"对比色调调和法则"和"类比色调调和法则"系统化。德劳内夫妇从该理论中发展的一个观点是，对立的互补色发亮，这可以解释罗伯特和索尼亚为何在他们的立体画中以棱形的方式使用原色。因此，《散文集》(*Prose*)是一部书，但既可以当文章来读，也可以当画来欣赏，由此，既可以说是诗，又可以说是画。而文字部分，虽有强大的抒情动力的推动，但也首先需要逐字逐字地读，然后才能串成一个整体。玛乔瑞·帕洛夫做出了正确的论断：多亏了索尼亚·德劳内对这部作品创意性的改编，双方合作的创新精神具备未来主义的性质，尽管它是意味较弱的后期未来主义，韵味上仍不乏精致优雅之情，语言、色彩和图形之间也有难得一见的平衡性。

  法国未来主义因此走向成熟，人们不再谈虎色变，甚至还出现了某种女性未来主义，尽管诗歌的价值是建立在男性说话者基础上的，上下求索、叩问苍茫的英雄毕竟是男性。贞德一个天真的问题构成了被人一再重复的副歌："告诉我，布莱斯，我们离蒙马特高地很远吗？"这个语含双关的标题巧妙地运用了对比法将女性声音置入，在功能上起到了至关重要的作用。这里的"贞德"（原文Jehanne）使用了中世纪的拼写方式，带有一点儿"圣女贞德"[2]的神话意味。当然，这种奇想是将圣女贞德（一个少女）变成了一个现代未成年的蒙马特妓女。颇富诗意的"散文"非常适合抒情杂志，这类杂志不惜功夫重寻青少年时期的弗雷迪·骚瑟搭乘火车去俄罗斯腹地旅行的经历；时值1905年春，那时，与日本那场灾难性的战争业

---

[1] 索尼亚·德劳内(Sonia Delaunay, 1885—1979)，犹太—法国画家，罗伯特·德劳内的妻子，两人创作风格有相似之处。
[2] 贞德(Jeanne d'Arc, 1412—1431)，被称为"奥尔良的少女"和"圣女贞德"，法国民族英雄、军事家、天主教会的"圣女"。英法百年战争(1337—1453)时她带领法国军队对抗英军的入侵，支持法查理七世加冕，为法国胜利做出了巨大贡献，后为勃艮第公国所俘，宗教裁判所以"异端"和"女巫罪"判处她火刑。

已结束，阿瑟港也已陷入敌手；桑德拉尔还让人不禁想起了1905年的圣彼得堡革命。[31]所有这些外国的意象叠加起来就构成了与现在颇具女人味的法国的对话，这是个一半妓女、一半理想的国度，一场对话只进行到一半就停止了，就像丢掉一尊珍贵的雕像一样，将一个对话的法国形象丢在黑暗之中发光。诗人"不由自主地"想着的"法国小贞德"证明了该诗的对话主义终归是冷酷无情。

伦敦新精神：意象主义与《新自由女性》

与此同时，在本章最后一节中，我还要讲到另一场像英雄一样流放的男性诗人与女性之间的对话。这场本来不可能的对话是在现代主义男性大诗人艾兹拉·庞德与诸如多拉·马斯登[1]、哈利特·肖·威沃[2]、哈利特·门罗[3]和丽贝卡·韦斯特[4]等女作家、女思想家之间进行的。我将聚焦于艾兹拉·庞德，因为他既像阿波利奈尔，又像佳吉列夫，他也是杰出的几个现代主义"经理"之一，这些人不仅感觉到变化将要产生新事物，也知道如何与众多的其他艺术家一起共事，并向他们学习。阿波利奈尔被罗杰·沙特克[5]称为"前卫者的指挥"，[32]这一称谓一直为庞德的所有传记作家所使用。庞德和阿波利奈尔具有相似的特点：他们的理论宣言含糊其辞，而表达的语气却又是那样地坚定；这俩人都喜欢炫耀自己博学，而很少掩盖大面积的无知；两人都极富智慧和热情，时不时地遭遇到粗暴的拒绝和意识形态上的论战也不惧怕。因此，我们看到，阿波利奈尔突然猛烈攻击罗曼，庞德怒叱的人也难以计数，人们可能联想到他与意欲占用意象主义名义的艾米·洛威尔[6]之间的斗争。同时，俩人对老朋友都有强烈的忠诚感。

有一点需要表明，庞德开始他的诗人生涯是1908年春离开美国之后，钢琴家凯瑟琳·海曼当时在维也纳演出，庞德毛遂自荐，做他的主持人。在维也纳，庞德出版了他的第一部诗集《灯火熄灭之时》(*A Lume Spento*)，然后去了伦敦。1909年，庞德有时虔诚地参加叶芝的沙龙，讨论神话、神学和完美的抒情诗，有时又热心地参加福特·许弗的晚间聚会，谈论如何以福楼拜为榜样创立精确描写的新体散文问题。爱德华七世统治后期，庞德发表的论文和翻译作品多于他的诗作，与他交往的很多人今天都被视为"爱德华七世"时期的人物（劳伦

---

[1] 多拉·马斯登(Dora Marsden, 1882—1960)，妇女遭遇活动家，英国前卫文学刊物编辑，著有哲学著作。
[2] 哈利特·肖·威沃(Harriet Shaw Weaver, 1876—1961)，政治活动家，杂志编辑，詹姆斯·乔伊斯的资助人。
[3] 哈里特·门罗(Harriet Monroe, 1861?—1936)，美国编辑和诗人，1912年创办了《诗刊》，并且一直到她去世都是该杂志的编辑。
[4] 丽贝卡·韦斯特(Dame Rebecca West, 1892—1983)，作家、记者、文学评论家及游记作家，十分多产，作品几乎涵盖所有的文学类型。
[5] 罗杰·惠特尼·沙特克(Roger Whitney Shattuck, 1923—2005)，美国作家，以讨论20世纪法国文学、艺术和音乐而闻名。
[6] 艾米·洛威尔(Amy Lowell, 1874—1925)，美国意象派诗人，1926年获得普利策奖。著有《多彩玻璃顶》、《剑刃与罂粟籽》、《约翰·济慈》等。

斯·比尼恩[1]、维克多·普拉尔[2]、欧内斯特·里斯[3]、塞尔文·伊密治[4]、F·S·弗林特[5])。他又结识了温德汉姆·刘易斯和T·E·休姆等人,这些新朋友推动了他进一步发展。1912年,庞德联系了在芝加哥创办《诗刊》(*Poetry*)杂志的哈利特·门罗,希望宣传自己新近发动的"意象主义"。他成为《诗刊》的外国记者,发表了叶芝、泰戈尔、奥尔丁顿[6]和希尔达·杜利特尔[7]的作品及自己的"同时代"。在《诗刊》里,1913年初,他还确定了自己的审美观:他的审美观介于叶芝后象征主义美学和许弗的崇尚确切用词之间。《诗刊》3月份这一期发表了他著名的"意象主义"宣言,规定了几条基本的"禁例"(不使用冗余的词语,如何避免抽象、修饰或诗歌修辞),将意象新定义为:"意象是在一瞬间呈现出来的理性和感情的复合体。"[33]除了叶芝和福特·许弗(此二人的观点有系统的差异,比如叶芝推崇泰戈尔而许弗推崇D.H.劳伦斯)以外,庞德援引的主要权威是法国的"一体主义"者查尔斯·维尔德拉克和乔治·杜哈明,他们的《诗歌技巧评论》(*Notes on Poetical Technique*)常被引用。

1913年4月,《诗刊》刊登了庞德著名的俳句,"在一个地铁车站里",该俳句同年8月又在《新自由女性》(*New Freewoman*)上刊出。两家杂志都注意到了这首诗特殊的排版形式:

在一个地铁车站里

人流中间　显出灵的　这些脸　：
　幽暗　湿枝上的　花．　[34]

冒号和句号后面的空格是管风琴音乐必不可少的停顿或休止符;这里,诗行作为一个空间整体,词语或词组之间留有空隙与乐谱所产生的听觉暗示是一致的。下面第五章中,我还要回到庞德迷恋日语和汉语诗歌样式并经常详细叙述意象主义诗歌史的事情。这一年从头到尾,庞德都在编辑《意象主义者》(*Des Imagistes*)文集,该文集随后于1914年3月出版,文集收入了奥尔丁顿、弗林特、H.D.、许弗、乔伊斯、洛威尔及威廉姆斯等人的作品。然而,他们中间已经出了害人虫,艾米·洛威尔试图控制这群人,并想除去庞德。那时,庞德已经搬到了更远的地方,他1913年与刘易斯和戈迪埃—布尔泽斯卡相识,并发起了一场漩涡主义运动。

---

[1] 罗伯特·劳伦斯·比尼恩(Robert Laurence Binyon, 1869—1943),英国诗人、戏剧和艺术研究学者,著有《亚洲艺术中人的精神》等。

[2] 维克多·古斯塔夫·普拉尔(Victor Gustave Plarr, 1863—1929),英国诗人,韵文俱乐部发起人之一,一辈子做图书馆员的工作。

[3] 欧内斯特·珀西佛尔·里斯(Ernest Percival Rhys, 1859—1946),英国作家、诗人、文学编辑,韵文俱乐部发起人之一,主要贡献为编辑、出版泰戈尔诗歌和戏剧作品。

[4] 塞尔文·伊密治(Selwyn Image, 1849—1930),英国牧师、设计师、诗人,韵文俱乐部发起人之一。

[5] 弗兰克·斯图亚特·弗林特(Frank Stuart Flint, 1885—1960),英国诗人、翻译家,意象派重要成员。

[6] 理查德·奥尔丁顿(Richard Aldington, 1892—1962),英国意象派诗人、小说家,著有诗集《新与旧的意象》。

[7] 希尔达·杜利特尔(Hilda Doolittle, 1886—1961),美国诗人、小说家,笔名使用简称H. D.,以20世纪初期与意象派诗人埃兹拉·庞德、理查德·奥尔丁顿等人的交往而知名。希尔达后来的诗作吸收了意象派的美学,但更具有女性主义的特色。

在1913年发表的所有诗作中，庞德不再充当那种相当古老的吟游诗人的角色，而是承担起了文化批评家的角色，痛斥自鸣得意的乡土主义以及英美中产阶级承袭下来的懦弱。3月，哈利特·门罗对"赞美业余妓女/赞美皮条客"的诗句说不，又挑出了"有伤风化"的诗句："去！到那里弄嘘声！/跳舞，跳得人们脸发红，/跳个鸟舞"，但是，在庞德埋怨说人们不应"对文学进行完全阉割"后，他接受了这些诗句。[35]3年后，这些诗歌被收到了《驱邪仪式》(Lustra)诗集中。庞德始终坚持民族性与国际性相结合，前者帮助有前途的年轻作家放开手脚，迎接即将到来的"美国的复兴运动"，后者坚持"全球标准，即不考虑时间和国家的世界文学标准"。[36]1913年，庞德的构想似乎最终得以实现——他聚集了大西洋两岸最好的英语作家，在两家前卫杂志上宣传他们的以及自己的作品。1913年8月，庞德将《新自由女性》作为"我们的左翼"送给门罗，并解释说，他已掌管文学部。[37]庞德的美学纲领尽管是强调无政府主义和女权主义的左翼，却与编辑多拉·马斯登的纲领几乎是同出一辙。

没有哪两个人的性格能像庞德与马斯登那样迥异了。瑞贝卡·韦斯特将马斯登生动而又系统地描述为："首先，她是精致的美人。她只有儿童一样的身高，但她并不只是个小女人，她是比例完美的仙女。她是我见到的唯一的可以精确地描述为像花一样的人……"[38]马斯登做过曼彻斯特教师进修学院的院长，也是激进的女权主义者。而今，为人熟知的是她对极端现代主义的贡献而非对女权主义的贡献。如果不是她在自己的杂志专栏上发表了庞德、H·D·奥尔丁顿、乔伊斯、温德汉姆·刘易斯等人作品的话，她很可能会被人遗忘。布鲁斯·克拉克的《多拉·马斯登与早期现代主义》(Dora Marsden and Early Modernism)[39]充分地阐述了一家小小的女性杂志是如何转型为一个最为活跃的激进现代主义刊物的，特别是在该杂志1914年1月正式更名为《利己主义者》(The Egoist)之后。马斯登的个人经历可以说明这一蜕变。她与克里斯塔贝尔·潘克赫斯特[1]1900年在曼彻斯特维多利亚大学是同学，自此以后她与妇女参政主义一直有关系。作为妇女社会政治联盟(WSPU)的激进者，她是1908年6月吸引了150,000人的曼彻斯特大型集会的主要演讲人之一。1908年，她是拿薪水的妇女运动组织者。她吸引了公众注意力的事件是，1909年12月，在绍斯波特帝国剧院，她公然对温斯顿·丘吉尔进行羞辱：她从圆屋顶的天窗向外大声辱骂，卖力做宣传；要不是警察抓住她的话，她肯定会掉下来摔死。她多次入狱，像其他富有战斗性的妇女参政权论者一样，她被狱警强迫从鼻子里进食。1910年11月的"黑色星期五"过后，有两名妇女死于警察的暴行，多拉·马斯登被认为过于激进，遭到了潘克赫斯特一派人的指控和谴责。

这次经历使她1911年的激进态度有所缓和，她决定专注于哲学研究。她辞掉了妇女社会政治联盟的职位，和朋友格雷斯·贾丁一起搬到了伦敦，并与自己有积蓄的自由教友派的哈里特韦弗合作创办了《自由女性：女性周评》(The Freewoman: A Weekly Feminist Review)，

---

[1] 克里斯塔贝尔·潘克赫斯特(Christabel Pankhurst, 1880—1958)，妇女选举权的积极倡导者，1903年，创建妇女社会和政治联盟；1905年，妇女联盟开始采取激进的政策；1914年，妇女联盟转移方向，协助政府参与第一次世界大战；1918年，英国国会立法，允许30岁以上的妇女投票；1920年，美国政府准许妇女投票；1928年，英国国会把妇女投票的合法年龄降低为21岁。

杂志从1911年11月创刊，坚持发行到1912年10月。《自由女性》是妇女参政权论者、女权主义者、无政府主义者、社会主义者、天人（这一时期的同性恋解放运动）等唯一的论坛，其中还包括唯灵论者、货币改革者、诗人和唯美主义者。杂志于1912年破产，1913年6月以《新自由女性：个人评论》(The New Freewoman: An Individualist Review)的名称复刊。多拉·马斯登和哈里特韦弗（仍在为期刊出资）为瑞贝卡·韦斯特、艾兹拉·庞德及理查德·奥尔丁顿等新作家开辟了专栏。值得特别提及的是瑞贝卡·维斯特，首先因为她允许庞德及其朋友在该杂志上有一席之地。她也曾是一个坚定的妇女参政权论者，1911年加入《自由女性》编辑部，与马斯登的观点一致，认为由潘克赫斯特姐妹最初领导的运动已失去信任，需要开拓更大的领域。要求避免过度性行为的趋势有增无减，1913年，克里斯塔贝尔·潘克赫斯特出版的著名的性病专著《洪水猛兽及如何制止》(The Great Scourge and How to End It)又强化了这一趋势。马斯登和维斯特与潘克赫斯特一派人不同，她们对性行为毫不隐晦，并在当时的英文期刊上发表了一些有关卖淫、性冷淡以及不忠诚的配偶等文章。在《新自由女性》第二期上，韦斯特发表了题为"娜娜"的短篇小说，小说中讲述的是她第一次去塞维利亚一个肮脏的脱衣舞俱乐部的故事。当那个叫"娜娜"（参考左拉作品起的名字）最后脱光衣服开始唱歌时，韦斯特生发了狂想：

> 这是富有灵性的胴体。当天然气灯光从她身上闪过时，所展现出的完美使她任何粗俗的念头都荡然无存，身上的曲线在颤动，因为她气顶丹田继续唱着歌，此时，我想起来我有一次看到阳光照在灰色挽马大理石一样的腰部和有深沟的背部，我记得我看到这尊胴体的大腿向后甩去时有力地抽搐着。[40]

这尊奉送到眼前的肉体所传达的信息乃是——这里，这尊肉体与典型的苏格兰马匹相比较——这个女子一时之间只是血和肉，一个"令精神为之一振"的礼物，让人将所有的理智抛诸脑后。韦斯特渴望去抚摸她，疯狂地鼓掌，但又被迫离去，因为酒吧里的男人向她投来猥亵的眼神。

韦斯特不但是一位才华横溢的文体批评家、不懈的女权运动宣传家，而且还选择了现代主义阵营，极力宣传庞德和他的朋友。因此，1913年8月，她通过引用庞德《诗刊》宣言中的话语介绍了"意象主义"。她用一句话就巧妙地把"意象主义"与后印象主义和未来主义对照起来，因为它们真正热爱过去，所以"并不革命"。然而，这明显的过去主义也具有前瞻性，也是展望未来的："正像泰勒[1]和吉尔布莱斯[2]想要将科学管理引入到工业中一样，意象主义者想要发现一种最强大的方法将散落的星尘般的词语像卷起的气旋一样聚成一个充满激情的新

---

[1] 弗雷德里克·温斯洛·泰勒（Frederick Winslow Taylor, 1856—1915），美国著名管理学家，经济学家，被后世称为"科学管理之父"，其代表作为《科学管理原理》。

[2] 丽里安·莫勒·吉尔布莱斯（Lillian Moller Gilbreth, 1878—1972），美国心理学家、工程师、博士，工作效率问题研究专家，著有《成几十倍的便宜》、《踮着脚尖的美女们》。

星。"[41]人们发现隐约有一种情绪,不太愿意让庞德将诗歌这个行当发展成一门过于专业化的技术,那样就既不便学习,也不便应用。9月,H. D.、奥尔丁顿、威廉·卡洛斯·威廉斯、弗林特及艾米·洛威尔在"更新学派"的名义下聚集起来。1913年10月15日,好像是验证韦斯特所说的诗歌"泰勒化"问题,庞德发表了"严肃的艺术家"一文,作为这一批文章的首篇,接下来是关于宗教"信条"问题的"宗教"一文;该期还刊登了奥尔丁顿、拜因顿[1]、厄普伍德[2]和雷米·古尔蒙[3]等人的文章。这期刊物里,庞德关于"坏艺术即不精确的艺术"[42]的论断将美学和伦理学问题猛然扼住。庞德认为,对于美的狂热崇拜有益健康,它让我们生活得更好;相反,不好的艺术家不注意自己的技术,就像庸医杀死病人一样。那时候,韦斯特因为对现代主义作家将哲学问题(包括后几期的伯格森和厄普瓦德)与实验文本混为一谈感到不快,因而离开了杂志社,男性中心的现代主义已经取代了早些时候的妇女参政权论者。雷切尔·布劳·杜·普莱西及其他人都谴责马斯登对女性主义的背叛。[43]这一背叛确凿无疑,但布鲁斯·克拉克也表明,多拉·马斯登突然离去并不是因为受到庞德及其朋友的胁迫;相反,她自己早就做好了计划,改名换姓,甚至向"文学家们"征求了一封正式信函。事实上,正是多拉·马斯登从女性主义转变到无政府主义,才使她走到了这一步。

首期《新自由女性》并不掩饰其无政府主义的口吻。多拉·马斯登在该期的第一篇文章中写道:

> 这是思想游荡的时代。它"不好好在家呆着",而是纵情于外来的诸多别的"事业",这种情况业已常态化,这也一定是家室孤独的占据者——自我——遭到轻视[原文如此]的原因,普通思想正是这样的特征。[……]于是,外面的"事业"盛行起来,由此便有了偶像,对这尊偶像,理想的祭品可以是自我牺牲。偶像接受的牺牲越多,这作为外来"事业"的偶像就越伟大,不论这偶像是自由、平等、博爱或是别的什么。[44]

这种对外来"事业"的攻击与麦克斯·施蒂纳的《唯一者及其所有物》(*The Ego and His Own*)的开场白一致,该书1907年由《新自由女性》的定期撰稿人本杰明·塔克[4]翻译成英语。施蒂纳在书中所表述的观点是,他拒绝一切不属于他自己的理由。他想让自己的拒绝很彻底,不希望像其他黑格尔左翼派那样只停留在批判宗教上。不同于鲍尔[5]或是费尔巴哈[6],他还想消

---

[1] 斯普林·拜因顿(Spring Byington, 1886—1971),美国演员,以电台和电视《十二月新娘》主演而知名。

[2] 爱德华·厄普伍德(Edward Upward, 1903—2009),英国小说家,著有《边境游记》、《一个不值一提的人》等。

[3] 雷米·德·古尔蒙(Rémy de Gourmont, 1858—1915),法国象征派的权威批评家、诗人,著有《有关假面具的书——象征主义者肖像,关于昨天和今天的作家的评论和资料》、《神秘的拉丁语》、《西蒙娜》等。

[4] 本杰明·塔克(Benjamin Tucker, 1854—1939),19世纪美国个人无政府主义的主要思想家。

[5] 布鲁诺·鲍尔(Bruno Bauer, 1809—1882),德国哲学家、历史学家、神学家、黑格尔左翼派运动领导人,其思想对尼采产生了影响。

[6] 路德维希·安德列斯·费尔巴哈(Ludwig Andreas Feuerbach, 1804—1872),德国哲学家,著有《黑格尔哲学的批判》、《上帝、自由和不朽》、《基督教的本质》等。

灭"人类的事业",这意味着他要根除真理、自由、人性、正义等"事业"。施蒂纳总结道:"唯有'我的'事业永远不是我所关注的,"有句俗话叫"只为自己考虑的利己主义者应自觉惭愧!"在这句话面前,他觉得坦坦荡荡。[45]

这种利己主义哲学使马斯登拒绝接受潘克赫斯特一派人所规定的妇女参政主义的伟大事业。他们的观点是,人应该为事业准备好牺牲自己,这是马斯登谴责为陷阱的花言巧语。"潘克赫斯特夫人可能会死去,但其事业是伟大的。什么事业?概念空洞的事业——所有虚伪的源泉;符号的事业——酒神的赞美诗能干什么!"[46]这种观点致使马斯登全面反对任何形式的权威:

> 确切地讲,不存在什么"妇女运动"……如果妇女基本上把自己视为女人或者母亲的话,她们作为个体的满足感就会臣服于外部权威:女人或母亲的发展要求就是这样——又是些空洞概念。[……]前面提及的那几位个体女性坚持认为,他们唯一合适的描述是个体描述:以他们自己为目的。她们是利己主义者。[47]

这一准宣言发表在《新自由女性》的首期上。从一开始,无政府主义就与女权主义发生冲突,或更准确地说,它包括女性主义:"《新自由女性》不是为了女性的进步,而是为了赋予个体权利。"[48]不久,马斯登对语言的评论,即她的新"语义学",也与无政府主义发生了冲突;1913年11月,在与塔克(他把施蒂纳和蒲鲁东[1]绑定起来)的对话中,马斯登问:"坦率地说,我们不明白塔克先生(一个利己主义者,也是施蒂纳的英语著作出版人)为何没有看到有必要将清理现代语言中的赘语作为利己主义研究的基本内容。"[49]正像劳拉·里丁后来描写的那样,至少,仅仅无政府主义是不够的,如果说它不是从批判性地修正我们使用的语言开始的话——否则,我们就会像民族主义那样冒着被宣传和扭曲的意识形态冲昏头脑的危险。

难怪,1913年12月15日出版的《新自由女性》最后一期的最后一页并列刊登了两则书讯,一则书讯是艾伦·厄普沃德(Allen Upward)的《神之谜》(*The Divine Mystery*),庞德称赞他为宗教仪式最优秀的人类学家,另一则书讯为施蒂纳的《唯一者及其所有物》,旁边配有这样的说明文字:"一个人类大脑想出的最有力的著作。"[50]显然,马斯特已从一个后女性政权论者转变成为一个后女性无政府主义者,她由此形成了一种对政治话语与日常语言的系统的哲学解构思想。她后来称之为"利己主义语义学"。《新自由女性》的最后一期刊登了一则声明解释为何1914年1月起刊物更名为《利己主义者》(*The Egoist*)。[51]上面有一封公开信有五个人的签名,厄普沃德、庞德、卡特、考夫曼和奥尔丁顿,他们感谢多拉·马斯登为"创立男女学者都可以不受公众影响表达自己观点的刊物"所付出的不懈努力。他们还说,那个刊名"与那些完全致力于支持过时的政治机构里小打小闹的改革的刊物混淆难分。"他们要求马斯登考虑"采用另外一个刊名,这个刊名要能显示你文章的特点,即此刊是表达男女个体思

---

[1] 皮埃尔—约瑟夫·蒲鲁东(Pierre-Joseph Proudhon, 1809—1865),法国政论家、经济学家、小资产阶级思想家,社会主义者,无政府主义创始人之一,著有《什么是财产?或关于法和权力的原理的研究》。

想、体现生活各方面个体原则的园地。"[52]

那时,妇女厌倦了斗争,但仍渴望得到社会承认,新的刊名应更"中性"。此外,在这个刊物里,人们感觉到,连续的语义限制措施成为马斯登后期作品的特征,这一特征通过双引号包围了几乎所有的文字这一现象就能领悟出来:

> 心地诚实的女性已经感觉到,夸口承诺在遥远的将来才能兑现的各种权利如同高高的跳板,对她们毫无用处。正像她们感到的,她们现在就可以和将来拥有权利时一样"自由",她们知道,她们的著作现在就可以证明这些著作所能给予她们的各种品质的权利。获得比自己权利许可范围更大的"自由"意味着这样的怪事——"受到保护的自由"以及她们的能力是"受到保护的"能力,因为是妇女的自由和能力,所以要得到保障。她们发现,只有被批准才能"被承认"的"自由"和能力是起不到任何实际作用的特权。[53]

在语言表述方式上,马斯登令人颇为窘迫的评论暗含了她的疑虑,这种语言策略将道德自治(与随之产生的诚实、自由、个性化和实用性等观念)与新的审美观念放在平行的位置上,新的审美观念趋向于直接而又及时地表达真实情感,反对抽象概念。

在他的意象主义宣言中,庞德敦促"对'事物'的直接表达,无论是主观的,还是客观的,"并且教导他的弟子"避免使用抽象概念。"这很适合马斯登的政治纲领:她企图摧毁那些杂乱的概念,如"事业"和所有与之相关的意识形态的固有观念,并拟再用10年时间揭穿始终压抑着人性的抽象词汇。人们需要将它们一一解构,像弗里茨·毛特纳[1]在他不朽的《语言的批判》(*Critique of Language*)和1910—1911年出版的《哲学词汇》(*Vocabulary of Philosophy*)一书中所做的那样,[54]像卡尔·克劳斯所做的那样——《火炬》(*Die Fackel*)的每一期几乎都是他一个人做的,从1911年开始到1936年他去世,他一直是维也纳这家讽刺评论期刊唯一的编辑和撰稿人。

20世纪末,毛特纳的作品因为乔伊斯《进行中的作品》(*Work in Progress*)的关系,被塞缪尔·贝克特[2]如饥似渴地阅读过;而在奥地利,克劳斯[3]显然也成为抵抗与自由的象征。马斯登既不同于毛特纳,也不同于克劳斯,在自己的祖国遇到的只有冷漠、不理解以及蔑视。谁也不宽恕她,甚至她曾经资助过的现代主义作家也不宽恕她,甚至连像T·S·艾略特那样的具有哲学背景的作家也不宽恕她。1919年,他埋怨说,《利己主义者》不得不暂停发表文章,主要是因为马斯登把杂志当成"发表自己哲学文章的工具",而大多数读者并不想阅读这些文章。[55]在确定停办这家评论期刊后,马斯登离群索居,呆在大湖区的小村子里,继续她的哲学

---

[1] 弗里茨·毛特纳(Fritz Mauthner, 1849—1923),德国唯心主义哲学家,语言哲学的代表,著有《语言评论文集》。
[2] 塞缪尔·贝克特(Samuel Beckett, 1906—1989),20世纪爱尔兰、法国作家,创作的领域包括戏剧、小说和诗歌,尤以戏剧成就最高,著有《莫菲》、《瓦特》、《无名的人》等。
[3] 卡尔·劳斯(1874—1936),奥地利剧作家,诗人,政论家,主要作品有《人类的末日》、《不可战胜的人们》等。

探索。1928年和1930年两年，利己主义者出版社出版了马斯登的两卷著作，为了这两卷著作的出版，哈利特·威沃重新启动并投资了这家出版社，但这两部著作始终都没能引起人们的关注。这种缺乏认可终于让马斯登垮了下来，她陷入了深深的抑郁，从1935年到1960年在苏格兰邓弗里斯的克莱顿皇家精神病院度过了余生。

无独有偶，1945—1958年的13年间，庞德被拘禁在华盛顿哥伦比亚特区的圣伊丽莎白。尽管拘禁他的目的是为了解决他对美国的"叛国"问题，但他患上了抑郁症是真实的。虽说俩人都声称过要摧毁抽象概念，但是抽象的事业最终还是占了上风。或许马斯登在《新自由女性》运营期间，应该多听取瑞贝卡·韦斯特的建议——最好的工具不是语义分析，而是艺术虚构，尤其是戏剧，像斯特林堡[1]或萧伯纳那样的剧本，特别是极受欢迎的《皮格马利翁》(*Pygmalion*)，让人实实在在地发现了语言、性和阶级是如何交织在一起的。最后，名字的巧合似乎是1913年历史无意识的产物。这一年，萧伯纳的剧作获得了成功，意象主义的标签也为H.D.所采纳。伊丽莎·杜利特尔掌握了精致修辞的艺术后，取得了惊人的进步；希尔达·杜利特尔突然用了个新名字——她欣然接受了由皮格马利翁式的庞德大度地给她的"H.D.意象主义者"这一称呼，之后，她作为诗人一举成名。这两者之间有很大的差别吗？[56]

---

[1] 奥古斯特·斯特林堡（August Strindberg, 1849—1912），瑞典作家、剧作家、画家，被认为是现代戏剧之父，作品丰富，著有《古斯塔夫·瓦萨》、《艾里克十五世》、《古斯塔夫三世》等剧本。

第三章 日常生活与新认识

科学精神及其不满

> 大西洋上空笼罩着一个低压槽，向东移动，要和俄罗斯上空的高压槽汇合，目前尚看不出有向北方向移动避开这个高压槽的迹象。等温线和等夏温线应该正在形成。相对于年均气温来说，此时的气温不高不低……[...]总之，以上这些话是对典型事实的精确概括，尽管说得有点儿老套：这是1913年8月里晴朗的一天。[1]

上段便是一部著名小说其中一章名为"这里，一看便知，并无故事要往下说"的闪亮开头。穆齐尔[1]的《没有品质的人》（*The Man Without Qualities*）是一部表现现代精神的记事小说，开头就是一场语言碰撞，一边是科学地描述日常生活的"正常"参数，另一边是运用一种"老套的"或者说"浪漫的"[2]方式来确指历书上的某一天。这种新文体具有中立的客观性和科学的超然性两个方面的特征。穆齐尔选择1913年是有充分理由的：这一年是"卡卡尼亚"国政权（该缩略词为穆齐尔所创，用以对哈布斯堡王室[2]双重君主制的嘲讽）还能运转、还能稳定的最后一年，然而，诡谲、危机等各种不祥之兆已然不断出现。随之而来的大屠杀加速了工业化向技术的现代性方向大胆迈进的步伐。

此处，精密的测量仪器的使用标志着现代化，而科学对所有坐标系的重新计算的这一过程影响着日常生活，塑造着人品，包括穆齐尔的这部长篇小说主人公乌尔里希的人品。此人太过理性、太过怀疑，因而失去了参与能力或行动能力，由此似乎看起来"没有品质"，或者说没有个性感。《没有品质的人》的简介部分特别提到了一男一女，他们在经过维也纳某街道时，碰到了那里发生的一起交通事故；卡车司机在努力解释，而那个受害者就躺在人行道边，无人过问，而周围却站满了人群，等待着救护车的到来。这一场景反映了当时人们对快速行驶在大城市中的汽车的日渐担忧（那个叫阿恩海姆的男士在书中曾用失望的语气解说道，"按照美国的统计数字，那里每年因汽车致死的人数多达190,000"[3]）。

---

1 罗伯特·穆齐尔（Robert Musil, 1880—1942），奥地利作家，奥匈帝国瓦解后，自我放逐到德国。其未完成的小说《没有品质的人》常被认为是最重要的现代主义小说之一。
2 哈布斯堡王室（Habsburg），亦称"哈普斯堡王室"（Hapsburg）。欧洲历史上最为显赫、统治地域最广的王室之一。16世纪中叶，哈布斯堡家族分裂为奥地利与西班牙两个分支，前者被称为奥地利哈布斯堡皇室，后者被称为西班牙哈布斯堡王室。西班牙的哈布斯堡王室于1700年绝嗣而亡，而奥地利的王室于1740年绝后，随即被分支哈布斯堡—洛林皇室取代，直至1918年帝国被共和国取代。

1913年开汽车是相当新的一股潮流，而引领这股新潮的就是美国。由于福特公司生产出了价格低廉的T-型汽车[1]，1913年50多万美国人都拥有汽车。福特当时每年的利润高达2000万美元以上。他也在那时决定提高工人的工资标准，从每日2美元提高到了每日5美元。但这并不意味着马匹就此落伍无用了：美国仍有2000万匹马用以交通运输。在所有工业化的国家，汽车代替马车运输的发展速度惊人地激增；以法国为例，1900年法国汽车数量为3000辆，1909年为5万辆，到了1913年则为10万辆。年轻的贵族们不再乘坐马车到诸如布洛涅森林[2]这样的上流社会游乐之地，转而选择驾着象鱼雷一样的凯迪拉克或是幻影一样的劳斯莱斯到处炫示。1913年夏天，巴黎市政委员会甚至想禁止机动车辆进入一流大道，至少在上午11点到下午1点间不得上道。但法国的热血青年们驾着吵闹异常的旧式马车从圣拉扎尔一路行进至相思树大道，以此予以反击，他们打赢了这一仗。[4]汽车大规模涌入，已经无法阻止，造成了许多可怕的车祸：伊莎多拉·邓肯[3]的孩子们就死于车祸，1913年4月，他们的司机将汽车开到了塞纳河里，孩子们都摔了下去，栽死了。巴黎的上流社会向邓肯表示慰问，而邓肯也一直未能真正从这场悲剧痊愈，这次车祸成了邓肯命丧奔轮的不祥预兆，14年后她的丝巾卷入高速行驶的车轮中，酿成车祸。超速在1913年就已成为真正的危险，虽然大部分国家当时都规定限速在每小时10或15英里。但汽车比赛中车与车之间互相竞争，造成车速高到惊人的地步。比如，弗雷德·马里奥特曾开着一辆迪翁—布东以每小时200公里的速度行驶。速度和光是改变人们日常生活的两个新因素：在像巴黎、纽约、伦敦这样的城市里，煤气灯正在被电灯取代，瓦尔特·本雅明[4]一定会大加谴责电灯，因为他自己怀念巴黎街道深处的幽暗，而如今突然低贱地暴露在俗艳的电灯光下。

这一进程似乎不可抵御，到处流行：距离正在慢慢消除。因此，布莱里奥[5]1909年乘飞机飞越英吉利海峡后，宣称英国不再是个岛屿。1913年，罗兰·加洛斯[6]驾飞机从法国飞越地中海到达突尼斯，创造了一个453英里的飞行纪录。同年，威尔逊总统[7]成为美国第一位乘坐汽车前去参加就职典礼的总统。从汽车带来的这场革命看，穆齐尔小说的主人公有理由说，在

---

[1] 福特T型车（Ford Model T），美国人亨利·福特创办的福特汽车公司于1908年至1927年间推出的一款汽车产品。T型车以其低廉的价格使汽车作为一种实用工具走入了寻常百姓家，美国亦自此成了"车轮上的国度"。

[2] 巴黎西部的一个公园，位于塞纳河畔讷伊和布洛涅—比扬古之间，面积846公顷，内有人工湖和瀑布等，是巴黎人休闲健身的场所。

[3] 伊莎多拉·邓肯（Isadora Duncan, 1878 —1927），美国著名舞蹈家，现代舞创始人，世界上第一位披头赤脚在舞台上表演的艺术家。

[4] 瓦尔特·本雅明（Walter Benjamin, 1892—1940），德国思想家、哲学家、马克思主义文学批评家，被称为"欧洲最后一位知识分子"，著有《发达资本主义时代的抒情诗人》、《单向街》等。

[5] 路易·布莱里奥（Louis Blériot, 1872—1936），法国发明家、飞机工程师、飞行家，因在1909年成功完成人类首次驾驶重于空气的飞行器飞越英吉利海峡而闻名。

[6] 罗兰·加洛斯（Roland Garros, 1888—1918），法国民族英雄，一战时期著名的战斗机飞行员。1913年，他是首位途中不着陆飞越地中海的人。

[7] 托马斯·伍德罗·威尔逊（Thomas Woodrow Wilson, 1856—1924），美国第28任总统（1913—1920）。一战前期威尔逊竭力保持美国的中立立场，后在第二任期之初，向国会发表历史性的战争咨文决定参战。

现代大都市中,每一个人的生活已变得低廉、混乱、随机,总是处在不小心就会遭遇撞车的风险中。更富戏剧意味的是,里尔克[1]的巴黎纪事捕捉了一个新型人,他的整个生存都被这种新机器横插上一杠子:"一辆辆有轨电车鸣着号飞快地穿过我的房间。一辆辆汽车从我身上碾过。"[5]这就是大都市的场景,正如里尔克的密友社会学家格奥尔格·齐美尔[2]所指出的那样,人们要么成了无名的血肉之躯挡着滚滚车轮,要么成了一个个小齿轮在恶魔般的引擎中间来回穿梭。他们尽可能地保护着自己,将自己包裹在冷漠之中,以此来避开一切意外的猛烈刺激。齐美尔是第一个关注"现实生活计算精确性"的人,这种精确计算是资本主义经济将"世界变成了一道算术题"而产生的结果,[6]算术计算需要科学全球化,而科学全球化使度量衡标准本身得以统一。

度量衡必须有个统一标准来规范:新的世界观能够传播的条件不仅仅在于它的国际化特性,而且还需要可称其为早期全球化的特性。全球化要求大部分国家统一时间。如斯蒂芬·科恩在其书中所展现的那样,[7]1913年的法国就经历了一个重大转变。19世纪末法国的局势非常混乱:有些地区有四个不同的时间,但没有一个是格林尼治的标准时间。铁路部门使用巴黎时间,而巴黎时间比格林尼治时间快九分钟。1891年,铁路时间成为法国法定时间,但又出现了一个问题:为了让旅客有足够的时间检票上车,车站里的时钟比轨道上的时钟要快五分钟。法国政府最后决定中止这种混乱,于是,1912年,庞加莱总统组织召开了一次有关时间的国际会议。会议决定用几种可靠的方式来向全球各地发送精确的时间信号,由于全球无线传输方式的出现,这一发展结果是不可避免的。为遵循新的时间公约,1913年7月1日上午10点,埃菲尔铁塔向全球发出了第一个无线电信号。无线电信号不仅能传输文字,还能传送图像。1913年,爱德华·贝兰[3]发明了一种便携式传真图文机,它能够利用光电管扫描图片,然后通过普通电话线将信号传送出去;这个机器很快被命名为"贝兰机",被记者们广泛使用,并取代了早先的阿瑟·科恩传真机。

城市也在快速扩建。发达国家所有主要的大都市都建有地下铁路,或称地铁。布宜诺斯艾利斯的地铁线路1913年方才开通,是大城市中最晚的。建筑技术也在快速发展。1913年,伍尔沃斯大楼[4]在纽约竣工,击败了埃菲尔铁塔,成为当时世界最高的建筑。这是一幢792英尺高约60层的大楼。美国建筑家卡斯·吉尔伯特[5]采用了一种革命性的钢铁构架来达到那个高度,还要配备高速电梯。巴黎香榭丽舍剧院的建设同样运用了这种钢体结构,下章我们对此

---

[1] 莱纳·玛利亚·里尔克(Rainer Maria Rilke, 1875—1926),德语诗人,除创作德语诗歌外还撰写小说、剧本以及一些杂文和法语诗歌,其书信集也是里尔克文学作品的一个重要组成部分。他对19世纪末的诗歌体裁和风格以及欧洲颓废派文学都有深厚的影响。
[2] 格奥尔格·齐美尔(Georg Simmel, 1858—1918),德国社会学家、哲学家,形式社会学的开创者,著有《货币哲学》、《社会学》等。
[3] 爱德华·贝兰(Edward Belin, 1876—1963),法国人,发明家,传真机发明者。
[4] 由建筑师卡斯·吉尔伯特设计,属于新哥特式的建筑,大楼最初计划高625英尺,建成后为792英尺(241米),共57层。
[5] 卡斯·吉尔伯特(Cass Gilbert, 1859—1934),美国著名建筑师,纽约的伍尔沃斯摩天大楼、华盛顿的最高法院均是其设计作品。

会有所提及。新技术是当时建筑界主要关注的问题,这种关注发展成为赫尔曼·穆特修斯[1]所谓的建筑工程学,即将合理的工艺技术严格运用到建筑学原理中;这种主张进一步扩展到实用性、苗条性和透明性等美学需求上,从而也变成了一种工程美术。德意志制造联盟[2]1907—1914年的早期工作便是这一方面的例证,联盟中的这些艺术家、实业家、建筑家并不仅仅为富人,而且也为广大普通百姓做好建筑设计。许多大城市中,不同人群在日渐增长("东方犹太人"不断涌入维也纳就是一个例子),使城市生活变得五方杂处。事实上,柏林、维也纳在战前的25年里人口翻了两倍多。穆齐尔在书中对维也纳日常生活的再现与齐美尔对现代大都市的观察有着明显的相似:

> 像所有大城市一样,[维也纳]也是曲曲折折,变化不定,一时猛冲在前引领潮流,一时又落后得跟不上步伐,新旧事物相互冲突,不同利益相互碰撞,有如一篇大文章,穿插于其间的标点符号则是那些无声的阒寂,深不可测;道路并不平坦,甚至还没有开拓,伟大发展的脉络搏动总与传统历史一起奏出不和谐的音符,两者在相互拉锯,相互竞争。总之,那些房屋、法律、规章和历史传统就像一只经久不烂的大铁锅,而这座城市的发展就如同锅里煮沸的一个水泡。[8]

穆齐尔选择1913年也与他的特殊经历有关,那一年,他发表了两篇重要作品,合起来给现代精神下了定义。第一篇广为人知,为新精神要求具备的科学的超然性和精确性提供了文学例证。这篇作品里,穆齐尔细致地描写了一只苍蝇被捕蝇纸黏住,垂死挣扎,然后痛苦地死亡。这种捕蝇纸产加拿大,叫做"粘足"牌,长14英寸,宽8英寸,它先黏住苍蝇的腿。被黏的苍蝇起初很吃惊,努力想要弄清情况,然后嗡嗡作响,试图把自己拽上来,但无济于事。它发出一阵阵慌乱的嗡响,然后,嗡响的间歇越来越长,休息的时间也随之加长。随后,它犯了一个严重的错误,想寻找一个新的接触点,结果是身体别的地方也被粘住了。经过多番努力过后,它最终感到精疲力竭,身体完全被粘在了纸面上,躺在那边好像是一架"坠毁的飞机"。苍蝇身体里唯一还活着的器官就是靠近腿根处的那个微小、颤动的孔眼,像人的眼睛一样不停地一睁一闭。这篇只有两页纸的《捕蝇纸》(Das Fliegenpapier)[9]发表于1913年,它所展开的详尽描写中有大量反映人类自身孤注一掷的暗示(这只苍蝇就像一个跛子,假装自己是正常人,就像一个极力掩盖伤口的退伍老兵,就像一个手松开了没再能抓住什么的登山员,等等),同时对战争也有不祥的暗示:那张苍蝇纸就是一个狡猾的敌人,利用粘胶和"令人迷惑的水汽",总趁着某刻"糊涂"的疏忽取胜;我们能从字里行间读到之后不久就要爆发的沟壕战悲剧。

---

[1] 赫尔曼·穆特修斯(Herman Muthesius, 1861—1927),德国著名外交家、艺术教育改革家和设计理论家,德意志制造联盟(Deutscher Werkbund)的奠基人和开创者,德国现代设计运动先驱,著有《英格兰的住宅》。
[2] 德意志制造联盟(Deutscher Werkbund),德国第一个工业设计组织,成立于1907年,德国现代主义设计的基石,在理论和实践上都为20世纪20年代欧洲现代主义设计运动的兴起和发展奠定了基础。

第二篇作品更富理论性，探讨了新"数学人"的诞生[10]。我们能同样从这篇作品中听到即将爆发的那场战争的回响。穆齐尔一开始就用批评的眼光，认为军事指挥官们的表现就像是"战场上的数学家"。[11]他巧妙讽刺道，如果情况真是如此，恐怕就会酿成大祸，成千上万的人将在战争中丧命——这个预言再正确不过了！如果说数学是"思维经济"，是高智商团体的胜利，那么，运用时就无须考虑现实世界。只有忘记实际考虑时，数学才可能管理像工程、建筑、技术等这样的世俗领域。数学被称为大胆的"奢侈的纯理性"，实实在在地支撑着人类生活本身。它帮助我们烤面包、建房子、开汽车。我们首先必须把追求这样的数学与可能将它运用到日常事物上分割开来，因为新科学下的数学物理学与普通人对时间和空间的理解并不相同。科学进步打破了我们从启蒙时期沿袭下来的世界观；此外，我们不能再依靠合万象于一体的宗教或艺术。这种认识论令人不安、逃避现实、非主观化，和信仰体系毫不契合。尽管如此，人们难以阻止这种认识论的发展——它是新精神的根基。

科学和主观直觉的分离在"新"数学上的表现最为明显。19世纪末，黎曼[1]和罗巴切夫斯基[2]两人大大推动了非欧几何学的发展，1900年后，出现了所谓的"数理"。[12]这是康托尔[3]、希尔伯特[4]、戴德金[5]在探讨无穷极数时创立的概念，很快人们就清楚地看到，不应认为数学和这个世界有真实的联系。人们比以往任何时候都更迫切地感到，数学的新基础亟需奠定，这也是亨利·庞加莱[6]和伯特兰·罗素[7]在进入本世纪之初时所认识到的。卢瑟福[8]、玛丽·居里和皮埃尔·居里以及尼尔斯·玻尔[9]开创的新物理学需要这些新公式时，科学界清楚地认识到了各学科的突然汇合。玻尔在其著名的"论原子和分子结构"一文中描述原子结构时，将这一认识揭示得更为明确。玻尔模型以氢原子的运动规律为基础，他认为氢原子由沿着圆形轨道运动的电子组成，这些电子或释放或吸收定量的能量（即量子）；当这些电子从一个轨道跃到另一个轨道时，经典力学理论便无法再运用，需要依靠普朗克量子力学来解决。继1900年

---

[1] 格奥尔格·弗雷德里希·波恩哈德·黎曼（Georg Friedrich Bernhard Riemann, 1826—1866），德国数学家和数学物理学家，对数学分析和微分几何做出了重要贡献，其中一些为广义相对论的发展铺平了道路。

[2] 尼古拉斯·伊万诺维奇·罗巴切夫斯基（Nikolas lvanovich Lobachevsky, 1792—1856），俄国数学家，非欧几何的早期发现人之一。

[3] 格奥尔格·弗尔迪南·路德维希·康托尔（Georg Ferdinand Ludwig Philipp Cantor, 1845—1918），德国数学家，集合论的创始人。

[4] 大卫·希尔伯特（David Hilbert, 1862—1943），德国数学家，19世纪和20世纪初最具影响力的数学家之一。

[5] 尤利乌斯·威廉·理查德·戴德金（Julius Wilhelm Richard Dedekind, 1831—1916），最伟大的德国数学家、理论家和教育家，近代抽象数学的先驱。

[6] 亨利·庞加莱（Jules Henri Poincaré, 1854—1912），法国数学家、天体力学家、数学物理学家、科学哲学家，被誉为人类历史上最后一位全才科学家，相对论的理论先驱。

[7] 伯特兰·罗素（Bertrand Russell, 1872—1970），英国哲学家、数学家、逻辑学家、历史学家，无神论者或者不可知论者。

[8] 欧内斯特·卢瑟福（Ernest Rutherford, 1871—1937），英国实验物理学家，在放射性和原子结构等方面，有重大贡献，被称为近代原子核物理学之父。

[9] 尼尔斯·亨利克·大卫·玻尔（Niels Henrik David Bohr, 1885—1962），丹麦物理学家，哥本哈根学派的创始人，并进一步解说了量子理论。

普朗克的量子力学及1905年爱因斯坦的相对论后,玻尔的理论是量子物理领域取得的第三次重大进步。玻尔首次确立了新的认识:原子自身由其他部分构成,而且每一部分的运动并不连贯。根据他所谓的量子跃迁的概念,电子并不是向上或向下做螺旋运动,而是从一个轨道消失的同时会出现在另一个轨道上。

穆齐尔感到,诸多的科学发现正在开启一个不同的世界,而人的不同个性让人想起了文艺复兴。伯特兰·罗素从纯数学逻辑研究转向尼尔斯·玻尔、爱因斯坦、麦克斯·普朗克等人的新物理学时,他也使用相似的话语表达了对当时新生事物的热情。以下是他于1913年秋写下的一段话:

> 我不断听说有关新物理学的发现,这很令人激动。这个时代,与文化世界相比,科学世界的气氛非常令人振奋。人们异常活跃,感到他们在做着伟大的事业,一点也不受到过去成就的影响,虽然他们完全了解那些成就。所有一流的人物,都像文艺复兴时期的水手一样极具冒险意识。他们质疑一切既成之事,并想将其推翻,因为他们有足够的能力对其加以重建。这是我们这个时代最突出的事情,我庆幸能够参与其间。[13]

当然,罗素和穆齐尔都不乏文学艺术的修养,这一点可从一件事情中看出,那就是罗素曾试图让自己的颇具天分的学生维特根斯坦[1]阅读法国小说以期将他"擦亮",以免他沉溺在有可能让他失去神智的逻辑思考中,尽管努力未果。

那个时候,令人兴奋的知识成果确实是更多出自"硬"科学领域,而非来自文艺领域。以前建立在稳定物质、可预知的吸引以及逻辑因果基础上的整体世界观念如今已被抛弃,代之而起的是普朗克和爱因斯坦的公式所统治的相对宇宙观念。正如爱因斯坦所描述的1915年之后的世界,它是一个四维实体,时间被完全统一到了四维实体的现实中。奥地利著名的物理学家和哲学家厄恩斯特·马赫[2]早已预料到了这一演变。他提出了至今仍叫做"马赫原理"的假说,认为从宇宙范围上讲,物体的惯性不是物体本身所固有的属性而是由宇宙中无数巨大的天体对该物体的作用所产生的。正如穆齐尔在其1908年的论文中所指出的那样,[14]马赫是第一个抛弃牛顿的绝对时间和绝对空间的科学家。今天我们仍在用"马赫数"来表示某一温度下时速和光速的比值;马赫数还用于超音速飞机时速中。总而言之,马赫提出了许多光学、力学和波动力学的重要原理;马赫的这些原理都得益于他积极地认为知识是由感觉经验的数据形成的概念组织。

马赫认为,任何说法只有在经验上能够加以实证时才能成为自然科学理论。从这种实证

---

[1] 路德维希·维特根斯坦(Ludwig Wittgenstein, 1889—1951),生于奥地利,后入英国籍,哲学家、数理逻辑学家,语言哲学的奠基人,20世纪最有影响的哲学家之一。

[2] 厄恩斯特·马赫(Ernst Mach, 1838—1916),奥地利物理学家、哲学家,爱因斯坦相对论的先驱,创立了"马赫数",其研究对逻辑实证论产生了影响。

的严格标准出发,他对大部分常识性概念都斥之为"形而上学"的概念,这其中就包括了绝对的时间和空间,这就为后来爱因斯坦相对论的创立铺平了道路。1886年,马赫进一步发展了这一思想,认为一切认识都来自感觉。科学研究中的现象只有通过经验才能为人理解,因为它们有赖于观察者,而观察的过程需要观察者在场。除了这些现象学上的归纳外,马赫的《力学》(The Science of Mechanics)一书对爱因斯坦的影响最大,爱因斯坦曾说这本书使他甩掉了"教条式的信念"。爱因斯坦在1911年见到了这位哲学家,并使他相信科学理论不仅仅只是以方便、经济的方式来描述一系列事实,更是关于这个世界的复杂真相。马赫和爱因斯坦也许会共同反对如汉斯·费英格[1]等新康德学派所主张的虚构,费英格在其最有影响力的著作《仿佛哲学》(Philosophy of "As If")(该书最早出版于1911年)中宣称,电子、原子、电磁波等术语都是假设性的概念结构,是一种有益的虚构,对真实的情况人们无法证实,只能加以想象。爱因斯坦于是欣喜若狂,因为他觉得自己把马赫这位年高望重的哲学家拉进了自己的阵营,马赫1916年去世时,爱因斯坦写了一篇情真意切的悼念文章来赞扬马赫科学观点中那富有预见性的一面。

  1913年6月,就在去世前不久,马赫还为自己的《物理光学原理》(Principles of Physical Optics)重新撰写了序言。在新序言中,他公开撇清了与相对论的关系,重新回归到他对生理感觉的看法[15]。马赫拒绝接受当时在德国占主流地位的新康德主义,这让他深陷主观的相对主义中,这种观念是无法接受在科学或宇宙范式中发生一场破坏性革命的。对马赫而言,哲学内容是受感觉的内容限制的,而科学是对这些感觉内容的解释。像威廉·詹姆斯后来提出的原子式实用主义一样,马赫对自我的认识根本上具备感觉主义的性质:自我就是未必由某个稳定主体攒起来的一束观念。因此,对马赫来说,旧的"我"已是"不可救药"了,用他那句名言来说就是:"这个'我'是无可救药的(原文为德语)。"主观性的统一只有从对表象的情感投射或是演绎抽象中才能取得。这一点在贝克莱的唯心论中就能看到,自我溶解为一系列可见、可听、可触、可感的知觉。但列宁在批驳马赫的书中对此加以攻击。在《唯物主义和经验批判主义》(Materialism and Empirio-Criticism)(1909年)中,列宁拒绝在辩证唯物主义与马赫将物质归因于感觉要素的观点之间做任何妥协。现象主义不会允许一个人去理解经济基础是如何决定物质生活的。这也不是穆齐尔在其关于马赫哲学的博士论文中所遵循的路线。穆齐尔更接近于像斯顿夫[2]这样的新康德主义批评家,在马赫的怀疑主义和他对抽象物体不停的分解中看到一系列矛盾,和怀疑主义惯常的做法一样,对这些矛盾我们可以加以驳斥:如果经验能教我们去观察规律,我们在先前不知道真相的前提下又该如何知道这些是规律呢?实际上,斯顿夫使得穆齐尔对马赫的批评更加尖锐,并对穆齐尔论文的某些部分进行了重写[16]。最终,尽管穆齐尔并不赞同马赫在科学领域的现象实用主义,他摸索出来的立场

---

[1] 汉斯·费英格(Hans Vaihinger, 1852—1933),德国哲学家,受到康德叔本华和朗格哲学的影响,被认为在实用主义方向发展了康德主义,著有《仿佛哲学》。

[2] 卡尔·斯顿夫(Carl Stumpf, 1848—1936),德国心理学家、哲学和音乐理论家。

仍带有逻辑学和现象学的双重性质。这让他进一步接触了当时胡塞尔[1]所思考的问题,我们会在后面的章节中看到这一点。然而,马赫实证论在维也纳的传播促进了科学在光学、物理、天文观察和工程学等领域的快速发展。

尽管各种民族主义团体和更大范围内的公众舆论对所谓爱因斯坦的"犹太人"物理仍有些抵触,爱因斯坦和其他像玛丽·居里这样的科学发现者仍是十分出众的人物。居里夫人两次获得诺贝尔奖,一次是1903年的物理学奖,一次是1911年的化学奖。那桩使她陷入漩涡之中的丑闻(她当时承认与爱因斯坦相对论的早期提倡者、已有家室的保罗·郎之万同居)也并未对她光辉的科学生涯造成多少影响。再看爱因斯坦,1913年,他被公认为科学界大部分领域的引领者:他入选普鲁士科学院,并被聘为柏林大学教授,同时担任柏林威廉大帝皇家物理研究所所长。那时他正致力于"广义相对论"的研究,这一理论提出了对时空和物体运动进行全面概括的公式,包含他1905年作为个案提出的统一运动相对论。1913年,爱因斯坦出版了与格罗斯曼合著的《广义相对论纲要与引力理论》(Outline of a Generalized Theory of Relativity and of a Theory of Gravitation)。在这部专著里,爱因斯坦做的是物理学这一块儿,格罗斯曼做的是数学这一块儿,但爱因斯坦很快感到在构建完整的图景时缺少某样东西:没有协方差情况下的引力场方程式。爱因斯坦在1915年克服了这最后一项困难,这一年他完成了他的广义相对论引力方程式[17]。

技术革命和日常生活有着必不可少的重叠,这与米歇尔·福柯的知识论观点是一致的,福柯的知识论观点旨在描述一个支撑整个时代的有建设性的知识系统。这种认识往往来自于长期的(比如说一个世纪)人人共有的看法。这正是他所探讨的"考古学":"考古学致力于普通的知识空间,致力于构型,致力于出现于其中的事物存在模式,这门学科定义同时出现的体系,定义对划定新实证性界限来说必要而充分的一系列突变。"[18]正如我们已经看到的那样,把焦点放在某一年上就会产生同时主义,让人们更多关注新生事物的出现,就像1913年这样的重要年份,这一年似乎把思想形态的缓慢进程突然酿成了一场危机。1913年的时装和性别理论等领域,对这一点的感受最为强烈。

新女性与新性观

1913年7月16日,《泰晤士报》(Times)一位未署名的记者撰文谴责这场由法国人掀起的流行时装的"大狂欢":

> 毫不夸张地说,我们现在正处于女性服饰革命的高潮,这是自督政府时期和帝国时期允许女性暴露以来所未见的。[……]现如今,女人们即便是在白天,睡衣里几乎什么也不穿。

---

[1] 埃德蒙德·古斯塔夫·阿尔布雷希特·胡塞尔(Edmund Gustav Albrecht Husserl, 1859—1938),德国哲学家、现象学学派创始人,著有《形式的和先验的逻辑》。

衬裙显得有些过时，已为紧身衣所取代——或者也可以说没被任何东西所取代。长袜现在都成了半透明的丝袜，即便在大街上，行人看到如此大部分的暴露也会感到尴尬，只有脚那部分的丝袜被外面的宫鞋覆盖着。这还只是说下面的部分。丝袜上面的部分也是由一种半透明的材料做成的薄薄的套子，开口很低，白天穿着和晚上脱了都是一样的，吊在裙子里上下摆动，从大腿到膝盖的部分展露无遗，几乎能看到肌肉在摆动。[19]

这位匿名记者把这种新趋势同当时社会上普遍的躁动不安联系在一起——当然只是把它当做了一种"无政府状态"加以谴责：

> 注意到这一点深有意味：这场女性的"大狂欢"到来时，很多东西还在熔炉中酝酿着，世界正躁动不安，外有战争，内有宪法危机，社会贫困到处可见。很难看得到时装跟这些东西有什么联系，或者说很难看得出哪个是因哪个是果，或者说很难能够确定我们几乎裸露的双脚和相当暴露的手臂和脖子有多少是拜阿斯奎斯先生对稳定政府的冷漠所赐，或者是因经济和艺术领域的无政府状态所致。[20]

上述这番愤慨的言辞很能反映对似乎扩散于1913年的轰动事物激起的愤怒之情，好像维多利亚时期最后残留那么一点点的拘礼守节也被弃之一旁了。巴黎是解放的先锋，女人们不再穿束身内衣，也不再穿戴那种束缚身体的由纺织布和鲸骨编织而成的束腰；1914年前，流行的女性服饰多是宽松、坠地的长裙，由像柔软轻薄的缎子、薄纱和轻质丝绸等十分纤细的材料织成，可以让身体在其中自由摆动，而像在滑雪和打网球时穿的外套，设计时为四肢的运动以更多的自由。而束腰已逐渐让位于胸罩，后者能使身体运转更为灵便[21]。法国女演员雷耶纳1913年2月在舞台上穿着一条开口到膝盖的短裙，金色的镯子在膝盖以下闪耀着，这便成了当时的一桩丑闻；像普瓦雷、沃斯、帕坎、兰文及夏瑞蒂等女装设计师推出的新裙子也被认为有伤风化，因为这些长裙开口都很低，而且十分紧身，便宴服的开口跟晚礼服一样低，裙边紧贴身体，能看到大腿的轮廓。美国记者称它们为"躲猫猫式衬衫"和"X-光裙子"[22]。有些裙子展露了半条腿，这在几年前是难以想象的，女装的颜色也变得尽可能的明亮和刺眼，似乎是受到罗伯特·德劳内棱镜色彩的启发。从伦敦到纽约，女人们纷纷仿照这些款式，那时候比较容易找到手艺又好、收费又低的女裁缝，使这些新时装得以迅速传播。

这些对良好品味的中伤听起来颇为刺耳：1913年，探戈出现在许多欧洲国家的首都。这种舞蹈的起源比较令人不齿，因为它最先形成于布宜诺斯艾利斯的妓院和移民工人聚集区，比如博卡区，对这种舞蹈的狂热整整一年都没有消退。伦敦、柏林、巴黎、佛罗伦萨以及罗马都兴起了一股探戈热。探戈就像过去的华尔兹和波尔卡一样突然间成了人们的醉心之物。在像伦敦特洛卡德罗那样的时尚酒店和巴黎的每个餐馆中都会有探戈晚餐。尽管人们谴责探戈是狂欢放纵的外来货，刚入选法兰西学院的前无政府主义诗人让·黑雪邦（Jean Richepin）则公开为它辩护[23]。在柏林，德皇[1]听到施威林—洛维茨伯爵夫人在政府议会厅组织了一场茶点探戈舞后十分震怒，下达了一项诏令，禁止公职人员跳探戈，甚至不得进入有其他人在跳探戈舞的房子。街头上禁止出现那些过多暴露大腿的窄裙，一经发现，穿戴者将被处以罚金。然而，美国城市中出现的新时尚并不是探戈而是爵士舞。纽约和芝加哥早在1912年就接受了拉格泰姆的切分音节奏，到了1913年对它的狂热已非常普遍了：曼哈顿简直陷入了对爵士舞的癫狂之中[24]。当平常的舞厅、俱乐部、酒吧不够用时，狂热的舞者就涌到酒店、休息场所和饭馆中去，他们可以在那里开一个下午的茶点舞会或是晚间舞会，而吃饭只是一个借口而已。各种起着怪异名称的舞蹈纷至沓来，令人眼花缭乱：土耳其快步舞、棕熊舞、兔子拥抱舞、袋鼠蹦跳舞、小鸡抓爪舞、螃蟹横步舞，这些舞蹈为年轻的一代提供了一套又一套的切分舞步。拉格泰姆舞仍被认为粗鄙猥琐，许多公司的打字员、秘书和职员因为被老板发现在午餐休息时间跳土耳其快步舞（狐步舞的前身）而遭到解雇。纽约市长曾派便衣警察去舞厅查看情况，他们回来报告说，那儿的女人会掀开自己的裙子，让身体扭摆得更自由，男人，还有女人都喝着杜松子酒。公共舞厅要到凌晨1点钟才关门，但他们无法查看到酒店和饭馆里的情况，因为这些地方属于私人场所。

　　社会风气的这一剧烈变化与"新女性"的兴起有关，或者可以说是与一半人口的自我解放有关，而直到19世纪末，社会风气仍旧保留在传统的社会条件中，与欧洲中世纪的情况相隔不远。这一变化也有可能来自大城市中女性的"美国化"——因为就在一战爆发前不久，大部分到纽约的欧洲游客看到美国的女孩会大感震惊：在他们眼里，美国女孩"唐突、激动、浑身不安"[25]、过分武断、顽固，一帮同龄人能常常聚在一起吃饭，总之，要寻找自我享受。尽管这些让外国游人感到震惊，激进的记者弗洛伊德·戴尔（Floyd Dell）则在他富有开创性的《妇女：世界的建设者——现代女性主义研究》(Women as World Builders: Studies in Modern Feminism)（1913）一书中对这种自由气息大加赞赏。他对为创造一种更生动、更愉悦、更人性化的风气而努力的"年轻的休闲阶级女性"表示认同；即便她有"将地狱搬上来的倾向"，但却从乏味无趣的中产阶级道德中得到了一种必要的解放[26]。后来在1914年创立激进杂志《大众》(The Masses)的戴尔在《妇女：世界的建设者》一书中传记式地描述了10位具有代表意义的女性，她们分别是：夏洛特·佩尔金丝·吉尔曼、埃米琳·潘克赫斯特、简·亚当斯、奥利弗·施耐纳特、伊莎多拉·邓肯、比阿特丽克斯·韦伯、艾玛·戈德曼、玛格丽特·德赖尔·罗宾斯、艾伦·基和多拉·马斯登。社会公演为这种风气作了准备，比如1908年的英法国际博览会就给女性以中心地位，位于博览园中央的"女性成果馆"陈列了一些包括从年轻的维多利女王到勃朗特三姐妹等知名女性的作品，还包括一些无名氏女性的女红和

---

[1] 这里指的是德国皇帝威廉二世（Kaiser Wilhelm II von Deutschland, 1859—1941），1918年退位。
[2] 玛丽·沃斯通克拉夫特（Mary Wollstonecraft, 1759—1797），英国作家、哲学家和女权主义者。其最有名的作品为《女权辩护》，沃斯通克拉夫特被视作是女权主义哲学家的鼻祖之一。
[3] 亨利克·约翰·易卜生（Henrik Johan Ibsen, 1828—1906），挪威剧作家，被认为是现代现实主义戏剧的创始人，代表作有《玩偶之家》、《人民公敌》等。

弗洛伦斯·南丁格尔坐过的马车[27]。看起来这场像玛丽·沃斯通克拉夫特[2]和易卜生[3]等这些有预见性的作家在其戏剧和散文中所发动的舆论运动最终还是在20世纪头10年取得了成果，这一点在英美两国对女权主义者共同的焦虑中表现得更加明显。

英国女权主义者是最激进的；由潘克赫斯特姐妹[1]领导的女权主义者通过直接行动将女权运动推到了一种女性革命主义的方向。正如我们所看到的，1911年后，主动出击成了一种口号。1913年的头几个月中，英国女权主义者就用藏在皮手筒中的锤子砸坏了伦敦西区的商店的橱窗玻璃，用酸性物质腐蚀高尔夫球场，烧毁邮箱，切断电报电话线，闯入皇室花园中，把秽物沾在国会议员身上，割坏收藏在曼彻斯特美术馆中的几幅油画，并在没人的火车上纵火。后来，在6月4日，艾米丽·戴维森在爱普生德比的马道上冲向奔腾的马群，抓住了国王所坐的那匹马的缰绳，这匹马踩踏她时，她竟将它绊倒。她在短短几天后就死去了，她的死引发了强烈的众怒[2]。像1911年前的马斯登一样，戴维森也是位激进的女权主义者；跟马斯登和其他女权主义者一样，她也曾几次入狱，并被强制用鼻子进食。她的自杀行动成了当时报纸的头版头条，人们为她组织了一场声势浩大的葬礼。在美国，来自富裕资产阶级的妇女选举权支持者们就没那么激进，尽管她们也组织过大规模的游行示威和写信运动。在威尔逊总统的就职典礼上，她们聚集在华盛顿哥伦比亚特区，举行了一场大规模游行。这次游行不很成功，当时警方拒绝提供保护，游行的人群遭到耻笑，甚至还遭到来自一些粗鲁的男人和男孩的身体骚扰。2月12日，一群人从纽约出发前往华盛顿游行。当这支"十字军"经过纽华克、卡姆登、费城以及威尔明顿时，她们并未获得广大民众的支持，但媒体还是对她们的努力作了大幅报道。[28]

社会动荡及重新定义两性关系的需要不只局限于政治上的焦虑和蔓延的女性主义，其中也有以内分泌学、性学、优生学的出现为标志的科学因素（有时也表现为伪科学）。正如艾伦·G·罗珀指出的那样[29]，优生学在古代社会就一直存在，古时野蛮人会把病婴杀死，斯巴达和罗马有将婴儿暴晒致死的做法，古代中国则会把刚出生的显得多余的女婴活活闷死，但19世纪所出现的转变则是科学性的，马尔萨斯人口统计中越来越多地使用数据来记录出生率的变化，而后达尔文主义则关注起某个特定人口群体的自然或是制度化的选择。问题在于需要弄明白人口控制是应该交给科学家和政治家去解决，还是由战争的惯常性杀戮来解决[30]。优生学可以从孟德尔[3]的杂交遗传规律中找到科学依据。1909年，丹麦植物学家威尔海姆·约翰森（Wilhelm Johannsen）把基因作为特定遗传单位，区分了"基因型"（某一生物体的基因组合）与"表现型"（这个生物体遗传下来的特征），1913年，阿尔弗雷德·H·斯特蒂文特（Alfred H. Sturtevant）绘制出了第一个基因图谱，所有这些都使杂交遗传的定义更加准确。

尽管优生学包含着浓厚的意识形态因素，但当时拥护它的不只是右翼人士和前纳粹分

---

[1] 英国女权运动著名领袖埃米琳·潘克赫斯特夫人的女儿，都是当时有名的女权主义运动者。
[2] 一战后英国女性在争取女性选举权中采取了一些极端激烈的措施，包括一名叫艾米丽·戴维森的女赛马骑师，在参加一次赛马活动时，冲到乔治五世的赛马前，被御马直接撞飞，后惨死。
[3] 格里高尔·约翰·孟德尔（Gregor Johann Mendel, 1822—1884），是遗传学的奠基人，被誉为现代遗传学之父。

子；一战前大部分的费边社[1]成员和社会主义者也信奉优生学，还希望将来因为它能出现更好的工人一族。萧伯纳、威尔斯、伯特兰·罗素、奥特林·莫莱尔夫人都支持优生学，连更加保守的温斯顿·丘吉尔和 D·H·劳伦斯[2]也在支持者的行列中。英国优生教育协会在1907年成立，而"优生学多多少少已渗透到英国知识分子和大众生活的各个方面。"[31]而在美国，1910年，优生学记录馆在纽约冷泉港成立，馆长为查尔斯·B·达文波特(Charles B.Davenport)，他在1913年出版了颇有影响的《与优生学有关的遗传学》(Heredity in Relation to Eugenics)。社会上，一些问题还在争议，比如"限制婚姻选择的各州法律"，对那些智力上被证实有缺陷的人应该给予治疗。达文波特不禁幽默地写到，"人类的交配跟马的繁殖一样，能被放在同样高的研交水平上"，关键是这可以防止生出弱者和疯子。他的同事亨利·H·戈德达(Henry H.Goddard)做了大量对"低能"[32]的个案研究。1913年，时任内政大臣的丘吉尔提议颁布《智力缺陷法案》，这也成了战前英国最广受攻击的法律争议之一，低能问题由此浮出了水面。这个法案认为以下四类人都是危险人群："傻子"，"心智低下者"，"低能儿"，"道德败坏者"（其中包括未婚先孕的妈妈）。这项法案旨在让精神病院收容这些危险人群，进行强制认定，并对前三类人群实行有计划的强制绝育。管委会将由精心挑选出来的所谓"精神专员"的专家组成。这一强制绝育计划因遭到作家 G·K·切斯特顿(G.K. Chesterton)的公开谴责而失败，但法案的其他部分仍被采用，直到战后才被取消。

1913年，性学和优生学这两门看起来不可能结合的学科也结合在一起了。其中一位先驱人物是马格努斯·赫希菲尔德[3]，1912年他为柏林一位20岁的女人做了手术，把她变成了男性，这是有记录以来第一例变性手术。他的弟子——维也纳的内分泌学专家欧根·施泰纳赫(Eugen Steinach)，1912年开始拿豚鼠的性腺做实验。1913年，他把研究结果公布在《男人女性化和女人男性化》(Feminization of Males and Masculinization of Females)一书中，这部书向人们展示了在将原本是雌性的豚猪中性化后，在其体内植入雄性性腺，这只雄性化的豚猪开始与未变性的雌性豚猪交配。反之，将雌性性腺注入以前是雄性的豚猪体内，会改变雄性豚猪的习性，像未变性的雌性豚猪一样，这些变性的雄性豚猪也会和雄性豚猪交配。他后来由于拿同性恋做实验而臭名昭著，在那些实验里，他切除了受试者的卵巢植入"正常"男人的睾丸组织，最后都失败了。他还是在"施泰纳赫手术"中比较走运，这是一种简单的输精管切除手术，目的是使间质组织增生，让雄性荷尔蒙进入血液，让男人"补壮"，至少暂停了衰老过程。叶芝1934年做的这种手术作用明显，但1923年弗洛伊德所接受的那次手术则没什么效果[33]。一位叫哈利·本杰明的人日后成了施泰纳赫在美国的弟子，1913年他进入哥伦比

---

[1] 费边社(Fabian Society)，1884年英国资产阶级知识分子组成的"社会主义"团体，系由少数具有社会理想的青年知识分子所组成，韦伯夫妇、萧伯纳、艾德礼都曾是其成员。

[2] 戴维·赫伯特·劳伦斯(David Herbert Lawrence, 1885—1930)，英国作家，是英语文学中最重要的人物之一，也是最具争议性的作家之一，主要成就包括小说、诗歌、戏剧、散文、游记和书信。代表作品有《虹》、《儿子和情人》、《查泰莱夫人的情人》等。

[3] 马格努斯·赫希菲尔德(Magnus Hirschfeld, 1868—1935)，德国犹太裔，内科医生和性学家，因对性行为的医学研究受到举世推崇，他认为同性恋是第三性，而不是一种疾病，被后人称为"性学爱因斯坦"。

亚大学学习，但随后由于战争未能返回欧洲，而留在了美国，传播施泰纳赫的理论。同一时期，被称为"性学爱因斯坦"的马格纳斯·赫希菲尔德和伊万·布洛克(Iwan Bloch)一起于1913年成立了第一个性学研究机构——性科学与优生学医学会。他们的宿敌是阿尔伯特·莫尔(Albert Moll)，后者于同年在柏林成立了国际性学研究协会；他邀请弗洛伊德加入，这位精神分析法的创立者看到第一批性学研究者所持的生理学立场后，有所犹豫。赫希菲尔德开始大量发表有关问题的论文，比如双性问题(1906年)、易装癖问题(1910年)，以及男女之间的性别互变问题(1912年)。是哈维洛克·埃利斯[1]捍卫了心理学的立场，他在反对赫希菲尔德时提出易装癖与错置的荷尔蒙无关，而是取决于对另一性别的身份"颠倒"[34]。与此同时，沃尔特·希普(Walter Heape)，这位英国生物学的奠基人(他曾在1890年成功地将兔子胚胎从一只雌兔身上移植到了另一只雌兔的子宫中)，在臭名昭著的《性对抗》(*Sex Antagonism*)一书中引发了人们对性别战争的恐惧，我稍后还将重提该书。[35]在所有文化中，异族通婚被视为一条"自然法则"，因为它建立在两性有别的基础上，在对这一情况进行研究后，希普将基于荷尔蒙理论上的两性观点进行了生物学上的系统化。男女的性特征最根本的不同在于生理差异，比如说月经来潮引起的"精神上的痛苦"使女性在生理上无法做到理性，因而就不适合参加投票选举。

1913年，在另一个相关领域，但带着不同的敌意，卡尔·雅斯贝尔斯[2]出版了巨著《精神疗法的本质》(*Nature of Psychotherapy*)[《普通精神病理学》(*Allegemeine Psychopathologie*)]，以期建立起批判哲学和传统精神病学之间的联系。雅斯贝尔斯1909年从医学院毕业后，到了海德堡的一所精神病医院工作，埃米尔·克雷佩林(Emil Kraepelin)(19世纪妄想症主要理论家)之前也在此工作过。1910年，雅斯贝尔斯发表论文对"妄想症"诊断中的相关性进行了质疑。他很快不满于医生对病人采取的镇压式治疗法，试图改进精神病的治疗方法。因为对精神疾病的制度化治疗不满，雅斯贝尔斯对诊断标准和临床精神病学中的有关方法产生了质疑。他通过大量引述病人所说的话来研究他们，在给出诊断前先让病人简历背景中的所有细节形成一门变化多样的症候学。这也开创了如今是标准精神病治疗方式的传记疗法。《精神疗法的本质》，这一精神病学的经典文献，促进了一种"现象学"方法的产生，提出诊断焦点应放在症状表现形式上，尤其是对精神病的诊断，而不是关注其内容。因而，幻觉并非指脑海中直接浮现出来的东西，而是指选择某一特定的媒介(如想象、声音、梦幻、嗓音等等)来表达自己这一事实。这一理论认为我们可以通过留意细节风格而非想象的内容去理解某种症状，这是非常弗洛伊德式的，它还指导着雅克·拉肯[3]在30年代对妄想症的精神病研究。像雅斯贝尔斯一样，拉肯将弗洛伊德的学说应用于精神病学中，也会认真看待像《图腾与禁忌》

---

[1] 亨利·哈维洛克·艾利斯(Henry Havelock Ellis 1859—1939，英国性心理学家、作家，他是指出性别与染色体相关的第一人。

[2] 卡尔·西奥多·雅斯贝尔斯(Karl Theodor Jaspers, 1883—1969)，德国存在主义哲学家、神学家、精神病学家，主要在探讨内在自我的现象学描述及自我分析及自我考察等问题。

[3] 雅克·拉肯(Jacques Lacan, 1901—1981)，法国心理分析家、心理医生，对心理分析和哲学有特殊贡献。

(Totem and Taboo)这样的书,尽管此书已让人立刻怀疑是一种后达尔文主义式的幻想。

《图腾与禁忌》1913年出版,但该书始作于1911年,当时弗洛伊德称自己正在研究"宗教信仰与(血亲)纽带的心理学"。[36]引起弗洛伊德这一兴趣的似乎是卡尔·古斯塔夫·荣格[1]对神话及宗教仪式等方面的研究。弗洛伊德倒不是想效仿自己选定的这位继承人——1910年,在弗洛伊德的帮助下,荣格被任命为国际精神分析协会主席——而是想纠正他认为正隐约呈现的理论偏差。而荣格,之所以被选作弗洛伊德的"王储",主要原因就是他不是犹太人,从而就可以反驳那种认为心理分析是一门可耻的犹太科学的非难。为了缓解精神分析法在乱伦压抑、俄狄浦斯情结以及早期幼儿性征等方面的教条主义,荣格挑选了大量不同宗教中的神话和象征。通过涉足荣格的研究领域,弗洛伊德想要说明里比多理论在那里也能得到积极的证明。荣格对原始宗教的分析及对人类学上宗教仪式的阐述体现在1911—1912年出版的《里比多的转化和象征》(*Metamorphoses and Symbols of the Libido*)(*Wandlungen und Symbole der Libido*,原文为德文)一书中。理论分歧集中在"里比多"这个术语上,荣格在使用该术语时常常不带性别意味,从而使它显得更"精力十足"或更"有活力",似乎性行为隐含了病人过于返祖、具有涌聚到最远古状态的倾向。同时,荣格把乱伦禁忌仅仅看成是一种遐想,而弗洛伊德则把它看成是自己学说中的一块基石。

荣格在一封信里向弗洛伊德吐露说,他1912年9月在美国举办的会议进展顺利,原因是他对让美国人感到不舒服的性的话题只略谈了几下。弗洛伊德虽然理解,但仍被触怒了。1912年11月,弗洛伊德、亚伯拉罕、琼斯及苏黎世的一些精神分析学家在慕尼黑会面,试图解决他们之间的分歧。会议上气氛轻松。对于彼此间的间隙,无论是真实存在的,还是想象出来的,弗洛伊德和荣格都各自向对方做了道歉,这期间弗洛伊德突发性地昏厥了一次。事后,荣格立刻显示出更加友好的态度,而且过于表现出子女对父母式的关心。他提醒弗洛伊德说,早在1909年,他在分析弗洛伊德的一个梦时,弗洛伊德由于不想失去权威而拒绝透露跟这个梦有关的个人信息。荣格在多次通信中指出了弗洛伊德性格中存在的神经症特质,弗洛伊德对此表示同意,但他让荣格放心他的神经症从未给自己造成过伤害。两人的关系就此保持缓和,直到1912年12月4日。那天,荣格在一封信的结尾出现了一处笔误,写道:"连阿德勒的至交们都没把我当您的朋友看,"他的意思很明显:"当作他们的朋友看。"弗洛伊德在回信中指出了这处笔误,并问荣格在承认这种矛盾心理时是否能够做到"非常客观"。荣格的怒气在接下来那封日期为1912年12月18日的回信中爆发了出来:

> 我确实十分客观地看穿了你玩弄的这种小小伎俩。你在你的周围到处施加影响,使每一个人在你面前都降低到儿女般的地位。他们只得红着脸承认自己的疏忽和过失。而你却旁若无人稳坐在父亲的高座上。出于绝对顺从献媚,没有谁敢于公然去扯先知的胡子,甚至哪怕是对你上一次向病人所说的话表示怀疑,他们也没有

---

[1] 卡尔·古斯塔夫·荣格(Carl Gustav Jung, 1875—1961),瑞士心理学家、精神科医生,分析心理学的创始者,早年曾与弗洛伊德合作,后因思想分歧与弗洛伊德决裂。

勇气去对分析者进行分析,只是满足于被别人分析的地位。你肯定会这样问他——是谁得了神经症?[37]

荣格接着又写道:"我一点都没有神经症——但愿一直这样走运!"[38]在接下来的书信来往中,弗洛伊德控制住愤怒,尽力避免争吵,但暗示两人应该断绝所有的私人联系,最后还添上一句讽刺:"但一个行为举止怪异的人不停叫喊自己是正常人,就有理由让人怀疑他对自己的病情毫无所知。"[39]这封信写于1913年1月3日,这封信标志着两人之间私人友情到此结束,只是为两地的合作留有一定的余地。

弗洛伊德尽力去认识自己身上的神经症特点,而荣格则极力否认有这些症状。荣格常表现出不讲情面的直率,而弗洛伊德看起来更有政治色彩,但在基本学术观点上不愿作任何的让步。弗洛伊德如此写道:"相信我,对我而言,要放松对你的要求并非易事;但我一旦如此做到了,那么在其他方面的意见也不会太过严厉……我认为我们必须抛开各自对待对方的仁慈。"[40]这种调和的态度一度起过作用,弗洛伊德是希望通过侵占荣格脱离后留下的地域,能给日益动荡分裂的精神分析法王国带来些许和平。《图腾与禁忌》能实现这种功能,并能"把我们(犹太人)和雅利安人的宗教狂热明显区分开来。"[41]这部书会"适时出现,会将我们区分开来,就像酸能与盐区分一样。"[42]弗洛伊德告诉他所有的朋友在代表作《梦的解析》(The Interpretation of Dreams)完成过后,他写书时从未感到如此振奋过。但是等到《图腾与禁忌》出版以后,他又满腹疑团。琼斯对弗洛伊德前后不同的表现十分疑惑,弗洛伊德于是向他解释道:"当时我描述的是想杀死某人父亲的愿望,现在我正在描述真实的杀人过程;不管怎么说,从愿望到行动算是跨了一大步。"[43]这种仪式性的杀戮解释了各种宗教的产生:在弗洛伊德看来,原始部落的创建者或是领导者会把所有的女人都留给自己,直到他所有的儿子联合起来将他谋杀掉。过后不久,他们会把被谋害的国王神圣化,从而为自己的罪恶找到一个出口。摩西就是这样一个发生变形的例子:根据弗洛伊德后来撰写的关于一神教的书,摩西是被反叛起来的希伯来人所杀,而后又被神化为传递上帝意旨的先知。

弗洛伊德的这一见解在他论述米开朗基罗[1]的摩西[2]的文章中找到了表达的出口,文章清楚显露出他与荣格以及苏黎世那群人的斗争。"米开朗基罗的摩西"(The Moses of Michelangelo)于1914年首次匿名发表,这篇文章为最早可追溯至1901年的长期的阐释努力做一个收尾,当时弗洛伊德发现了一座摩西的纪念雕像,此后他经常回去参观。1912年在罗马时,他做了很多笔记,而且比较了不同的解释。1913年9月,弗洛伊德一个人在罗马呆了三个星期,每天都

---

[1] 米开朗基罗·迪·洛多维科·博那罗蒂·西蒙尼(Michelangelo di Lodovico Buonarroti Simoni, 1475—1564),意大利雕塑家、建筑师、画家和诗人,与列奥纳多·达芬奇和拉斐尔并称"文艺复兴三杰",以人物"健美"著称,即使女性的身体也描画得肌肉健壮。

[2] 米开朗基罗最著名的雕像之一,原是为教皇朱理二世陵墓所作。摩西是基督教《圣经》中传说的古代以色列民族的政治、宗教领袖和立法者,曾率领以色列人摆脱埃及法老的奴役,又在上帝的授意下与人民相约订立了法律,即"摩西十诫",是一个被理想化了的英雄人物。米开朗基罗之所以选择这一人物,既体现了他对古代英雄的崇敬,也寄托了他对新时代英雄的期待,即希望意大利也能出现像摩西这样的英雄人物,把正处于分裂状态中的祖国统一起来。

会在摩西雕像前沉思[44]。当他觉得已猜出这座雕像的秘密后，写了这篇文章，无疑荣格的事情也在他脑中挥之不去。对敌手的既爱又恨的矛盾心理源于他自己对这些无信仰的暴民持有家庭般的亲近感，他们非正统的崇拜触怒了这位先知。"有多少次我沿着不受人喜爱的科尔索凯沃尔陡峭的石梯拾级而上，来到孤零零的外廊，那里有座被遗弃的教堂，我试图去体味这位雕像主人公愤懑、嘲讽的目光。"[45]在解释这座石雕给人以敬畏感的论述中，弗洛伊德一方面显示了想要进行思想控制的欲望，另一方面又移情于反叛并最终行凶的暴民。他在《图腾与禁忌》中详细阐释过"弑父情结"这一理论，这一实际研究帮助他得出了以上的结论。

弗洛伊德列举了早先有关这座雕塑的所有解释，总结出这些解释的矛盾之处，无法对这位先知独特的姿态做出解释。弗洛伊德把目光收缩在摩西的右手上，他观察到摩西的大拇指被遮住了，食指按着胡须。接着，令人好奇的是，他所做的正是荣格之前威胁要对他做的事，即"扯下先知的胡子"。这一次先知是摩西，他对摩西的胡子进行的长篇分析，衍生出一系列的动作，从中推导出一个完整的内心戏剧性场面。摩西带着法板坐在宝座上，让他大为吃惊的是底下的人群正围着金牛在欢叫。盛怒之下，摩西正打算杀死膜拜者，毁掉法板，但转而抑制住自己，决定不杀死他们，而是把法律颁布下去。这一解释契合了当时米开朗基罗与教皇尤里乌斯二世间的紧张关系，这座雕像就装饰在后者的陵墓中。教皇和画家两人都脾气暴躁，米开朗基罗雕刻这么一座摩西"作为对自己的警醒，也由此把自我批评升华到了自己的人格上。"[46]然而，一场暴风雨后的平静掩盖着另一场正在平静酝酿的暴风雨。1914年，弗洛伊德会重申荣格的理论与自己的不相容，并建议维也纳和苏黎世的两派学者分道扬镳，因为备受争议的里比多理论，其"各种变形"和其他扭曲的信条已走到了尽头。

哲学与美学的新基础

1913年，哲学界最敏锐的观察家之一是乔治·桑塔亚纳[1]，他在这一年出版了《学说风语：当代观点研究》（*Winds of Doctrine: Studies in Contemporary Opinion*）。该书以1911年他在加利福尼亚所作的后来常常被引用的一次演讲"美国哲学中的高雅传统"作为结尾，在演讲中，桑塔亚纳评价了一种随1910年威廉·詹姆斯的去世而结束的时间更早、智慧更高的实用主义[实用主义的发起人查尔斯·S·皮尔斯（Charles S. Pierce）直到1914年才过世]，此次演讲也是对威廉·詹姆斯致以某种敬意。1913年，桑塔亚纳看到思想界为两位思想家——亨利·柏格森[2]和伯特兰·罗素（Bertrand Russell）——所掌控。他批评詹姆斯对柏格森太过仁慈（因为那时詹姆斯正尝试着将实用主义和柏格森的直觉主义融合起来）。因此对于伯格森和罗素，桑塔亚纳用了一个长章节进行批评，然后才回来讨论他自己喜爱的一些作家：讨论雪莱是要赞美他作为人类的灵感接近于神灵，讨论爱默生是他希望超验主义是德国唯心主义的正传。桑

---

[1] 乔治·桑塔亚纳（George Santayana, 1863—1952），西班牙自然主义哲学家、美学家，美学的开创者，同时还是著名的诗人与文学批评家。
[2] 亨利·柏格森（Henri Bergson, 1859—1941），法国哲学家，曾获诺贝尔文学奖，著有《创造的进化》。

塔亚纳身上融合了感官主义、怀疑主义及神秘的天主教信条，这正是他在哈佛感到不自在的原因。1912年，他决定永远离开美国，留在欧洲，将所有时间都用来写作。

诚然，柏格森的名望1913年已经登上巅峰。1910年已有他的法文著作《试论意识的直接材料》(*Essai sur les données immédiates de la conscience*)的英译本《时间和自由意志》(*Time and Free Will*)。其著作也在最重要的一些国家被讨论和评析，如英、法、美、德、澳、意、波兰、荷兰、西班牙、罗马尼亚、瑞典、俄国、匈牙利等国。1911年，柏格森开始到处旅游，先是去了意大利和英国（他会双语，母亲是英国人），接着在1913年，受哥伦比亚大学之邀访问美国。他在美国几个城市中进行了演讲，所到之处受到大批观众的欢迎，并用法语和英语来讲灵性、自由、直觉、时间及跟他哲学研究相关的一些话题。1914年，柏格森入选法兰西学院，他的名望被正式认可。

柏格森的对手是伯特兰·罗素，1911年，罗素曾在亚里士多德协会听过柏格森的演讲，后来读过一篇有关柏格森研究成果的文章。他对柏格森的直觉哲学不以为然，蔑称他为"公司推销员"，而非哲学家。在罗素看来，柏格森的非理性主义"只是将传统的神秘主义用一种稍稍新奇的语言表达出来。"[47]但对于柏格森在图片和电影上的理论，罗素还是愿意给予一些肯定：为验证这些理论，1912年他和朋友去观看了一部影片，觉得他们自身的观影经验证实了柏格森对电影图像的分析，即它们对时间或运动进行了浓缩。[48]罗素把主要的数学哲学工作如今搁置一旁后，对他而言，问题在于找出方法来解决他最早在1902年6月向弗雷格[1]提出的那些悖论，当时他正在完成自己的那本《数学原理》(*Principles of Mathematics*)。弗雷格之前想要建立一个系统的数学逻辑的所有努力均付诸东流，对此局面，他已坚强地接受，其致命的一击来自于罗素悖论"不属于自身的众集之集"，即一个集合不可能成为属于它自身的元素。这一悖论给他严格的数学公理体系打开了一个缺口。1902—1910年，罗素一直在苦苦从事对逻辑和数学的大综合，期间得到了艾尔弗雷德·诺思·怀特海[2]的帮助。其结果就是《数学原理》这一巨著于1910年至1913年间以三卷本形式面世。该书展现了纯数学涉及能被逻辑定义的概念，而且其命题能从有限的基本逻辑假设中推导出来。虽然在前进的过程中两人遇到了新困难，但他们的合作进展得颇为顺利，怀特海负责技术层面的数学演算，罗素则负责随之而来的哲学思考。当他们即将完成这一项规模庞大的工程时（全书密密麻麻，共计2000多页），一位名不见经传的奥地利学生来到他们的领域。

此人正是路德维希·维特根斯坦。他之前从维也纳来到曼彻斯特学习机械工程，在那里被罗素的数学哲学所深深吸引。他来剑桥是想师从罗素，且很快被指名为罗素的"继任者"。俩人的第一次见面是在1911年10月。一开始，这位学生的求知热情给罗素留下了深刻的印象，但他的忧郁、顽固及粗暴的争辩也让罗素有所迟疑。1912年6月，罗素正式成为维特根斯

---

[1] 弗里德里希·路德维希·戈特洛布·弗雷格（Friedrich Ludwig Gottlob Frege, 1848—1925），德国数学家、逻辑学家和哲学家，数理逻辑和分析哲学的奠基人。

[2] 阿尔弗雷德·诺斯·怀特海（Alfred North Whitehead, 1861—1947），英裔美籍数学家、哲学家，因其数理逻辑、科学哲学和形而上学方面的成就而闻名于世。

坦的导师，与其说是指导他攻读博士学位，不如说是留下他来完成自己一个人无法完成的工作。1913年3月，维特根斯坦准备离开剑桥前往维也纳，临行前，他告诉罗素，在他的工作室讨论哲学的那些时光是他"一生中最幸福的时刻"。罗素后来对他的情人奥托琳·莫雷尔夫人公开说出了他的沉思："我喜欢他，我认为他会解决所有那些问题。我老了，无法再去解决我在研究工作中提出的极其重要的问题。解决这些问题，需要新鲜的智慧和青春的活力。"[49]然而，维特根斯坦并不能完全胜任这一角色，反过来，他迫使罗素对自己的概念和方法产生了怀疑。罗素试图让自己从对《数学原理》最后一卷的紧张思考中恢复过来，他说自己的智慧已在这番努力中耗干。1912年秋，维特根斯坦在道德科学俱乐部上宣读了一篇论文，题目为《什么是哲学？》(What Is Philosophy?)，发言时间不足4分钟，打破了所有的宣读记录。他把哲学定义为无需各种科学的证明而自成真理的最原始的那一套命题[50]。维特根斯坦生硬粗暴的怀疑主义噬啮着罗素心智哲学中残存着的柏拉图主义。

1913年，两人的分歧导致了一场严重的冲突，罗素正在撰写他为即将到来的美国之行准备的洛威尔系列演讲的稿子，这迫使他重新修订了自己的理论，改变一些判断。维特根斯坦想要表达自己的反对意见，却越来越陷入一阵阵顽固的、对抗的沉默中或是令人无法理解的溢美之辞里。罗素有一两次让他离开，尽管也害怕他的这位弟子会发疯或是自杀。维特根斯坦看出了罗素推理中的缺陷，但似乎不能够或者是不愿意去解释是哪些缺陷。罗素感到十分无能为力，而维特根斯坦则是越来越狂暴。罗素设法将"原子命题思想"和"分子命题思想"区别开来时，他正在摸索着一种预示着逻辑原子论的东西。维特根斯坦离开英国，前往挪威，他回到剑桥时，宣布自己会呆在挪威，一直呆到他解决了所有的逻辑问题为止。他提出把自己已经发现的东西记录下来，但他自己做不到这一点，罗素于是不得不请一位速记员为他们的讨论做笔记。这些笔记非常关键，是维特根斯坦《逻辑哲学论》(Tractatus Logico-Philosophicus)写作计划的浓缩，虽然它们主要围绕着战后罗素在逻辑原子论上的工作。维特根斯坦认为罗素太老了，帮不上别人，别人也帮不了他，而罗素已经放弃了他以前欲将逻辑分析扩展到认识论的努力；相反，他意识到真理可分割为一个个无法再还原的"原子命题"。这次分歧为维特根斯坦写《逻辑哲学论》奠定了基础，他在书中表明逻辑无法强迫一个命题产生一个新的真理，而数学是一串同义反复，只有通过对语言的仔细分析才能避免犯哲学错误。而罗素对这一切仍不清楚，维特根斯坦对他既有提升，也有羞辱，1913年，他将《数学原理》(Principia Mathematica)第三卷的手稿付梓出版，并准备前往美国。

为哲学奠定新基础的另一番严肃的尝试正在德国展开，这番尝试就是来自于与胡塞尔(Husserl)相关的现象学。像罗素一样，胡塞尔不接受心理学主义，它包括了柏格森的直觉主义及詹姆斯·威尔逊的实用主义。1913年，胡塞尔在他主编的《年鉴》(Jahrbuch)中发表了《观念》第一卷(Ideen I)，并称该著作是他对"纯现象学研究的突破"。在1900—1901两年间发表的《逻辑研究》(Logical Investigations)一书中，他已经表明现象学是所有科学的基础，但它并不是心理学，马赫则将现象学看作心理学的一部分。1913年，胡塞尔进一步表明，逻辑的基础是现象学，由此提出了他的"先验唯心主义"，这让他在哥廷根大学的一些学生感到吃惊和失望。胡塞尔在《观念》第一卷中表明，为描述意识结构而将自然态度悬置起来是必要的，他在意识结构中发现"我思"是一项纯行为。绝对意识的假定是将世界无效化或是隔离开来。胡塞尔通过领回到科学（其基础从根本上是一种意识本身和意识相关物间的相互作用）的轨道上，让自己避免了陷入主观唯心主义的陷阱。先验还原或悬置提供的方法使他得以分析被分裂成不同侧显的客体。科学的一切抽象都将植根于一种绝对的纯"先验自我"，它与意识流的认知和世界其他客体隔离开来，从而保障了科学的活力。胡塞尔希望自己缩短唯心主义和现实主义间的鸿沟，尽管向文化、历史和主体间性等领域迈进还需要一些新的"还原"。

马丁·海德格尔[1]在战后成了胡塞尔的弟子，他的分离观点和胡塞尔在《逻辑研究》中的观点一致。1913年，他的论文答辩将焦点放在了"心理学主义"上，用以说明逻辑与心理学无关。他在《心理主义的判断学说》(*The Lesson of Judgement in Psychologism*)中研究了威廉·冯特(Wilhelm Wundt)、海因里希·梅尔(Heinrich Maier)、弗朗兹·布伦塔诺(Franz Brentano)、安东·马蒂(Anton Marty)和西奥多·利普斯(Theodor Lipps)等人的理论，虽然这只是他青年时期的一部作品，却是在提升至纯本体论的水平之前对认识论的一项深入研究。在一处有趣的脚注里，海德格尔提到了罗素的《数学原理》，暗示数学逻辑应受到批判，因为它遗漏了意义和给予意义的问题。这也是维特根斯坦通过一种完全不同的路径在反对罗素：我们开始核算之前，需要提出意义的意义问题。维特根斯坦认为意义在语言里；而海德格尔（此时仍在他哲学探索的征途上）则认为意义存在于意识结构中。

海德格尔经历了二战和他个人的转折后，才意识到了存在这一问题与语言密切相关，尤其是诗歌语言。意大利哲学家贝奈戴托·克罗齐[2]早已捍卫过这一立场。19世纪末，克罗齐在论辩历史知识的科学地位问题上在意大利已经走进了公众的视野。他对黑格尔主义的独特批评及对詹巴蒂斯塔·维柯(Giambattista Vico)融合"诗性智慧"、原历史主义和语言研究的《新科学》(*New Science*)一书的强烈认同引导他走向了知识审美理论。这一观点在1902年出版的那本著名的《美学原理》(*Aesthetic*)中有简要的论述。次年，克罗齐与比他年轻的乔万尼·秦梯利[3]合作开办了《批评》(*La Critica*)，刊登了一批年轻的前卫艺术家们的焦点评论。他们合起来被称为新黑格尔派，尽管这些人1913年就在一些哲学问题上产生了内部分歧。秦梯利在投向法西斯主义前，一直抱守着黑格尔的唯心主义，而克罗齐则拒绝接受哲学的各个系统，他在1906年的一本书中就提出了一个发人深省的问题："黑格尔哲学中哪些是活的，哪些是死的？"深爱和平的克罗齐1912年成为意大利的一名议员。1912年，他在为德克萨斯州的休斯顿赖斯研究所的落成而作的演讲中对自己的审美观点进行了一个明确的综合，这个综合于

---

[1] 马丁·海德格尔(Martin Heidegger, 1889—1976)，德国哲学家，20世纪存在主义哲学的创始人和主要代表之一。代表作品《存在与时间》。
[2] 贝奈戴托·克罗齐(Benedetto Croce, 1886—1952)，意大利哲学家，历史学家，新黑格尔主义的主要代表之一。
[3] 乔万尼·秦梯利(Giovanni Gentile, 1875—1944)，意大利哲学家，新黑格尔主义者，倡导行动唯心主义，认为教育是实现极权国家最终目标的工具，目的在于造就人们的国家观念，使个人服从国家，后信奉法西斯主义，自称为"法西斯主义的哲学家"。

1913年以《美学摘要》(*Breviario di estetica*)的书名出版。他在其中坚持把艺术置于第一位，在科学或形而上学之上；他认为，唯有艺术在产生新生事物的时候能给人们以启迪。

米盖尔·德·乌纳穆诺[1]也持这样的观点，1911年他和克罗齐开始通信，他的前存在主义哲学也同样否定了康德、黑格尔以及柏格森，并产生了一项非结论性的个人成果。在和《生命的悲剧意识》(*The Tragic Sense of Life in Men and Nations*)(1913年首次出版成书)一书中所怀念的信仰作斗争时，他意识到帕斯卡、克尔凯郭尔和尼采是先驱者。他像克罗齐一样，非常尊重维科的诗性历史主义，但更偏爱乔尔丹诺·布鲁诺(Giordano Bruno)，后者因其革命性的科学思想而被宗教裁判所处以火刑。德·乌纳穆诺跟随布鲁诺的步伐，为追求进步而将自身安危置之度外，他与代表西班牙探求精神的唐·吉诃德完全吻合，拒绝理性带来的虚幻的安慰(他对朱尔斯·德·高缇耶(Jules de Gaultier)进行了嘲笑，后者宣称，那是别人永远也不要上当的法国人的特权，对巴斯克思想家而言，的确是一种"令人遗憾的特权"[51])。喜剧的探寻者总会发现悲剧是人类的努力有不可避免的局限性所致。这部书内容广泛、文字优美、知识性强，得到了不同人士的赞赏，比如埃兹拉·庞德[2]和若热·路易斯·博格斯[3]。德·乌纳穆诺既批判了由鲁本·达里奥[4]创立的作为西班牙象征主义的现代主义，也批判了天主教思想家企图在信念和理性间达成妥协的神学现代主义，但他拒绝给出一个简易的答案。在书的结尾，他宣称要同正在上演的一幕幕悲剧中的读者见面(这些悲剧在1936年西班牙内战时期达到了顶峰，德·乌纳穆诺当时是萨拉曼卡一所大学的校长，他勇敢地反对佛朗哥(Franco)的法西斯主义)，并且他仍坚持自己的空想理念，认为科学进步和重大的政治胜利都避免不了遭到嘲弄。

---

[1] 米盖尔·德·乌纳穆诺(Miguel de Unamuno, 1864—1936)，西班牙著名作家、哲学家，有哲学论著《生命的悲剧意识》。

[2] 埃兹拉·庞德(Ezra Pound, 1885—1972)，美国著名诗人，意象派运动主要发起人，现代文学领军人物，和艾略特同为后期象征主义诗歌的领军人物。

[3] 若热·路易斯·博格斯(Jorge Luis Borges, 1899—1986)，阿根廷作家，以其深奥和富于想象力的短篇小说而尤为著名。

[4] 鲁本·达里奥(Rubén García Sarmiento，鲁文·加西亚·萨米恩托1867—1916，笔名鲁文·达里奥(Rubén Darío))，尼加拉瓜诗人，开创了西班牙语文学中的现代主义，将原本以模仿欧洲文学为主的拉丁美洲文学改变。鲁本是西语现代主义文学的代表作家，在20世纪西语文坛上产生了巨大影响，被称为"卡斯蒂利亚文之宗匠"。

第四章 1913年学会现代

现代化的尝试

嘲弄是大多数现代主义者喜爱的一种武器,艾略特[1]早期的诗歌就十分明显地运用了嘲弄手段,虽然他的嘲弄带着一种内省的意图。艾略特的"J·阿尔弗雷德·普罗弗洛克的情歌"(Love Song of J. Alfred Prufrock)这首诗最初写于1911年的巴黎[1],当时他仍受着柏格森的影响。在收到艾略特这首既有讽刺又有同情的诗作后,庞德致信给哈利特·门罗(Harriet Monroe),说自己终于发现了一位"训练有素并且自我现代化"的诗人,他又补充道:"和一个人见面而不必告诉他要去洗脸、擦脚,还要记得历书上的日期(1914年),这令人十分愉快。"[2]尽管庞德曾在伦敦发起过象征主义和漩涡主义等运动,他的创作还是根深蒂固的拟古主义。有鉴于此,庞德这一热情赞誉特别说明了艾略特已经接受了更为敏锐的现代意识。正如人们所了解的,艾略特的现代主义并非出自内在的原因。更确切地说,是他辛勤工作以及知行合一的结果,这些都可以准确地记录下来。1912年12月,艾略特在写给朋友吉恩·凡尔登诺尔(Jean Verdenal)的信中概述了他的"自我现代化"计划:"我打算给自己制订一个文学和哲学研究的组织方案。原谅我的好高骛远,但我不喜欢小打小闹。"[3]这封信给他的法国收信人带去了节日的问候,后者和他一样赞同严明的纪律和严格的方法。诚如艾略特所观察到的,自身的训练有素在于内在的努力而与创立新学派无关,这是对当时未来主义埋葬立体主义的嘲弄。这些时髦的宣称只是"阵阵的暴风急雨,缺乏持续的内在力量"的体现,在风风火火过后,就显得软弱无力[4]。有鉴于此,艾略特决意将一种"新的感受力"与横跨哲学和文学的知性方案结合起来。

这一决心与他对柏格森的日益不满有关,1910—1911年,艾略特曾虔诚地听过柏格森那些人满为患的著名演讲。然而,艾略特采用有礼貌的幽默策略反讽了柏格森那些关于时间、直觉及创新活力的论点,致使伯格森风采渐失,他们的距离也就此拉开。这种有礼貌的幽默策略是朱尔斯·拉弗格[2]在其带有自传意味的歪诗"歌"(Songs)或曰"抱怨"(Complaints)中创造出来的。1911年,艾略特重回哈佛做研究生,他被另一种综合性学说所吸引,即1913年,他通过布拉德利[3]的哲学发现了新黑格尔哲学体系。在

---

[1] 托马斯·斯特恩·艾略特(Thomas Stearns Eliot, 1888—1965),英国诗人,生于美国,后定居伦敦,入英国籍,著有《荒原》等。
[2] 朱尔斯·拉弗格(Jules Laforgue, 1860—1887),法国印象派诗人,著有《新诗集》。
[3] 弗朗西斯·赫伯特·布拉德利(Francis Herbert Bradley, 1846—1924),英国唯心主义哲学家,著有《伦理学研究》、《逻辑原理》、《现象和实在:形而上学论稿》等。

哈佛，他很快决定做博士研究，专注于分析布拉德利的哲学，其论点在很多方面与穆齐尔分析马赫的博士论文相似。穆齐尔和艾略特都得出结论，认为他们所论作者的学说十分混乱，充满了深刻的矛盾；两人最后都放弃了专业的哲学研究，都将自由时间放在创作上。与众不同的是，艾略特自己的哲学中途夭折了，因为他的哲学认为，哲学应被其他事物所取代——首先是文学，然后是宗教神秘主义，而穆齐尔则坚信，确切的哲学有可能与文学并存。

在这种背景中，我想对在1913年欲成为"现代"的这一愿望所产生的各种属性做一番观察。庞德在艾略特身上看到的是一个诗人和思想家，他可能不是一个体系化的哲学家，但他将概念上的细致区别与一种思想结合起来了，即写作是一项需要通过训练和练习来提升的技能。庞德与艾略特之间的合作产生了他们战后所宣扬的一种古典主义和现代主义的混合物。正如我们已经看到的，这绝不是现代主义的全部图景。但它们准确定义了所有现代主义中的一个实质内容：现代主义绝不会丢弃艾略特1919年所描述的"历史感"。现代主义努力获取的是对过去和现在的一种积极综合，而这只能依靠"大量的努力"取得。现代主义所宣称的新奇来自对过去遗产的继承意识。换句话说，历史必然是"绝对"内容中不可分割的一部分，这也是黑格尔自己所赞许的一个倡议，但是，像布拉德利那样的后黑格尔主义思想家所持的非历史主义观点中，这一点已被遗忘了。

1913年9月，艾略特选修了约西亚·罗伊斯[1]的研讨课，探讨的是"不同类型科学方法比较研究"，但正如皮尔斯·格雷[5]所透露的那样，艾略特很可能被 F·H·布拉德利（他不久成了艾略特的论文指导老师）所吸引，因为这位牛津大学的哲学家当时正与罗伊斯进行一场重要的有关历史事实真实性的辩论。罗伊斯刚于1913年出版了《基督教问题》(*The Problem of Christianity*)，他声称关于历史上是否真有耶稣存在这一问题，传道者宣扬的"种种证据"取决于某一人群的信任和忠诚。布拉德利在"批判历史的前提"一文中质疑了历史这一概念本身。正如格雷(Gray)所概括的，这篇文章之所以吸引艾略特走向布拉德利，首先在于布拉德利同时质疑了"历史事实"的存在以及对世界的一种"真实理解"，而这两者正是罗伊斯哲学中的核心宗旨；相反，布拉德利认为，是理论创造了诸多"事实"，并声称没有一个事实能够独立于某一话语而存在。因此，科学所带来的种种"证据"与历史事实所需要的证据本质上完全不同，历史事实取决于全部的"人类传统"，而非仅靠一群虔诚的传道者，历史是对这些事实经过提炼和预测创造出来的。

不久以后，艾略特就抛弃了布拉德利的"绝对"思想和柏格森的时间观念。1913年，他在哈佛撰写的一篇关于柏格森和生机论的论文中，同时批判了以上两人。在他看来，主要问题就在于无论是在柏格森的眼中，还是在布拉德利的体系中，"不会出现本质上全新的东西；布拉德利所说的那种绝对马上就会发芽、开花、结果。"[6]艾略特早已想要对新奇事物的闯入表示赞赏，而又不至于落到跟非人格的生命力(*élan vital*)有神秘的契合，也不至于去相信"绝对"这一概念会与个人理论意识中处于分割状态的"有限中心"有什么神秘的联系。1914

---

[1] 约西亚·罗伊斯(Josiah Royce, 1855—1916)，美国新黑格尔主义最有代表性的人物，先后任教于加利福尼亚大学、哈佛大学等校。

年,伯特兰·罗素访问哈佛,给艾略特留下了深刻的印象。或许罗素能解释柏格森和布拉德利这两位唯心主义者的截然对立。在罗素看来,时间和空间不只存在于人脑之中;它们还是这个世界的物理事实。我们关于外部世界的知识建立在一系列活跃的逻辑命题上,既不在实用主义者的经验上,也不在神秘的连续思考中。只有逻辑式能将思想引回到外部世界,比如,这意味着时间就能被割断成无限可分的单位,每一个单位都可被赋予数学的性质。这与柏格森的哲学正好相反。艾略特返回英国准备结婚时,他发现罗素与自己的妻子走得过于亲近,他无法在两大哲学走向中做出抉择,即到底是选择牛津的布拉德利所代表的唯心主义,还是选择剑桥的罗素所代表的现实主义。布拉德利假设了绝对知识这一主题,同时又提供了一些分裂于心理学和认知论中心之间的断裂主观性。因此,在1913—1916年这段时间内,艾略特力图架起这些"有限中心"(它们是与"绝对"相联系的经验的单一基础)与罗素逻辑上的反主观主义的桥梁。他在探寻一种能够支撑起历史感并且具有移情作用的"感觉",以使经验和全新的整体相融合;不足为奇,只有诗歌能提供这种东西。

加速的老龄化过程

艾略特对现代主义的试验,除引起了1913—1916年一场复杂的哲学辩论以外,还引发了对老龄化的一种新认识。艾略特的第一个处方是用玩笑的态度看待衰老这件事:"我老啦……我老啦……"这是普罗弗洛克的叠句,尽管他可能不超过30岁。对时间的内心感受不会向内在时间发动攻击,它攻击的是一种老龄化过程,老龄化问题因在社会上引起了尴尬而变得复杂:"我老啦……我老啦……/穿裤子裤腿也要卷上啦。"[7]这一抒情表达中有意为之的老龄化由于"老年"而迅速传开,诗中的叙述者,实际上是一个"小老头",已经没有什么可等了,一个书童给他读着报纸,而他自己在踟蹰着"旱季里干枯头脑中的思绪"。[8]同样的衰老过程,我们在詹姆斯·乔伊斯[1]和D·H·劳伦斯身上也能看到。乔伊斯重写青年时期的自传作品《英雄斯蒂芬》(*Stephen Hero*),亦即他在1908—1913年间创作的《青年艺术家的画像》(*The Portrait of the Artist as a Young Man*)时,更换了早前的充满青春气息的英雄主义,老实承认他的代言人斯蒂芬在该书结尾时毕竟依然"年轻"。一部经典的成长小说让我们跟随着一个人一步一步的成长历程完成艺术创造;反讽、文体修正及历史的语境化虽然不如成长小说,但却提供了另一种框架,我们可以运用这种框架对斯蒂芬的不成熟进行评价,就像福楼拜(Flaubert)在修订其《情感教育》(*Sentimental Education*)时所做的那样。对这种不成熟的强调,我们可以理解为一种迹象,就是乔伊斯本人的成熟度介乎两者之间,并且他迫切需要一种"更老成"的视角。这可能主要是受到了布鲁姆创作的影响,因为《都柏林人》(*Dubliners*)最后一个故事带给我们的是一位成年人物——加布里埃尔·康罗伊,在全书的最后几页里,他发现了一些令人懊恼的不成熟迹象,之前这种不成熟被深深地掩盖了。斯蒂芬

---

[1] 詹姆斯·乔伊斯(James Joyce, 1883—1941),爱尔兰作家,诗人,20世纪最伟大的作家之一,他的作品及"意识流"思想对全世界产生了巨大的影响,代表作品有《尤利西斯》。

并不是作为一个有英雄气概而又绅士十足的人物出现的,但正如休·肯纳和其他批评家所争论的那样,这并不意味着他是一个简单的人物漫画;这一点只是让我们明白在听他的一些讲话时需要有所保留——这一点在《尤利西斯》(*Ulysses*)中依然如此。

同样,《儿子与情人》(*Sons and Lovers*)(1913年出版)单是书名就彰显出保罗·莫雷尔在性和情感方面的不成熟。书名很容易被重新描述为"要么是儿子,要么是情人",因为我们从小说中看到保罗不可能爱米利亚姆,不只是因为她有点冷淡和"歇斯底里",最重要的是他仍对自己的母亲过于依恋。保罗一直保持着处子之身直到该书的相当后面,因为正如他自己解释的那样:"丈夫们相当野蛮地侵犯了母亲们的女性圣洁,作为她们的儿子,自己感到很不一样,也害羞。[……]看到一个像他们母亲的女人,他们的全部感觉都是母亲。"[9]在经过8年的苦苦追求和热情宣告彼此间的爱之后,保罗最后为了能和克拉拉自由地在一起而与米利亚姆分手,米利亚姆斥责他表现得像个4岁的孩子;他回答说,如果是这样的话,他不需要又一个妈妈管着。他对整个事情冷嘲热讽,说了这样一句言简意赅的话:"这些年,她都这么对待他,就好像他是个英雄,但私底下却认为他是一个长不大的孩子,一个傻瓜。"[10]这种诊断是准确的:保罗无法爱上任何一个女人,因为他太像一个"儿子"了,这就是为什么他一见到克拉拉,就立刻陷入另一种俄狄浦斯的行为模式中。克拉拉性格上更为开放,伶牙俐齿,富有性感,妖娆妩媚,还是一名女权主义者,虽然已婚,但与丈夫分居。在这场引诱中,她占了主动,认为自己风骚迷人,这种感觉一直持续到保罗深深感觉到需要让她与那疏远的丈夫复合。母亲去世后,他还是回绝了米利亚姆重提结婚的要求。她在年龄上似乎老得过早,而保罗内心仍十分年轻,并且已从恋母情结的习惯状态中走了出来,准备开始一场真正的冒险。

将女人分成两种角色的划分(一种是人们能"爱"的神圣母亲的角色,一种是让人垂涎但却使人堕落的放荡者的角色)遵循了弗洛伊德的理论模式,劳伦斯是通过弗里达了解到俄狄浦斯困境的,弗里达是弗洛伊德的忠实读者。[11]同样的划分出现在《流亡》(*Exiles*)中,乔伊斯的这部戏剧1912年开始创作,1913年写了整整一年,1914年完成。这部戏剧的情节设置了两个相互反抗的人物理查德和罗伯特:后者是一名性格外向的记者,企图引诱事实上已经成理查德妻子的妻子伯莎;而性格内向的理查德是一名作家,从罗马"流亡"回来,刚到都柏林,就被罗伯特的表妹比阿特丽斯深深吸引,两人心心相印。一个关键问题在于伯莎在跟随了罗伯特以后是否对以前的爱情依然忠诚,从今天放纵随意的道德来看,这一窘境没有多少怜悯可言。事实上,在乔伊斯1913年完成的戏剧中,第一幕写完后,他在续写其余几幕时留下了大量笔记,我们可以毫不夸张地说,这些笔记比后易卜生时代对婚姻困境的了无新意的表演有趣得多。1970年,哈罗德·品特(Harold Pinter)为缩减这部戏剧的篇幅没少花时间,他删去了一些冗长的段落,让它成为一部能够真正适合舞台表演的作品(但也使它听上去像品特的一部作品)。

1913年,乔伊斯为《流亡》写下的笔记透露了这样的秘史:诺拉是乔伊斯一生的伴侣,他对她所做的几个梦着了迷,并像一个精神分析家那样对这些梦进行了分析,不同的是他的联想都是从她的梦开始的。在1913年11月12日所做的一个梦里,诺拉在罗马看到了雪莱的坟墓,并看到诗人从墓穴中爬起来。乔伊斯马上将它理解为这是对某位已经死去的生病少年的记忆,在她年轻时,这位少年就是在她的窗下因得了感冒便为她而"死"了。在等待莫莉·布鲁姆时,诺拉化身为大地之神,乔伊斯将这一情节自如地应用到这部戏剧中:

> 她是大地,是黑暗,是无形,是母亲。月夜,她美丽动人,她对自身的本能隐约有所意识。孕育在她肚中或者说是墓穴中的雪莱爬了起来:他是理查德身上无论是爱还是生命都不能除去的一块肉,她就因为这块肉才爱他:她必须努力杀死这块肉,但永远也杀不死,并为自己杀不死他而高兴。[……]她趴在拉虎的尸体上哭泣,是她的爱杀死了他,作为大地,她拥抱着这个生离死别中的黝黑的男孩。[12]

由这一片段产生了一首题为"她为拉虎哭泣"(She Weeps over Rahoon)的诗[13](落款为的里亚斯特,1913年),诗中一名女子哀悼了她死去的情人。这些舞台笔记记录了乔伊斯的犹豫,尤其是在他不清楚该如何结束这场戏时,这种对如何安排情节的犹豫给戏剧大大增加了不确定性,虽然理查德最终并未因为这些不确定性而动摇。[14]

我们在劳伦斯的诗歌中也能观察到类似的情况:1913年创作的那些诗在《儿子与情人》的一些章节中能直接找到。其中一些诗,比如"科利尔的妻子"[15],借用诺丁汉郡工人阶级的说话方式描写了一些戏剧化的场景,这些诗在保罗·莫雷尔父亲的生活圈中都能对得上号。其余诗歌对作为一种物理或是生理情感的爱情分析进行了探索。"闪电"(Lightning)这首诗就是如此[也出自《爱情诗及其他》(Love Poems and Others),1913年],这首诗的结尾坦率地承认在两性幸福的迷雾里存在着既爱又恨的矛盾心理:

> 我听到了雷,也感觉到了雨,
>   我的双臂松软了下来,我喑哑。
>   我几乎恨她了,她确实人不赖,
> 恨我自己,还有这地方,还有我的血液,
>   和怒气一起燃烧,当我叫她来家,
> 离家,趁着漂浮的电闪还未再次遭遇。[16]

这听上去几乎像是对小说中某些场景的模拟,然而它却包含着劳伦斯在《儿子与情人》及后来的《恋爱中的女人》(Women in Love)中发展出来的复杂两性辩证法的精髓。爱的对立面并非是恨,相反,为了让"儿子"变成"情人",他或她只需要在投注肉欲时为这种既爱又恨的矛盾留下一些空间。

劳伦斯和乔伊斯两人在改稿的问题上出现了分歧。对乔伊斯而言,改稿的关键在于用批判精神重读初稿,以便将稿子的文体提升到一种新的完美境界。文体很好,又有技巧,改稿时心里就很坦率,一些问题就能进一步确定下来,这对更完整、更浓缩、更集中地描写心理上的肖像来说,是必要的。劳伦斯则采取了恰恰相反的态度,这就是为什么是编辑对《儿子

与情人》的初稿进行大幅度删减,而不是他自己,这样的删减,放到乔伊斯身上,是永远无法接受的。在他后来所有的小说中及那些不断重写使他起初的创意变得模糊不清的诗歌中,我们看到劳伦斯虽然对草稿不停地修改,但从未删去任何东西,只是增加文字,发展一些新主题,并变换一些形式上的表达。事实上,劳伦斯从未放弃过他原先的主人公姿态,但学会了使这种姿态相对灵活些;比如,在保罗和米利亚姆的争辩中,男主人公接受对方的指责(对方认为他还是个孩子,享受着回归阶段的特权),后来又对不同的观点,尤其是女性的观点表示同情,后来逐渐长大,就连这些东西也给长没了。劳伦斯是通过一种折射出不同的自我和不同的观点的对话式移情而变得现代的,这种折射需要通过《恋爱中的女人》的创作而完善起来,而乔伊斯则将一切集中于"艺术家"的主观性,越来越依靠语言的表达。结果是,《儿子与情人》成了19世纪一部非常成功的小说,而对于《青年艺术家的画像》,我们得承认它并非一部那么成功的小说,它确实属于20世纪的作品。

现代化的另一项策略就是结对,其中"年长的"和"年轻的"搭档互相交换位置和特权。叶芝[1]和庞德在1912—1913年的有效互动就是如此。比叶芝年轻20岁的庞德曾专程前往伦敦,希望能见到叶芝,他1909年见到了叶芝。甚至在真正见到叶芝之前,他就一直在模仿叶芝的爱尔兰口音和这位诗人的穿着;他很快成了叶芝不可或缺的朋友,有时叶芝会被他的狂热和傲慢吓到,尽管他也会无所保留地热情奉承他[17]。人们通常认为,这位美国年轻诗人惊人的精力将叶芝超前地带出了"90年代",打破了这位导师对家乡事物的那种自我满足感,诸如凯尔特的暮光、通神会,以及被梦之薄雾笼罩着的浪漫爱尔兰。1913年冬,两人一起在石村合作时,庞德本可以将这位比自己年长的诗人往前推一把。然而,似乎更确切地说,叶芝的现代化可追溯到受到庞德的影响之前;至少,这是庞德的看法,因为他曾写到,比起自己的影响来,这位爱尔兰诗人的现代化要更多地归功于辛格[2]这样的榜样。庞德1915年写到,那些"凯尔特暮光的追慕者们"因为叶芝在1910—1913年间"增加了力度"而感到"奇怪"。庞德为诸如"巫师"、"学者"、"没有第二个特洛伊"等诗的创作追加了掌故:"后期的叶芝诗歌中有一种新的力量,这一点,他和辛格可能都会同意。"[18]这里提到辛格很关键——他已于1909年去世,剩下了叶芝孤身一人,叶芝痛失了一位朋友,一位盟友,一位很重要的爱尔兰代言人。1912年,叶芝寄往《诗歌》杂志的诗很多地方都经过了庞德小小的修改。叶芝最初认为它们只是"印刷错误",但后来开始接受了庞德的修改意见。1913年1月,叶芝表现得相当慷慨,他写到,庞德所作的修改很有帮助。然而他谨慎的措辞反而强调了这位美国年轻诗人的拟古风格:

> 他正值年富力强的年纪,帮我从现代的抽象性重新回到了确定性和具体性。和

---

[1] 威廉·巴特勒·叶芝(William Butler Yeats, 1865—1939),爱尔兰诗人、剧作家、散文家,著名的神秘主义者,"爱尔兰文艺复兴运动"的领袖,被诗人艾略特誉为"当代最伟大的诗人"。

[2] 约翰·米灵顿·辛格(John Millington Synge, 1871—1909),爱尔兰剧作家、诗人、散文家、民俗收集者。他是爱尔兰文艺复兴的主要人物之一。其作品主要描写爱尔兰信仰天主教的农民。代表作为《西方世界的花花公子》。

他谈论诗歌就好像让你将诗放到方言中去。一切都变得明了、自然。然而，在他自己的作品中，他却并不十分确信，经常很糟糕，虽然有时很有趣。他过多的试验把一切弄得一团糟，合理的原则多于趣味。[19]

这一犀利而又恰当的诊断证明叶芝心中的那种评判能力一直完好无损。在他看来，庞德的行吟诗是一种简单、直接而且富有音乐性的表达范式，因而他采用启德的建议，重新回到他所赞美的中世纪或文艺复兴时期的那些美德上去，由此进行自身的现代化，这是一种自相矛盾的做法。

叶芝的新调门在《责任》(*Responsibilities*)(1914年)一书中已经十分明显。书中的诗歌明显增加了分量：诗作精简，常常口语化，时时还主题激烈，具有强烈的政治性。尽管如此，这一新调门并不一定就是"现代主义"，因为在"一九一三年九月"这首诗中，在对市政美术馆拒绝接受休·莱恩爵士的赠礼一事进行公开指责时，叶芝表达了对"浪漫爱尔兰"消逝的哀痛(浪漫的爱尔兰已经死去了/已经跟着奥利莱走进了坟墓[20])。他诗歌中的众多原型都能在意大利文艺复兴时期以及19世纪为国家事业献身的爱尔兰爱国主义者身上找到。叶芝攻击了中产阶级的物质主义，他建议爱尔兰爱国主义的新英雄们不应吝啬，而要舍得挥霍和舍得损失。简而言之，叶芝是被以下问题推着向前走的：像巴内尔遗产那样迫在眉睫的爱尔兰问题、辛格的《西方世界的花花公子》(*Playboy of the Western World*)一书所触发的争议以及围绕莱恩遗产而产生的丑闻。

杂乱中的现在"颤动着新生事物"

庞德看起来像是一位受过训练的听众，一名热切的弟子，对别人的作品来说，是一位追求完美的批评家，而对自己的作品却满是盲点。他在《荒原》(*The Waste Land*)中对"出生"一词富有成果的思考使艾略特称他是一位完美的"智者"。正是庞德在朋友威廉·卡洛斯·威廉姆斯(William Carlos Williams)的第一本选集《脾气》(*The Tempers*)(1913年)中至少发现了一首好诗，年轻、新鲜、不安的感觉贯穿着全诗，反使其主题的影响力显得次要了。那时候，威廉姆斯的确正在努力摆脱那种令人沉迷的视觉韵。在与"前拉斐尔兄弟会纯净化的氛围"作斗争时，他曾揉合了成熟的济慈与更为年轻的叶芝这俩人的特点，创作了富有视觉韵的诗歌。过后很久，威廉姆斯评论说："除了在济慈和前拉斐尔兄弟会上听到的诗歌以外，我对诗歌语言一无所知。"[21]然而，庞德那敏锐的耳朵还是从"长眠于此"这首诗中探测到了新生事物的"颤动"：

> 验尸官的快乐的小孩子们
> 有着这么闪烁的棕色眼睛。
> 他们的爸爸并不是快乐的人
>   而他们的妈妈也不可能高兴，

> 而验尸官的快乐的小孩子们
> 　　这么容易爽朗地笑。
>
> 他们爽朗地笑，因为他们茁壮成长
> 　　给他们提供的果实结满了树枝。
> 瞧！他们是多么嘲笑失去，你想
> 　　仁慈的上天会填饱他们的小肚皮！
> 只有验尸官的快乐加快乐的孩子们
> 　　才这么容易爽朗地笑。[22]

不恭敬地嘲笑死亡给快乐的孩子们提供了一种新生活，也讽喻了新兴现代主义者的立场，这些现代主义者在维多利亚后期的前辈们正在腐烂的尸体上快乐地宴饮，并且"茁壮成长"。

庞德对 D·H·劳伦斯的《爱情诗及其他》和罗伯特·弗罗斯特[1]的《一个男孩的愿望》(A Boy's Will)给予了同样的肯定，两部书都是1913年出版的。他虽然指出了他们诗集中一些令人不快的地方，但还是强调了他们作品的诚实和真诚。弗罗斯特看上去几乎与年轻的艾略特一样自主，他给人们带来了新罕布什尔州森林的新鲜气息。显然他"不属于后弥尔顿派，也非后史文朋派，也非后吉普龙派"[23]，这让人想起了他与庞德过去在美国的私人联系。庞德引用了弗罗斯特第一本诗选中的"一簇野花"(The Tuft of Flowers)〔这首诗导致了那首著名的"修墙"(Mending the War)的产生，后者后来被收入《波士顿以北》(North of Boston)(1914年)〕，因为它最能表现弗罗斯特在感受到大自然中孤独时的那种痛苦，但当他进一步意识到每个人都不是孤单一人时，以前的那种痛苦便得到了些许缓解：一个人总是能够和别人来一场连接着全人类的"兄弟般的交谈，虽然"从未期望能触到后者"[24]。劳伦斯的肉欲之丰富曾经让庞德震惊，却因"将当代诗歌提升到了当代散文层面"而受到庞德的赞誉；按照乔伊斯和福特·许弗(Ford Hueffer)所设立的那套严格标准，这是了不起的成就。[25]。庞德没有提到另一位正在逐步彰显自身价值的美国作家，因为她还未能在国际上进入人们的视野，我们也可以说这个人将散文带到了诗的层面，她就是维拉·凯瑟[2]。随着《啊，拓荒者！》(O Pioneers!)的出版，凯瑟将一种纯粹的美国地方抒情性与改变了传统元素的小说情节结合了起来。

美国最初的评论家们并未错过这一特点：1913年8月10日的《费城调查人》(Philadelphia Inquirer)上就刊登了一篇赞誉性的评论文章，其中提到沃特·惠特曼不仅是这部小说题目的来源，而且他也是整部小说主题的灵感。文章详细引述了维拉·凯瑟的话，她提出了一组她视

---

[1] 罗伯特·弗罗斯特(Robert Frost, 1874—1963)，美国诗人，著有《罗伯特·弗罗斯特诗集》。
[2] 维拉·凯瑟(Willa Cather, 1873—1947)，美国19世纪著名作家，作品以擅长描写女性及美国早期移民的拓荒开垦生活而闻名，为美国重要的乡土作者之一，著有《啊，拓荒者！》、《我的安东妮亚》等。

为自己艺术信条的忠告，这些忠告基本上就是庞德对她的劝告。一个人在写作时要经常保持"诚实"，好风格源于个人情感深处，作者要以对众多的草稿进行简化为旨归。正如她的文学导师莎拉·奥恩·朱厄特给她的建议，"写真相"，这样，读者就不得不去适应这种风格。[26] 在生动记述她小时候是如何生活在相对荒芜的内布拉斯加时，凯瑟谈到了这种离群索居同时也"消磨了她的个性"[27]，并补充说，她需要这些广袤的空地，为一个完美的移民社群找到栖身之所，为那些来自瑞典、丹麦、挪威和波西米亚的母亲们找到一个家，她们教她讲故事的方法，给她对他人遭遇有情感共鸣的能力。如果说凯瑟的《啊，拓荒者！》成功地模糊了诗歌和散文的界限，那是因为小说情节虽然支离松散而且混乱，但通过凯瑟对那些体现原始欲望的小说人物神话般的处理，小说情节依然依附于对那片土地的感觉上。令人难忘的亚历山德拉·柏格森身上有着十足的韧劲和一种女性力量，这种力量抵御着自然和人为的破坏，因为它与自然的节奏相协调。像弗罗斯特一样，凯瑟赞美一个小群体和强势个人之间的调和。死亡不足畏惧，因为它在将要出生的人们和自然生产的循环领域间完成了朴实的交流："幸运的大地！它将亚历山德拉那样的众多心灵接收到了自己的怀抱，然后又将它们奉献出来，这时它们就是金黄的小麦粒、沙沙作响的玉米和年轻人闪亮的眼睛"。[28]

格特鲁德·斯坦因[1]1913的作品也重复着相似感觉的主题，这种重复感与包含在写作过程中"永恒现在"的假设有关。与同时代的现代主义者相比，无论是诗人，还是小说家，斯坦因的先进意识与涉猎的新领域都令人瞠目结舌。她1913年开始创作长篇小说《美国人成功的原因》(The Making of Americans)时，她将稿纸当成空白的画布，来学习如何扩展文学空间。这部小说1911年10月完稿。在此期间，她遇见了马蒂斯和毕加索，并成了朋友，两人中她更喜欢后一个，1908年，她宣称当今在世的天才只有两个，而且都是男性，就是毕加索和她自己。1912年8月，由施蒂格利茨刊登在《摄影作品》(Camera Work)上的"马蒂斯"和"毕加索"两幅立体主义肖像画，正式将她奉上了美国前卫偶像的神坛，这两幅画受到了不少的赞誉，但也有很多诽谤。因在立体主义文学和艺术的价值问题上所持意见不同，斯坦因最终与她的哥哥利奥决裂，这也迫使他们分割了两人珍藏的大量的绘画作品，分割过后，格特鲁特感到可以和爱丽丝·托克拉斯(Alice Toklas)安全"结婚"了。如果要分析1913年那些关键的作品，比如"苏西阿达"、"美国人"、"纪尧姆·阿波利奈尔"[29]，可能需要花费较长的时间，所以，我将集中讨论"圣徒艾米丽"中的一个著名的例子，即那句"玫瑰是一朵玫瑰是一朵玫瑰"。在一长串连祷式的不连贯诗句中，它作为其中一部分出现在"圣徒艾米丽"接近结尾的地方：

红木餐桌。
红木餐桌正中间。

---

[1] 格特鲁德·斯坦因(Gertrude Stein, 1874—1946)，旅居法国的美国女作家、艺术品收藏家，犹太人，创立了一种独特的几乎有点孩子气的写作风格，影响了舍伍德·安德森和欧内斯特·海明威等作家。

> 玫瑰是一朵玫瑰是一朵玫瑰。
> 极度的可爱。
> 多余的高帮松紧鞋。
> 极度的可爱。
>
> [《文集》(*Writings*)第一卷，第395页]

让我们来看斯坦因笔下的"玫瑰是一朵玫瑰是一朵玫瑰。"她在诗句的最后加上了句号，开头的"玫瑰"（原文 Rose）的首字母使用了大写。"圣徒艾米丽"的一个特别之处在于它消除了专有名词和普通名词的区分。"谁是玫瑰？"或"谁是艾米丽？"这么问是毫无意义的。"一只手是韦利。/亨利亨利亨利。/一只手是亨利。/亨利亨利亨利。/一只手是韦利。/亨利亨利亨利。"(《文集》第一卷，第389页)这其中，谁是威廉和亨利？"玫瑰"（原文Rose）首字母使用大写难道是因为它是一位女性的名字?还是因为它是诗句的开头？但其他名字用的是小写字母，比如我们在第三行中看到的"来去留菲利普菲利普（原文 philip）"(《文集》第一卷，第387页)。由于思考也是写作，两者都是发生在现在时中的过程，这样就消除了对专有名词的崇拜与迷恋。可笑的言语模仿病人搜寻的是词典中的词汇和惯用语，而不会去注意语法上的那些区别。对纸上的文字进行一种音乐式的或绘画式的编排根本不讲老套的"理性"："请再说一遍。/请再说一遍为了。/请再说一遍。/这是给安娜起的名字。/垫子和梨。/理性起皱。/理性起皱换掉吧换成地毯。"(《文集》第一卷，第394页)。这个首字母大写的句子会不会是《世界是圆的》(*The World Is Round*)中那位小女孩主人公所说的话呢？因为在题为"玫瑰是一朵玫瑰"[30]的那一章中，她唱道："我是一名小女孩，我的名字叫玫瑰，玫瑰就是我的名字。"《如何写作》(*How to Write*)一书教导我们说，"名词是任何事物的名字"[31]，这使她的后罗素的重言式成了一种原创的"描写理论"，正因为有了这种理论，诗歌语言立即就完全可以实现其表达性、动态性、创新性以及不及物性。

斯坦因实际上还写过"一朵玫瑰是一朵玫瑰是一朵玫瑰"，尽管这句话当时是通过另一个声音（即借爱丽丝·托克拉斯之口）转述的。一句话说得太长时，大写就消失了：大写只有在以装饰为目的的毛巾和信头等处才会用到。《爱丽丝·B·托克拉斯自传》(*The Autobiography of Alice B. Toklas*)（1932年）就是这样，爱丽丝·托克拉斯从"圣徒艾米丽"的手稿中挑选出了一个句子作为标志。这两人又一次彼此需要。当初将《美国人成功的原因》的手稿用打字机打出来时也是如此。由于斯坦因和托克拉斯拒绝给文稿以及两性的融合过程设限，这部书才这么长，这么反复。斯坦因解释道，通过托克拉斯，她与卡尔·范·维克滕结成了友谊，后者这才将这种"设计"印到他稿纸上。卡尔·范·维克滕的一本书中有这么一句话："格特鲁德·斯坦因稿纸上的设计，一朵玫瑰是一朵玫瑰是一朵玫瑰。"这句话成了格言。在同一页上，"托克拉斯"补充道："谈到'一朵玫瑰是一朵玫瑰是一朵玫瑰'这一设计，这句话是我在格特鲁德·斯坦因的一份手稿中发现的，我坚持把它作为一种设计印在信纸上，印在桌布上，以及任何她会允许我印的地方。我就这么做了，我为此很高兴。"[32]这一小花絮正好映衬了斯坦因在30年代日渐增长的影响和名望。"玫瑰"成了重生的一种标志，成了复兴的启动杆,开启了将抽象与奇特融合起来的历程。虽然斯坦因已经独自开始了研究,但如果没有亲自与像马蒂斯和毕加索那样的天才见面,也不跟爱丽丝"结婚"的话,她无法继续走下去,而且走得那么远。她不仅是"第一个现代主义者",而且可能也是最后一个——从这个意义上讲,斯坦因与斯特拉文斯基的关系和她与毕加索的关系一样亲密。正如我们在第一章中所看到的,托克拉斯那值得模仿的声音(至少对她的伴侣而言是那样)最适合描述在香榭丽舍剧院里看到由《春之祭》所引起的喧闹是何等感受。作为一种征兆,就在提到"玫瑰是一朵玫瑰是一朵玫瑰"(《文集》第一卷,第798页)这一新设计的同一页中,"她"就叙述到了这一点。斯坦因希望将这两个分水岭,即现代主义者的这两大"发明"联系起来。为了问同一个问题:人们如何才能学会现代,我们还要去看另一种媒介——建筑。从定义上讲,这差不多也是一项集体事业。

现代主义是如何在建筑中创造的

香榭丽舍剧院1913年5月30日开业,上演了相对传统的剧目,如赫克托·柏辽兹[1]的《本韦努托·切利尼》(Benvenuto Cellini)和韦伯[2]的《魔弹射手》(Freischütz)等。剧院白色的线条、简单而又宏伟的新奇设计,立即引起了人们的注意。虽然那些迷路的访客嘲笑它是"德国新古典主义",或者说它不过是"比利时式的"(这在法国通常是一种侮辱),甚至还说它像是"一座神智学会的庙宇",但没人会否认它是一座重要的前卫的标志性建筑,是巴黎艺术的新庙宇。它既是适合《春之祭》首演的舞台,也是现代舞蹈和音乐的丰碑,也是加布里埃尔·阿斯特吕克(Gabriel Astruc)梦想已久的剧院。加布里埃尔·阿斯特吕克出生于波尔多一个古老的西班牙裔犹太家族,父亲是波尔多、布鲁塞尔以及巴黎地区的一名犹太拉比,在20世纪初的法国,他与很多被同化的犹太富裕家庭都有联系。阿斯特吕克担任奥伦多夫这家优秀出版社的编辑,由此开始了他的职业生涯。他后来通过自己的婚姻与音乐出版人伊诺克有了联系,并为音乐出版孜孜不倦地工作。这份工作使他受到了一种严肃的音乐教育,并得以接触当时所有重要的音乐家和作曲家。阿斯特吕克随后成立了音乐协会,在举办了几年成功的音乐会后,他感到自己需要一个独立的场所,因为当时巴黎的交响乐团和爱乐乐团的音乐厅实在太少了。他想要一座能同时容纳三个音乐厅的大楼。他的"交响乐团宫殿"将给大众提供最高水准的声学、安全、舒适等方面的设备。他决定将这座大楼建在交汇了上流社会的奢侈和大众娱乐的香榭丽舍大街上,因为那些旧时的大道已变得太过大众化了。旧马戏团演出场拆除后,留下了可用的空地。在一些头牌资本家的支持下,阿斯特吕克筹集到了足够的资金,这些资本家中就包括了伊萨克·德·卡蒙多、罗斯柴尔德家族、皮尔庞特·摩根、范德比尔特等人,甚至还有纽约歌剧院院长奥拓·卡恩。普罗斯特的朋友,也是《追忆似水年

---

[1] 赫克托·柏辽兹(Hector Berlioz, 1803—1869),法国作曲家,法国浪漫乐派的主要代表人物。
[2] 韦伯·卡尔·马里阿封(Weber Carl Mariavon, 1786—1826)德国作曲家、钢琴演奏家、指挥家、音乐评论家最具有代表性的《魔弹射手》以从未有过的浪漫主义气质和民族风格,为歌剧创作开创了一条新的道路。

华》中奥里安娜·德·盖尔芒特（Oriane de Guermantes）的原型格雷夫勒伯爵夫人以及像路易斯·巴尔都部长那样的知名政治家们也在新大楼的筹建活动中施以援手，而右翼报刊则对阿斯特吕克发起了猛烈的攻击，引发了第二场德雷福斯运动[1]，这些攻击明显都带着排犹太人的倾向和大国沙文主义的色彩。1909年，国民议会甚至都提到了这场争辩，当时有两名议员对此进行了讨论，克列门梭不赞同这个工程上马。由于在香榭丽舍大街圆形广场附近修建大楼的这一颇有希望的让步方案也被否决了，阿斯特吕克不得不让加布里埃尔·托马斯担任这项工程的官方总监。

关于香榭丽舍剧院的说法可谓五花八门，什么新古典主义啦，什么现代主义啦，什么工程学上的法国化啦等等，因而，这座剧院很值得研究一番，之后才能弄明白1913年大部分现代主义的标志性建筑是如何达到大胆设计和传统风格相结合的。这座建筑是多种风格的冲突相融合的结果，与诗歌和绘画中常见的情况一样。至少有四位建筑师为这座剧院复杂的建筑风格做出了贡献，这四位建筑师1907—1913年间先后在此工作。第一位被请来设计原始草图的是亨利·菲瓦，他是名理性主义和折中主义的建筑师，相当传统。他得到了罗格·布瓦尔的帮助，后者的父亲是巴黎建筑业的监理。年轻的布瓦尔是坚定的古典主义捍卫者，厌恶理性主义和"新艺术"。提交给官方机构的第一批设计草图是由这两人共同完成的，他们所设想的风格与仍能在离东边不远的地方看得到的大小宫殿很相似[33]：一种将典型的古典建筑风格中的多种样式进行了融合的恢宏建筑。令人高兴的是，受政治斗争的影响，菲瓦离开了，留下了布瓦尔一个人继续完成草图。他所呈现的是一种纯粹新古典主义的建筑风格，令人想到申克尔在柏林或敖德萨的作品。他把自己所有的创意放在了内部装饰上，这些内部设计令人感到震撼，而且非常时髦。

来自市政方面的反对意见再次给这项工程带来了重重困难，布瓦尔不得不一直修改设计方案以便符合新的标准。然而，他的努力都付诸东流了，甚至连剧院的选址也被取消了。有幸的是，加布里埃尔·托马斯在离第一个选址不远的地方找到了一处新址，就是位于蒙田大街13—15号的前马基·利莱尔酒店。这里地形更开阔，也更容易满足来自市政方面的要求。布瓦尔对以前的草图进行了修改，设计出了完全是路易十六世风格的平面图，这次设计达到了目标：虽然建筑内部有很多形式上的革新，保守的市政委员会还是接受了这一设计。只是内部装饰方面令人不满，1910年5月，亨利·凡·德·费尔德[2]应召前来完成这项工作。

凡·德·费尔德是加布里埃尔·托马斯介绍而来的，后者那时开始对布瓦尔能否以一己之力来完成这项复杂工程表示怀疑。凡·德·费尔德与布瓦尔正好相反：作为当时最负盛名的新艺术设计师，他已设计过原创性的装置，出版过大量著作，并参与了德国多家博物馆的内部装饰工作。他不像卢斯那样反对装饰，但像高迪[3]一样，想要用线条和形状以有机流畅的方式表现生活。他曾与麦克斯·莱恩哈特和高登·克雷格一起工作过，对戏剧院和歌剧院也

---

[1] 福雷德斯事件：德雷福斯，法国陆军参谋部犹太籍的上尉军官，1894年被诬陷犯有叛国罪，被革职并处终身流放，法国右翼势力乘机掀起反犹浪潮。此后不久即真相大白，但法国政府却坚持不愿承认错误，直至1906年德雷福斯才被判无罪。
[2] 亨利·凡·德·费尔德（Henry van de Velde，1863—1957），比利时建筑师，青年风格与新艺术运动的多面手。
[3] 安东尼奥·高迪（Antonio Gaudi，1852—1926），西班牙建筑师，塑性建筑流派的代表人物。

有一些独特的思想。凡·德·费尔德所要负责的是正对剧院舞台和包间的花楼和上楼座，以及圆柱和乐池等部分。他的大厅是用严谨、和谐的曲线进行设计的，从而将瓦格纳式的开阔感受与象征主义者对沉思的关注结合起来了。在所有修改方案都被接受后，布瓦尔继续处理行政上的问题，而凡·德·费尔德从1911年开始修改以前的平面图。凡·德·费尔德引狼入室，因为当时他建议使用钢筋混凝土来代替砖头或石头，这样能使结构样式更为自由，而且花费也更少。凡·德·费尔德亲自邀请奥古斯特和古斯塔夫·佩雷兄弟来做预算。他们回复说，他的设计不可行，并建议他做出一些重要的结构调整。他们一边坚持把价格控制到最低（钢筋混凝土更廉价，也更可取），一边又对凡·德·费尔德和布瓦尔的工程设计提出种种改造的要求，在凡·德·费尔德发现他的设计图不断被修改后，知道这次要离开的该是他了。

奥古斯特和古斯塔夫·佩雷兄弟与德国的穆特修斯兄弟十分相似：他们信奉真实和简约，厌恶新艺术风格主义中那些线条流畅的波浪式外观和各种花样的变化。他们要的是一种清晰、直接、透明的线条和简单的空间。他们认为各种材料应该保持其可见性（他们的箴言是"让材料可见，没有比这样更好的了"），而且"只有真才是美"。[34]奥古斯特·佩雷已经出版过《建筑理论》(Theory of Architecture) 的著作，在他看来，要回归到诸如和谐、规模、对称、比例等古典概念上，钢筋混凝土不失为一种革命性的方式。可以说，优秀的工程设计不费吹灰之力就能产生美和艺术。佩雷宣称在钢筋混凝土向美学方向的发展上他已迈出了第一步，1905年他在位于巴黎蓬蒂约街的车库设计上就采用了这种材料。车库有着3:5:5的匀称比例，并成功地将美术中的审美引入到了简单的混凝土结构中。早在1902—1903年，他在富兰克林大街建造的八层楼都采用了凸窗，这些楼层看上去像悬空而立没有支撑一样。在奥古斯特·佩雷看来，一栋大楼是由框架结构和填充物组成的；不需要装饰，因为装饰的功能会被结构元素所取代。[35]值得注意的是，1908—1909年间，有名瑞士的年轻建筑师正在为佩雷兄弟工作，他就是后来采用了勒科尔比西耶这个名字的查尔斯—爱德华·让纳西。他从一些对革命性技术的兼容并包中学到了建筑技术的基本知识。这些革命性的技术把钢筋混凝土作为一种可塑材料使用，并将它与功能性十足的新古典主义进行融合，也使它自身变成了现代主义。

因此，虽然凡·德·费尔德为用石头建造的建筑表面提供了一些漂亮的设计，佩雷兄弟还是以技术的理由否定了他那微妙的装饰匀称的设计。1911年7月后，佩雷工作室完全接手，这一接手引发了他们与凡·德·费尔德之间的一场法律诉讼，后者控告他们窃取了他所有的奇思妙想（他们确实是这么做的）。佩雷兄弟回应说，他只是一名异想天开的装饰师，对建筑技术一窍不通。还是战争结束了他们这场痛苦的论战。然而，佩雷兄弟最后还是达成了与所有人的和解：不仅因为他们是法国人，他们还具备必要的货真价实的技术资格，建楼进度快，采用传统的材料，建筑造价因此更便宜，同时又不失稳固、优雅、经典及现代的风格。为了使观众接受这种形式上大胆的设计和十分朴素的建筑外观，内部装饰一直极为传统：中心礼堂装饰着由莫里斯·丹尼斯[1]所绘的壁画，他是一名后象征主义者，在绘画上很接近皮维

---

[1] 莫里斯·丹尼斯(Maurice Denis, 1870—1943)，法国画家、作家，既是象征主义画家，也是纳比画派的一员，其理论是立体主义、野兽派和抽象主义的基石。

斯·德·夏凡纳[1]，而门厅是由"纳比画派[2]"的其中一员爱德华·维亚尔装饰的。内部粉刷上了厚厚的金色和紫红色，入口处大量采用了闪闪发亮的白色大理石。而外部的唯一装饰就是布德尔那代表着主流艺术的高大浮雕。上面的舞蹈形象雕的是伊莎多拉·邓肯。结果与最初的工程正好相反：最初是想将现代性保留在内部，并将其隐藏在新经典主义的外表下，但最后的方案却将传统置于建筑内，外部则是那种纯粹有力的线条，这些线条证明了一种无可否认的现代性。

新古典主义、历史主义、美术、现代风格、新艺术、后象征主义和技术现代主义相继出现，层层叠加，由此产生了一种罕见的综合性风格，每个人都可按照自己的看法，认为这座建筑是先进的，或是古典的，或是新古典主义的。无论如何，这家剧院为《春之祭》1913年春的上演提供了一个合适的场所，《春之祭》在此突然释放出它的能量。不幸的是，阿斯特吕克制胜的手段是他得以在现代艺术史上留名的理由，同样也构成了他在商业上失败的原因。第一，佳吉列夫很贪婪，他要求阿斯特吕克支付双倍的歌剧演出费用给他的俄罗斯芭蕾舞团；第二，租金过于昂贵。因此票价定得也很高，但票价收入并不足以补偿包括举办音乐会和芭蕾舞剧在内的费用支出。也没有国家或是市政的资金支持。阿斯托吕克高贵地、大手笔地花掉了自己所有的积蓄，拮据的局面提前来临了。虽然像罗斯柴尔德、卡莫多、梅聂尔等银行家在最后一刻都伸出了援手，阿斯托吕克还是被迫在1913年10月关闭了香榭丽舍剧院。到了11月，剧院财产被没收，为《鲍里斯·戈东诺夫》（Boris Godunov，剧院关闭前还有最后一场演出，单独一场）和刚从乌克兰引进的《柯凡许钦纳》（Khovantchina）而准备的精美绝伦的服饰和布景也被公开拍卖。法国报纸毫不留情，它们用粗俗的排挤犹太人的语句为阿斯特吕克的失败喝彩，而普鲁斯特则写了一封漂亮的信赞他对神圣艺术事业的投入。

这个例子向我们具体展示了现代主义是多方合作的结果，它偏离了最初创造现代主义的那些人的意图，它吸纳不同领域中的东西，并进行了自由的融合，最终在传统和现代之间进行了协调。围绕香榭丽舍剧院产生的骚动是战前那些年里最后一次社会性"事件"：激情燃烧，意见分歧，审美教条到处挥动着，无论是善意的，还是恶意的。这种紧张的过程也提醒我们"美好时代"取得的那些艺术成果并非像我们一般人所认为的那样是在平静中产生的。"成为现代"有很多种不同的途径，这也是为何不能将它们简化成形式标准。我将以绘画为例来进一步探讨这一话题。抽象绘画产生于1913年前后，常被认为是典型的现代主义。抽象绘画的产生不是绘画的某些特征的程式化，而是决意绘出并不代表任何实物的抽象图画，这标志着与视觉表象世界的诀别，这与勋伯格拒绝调性的音乐世界差不多（康定斯基将会写信给勋伯格，对他充满敬意，表示两人的意图有共同点）。

---

[1] 皮维斯·德·夏凡纳（Puvlstie de Chavsnnes, 1824—1898），法国画家，为19世纪后期法国重要的壁画家，对后印象派影响极大。

[2] 纳比画派，法国的艺术社团，1891年出现于巴黎，其主要成员是巴黎朱利安美术学院的学生，是一个为期很短的艺术运动，主要参加者是法国的画家和雕塑家。他们致力于打破装饰画和传统架上画的界限，认为印象派已经发展的过于肤浅和感性，推崇神秘主义的美学，绘画偏向象征主义。

神话或抽象

　　历史上的四位抽象艺术的先驱是弗朗齐歇克·库普卡(Frantisek Kupka)、瓦西里·康定斯基(Vassily Kandinsky)、卡西米尔·马列维奇(Kasimir Malevitch)和皮埃·蒙德里安(Piet Mondrian)[1]。他们每人都各自发展，并未受到他人的影响。每个人发展的时间差不多相同，都在1911—1914年这段时间内，这种同时性可归因于共同的专注：四人身上都明显带有神秘的倾向，他们信奉一种以音乐为模范的全球艺术体系，还觉察出了这个世界上产生的一种新科学模式，其中一些无形的力量能将由简单幻象营造出来的那些确定性炸得粉碎。1910年，瓦西里·康定斯基画了一幅有署名和日期的水彩画，这幅水彩常被认为是第一幅抽象画。1911年后，他把各种漂浮在不确定的背景中的色点组织起来，使它们进行有节奏的和音乐性的互动。弗朗齐歇克·库普卡的《垂直面(一)》(Vertical Planes I)作于1912—1913年间，反映了对垂直的关注，这符合他的观点，即时间作为第四维可出现在一种被捕捉的动态中。库普卡在皮托定居了下来，在那里他接触了杜尚三兄弟。他像他们一样，在立体主义中快速走过，进入了更加观念化的抽象模式。1913年，库普卡在独立画展上展出了自己的第一批抽象画作。我们可以看到同年马列维奇为《战胜太阳》这部后未来主义歌剧绘制了布景和服装，这将他带入了简单的黑白正方形中。与此同时，康定斯基在纽约军械库展览会上展出了他的唯一一幅抽象派画作《即兴27号》(Improvisation no. 27)，并被人买走。

　　正是在这一背景下，我想集中讨论一下1913年两位具有影响力的画家的发展历程，他们是皮埃·蒙德里安和乔治·德·基里科[2]，探析为何前者选择了抽象风格而后者选择了表现风格。皮特·蒙德里安(皮埃·蒙德里安的名字原来的简化拼写法)曾一直想效仿他的一位画家叔父，后者通过在荷兰不同的学校教书挣钱来资助前者学习绘画。皮埃·蒙德里安掌握了多种风格的绘画，从经典主义到野兽派、象征主义、印象主义以及点画派，而他绘画中的神秘主题展示了他的神智学宗旨。为了了解立体主义，并与神智学会的法国会员会面，他在简化了自己的名字拼写后，于1912年在巴黎定居。他的确见到了莱热·费尔南、迭戈·里维拉和基诺·塞维里尼，但相对还是比较孤立。正是在巴黎，蒙德里安画出了"树"(trees)的系列画作，他学会了一种简洁的讽喻性语言，其中，笔直的树木体现了男性原则，而海上的地平线则倾向于代表女性元素。这些风格化了的自然主义母题产生了一种拉长的立体主义。正如他在1912年和1913年反复写到的，一个人要想企及某种精神境界，就要消除眼前的现实，尽可能不去利用它，直到现实的形状和色彩变成了简单的掩饰。在他1912年画的"树"中，树的构型通常都像一把扇子那样向上延伸，创造出一种类似竖着的阿拉贝斯克舞姿那样的整体效果，令人想起那些哥特式的玻璃窗户。

---

[1] 皮埃·蒙德里安(Piet Cornelies Mondrian, 1872—1944)，荷兰画家，风格派运动幕后艺术家和非具象绘画的创始者之一，对后代的建筑、设计等影响很大。

[2] 乔治·德·基里科(Ciorgio de Chirico, 1888—1978)，意大利画家，作品风格怪异，自称是采用了"形而上"绘画手法和造型方法。

1913年,《树的椭圆构形》(Oval Composition with Trees)在阿姆斯特丹市立美术馆的展出,此时正是蒙德里安的一个转折点,正是他受毕加索和勃拉克的立体主义影响最大的时候。然而,他设法将一些树的草图叠合起来,呈现出一个复合形象。他甚至专心运用错视画法,让他的画呈现出树皮的纹理。这是蒙德里安第一次采用椭圆样式。画作于1913年秋展出,布雷默博士将它买下后,蒙德里安告诉对方它只代表了卢森堡公园中的一棵树!很快,他就不再需要自然中的任何创作源泉,而只从以前的素描或绘画中去寻找素材,比如巴黎的脚手架系列,以此产生出一个由垂直和平行的线条组成的网格。1913年后,蒙德里安完全抛弃了自然主义的素材,1913年的《蓝、灰、红构图》(Composition in Blue, Grey and Rose)就是如此,这幅画现在可在奥特洛的科伦—米勒博物馆看到。此处的构图有一个中心,类似一个十字符号,由此产生了中轴线,而粉色和蓝色柔和色调之间的对比则产生了一种微妙的马赛克效果。在收藏于纽约古根海默博物馆的《构图7号》(Composition no. 7)(1913年)中,主题和掩饰都已经没有必要了。物体和光线和一种普通的光亮的氛围结合在一起,不需要再对一个物体进行强力拆分,因为在纯净的光线中,颜色的区分已经足够;在纯净的光线中,物体变得越来越小,最后渐渐隐去。收藏于纽约现代艺术博物馆中的《清色的椭圆构图》(Oval Composition with Clean Colors)(1913年)则玩起了建筑外表和脚手架的主题,并明确了朝水平方向发展的趋势,而在海牙的《椭圆构图》(Oval Composition with Clean Colors)(1913—1914年)只可让人辨认出图画右手边的KUB这三个字母;这里指的是为法式汤所做的一则广告,但这些字母与勃拉克和毕加索在1911—1912年插入到他们立体主义构图中的那些报纸剪辑相比,却有着不同的效果:它们几乎与其他直线垂直,字母"B"下面的曲线框定了母题的椭圆度。

一眼就看出蒙德里安这种创造性的批评家是阿波利奈尔。他称赞了蒙德里安"高度抽象的立体主义",称他的那些树和一幅肖像"展示了一种敏感的大脑特质",他还说:"这种立体主义与勃拉克和毕加索如今采用的途径明显不同,他们对实体性的追求目前引发了这种兴趣。"[36]可以看出来蒙德里安强调合适的材料:蒙德里安不想在他的画表面使用"拼贴画",这样能让人看出材料的质地;相反,他朝反方向进行了尝试,即如他在1909年给朋友写的一封信中提到的"远离物质"[37]。突出垂直线条、减少平面数量、避免明暗对照的转换,这带来的是一种纯粹的精神思考。这种"破坏艺术"[38]在1913年看来还太过激进,令人无法欣赏。阿波利奈尔心有灵犀的提及是这种画被认可的唯一迹象,1914年,蒙德里安就返回荷兰了,在那里对他的抽象艺术进行了完善。

1913年,阿波利奈尔对乔治·德·基里科也曾有过好评,尽管他的这种赞誉有所保留。在回顾1913年11月的秋季艺术沙龙时,他提到"M·德·基里科,一位曾经没有技巧但天分很高的画家",画的是"各种奇特的风景画,立意新颖,构图扎实,感觉敏锐。"[39]阿波利奈尔认为他缺少技巧的评价也不是贬损的口吻,因为以前阿波利奈尔已称赞过都阿尼尔·卢梭笨拙的笔触和他对细节的执着认真。再说到蒙德里安,他的技巧无可挑剔,他的绘画实例说明画出一幅原创画与工笔技法的掌握无关。一些德·基里科的素描甚至油画,技巧上的确显得笨拙、粗陋,或是完成得很糟糕;宁可用粗糙的形式、原始的色彩以及幼稚的轮廓,传达出思想比荒谬的模仿更为重要。

1913年秋，阿波利奈尔已和德·基里科会过面，与后者相处得十分融洽，还将《醇酒集》中的诗朗读给他听。俩人的友谊也结出了硕果，最大的成果便是画家1914年完成的那幅著名的阿波利奈尔肖像。德·基里科早期在勃克林精神的感召下，对希腊和罗马古典产生了象征主义的迷恋，后来又喜欢上一种更为现代的风格，这种风格将工业时代的各种元素进行了自由组合，诸如大烟囱、工业烟囱、火车、车站、时钟，还有他那些经典的广场、塔、柱子、大厦和阿里阿德涅像等。毕加索称他是"火车站画家"(或许是知道了德·基里科的父亲在希腊建造过铁路)。到了1913年，德·基里科开始把这些象征性元素组合起来，将这些看似不可能的东西并置在一起，超出了一般人可能期望看到的现实主义场景，比如火车头上的白烟、倾斜的柱子和女神塑像同时出现在意大利一座古镇上；在他所画的《午后的忧郁》(The Melancholy of the Afternoon) (1913年)中，我们能看到城市背景中有两朵铁的朝鲜蓟以及一列飞奔的火车；又如，在同年创作的《变了形的梦》(The Transformed Dream)中，我们能看到香蕉、菠萝和那个经典的大理石头像。每一种元素都被视为一种"符号"[40]，这些符号能被随意组合起来，形成种种奇特的静态的讽喻，其视角往往是歪斜的。这些梦魇般的讽喻成了德·基里科"形而上绘画"的显著特征。这种讽喻性的符号给人一种痛苦等待的印象，像是在等待某种另外一个世界的事物出现在凝固的未来。画面强调了这些符号的戏剧性，一切都变得像幽灵一样，这些与其说是现代性的标志，还不如说是古代性的标志。

我们也许可以从以上这些概述中总结出"成为现代"这一概念具有相对性或不稳定性。但无论如何，一个突出的共同特征是，所有这些艺术家都决定拒绝使用陈旧一些的表现模式，他们认为那样的模式陈旧破烂或者说与他们的主题毫无关联。这一大胆的做法伴随着对整个传统的回顾，正是这一传统定义了他们作品的现代性。因此，虽然有着相似的观念名称，比如"精神"或是"形而上学"，蒙德里安和德·基里科似乎各自在朝着相反的方向发展，蒙德里安走向抽象，一种由非表现性的垂直和平行线组成的网格，而德·基里科增加了晦涩难懂的讽喻，预示了超现实主义画派的到来。但是，克莱门特·格林伯格(Clement Greenberg)指出，正是蒙德里安画出了德·基里科"形而上"绘画中那些夸张视角产生的逻辑结果。1912年和1913年，德·基里科使深度变形，将一些互为冲突的视角并置在一起，并加入了一些互为矛盾的阴影区，从而创造出一个由一些不可能存在的广场、斜面和车站组成的世界。这种"微妙开裂的相互作用"是为了否定错觉主义，突出平面和体积的扁平感[41]。因此，德·基里科真正的继承者不是达利而是蒙德里安。前者将学院式的程式融入超现实主义的主题中，而后者的抽象画则是从乔托到马奈和塞尚绘画风格演变的结果。蒙德里安是由新表现主义和立体主义成为"现代"的，而德·基里科则是由新古典主义成为"现代"的。

与上述情况相仿佛，我们可以说斯坦因遵循了美国实用主义(它强调经验价值高于其他一切)的基本思想，将立体主义的技巧移植到一种探索性的活泼语言中，她就变成了"现代"。与此同时，威廉斯将广义的早期浪漫主义思想进行了综合，体验了从布莱克[1]到惠特曼再到意

---

[1] 威廉·布莱克(William Blake, 1757—1827)，英国浪漫主义诗人、版画家，著有诗集《天真之歌》、《经验之歌》等。

象主义的准绘画试验的历程，由此成为"现代"的。弗罗斯特变为"现代"是在于他能够将自然顺畅的当地方言与从布朗宁戏剧独白发展而来的戏剧视角相结合。凯瑟成为"现代"是因为她同样使用了美国方言，她将神话与自然力量深深地联系起来，使这种方言产生了普遍的影响，同时，她还巧妙地颠覆了生理性别和社会性别的社会观念。同样的话也适用于劳伦斯，与其他人不同的是，他还亲自检验了自己身上的俄狄浦斯情结，并与原始主义进行了更坚决的对抗。最后是乔伊斯，他经历了好几个阶段才变成了"现代"，每一阶段都被准确记录在《青年艺术家的画像》一书主人公的心理历程中。如果乔伊斯没有摆脱那种"风格即娴熟技巧的进一步发展"的观念，没有摆脱"风格即探索主观、性以及社会问题"的道德英雄主义观念，那么，他从衰落的象征主义步入到更有活力的自然主义，还不足以使他成为"现代"；为了成为"现代"，他必须通过自仿自嘲来克服年轻时期的自我陶醉。《贾克莫·乔伊斯》(*Giacomo Joyce*) (写于1913和1914年)[42]诗集就是他揭穿自己的一项完美的文体练习，由此宣告了一种灵巧的、有音乐性且严谨的散文风格的诞生，这种风格后来完美地体现在《尤利西斯》(*Ulysses*)中。乔伊斯还需要构建一种阐释模式，在这种模式中，男性和女性，消极反省和积极反省，诗人和政治家，施虐者和受虐者等相反的事物都会找到一个满意的解决方法，他在《流亡》(*Exiles*)中已将这一模式构建起来了。1913年，他致力于戏剧创作，因此学会了运用玄秘的想象和梦中故事，并把它们整合为一个方案，将世界历史、爱尔兰历史和他自己的经历结合起来，他的《尤利西斯》以及后来的《进行中的作品》就是这样做的。接下来，后现代主义开始扩展，企图突破各种界限，绕开各种边界，甚至没有受到各种自然语言局限的影响：整个世界已经变成后现代主义的"混沌宇宙"了。

第五章 全球文化与他者的出现

战前的异国情调

品味异国情调是1913年的流行时尚，这一时尚将"美好时代"的拘谨文风朝着自由的方向改写，由此让文体开始像身体一样灵动、自如、强健、有力、柔韧。在这方面，德彪西（Debussy）的《游戏》（Jeux）用飞来的网球作为芭蕾舞剧音乐表现的情节，就比古典的俄罗斯牧歌和《春之祭》的表演绝技更能揭示当年时尚的发展趋势。这一新动向得到了男性与女性的共同认可，他们都在努力表现出尽量的"与众不同"，脱下那些老套的"制服"，因为这些"制服"倾向于将做着不同营生的人们按职业、阶级和种族分成三六九等。那时每个行业都有自己容易辨认的工作服，诸多女性杂志都对有钱的外国人在国外的生活做了一番想象，并形成了一系列立即可以辨认出的类型——给势利的英国人穿着粗花呢套装，给讲求实际的美国人的服装搭上许多实用配饰，给落魄的波兰或俄罗斯贵族、戴着单片眼镜并且脸带伤疤的普鲁士军官、土耳其人和印度人都裹上穆斯林头巾，穿花花绿绿的喇叭裤。[1] 1913年服装界的创新设计都是刻意模仿，回到中世纪的款式或者异国的古老款式。这一复古趋势中最有代表性的设计师是佛坦尼[1]和巴克斯特[2]，是普鲁斯特把他们两位联系起来的——普鲁斯特曾写道，盖尔芒特夫人[3]所着的"佛坦尼礼服"实乃仿照卡巴乔油画中的威尼斯人的服装仿做的。这些奢华的天鹅绒和刺绣的锦缎让人想起梦一般美妙的威尼斯，岂止如此，还有拜占庭时期的绚丽古装：

> 就像塞尔、巴克斯特和伯怒瓦的舞台设计；当时，在富有不同时代精神且有独创性的艺术作品的帮助下，他们在俄罗斯芭蕾舞剧中重新创造了艺术上最为珍贵的时代，如舞台艺术一样将充满了东方绚丽色彩的那个威尼斯带到了人们眼前，如同舞台美术，且以更强有力的表达力量，因为这种表达发生在人们的头脑中……[2]

1909—1914年间，法国国内亲俄分子的出现有着政治和经济两方面的根源（比如俄国对借贷的巨大需求），他们的衣着是全球东方热的典型代表，这些衣服来自各地，比如威尼斯、维也纳、圣彼得堡或东京。

跟着普鲁斯特的线索，我希望可以继续研究与之相关的创新，这一创新属于这一类型的；普鲁斯特对于纯粹想象所带来的欢愉并不陌生，

---

[1] 马瑞阿诺·佛坦尼（Mariano Fortuny, 1871—1949）：西班牙画家、艺术家、设计家。
[2] 巴克斯特（Bakst, 原名 Lev Samoylovich Rosenberg, 1866—1924）：俄国画家、舞台设计家。
[3] 盖尔芒特夫人（Madame de Guermantes），普鲁斯特《追忆似水年华》中的人物，一个贵妇人。

也懂得如何将一座类似巴尔贝克的布列塔尼港形容成波斯神殿。像普鲁斯特一样,我想在这里主张"开创"一种传统[3],不只是希望描述包括19世纪最后10年的日本热,或是描述最近刚发现的对毕加索、德朗以及他们的朋友们带来强烈影响的黑人艺术。在这里,我涉及了很多知识分子和艺术家共同的力量,这样,通过追溯其他更多的古老传统,可以扩宽欧洲意识的范围,他们都在发现未知的领域,划定新的边界,创造词源学意义上的迷失的他者的维度(invenire,意为发现已经存在的等待人们遇见的事物),这一过程和欧洲批评的起点相关,或是像杜波依斯那样被苛刻地批判,或是像泰戈尔那样被宽容地对待。

基督与飞机

阿波利奈尔的"地带"(zone)算是1913年创作的诗歌中带有典型现代主义色彩的一首。据此,我们可以开始理解到19世纪因对非洲的"发现"、征服以及后来残忍地剥削所遗留下来的紧张状态。以下是"地带"最有名的收尾部分:

> 你步行去欧特伊你想回家睡觉
> 从几内亚到南太平洋,在你的偶像中
> 另一教义和另外相貌的耶稣们
> 瞩望模糊不清的普通耶稣们
>
> 再见再见
>
> 太阳没有尸体的头[4]

似乎要抵御其它"偶像"或宗教的含混引诱力,我在第一章中简约地讨论了的一篇1917年所作关于"新精神与诗人"(The New Spirit and the Poet)的演讲在他新发现的民族主义和以前的世界主义理想之间拉长了距离:

> 一种世界主义的抒情表达只能产生毫无个体特色或个体结构的不像样的作品,这种作品在普通的国际议会政治的辞令里有些价值。请看电影业这一完美的世界艺术,它已经显示了种族差异对每个人来说都很明显,电影爱好者马上能分辨出美国电影和意大利电影。同样,这种新精神的宏旨是证明一种普遍精神,并不企图限制其活动范围,依然是[……]法兰西民族的独特的抒情表现形式,正如传统精神一样,是该民族的一种卓越的崇高的表现形式。[《文选》(Selected Writings),第30页][5]

因为这股难以遏制的民族主义激流,阿波利奈尔致力于重建法兰西民族,他觉得这个民族在1917年被战争带来的巨大消耗弄得气息奄奄。这也是《忒瑞西阿斯的胸怀》(Les

Mammelles de Tiresias)的主题,安德烈·布勒东[1]后来认为这部"超现实主义"的戏剧开了超现实主义的先河:

> 我想象着这样的情况,有一天怀孕不再是女人们的专利,而是由男人们来完成。之所以这样描述,我是在表达一种文学的真理,这一真理在文学以外只能叫寓言,我这样讲会耸人听闻。然而,我所假定的真理比起希腊人的想象就显得平常多了,也比他们的想象容易接受多了。在希腊人的想象里,朱庇特(Jupiter)劈开头颅生出了密涅瓦(Minerva),而且这位女神出生时是全身甲胄。(《文选》,第233页)

就像飞机为伊卡洛斯的寓言提供了新的根据一样(《文选》,第233页),在一首以"宗教"与"空港机窖"押韵的诗中,基督以世界上第一位飞行员的姿态出现:

基督展翅飞行比飞行员都好
飞行的纪录达到了最高

基督令人瞩目的学员
数世纪以来的第20个学员并非新手
本世纪变成了一只鸟像耶稣一样飞翔[6]

就因为那些非洲或大洋洲的基督们未能掌握驾驶飞机的本领,就被(另一种信仰的基督们)认为很"普通"?这些懵懂地依附着他们的"偶像"的有色民族,他们的生活倾向于靠双足行走,而不是乘船或飞机横越各洲,而且他们有些像以上这位诗人,这位诗人"已经过够了古希腊、古罗马的那种日子"。他渴望科技进步带来的自由,那种直接的提升,令人惊奇的革新,一切的一切无不制造出一个新的技术高点。正如我们所看见的,阿波利奈尔的现代主义其实与意大利的未来主义在基本特征上有着共同之处,比如对机械的狂热。这是一种真正意义上的"现代主义",因为它建立在当下信仰的基础上,它不同于诞生于1917年的达达主义,达达主义开始于对战争的拒绝,它以"达达并非现代"为标语。用阿波利奈尔的话来说,国际化的现代主义应该致力于将自身与模糊的世界主义精神区分开来,此外,不试图摒弃已经爆发出公开争斗的各类民族主义。解决问题的根本办法在于治理,将他们拉近,共同着眼于进步与现代化。这也是为何像费诺罗萨(Fenollosa)这样一位宣传中日文化的先驱会去为明治天皇当博物馆馆长,激进的明治维新分子把那些神殿和艺术古迹当作垃圾,费诺罗萨为这些东西不被急进的明治维新分子当作垃圾毁坏掉、不至于湮灭掉而努力。我们需要再一次探索世界主义被民族主义支持这一悖论。那些发展中国家被卷入工业化、帝国主义和军事技术的锐意发展的竞争时,来自西方文化之外的作家和艺术家在国际上正逐渐得到认可,所有这些

---

[1] 安德烈·布勒东(André Breton,1896—1966),法国诗人、评论家,超现实主义创始人之一。

都受到膨胀的民族主义意识形态的影响。

费诺罗萨与庞德

费诺罗萨是这一进程中的一个例外。他出身于一个古老的西班牙家族,出生在塞勒姆,后来在哈佛大学学习哲学[7]。1878年,他作为一名黑格尔派哲学家被邀请到日本讲学。他在东京帝国大学教授逻辑学、哲学以及政治经济学,教学之余他留意到了帝国历史上那些流传下来的艺术珍宝,这些珍宝当时人们几乎弃之如粪土。10年后,在他的帮助下,日本成立了东京美术学院及帝国博物馆,他出任了馆长。后来他皈依了佛教,并成为一名高僧。由于他为日本所做的贡献,包括发现众多的国宝,天皇给他授了勋。1890年,他回到美国,并成立了波士顿美术馆东方艺术部。在日本时,费诺罗萨遇到了玛丽,玛丽年轻时丧偶,她是和她的第二任丈夫一起来到日本的。玛丽是当时一位富有才华的知名作家:1899—1906年间,她发表了不少诗歌、短篇小说和长篇小说。1906年,玛丽荣获得了一项文学奖,她的两部小说后来还被拍成了无声电影。

玛丽返回波士顿后,由于同在波士顿美术馆工作,于是再次邂逅了费诺罗萨。1895年,费诺罗萨离了婚,没隔多久便娶了玛丽,这件事成了一桩丑闻。1896年,费诺罗萨被美术馆解雇,次年与玛丽一起回到了日本。他又开始了在东京的执教生涯,他对能剧及佛教的了解又加深了许多。在此期间,费诺罗萨回过美国及欧洲几次,就亚洲艺术及一些教育议题进行讲学。1908年,他猝死于伦敦,留下大量未出版的笔记、书稿需要玛丽去整理。玛丽使用这些材料整理出了《中国和日本艺术的时代》(*Epochs of Chinese and Japanese Art*),她为此耗费了整整三年的时间,几乎用尽了她所有的积蓄(她必须返回日本去查证那些日期及事实)。该书首次出版是1912年,次年再版,而那时的玛丽已深觉筋疲力尽,只想退休,和孩子们一起回到美国。她联系到了埃兹拉·庞德这颗冉冉升起的现代主义新星,请求他帮忙整理丈夫遗留下的其他手稿。1913年9月,在伦敦,玛丽在与庞德共进晚餐时提出了这个请求,并随即将那些凝聚了丈夫毕生心血的笔记和手稿交给了庞德。玛丽交出的这些笔记大多是讨论日语的,此外还有一部分是日本诗歌及能剧的翻译。庞德早期对中国诗歌表现出了某种兴趣,玛丽送来的这些笔记将现代主义推向未知的大洋,就像日本书籍早在40年前便教会印象主义者们从不同的角度看待自然一样。

这些笔记、手稿等礼物将意象主义推向一个新的高度,推向了东方文学;这些热切的非专业人士一下子如获至宝;这些礼物一时之间光芒闪烁,经富有特权的阅读者解读,形成了崇拜狂热,另一种沉甸甸的文化由此慢慢打开,展现了它自己的复杂性。玛丽·费诺罗萨之所以挑选庞德作为她丈夫唯一的文学执行人,是因为她在这位年轻的美国人身上看出了诗人的气质,他不但是一位对语言精确及稀有文件(如抒情诗人们诗歌的手稿)强劲的支持者,并且他同费诺罗萨一样,不走一般官方学者所走的路。庞德当然算不上一名专家,也正是他的不专业使他相应地犯了不少错误(比如他自始至终都没发现"Li Po"和"Rihaku"指的是同一个人,即中国古代著名诗人李白,只不过前者使用韦氏拼音标注,而后者乃是李白的日语名字），这些局限也使他未能加入大英博物馆狂热研究东方文化的汉学家队伍。因此，庞德1913年12月写信给威廉·卡洛斯·威廉姆斯[1]，信中这样说道："多萝西正在学习汉语。我在手稿里有一个古老的费诺罗萨珍宝。"[8]早在1913年10月，庞德已在他的朋友阿伦·厄普沃德(Allen Upward)的帮助下阅读了1841年鲍狄埃(Pauthier)所译的精确的法语版的孔孟著作。1904年，厄普沃德出版了自己翻译的《孔夫子语录》(*The Sayings of Confucius*)，由此，庞德后来找到他，让他帮忙回忆这部著作并将其引入他在《新自由女性》上发表的一篇文章中。厄普沃德提供了《论语》(*Analects*)选段。有趣的是，在此前编辑好的上下文中提到，"孔夫子"的训导中有一条是反对自我主义："子绝四——毋意，毋必，毋固，毋我。"[9]或许正是这一条引发了后来在《自我主义者》(*The Egoist*)上发表的各种关于中国哲学的讨论。自1914年12月《自我主义者》第一期开始，汉学家威廉·罗夫托斯·海尔[2]发表了一系列研究"中国自我主义"的文章。

这份亚洲"珍宝"不期而遇的礼物所产生的影响是巨大的。正如我们所见，庞德用了1913—1914年间的这个冬天，从11月到次年1月，与叶芝一起呆在科尔曼舱口附近的阿什当森林郊区的一个村庄。庞德充当秘书，做记录，将信件进行分类，并在晚上读给这位爱尔兰诗人听。他们分享故事、讨论翻译、校正诗歌手稿，并开始着手整理费诺罗萨的笔记。1914年1月尾，庞德借鉴了费诺罗萨粗略的草稿后，将自己的能剧《锦町》(*Nishikigi*)发给《诗刊》(*Poetry*)杂志。后来，他又出版了《日本能剧》("*Noh*" *or Accomplishment*)一书，其中不仅囊括了费诺罗萨关于能剧的文稿，还收录了从他的文稿中翻译过来的经典的能剧剧目。叶芝为这部书撰写了简介。由于费诺罗萨翻译的中国诗歌全以日语作注，庞德也为此下了不少功夫。1915年出版的《华夏集》(*Cathay*)便是他们努力的结晶，这部诗集被艾略特评价为对中国诗歌的再创作。[10]其中，"长干行"(The River Merchant's Wife)、"玉阶怨"(Exile's Letter)及"忆旧游寄谯郡元参军"(The Jewel Stair's Grievance)是其创作性翻译的代表作。甚至他早期的"在一个地铁车站"在一篇关于漩涡主义的文章中也被他以日语俳句的格式翻译过来[11]。最终，庞德解决了费诺罗萨的笔记里关于汉字这种表意文字（将手写的汉字作为诗歌的媒介）的问题，这为他后来创建一个全新的诗学体系奠定了基础。以下是费诺罗萨对能剧《锦町》梗概的陈述："没有任何诗篇会比《锦町》更古怪，更精致了，这部能剧中的男女主人公是一对百年之前相恋却终究未能结婚的冤魂。"[12]显然，能剧中这些附有魔幻色彩的情节很容易与叶芝日后开发的爱尔兰民间传说融合起来。尽管能剧是专门为贵族设计的一种精致的艺术形式，但它的主题却大多围绕着乡村，而且人物通常是祭司、精灵、鬼魂或农民。费诺罗萨曾将其精妙的艺术形式与希腊悲剧相比较。庞德在变成孔子的信徒之后，遵循着费诺罗萨的范例，又将此推进了一步。对他而言，中国取代希腊，成了他的新"文化类型"。

---

[1] 威廉·卡洛斯·威廉姆斯(William Carlos Williams, 1883—1963)，美国著名诗人、小说家，代表诗集有《地狱里的科拉琴》、《酸葡萄》等。

[2] 威廉·罗夫托斯·海尔(William Loftus Hare ,1868—1943)，英国汉学家，从事东西方神秘主义和道德哲学研究。

泰戈尔的获奖

如果说庞德率先了解了中国与日本文化，那么叶芝则是发现泰戈尔的第一人。1913年的诺贝尔文学奖颁给罗宾德加纳特·泰戈尔(Rabindranath Tagore)时，他的身份是诗人、剧作家、教育家和宗教领袖，他的作品也对叶芝产生了强烈影响。泰戈尔之所以获奖，主要是凭借其作品《吉檀迦利：颂诗》(*Gitanjali: Song offerings*)（1912年）的成功英译。《吉檀迦利》出版之后，即在伦敦进行了几次印刷。他打电报感谢诺贝尔奖委员会，表示他接受此项殊荣，并说道："诺贝尔奖拉近了人与人之间的距离，使陌生人成了兄弟。"然而这种乐观情绪似乎站不住脚，因为一年后世界大战就爆发了，但是这种乐观情绪在泰戈尔与甘地的友谊中得到了印证。两个人的视线都超越了罪恶的欧洲军事冲突本身，转而投向了后殖民地的未来。1912年春，泰戈尔来到伦敦，得到了叶芝的盛情招待。在7月的一次宴会上，叶芝这样说道："可以接待罗宾德加纳特·泰戈尔先生是我艺术生涯中一件无比荣耀的大事。我始终随身携带着一本过去10年间百首孟加拉语抒情诗的英语散译。在我所认识的所有同时代人中，还没有谁对英语的贡献可以与泰戈尔的抒情诗相提并论。"[13]

这些翻译是散译本，庞德曾听到泰戈尔在音乐的伴奏下朗诵这些诗歌，发现译文与原文存在很大差异。散译的演绎丢失了原文的音乐韵律。泰戈尔的诗歌很好地反映了新惠特曼一体主义，以下有代表性的一段节选自《吉檀迦利》："就是这股生命的溪流，日夜流过我的血管，贯穿世界，和着节奏舞蹈。//就是这同一生命，从大地的尘埃里，快乐地迸发出无数芳草，荡漾出繁花密叶的波纹。//就是这同一生命，在潮涨潮落中晃动着生死之海的摇篮。//我觉得我的四肢因受到生命世界的爱抚而光荣。//我的骄傲，是因为时代的脉搏，此刻在我血液里跳动。"[14]1 庞德最初同叶芝一样，推崇这位孟加拉诗人，并为泰戈尔在1912年12月这一期《诗刊》上发表的六首诗写了长达两页的简介。他当时坚称泰戈尔的伦敦之行使"世界同行诗人的友情"变得"更贴近了"，此外，他还强调，与泰戈尔的高超技艺相比，自己就好比"彩绘的手拿石头战棒皮克特人[2]"。[15]

与此同时，1912年11月，泰戈尔去美国旅行，第一站来到了临近尚佩恩的乌尔班纳，在那里，他的儿子做农事研究。他在那里写信给庞德，诉说自己的孤独。庞德1913年1月谈到了一件有关泰戈尔的轶事：泰戈尔为英国国王写了一首颂诗，有人因此问泰戈尔怎么能称得上是孟加拉国的爱国主义者呢？他的学生解释道，老师曾尝试写过一首民族诗歌，但没有写成，然后老师拿出了以前写的一首诗，并说道："这首诗献给神，但是你也可以将它呈送给国家委员会，或许这会使他们满意。"[16] 尽管这种做法十分聪明，但庞德对泰戈尔的热情也由此转淡，此外，他还嘲笑了泰戈尔的模糊信仰，福斯特认为这预示着庞德后来对卡里·纪伯伦[3]

---

[1] 这一诗节的汉译采用了房娟的译本。

[2] 皮克特人(Pict)，数世纪前于苏格兰人居住于福斯河以北的皮克塔维亚，也就是加勒多尼亚（现今的苏格兰）的先住民。

[3] 卡里·纪伯伦(Kahlil Gibran, 1883—1931)，黎巴嫩诗人、作家、画家，是阿拉伯现代小说、艺术和散文的主要奠基人，代表作有《先知》、《我的心灵告诫我》等。

模糊灵性主义的着迷。[17]庞德在写给哈利特·门罗[1]的信中说道,"作为一名宗教传道士,[泰戈尔]显得多余。"[18]他又说道,"因为我们已经有了老子,而[泰戈尔的]思想对于那些'经受过阵痛'或对西方文明不胜其烦的人来讲,起不到什么作用。我并不想这样说,但是他既不是维庸,也不是莱奥帕尔迪,而且人们很快就会明白这一点。"[19]以下是庞德后来的看法:把泰戈尔作为一名异国的抒情诗人或当代的卡比尔还说得过去,但从严格意义上讲,泰戈尔还称不上是一位思想家,特别是当他将自己扮演成一位圣人,并认为自己肩负着传递世界和平的使命时。事实上,在这方面,泰戈尔表现得像一位神智学者,这点也是他开始吸引叶芝的地方。此外,孟加拉国与印度这两个民族仍怀有抱负,即使不能立刻脱离英国的统治,至少也要取得部分地方自治权。泰戈尔是位虔诚的宗教徒并且支持普救论,所以他也算不上是一位坚定的民族主义者,即便如此,叶芝仍认为他同自己一样反对英国的帝国主义政策。

1913年1月,泰戈尔去芝加哥旅行,在那里他结识了哈利特·门罗,并发表了一场关于印度以及罪恶问题的演讲。然后,他又到了罗彻斯特,发表了一场关于"种族冲突"的演讲,他认为这个主题反映了一定的问题,并且与美国民众的生活息息相关。在这次美国之行和回到英国的途中,他的散译诗《吉檀迦利》(叶芝进行了稍许润色)与两部剧本《国王》(*King of Dark Chamber*)和《邮局》(*The Post Office*)一同发表了。这些作品在英国及其他国家得到了一致好评,泰戈尔也由此成为诺贝尔文学奖的候选人之一,这样的成绩应该归功于叶芝不遗余力的宣传。泰戈尔1913年9月回到了印度,得知自己获奖时,他正好住在加尔各答。朋友为他取得的成就表示祝贺,泰戈尔借此机会发表了一场演讲,提及了他与朋友之间的旧账,因此激怒了不少人。不仅如此,泰戈尔还疏远了与叶芝的关系,虽然他出于礼貌一直忍耐着叶芝以恩人自居的态度,但他心里却怀有怨恨。也是1913年,泰戈尔第一次对甘地表示了友好的问候,那时,甘地已经开始在南非对印度少数民族宣扬非暴力抵抗的思想。

对庞德来说,泰戈尔获得了诺贝尔奖的这项殊荣只是证明了泰戈尔的作品已经不适宜于当下的形势。1917年,他对每个人都进行了严厉的批评:"泰戈尔之所以能够获得诺贝尔文学奖,纯粹是靠当今人为制造的轰动效应。某些影响巨大的文学家将他推举出来之后,他却一头扎进宗教中,并乐于被人吹捧和崇拜。此外,他还解决了瑞典学院应该选择哪位欧洲作家作为获奖者的难题,因为每个人都各执一词,是哈代呢,还是亨利·詹姆斯?"[20]他还注意到,以高斯为首的英国学术委员会显然非常高兴,认为这是"极好的一击",他们因为泰戈尔"棕色的皮肤"而拒绝承认他的作品,所以改选出两位无足轻重的人物。同叶芝一样,庞德也阅读了泰戈尔所写的宗教叙事诗,认为它们是神智学的变体,尽管奥义书是庞德思想理论的重要组成部分。泰戈尔信奉印度教改良派梵社[2],该社由雷蒙胡恩·罗易[3]创立,摒弃了一般的印度教教规,拥护被人们有意模糊和没有实体的"神"。印度教改良派既是宗教,同时又是一个唯美主义派,这两种性质的融合阻碍了泰戈尔成为一名现代主义者(至少在某些方面,

---

[1] 哈利特·门罗(Harriet Monroe, 1860—1936),美国女编辑、学者、诗人、文学批评家,曾任知名刊物《诗刊》的主编。
[2] 梵社(Brahmo Samaj),近代印度教改革团体之一,1828年由雷蒙胡恩·罗易在加尔各答创立。
[3] 雷蒙胡恩·罗易(Rammohun Roy, 1772/1774—1833),印度资产阶级启蒙思想奠基者,改良运动开创者。

现代主义质疑这些价值），而且泰戈尔坚拒现代主义大师对他的赞誉，认为他们过于高傲。泰戈尔在20—30年代所写的随笔中对艾略特、庞德以及他们的追随者进行了批判，认为他们过于疏离、极其绝望，而且信奉虚无主义。在他看来，诗人终将成为自己宇宙中的神，因此伦理上应该对所有生灵负责。确实，泰戈尔体现了诗人的浪漫主义理想——有报复心的祭司与先知。

埃塞俄比亚

欧美现代主义者并不仅仅关注到东方。1913年的一个关键词就是"埃塞俄比亚"，它代表了崭新的非洲乌托邦的诞生。W·E·B·杜波依斯的历史剧《埃塞俄比亚之星》(*The Star of Ethiopia*)1913年在纽约上演，以纪念《解放奴隶宣言》(*the Emancipation Proclamation*)。由于演出的巨大成功，该剧又于1915年和1916年分别在哥伦比亚特区和费城上演。同时，德国人种学者与人类学家列奥·弗罗贝纽斯(Leo Frobenius)根据自己非洲旅行的经历，出版了三部曲《非洲也如是说》(*Und Afrika Sprach*)。第三卷1913年出版，书名为《在不该受惩罚的埃塞俄比亚人群中》(*Unter den unsträflichen Aethiopen*)。同年，该三部曲的前两卷被译为英文在纽约出版。虽然在书中弗罗贝纽斯的思想模棱两可，但是这两卷仍然是杜波依斯灵感的重要来源。美国主张分裂的黑人意识哲学家杜波依斯和对非洲古国进行科学研究的德国人种学者弗罗贝纽斯都试图理解埃塞俄比亚。他们都对埃塞俄比亚丰富的文化进行了挖掘，并且深度研究了非洲艺术的发展变化，这些变化也曾吸引了同在法国的毕加索和阿波利奈尔。如同中国由伦敦的意象派诗人"创造"出来一样，作为重要标杆与典型的一个崭新的非洲也呈现在人们面前，为人们认识"黑人传统文化"运动的影响铺平了道路。10年后，利奥波德·桑戈尔[1]大力赞扬了这次运动。其后不久，庞德结束了自己的伦敦和巴黎之行，在拉帕洛(意大利西北部)又开始将弗罗贝纽斯所著的《传统故事新编》(*Sagetrieb*)与儒家传统[这在他所著的历史长诗《诗章》(*Cantos*)里的中国篇中有所体现]结合起来，架起了二者联系的桥梁。

我将仅研究弗罗贝纽斯和杜波依斯的相似之处，而不去考虑二人带有分歧的思路，因为这些分歧思路对19世纪"埃塞俄比亚主义"(Ethiopianism)的样式提出了现代主义的不同理解。这一样式可以追溯到18世纪末非裔美国人的经历，追溯到当时的布道以及政论文都引用的《圣经旧约》诗篇(*Psalm*)68:31的内容："埃及的公侯要出来朝见神。古实人要急忙举手祷告。"人们在不同程度上认为这预示着非洲即将解放，即将政治复兴，或即将皈依基督教。[21]请注意观察圣经中埃塞俄比亚的杰出人物，从《创世纪》(*Genesis*)2:13至《使徒行传》(*Acts*)8:27中的精彩故事中，有一个埃提阿伯太监在阅读先知以赛亚的书时并不明白其中的意思，但在腓利的帮助下，他皈依了。保罗·劳伦斯·邓巴[2]的《埃塞俄比亚颂》(*Ode*

---

[1] 利奥波德·桑戈尔(Léopold Senghor, 1906—2001)，塞内加尔诗人、政治家、文化理论家，1960年至1980年任塞内加尔首任总统，20世纪最重要的非洲知识分子之一。

[2] 保罗·劳伦斯·邓巴(Paul Laurence Dunbar, 1872—1906年)，美国作家，以诗歌创作出名，代表作有《老老少少》、《下层生活抒情人》等。

to Ethiopia)赞美这个国家，并不仅仅因为它是一个非洲国家，而是因为它是一个"母亲的种族"，她的荣耀将激励所有非裔美国人。人们习惯认为，非洲的崛起预示着西方国家的衰落，因为西方国家蒙上了奴役他们的罪恶。在这样的语境中，人们必须牢记两个年份：第一个是1884年，这年举行了柏林西非会议，会议批准了西方国家"瓜分非洲"的计划，并且将该计划合法化；第二个是1896年，这年爆发了阿杜瓦战役[1]，曼涅利克皇帝（Emperor Menelik）率领的军队大败意大利军队。

1896年，阿比西尼亚（埃塞俄比亚旧称）是非洲仅存的两个独立国家之一，另一个是利比亚。因此，在一段时间内，阿比西尼亚并不是欧洲列强的殖民地——至少在墨索里尼以前一直不是。1931年，就在新一轮的殖民或帝国主义入侵之前，阿比西尼亚骄傲地改回到以前的国名——埃塞俄比亚，古希腊语意指"脸被太阳晒黑的国度"。1890年，阿杜瓦战役还未爆发，杜波依斯受邀在哈佛大学毕业典礼上做演讲。他围绕杰佛逊·戴维斯（美国南北战争时期南部邦联唯一的总统）进行了简短的演讲。演讲中，杰佛逊·戴维斯被意外地称作"文明的代表"。然而，这位金发英雄急需一位非常顺从的黑人所带来的平衡力量。杜波依斯大量运用黑格尔的主奴辩证法，预测通过具有侵略性的地主与刚得到解放的奴隶的合作，文明将会得到提升——那时，而且只有到那时，"强者"与"弱者"才会承认彼此的存在。事实上，说戴维斯体现了日耳曼民族文化的男子气概，这一点也不为过："他既是一名士兵，又是一个情人，既是一位政治家，又是一个统治者；他热情洋溢、雄心勃勃、永不屈服；自信勇敢、不怕危险，是人民的守护者——根据日耳曼民族文明的全部标准，杰佛逊·戴维斯是一个高尚的人物。"尽管如此，他是白人至上主义的代表人物，这一主义基于"强者即个人主义外加强权统治"的理念。[22]白人地主需要平衡力量，而这种力量由更具艺术才能的、更自由的以及比较不受驱使的种族提供。因此，杜波依斯用了一句响亮的口号作了总结："就为这'伸出的臂膀'的埃塞俄比亚，你对人性要感恩。"这句话受到了意外的极度欢迎。[23]然而，缠身的问题依然存在：伸出的臂膀在告诉人们什么？这是否意味着屈服、奉献或者反抗时紧握的拳头？

杜波依斯在1911年出版的别出心裁的现代主义小说《寻找银羊毛》（The Quest of the Silver Fleece）中又一次提到了埃塞俄比亚。故事的女主人公卓拉来自南部沼泽地，她到华盛顿当了一名侍女；后来，她随着富有而又玩世不恭的范德普尔夫人旅行，不仅开始阅读报纸，还阅读有关历史和文学的书籍：

> 卓拉蜷缩在椅子上，手里拿着一本书。她如同进入了梦乡……一看就是几小时，一看就是好几天，她卧在那里，埋头读书，对所有其他的事情都充耳不闻。她的心在哭泣，为整个世界而哭泣，于是，美好的景象来到她的心头。她与历史之父希罗多德闲谈，从古到今，谈论无可责难的埃塞俄比亚黑人；她看到了雅典雕塑家菲迪亚斯的精美雕塑神采奕奕，屹立于沼泽之中；她聆听了希腊演说家德摩斯梯尼

---

[1] 阿杜瓦战役（Battle of Adwa）发生在1896年3月1日，是第一次意大利埃塞俄比亚战争的最终之战，最终意大利被彻底打败；这次战役保证了埃塞俄比亚的独立。

的演讲；她与基督教圣徒科妮丽娅一道走过了亚壁古道——而房间的窗外就是熙熙攘攘的大纽约。[24]

自此以后，《寻找银羊毛》中的这个自由任性的女主角卓拉代表了埃塞俄比亚精神，这部现代主义作品同神话故事存在着某些相似之处。在他的小说中，杜波依斯在对希腊神话和传说进行批判性改写的总标题下，将进步的社会主义与黑人民族主义融合在一起。卓拉已作为成功地登上了埃塞俄比亚皇后之位的形象出现，她将古老的智慧与新知识统一起来（这些新知识通过各种种族的学校传授给未受过教育的民众）。卓拉最终顺利嫁给了布雷斯，而她从一开始就引诱了这个年轻人。

两年后，埃塞俄比亚的话题在1913年上演的历史剧中得到了最完美的表达：

你听！你听！你听听全人类的母亲埃塞俄比亚这悠久灿烂的历史，这段人们已经忘却的奇迹。看看月亮山下，黑人种族同其他种族一样，有着自己的国度，在努力，在斗争，在寻找信念与自由之星，过去是这样，现在也是这样，他们不逊于生活在尼罗河流域、黑人古国以及亚特兰提斯岛[1]的人们。金色、黑色、棕色等种族的人类先祖们，孩子的父亲们，你们安静下来，听听这段铿锵有力的话吧。[25]

杜波依斯的诗歌"月亮的孩子"将"月亮山"作为主题，并参考了托勒密[2]所著的有关地理的书籍——这座半虚构的山脉或许就是非洲的鲁文佐里山脉。因此，月亮的孩子指的就是来自中非的古代黑人。杜波依斯在书中间接提到了尼罗河—刚果河流域，或者可以说，书中指的是刚果人与埃及人或尼罗河流域居民分裂前的那个时期。联合起来的黑人想要建造一座"永恒之光灯塔"，或者"埃及方尖碑"（该石碑代表太阳光）。1911年，杜波依斯选用了一个画有黑脸的带翼圆盘作为会刊《危机》（*The Crisis*）的插图。其中，翅膀指的就是埃塞俄比亚之翼，正如《以赛亚书》（*Isaiah*）[3]18:1中的名句："唉！古实河外翅膀刷刷响声之地。"像《以赛亚书》所描述的那样，杜波依斯试图将黑人非洲"分散"的国家统一起来，这样它们会形成一个新恢复的国度，这个想法他从来没有放弃过。

《埃塞俄比亚之星》（*The Star of Ethiopia*）在纽约上演时，演员上千人，观众达 30,000 人。尽管上座率很高，但随着演出的规模越来越大，演出成本也越来越高，费用就成了一个问题。该历史剧包括序幕以及五幕戏——"铁的礼物"、"埃及之梦"、"埃塞俄比亚的荣耀"、"屈辱之谷"以及"永远的憧憬"—贯穿了10,000年的历史，从史前黑人到铁器的发明，从埃及诸国的国运兴衰到黑人的悲惨命运（直至成为奴隶的屈辱史）。事实上，这是一部关于泛非

---

[1] 亚特兰提斯岛（Atlantis），在柏拉图的著作和希腊神话中等出现的一个神秘地区，一个人类至今无法解答的迷。
[2] 克罗狄斯·托勒密（Ptolemy, 90—168），古希腊天文学家、地理学家和光学家，主张"地心说"。
[3] 以赛亚书（Isaiah），圣经的第23本，由以赛亚执笔，记载关于犹大国和耶路撒冷的背景，以及当时犹大国的人民在耶和华前所犯的罪，并透露耶和华将要采取判决与拯救的行动。

民族主义的历史。杜波依斯认为赋予美国黑人尊严具有非常重要的意义,而这些黑人应该认为自己国家的文化比他们现在所处国家的文化更加悠久,也更有意义。该剧吸引了诸如示巴女王[1]、所罗门、杜桑·卢维杜尔[2]、奈特·特纳[3]、约翰·布朗[4]以及哈里特·比彻·斯托等著名人物的注意,因此,它应该成为纪念黑人历史与庆祝近期解放的最佳载体。该剧采用了歌剧《阿伊达》(Aida)以及黑人圣歌中的音乐,包括黑人音乐家组合科尔与约翰逊创作的音乐剧。20世纪头10年历史剧非常流行,在此背景下,这种巨大的努力可以得到最好的诠释。[26]历史剧曾用来增强爱国主义精神和加强公民荣誉感,而该剧旨在重新唤起非裔美国人的民族自豪感,而此时人们处于种族隔离与种族间关系极其紧张的历史时刻。这部历史剧实现了它的主要目标,使年轻的一代黑人充满了民族自豪感,而且它也是引发哈勒姆文艺复兴的决定性因素——然而,正如杜波依斯后来抱怨的那样,观众中几乎没有一个白人。

杜波依斯很快就意识到需要一种更科学的方法来解决这个问题。他1915年出版了叫做《黑人》(The Negro)的非洲民俗大全,该书大部分内容都是基于弗罗贝纽斯的《非洲之声》(The Voice of Africa)(1913年)写成的。以下是书中关于埃塞俄比亚的内容:"于是,苏丹的历史再次将我们带回到埃塞俄比亚——这个神奇而古老的世界文明的中心,这里的居民曾经被认为是最虔诚的、最原始的人类。"[27]在该历史调查中,奴隶制被称为"对埃塞俄比亚的洗劫"——"一段肮脏、可鄙、残忍的历史故事。"[28]尽管如此,《黑人》这部史诗般的调查以乐观的基调结尾——新奇之物总是来自非洲:"新奇之物总是来自非洲!(原文为拉丁文)"[29]杜波依斯所写的优秀短文《战争——非洲之根》(The African Foots of the War)的开头也引用了这句拉丁文,这篇短文1915年5月发表在《大西洋月刊》(Atlantic Monthly)上。

战争与奴隶制

再看看该卷简介中提到的一系列事件——法绍达事件[5]致使英法交战;意大利与土耳其为了的黎波里开战,英国与葡萄牙争夺德拉瓜海湾;德法争夺阿加迪尔;德国和荷兰联手争夺南非,对抗英国——杜波依斯认为侵略非洲的战争本来也许会爆发得更早。战争的高潮连同"对非洲的洗劫"发生在比属刚果并非偶然,正如比利时是西方战线的第一战场。杜波依斯认为,1884年的柏林西非会议不能给殖民地带来永久的和平,因为会议的目的并不是带来和平,而仅仅是组织一场国家之间的战争和掠夺。"窃取非洲大陆的手段卑鄙、可耻到令人发指。"撒谎的著述、江河般的朗姆酒、谋杀、暗杀、切手剁足、洗劫以及酷刑代表了英、德、法以及比利时各国在黑暗的非洲大陆的掠夺进程。[30]世界资本主义竞争不仅使欧洲人的意识深

---

[1] 示巴女王(Queen of Sheba),《圣经·旧约》中的人物。传说中,她是一位阿拉伯半岛的女王,在与所罗门王见面后,慕其英明及刚毅,与所罗门王有过一场甜蜜的恋情,并育有一子。
[2] 杜桑·卢维杜尔(Toussaint L'Ouverture, 1742—1802),南美洲独立运动领袖,海地共和国缔造者之一。
[3] 奈特·特纳(Nat Turner, 1800—1831),原为美国奴隶,于1831年8月21日在弗吉尼亚州发动叛乱。
[4] 约翰·布朗(John Brown, 1800—1859),美国废奴主义者。
[5] 法绍达事件(Fashada),1898年,英法两国为争夺非洲殖民地而在尼罗河上游的苏丹小镇法绍达(今科多克)发生的冲突。

深断裂开来，显露了白人劳动者与社会主义者共有的弱点，而且将掠夺的思想深深地印在西方人的心中。正是由于这一内部分歧，社会主义者无法阻止正在酝酿的战争。

> 随着国内连年发生饥馑之灾，无穷地压榨弱者和贫者，也榨不出什么油水，赚大钱的希望越来越小了，于是做起了在国外进行剥削的大美梦。当然，个体商人甘冒风险，以各自的方式赚取他国财富。随后，专门的贸易垄断组织也进入了这一领域，并建立了海外帝国。然而不久之后，国内大量的商人都想在这条金河里捞上一份财，最终，在20世纪，国内的劳动者也提出了要求，在这份财富里也接收了一个份额。[31]

这就是杜波依斯所称的"新民主专制"，这一说法直到那个时候才为人们所理解。该说法产生了作为西方民主核心部分的一个严重悖论：

> 正是这个悖论迷惑了慈善家，使社会主义者不知不觉地背叛了自己的信仰，也使帝国主义者和工业巨头或多或少地接受了"民主"。正是这个悖论使美国的民主进程发展迅速，并且就在各个中心的白人对黑人种族越来越充满敌意，并实行特权统治，两种现象同时存在，密切相关。也正是这一悖论为残暴的行径进行辩护，开脱罪名，而这种残暴行径并没有在公众的怒火下有所收敛。
>
> 然而，这一悖论解释起来也很容易：在对"中国佬和黑鬼"的剥削中，白人劳动者是被邀请来分赃的。现在早已不是巨商、贵族、垄断阶级，或者甚至是雇主在掠夺全世界：而是国家，一个崭新的拥有资金与劳力的民主国家在掠夺世界。当然，劳动者并没有而且也不会取得自己所期望的这份赃，此外，还有大批不满足的民众也分不到这份赃。但是，劳工的产权得到了承认，经过机智巧妙的协商，劳工得到自己应有的这份赃也只是个时间问题了。[32]

欧洲国家与美国统治着当今世界，他们的成功得益于对社会这一概念创造了一种新的理解，这一理解并不是建立在爱国主义、民族主义或传统宗教所宣扬的价值观上，而是建立在所有阶级从未体验过的如此大规模的"财富、权力以及奢侈"基础上。形成这种理解是以牺牲"世界有色人种国家"为代价的，这些国家集中在亚洲、非洲、南美和中美洲、西印度群岛以及南太平洋诸岛。

杜波依斯毫不留情的论证给人们对公正的强烈要求让步。他希望女性仍有接近权利的机会，正如埃及皇后娜芙蒂蒂这位黑人女性一样。以下是杜波依斯短文的结尾：

> 基督诞生2000年后的今天，黑非洲在经受了侵略、洗劫和屈辱后，瘫倒在征服成性的欧洲市侩的脚下。在令人敬畏的大海另一端，一位黑人女性在哭泣，与她嗷嗷待哺的孩子们一起等待。结果会是什么呢？会是那些永远不变而令人担忧的结果

吗？战争与财富，抑或凶杀与奢侈？抑或是一个全新的结果——所有种族都将迎来前所未有的和平与民主：人人平等的伟大人性？"新奇之物总是来自非洲！（原文为拉丁语）"[33]

即使是列奥·弗罗贝纽斯这样的非洲学家也会同意这句拉丁语名言。弗罗贝纽斯生于1873年，比杜波依斯小5岁，他的父亲是一位普鲁士军官。他随了自己教父弗罗贝纽斯的姓，并实现了列奥这个名字所传达的含义。虽然弗罗贝纽斯从未接受过正规的学校教育，申请博士学位也遭到了拒绝，但是他仍在德国建立了几所非洲文化研究所，第一所即是1898年成立的"非洲研究所"。1934年，他担任法兰克福"人种学市立博物馆"馆长，直到1938年去世时才离开这一职位。因此，很多人猜测他是一个秘密的纳粹党，因为他证明了黑人低人一等，所以希特勒允许他担任馆长一职。然而，让人意想不到的是埃兹拉·庞德竟为他辩护，并认为"现代大学由列奥·弗罗贝纽斯在法兰克福创建。"[34]弗罗贝纽斯是个充满争议的人物，其"文化圈"或"文化形态"理论实际上受到了斯宾格勒（Spengler）的影响。早在1898年，他就出版了《非洲文化的起源》(Origin of African Cultures)一书，当时包括黑格尔在内的人们都普遍认为非洲是一个没有历史的黑暗大陆，弗罗贝纽斯却不同意这种说法。相反，他论证说，非洲是经历了兴亡的古老的帝国和战国。正如费诺罗萨为日本找回了历史一样，弗罗贝纽斯也在为非洲各国寻找文化，但是这些国家的人们却淡忘了自己国家丰富的文化，还要去努力证明非洲文明的历史性。

在这一过程中，他运用了一组与文化传播论（为博厄斯[1]在美国种族运动中所提倡）相似的概念。弗罗贝纽斯提出的主要概念是"文化类型"(paideuma)，后来庞德系统地借用了这一概念。这是一种有生命的文化，因为被赋予了意义创造的特殊方式和事物存在的整体风格，所以，发挥着形式构建上的完型作用。基于这种认识，他一边开始学习物质文化（箭、器皿、坟场、建筑及村庄、身体上的装饰标记、舞蹈、衣服、面具，等等），一边学习神话、传说以及民俗。因此，人们在整理他从1904年开始的12次旅行资料时，发现他的书读起来像小说，充满了形象生动的传奇故事。弗罗贝纽斯1923年提出了"文化形态"的概念，这帮助他系统地谈论"文化症候"。他1913年出版了《在不该受惩罚的埃塞俄比亚人群中》是他的《非洲也如是说》三部曲中的最后一部[35]，记录了他在非洲的旅行；记述了他不加区别地使用"系统"和"组织"，"来意指文化现象的成熟而完整的世界"，这一概念使他将独立的"个体特征"或"症候"重新组合。[36]在文化综合体中，这些症候按逻辑顺序被系统地分类，然而在当时，此举属于完全照搬历史材料。"文化形态"让我们想起人类作为有机体时的文化，这种有机体由无意识的"意志"支撑，一种"传统故事新编"，或云"表达的驱动力"，这种新造的名词儿深深地影响了处于而立之年的庞德，成为他几大重要思想之一。由此我们可以看出，弗罗贝纽斯的参与极大地影响了利奥波德·桑戈尔，在两次战争之间的年代，他用武力推动了"黑人传统文化运动"。

---

[1] 博厄斯(Boas, 1858—1942)，美国人类学家，主张反对殖民主义、种族主义及沙文主义。

创立非洲的"文化类型"

1913年,《非洲也如是说》的前两卷被译成英文,被称为《非洲之声》(The Voice of Africa)。[37]此书有时充斥着令人惊讶的种族主义调门;如在1910—1912年远足期间,约鲁巴人[1]将问题激化,甚至谋杀了一名黑人助手,因此在拉各斯(尼日利亚旧都)斥责约鲁巴人时,弗罗贝纽斯发泄了他沉痛的愤怒之情,但并没有指明具体施虐者:"突然间,我从黑人男子灵魂中感受到了沉闷的道德龌龊。我从不相信人类中会存在如此卑劣、如此理所当然的说谎者。"(《非洲之声》,第107页)这个教训所讲的是尖锐的欧洲中心主义的观点:"愿不幸降临到那些欧洲人身上,他们忘记了统一民族与文化是发源于非洲的。可悲啊!对于所有沉睡在我们心中的兽性而言,黑人不应感到约束,相对于白人,黑人在白人的压迫下失去思考能力,反对白人兄弟。然后,当意识到自己主人失败的那一天真的到来时,他们露出了兽性的本来面目,他们至少会摘下面具,将它撕得粉碎,然后舔舐他们的鲜血。"(《非洲之声》,第107页)有时,弗罗贝纽斯听起来像是《黑暗之心》(Heart of Darkness)中最终崩溃之前的库尔茨……

弗罗贝纽斯是一位极具个人特质的作家和自学成才的探险家,他强烈的个性可以毫无遮掩地展现出来,这使他拒绝成为英国人种学家所述的骗子和庸医。此外,他从不质疑欧洲霸主地位和殖民主义的存在,而且他似乎认为,复兴非洲古老文明和摆脱数百年落后和压迫的最好方式是寻求诸如德国或英国这样的开明西方国家的帮助。确实,这就是1913年出版的那本书的主旨:"要有光明!"(《非洲之声》,序第13页)。非洲启蒙应该建立在对古老文明和古代王国的一个更深层次了解的基础上。然而,这些学术活动存在一个实用主义边缘问题。在一篇叫做"一条解释性的注释"的古怪标题中,弗罗贝纽斯设法宽恕了西方殖民主义,也批判了粗鲁地拒绝给予黑人完整尊严的美国体制:

> 对有关非洲以往历史的重大问题的介绍(这些介绍都是我们在"非洲的野蛮人群"中相关经历的基础上进行的)通常应该会引起所有专家对这些问题的一般兴趣,而对那些欧洲或当地旅行时坐在扶手椅上管理国家事务的殖民政治家而言,他们应有特殊的兴趣。因为上帝保佑下的"德国内部非洲探索"组织在任何旗帜下都仍然可能长期存在,它的档案将继续不间断地增加,这一组织的任务和理想就是建立非洲史前史环境的纪录,并对其解释说明,此外,还要创建其实用价值和实用标准。[……]
>
> 热带非洲众多"黑人"的工作能力代表着这些国家拥有的最高资产。这是一个如今广泛认可的事实,无论怎样强调也不过分。如今,一名具有伟大实践经验的杰出的英国殖民政治家向我表达了他如下的想法:"就我以往的经验而言,欧洲殖民大国为所有非洲西部的热带海岛带来了与美国相同的便利条件。但是,这么说完全是

---

[1] 约鲁巴人(Yorubas),西非尼日利亚民族,主要分布在尼日利亚西部和西南部,另有少数分布在贝宁、多哥和加纳。

无稽之谈。现在,如果说事态在美国已经出现了可怕的局面,那么,在非洲,对我们欧洲人来说,这一事态甚至以种族冲突而告终,只是个时间早晚问题,因为非洲各土著国家之间为生存而进行的斗争,规模宏大,到处可见。"我能对我说出的每个字负完全的责任。(《非洲之声》,序第6—7页)

正如我们已经看到的,由于弗罗贝纽斯的观察技能精湛,愿望务实,不轻易被愿望左右,由于他坚信哲学机体论,主张思想应在"行动中"进行评估,他的措辞往往都带有医学的意味:一个健康的文化应系统地抵御疾病。他暗示,在很多地方,欧洲人事实上已经败坏了非洲人。如果我们问"引起该疾病的基本原因是什么?",像杜波依斯一样,弗罗贝纽斯会斩钉截铁地回答:奴隶制。请注意下段中在不同地方用到了傲慢、偏见和反殖民主义批评等概念:

> 我经常会解释奴性并不是黑人所具有的最大障碍。[……]他乞求他没有实际用处的东西,并试图腾出手向一个接一个的路人乞讨。这种可怕的怪癖可能来源于由奴隶贸易和与欧洲人的商务活动所产生的恶习。它是经过训斥而产生的。(《非洲之声》,第147页)

弗罗贝纽斯敏锐地观察到,奴隶制带来的道德总败坏摧毁了对"本地掌权者"(如传统酋长和祭司)由来已久的崇敬。"这些土著人已经习惯于政府的血腥镇压,而且通过行使这些镇压的政策,他们居然还获得了权力和荣誉。"(《非洲之声》,第48页)。这就造成了一种真空,反过来摧毁了人与人之间的正常关系;他们甚至忘记了自己的神话,这也是弗罗贝纽斯认为有必要收集传统故事的原因:

> 虽然内地部落可能已经忘记了他们的大部分神话,部分原因是,他们不幸沦为奴隶贸易的对象,奴隶贸易占据了他们所有的活动空间,已经将他们降到了非人的程度,他们没有了生活地位。结果,在西非人的祭祀仪式上,人祭占据了异常巨大的空间,他们的残忍性情是天生的。正如在贝宁所发生的一样,约鲁巴人的财富和虔诚是按照他能购买得起的人祭受害者的数量来衡量的。我认为,人肉贸易导致的结果是欧洲人长时间培养出来的,虽然这种虐待行为的萌芽无疑早已存在。(《非洲之声》,第148页)

依照19世纪的模式,弗罗贝纽斯旅行的描述通常采用旅行见闻讲座的形式,讲述坠入黑暗的经历。他留意了塞内加尔和苏丹等国家伊斯兰教的发展,补充说,伊斯兰教对于非洲"文化类型"而言基本上是陌生的。他比较详尽地描述了1329年莫西人[1]对延巴克图[2]的破坏,

---

[1] 莫西(Mossi),埃塞俄比亚西南部的原生态部落。
[2] 延巴克图(Timbuktu),位于撒哈拉沙漠南缘,尼日尔河北岸,历史上曾是伊斯兰文化中心之一。

并记录了尼日尔中部众多帝国的兴衰。他将有些无序的记录编制成了一个大全,包括所有的传说、神话、他所观察到的仪式、神话和历史的混杂纪录以及探险家的日志(在第612页的"描述目录"中曾提及)。当他讲到埃塞俄比亚时,语气发生了变化——一个他试图展示的起源于"亚洲"的文化。他从塞内加尔旅行至尼罗河的源头。在那里,他到达了"努比亚"[1]或"埃塞俄比亚古老的土地",这个国家的居民被认为是"最虔诚的人"和"最原始的人类"。(《非洲之声》,第620页)他试图表明,这种文化不是埃及文化的支流,而是埃及文化的源头,而埃及传说的主要元素是从他们那里借取的。古老的努比亚宗教的主要成分是借神圣的牧师之手对国王进行仪式性杀戮,这一传统在第三卷谈到"不受惩罚的"埃塞俄比亚人时进行了分析。埃及征服努比亚以后,承袭了努比亚人对祭司种姓尊重的传统。后来,努比亚有意皈依了基督教,反对埃及多神论,并开始与拜占庭建立长期联系,从公元547年初至少一直持续到1486年。

通过对一些语义的词根、诸如带有十字形手柄的剑等物件和某些非洲传说的比较,弗罗贝纽斯接受了努比亚人可能是犹太部落后裔的断言。他不能完全证实这个断言,但因为他想证明大部分古老的非洲人是东方或亚洲人群(可能来源于拜占庭人)的一个分支,这下他便有事可做了。弗罗贝纽斯狂热地痴情于古努比亚文化,这一文化创立了统治人民的牧师并控制着日常生活的各个方面。他向西部探险,由此记录下了"有毒的"、"患病的"、"充满细菌的"、"有害的"西部沿海的环境,"就肤色而言,他既不是白人,也不是黑人;就性情而言,他既不是欧洲人,也不是非洲人,但他是一个私生子和混血儿,在他身上掺杂着两个种族和两大洲的恶习"。(《非洲之声》,第652页)他身上掺杂的这些恶习却丝毫不影响他对内地平原真正精神的表达:

> 内地精神是一种权力、行动和意志的精神。内地精神充满了活力与力量,不像沿海精神那样狡猾,其意图不在获得财富与幸福,也不是永远考虑最终结果。因为它所喜爱的是以行动为目的的活动,为生活中的纯粹战斗乐趣而斗争;在运动中产生快乐;所有这些都是使用幸福和生命力来鼓励这种精神的。(《非洲之声》,第652页)

最终,弗罗贝纽斯大胆地概括了这种针对多数非洲国家的辩证性的冲突,其中,他看到了受到商业交易影响的东海岸与西海岸之间的分裂,也看到内陆地区仍然充满了这种英雄主义貌视死亡的理想精神。

事实上,与这些广泛的史诗特征和这些神话中的二分神的空灵性相比,弗罗贝纽斯更加关注非洲的这些实在物。他叙述了那些据称是喀麦隆北部"破坏性的部落"的罗马人、奴役他们并迫使他们在这片土地上耕种的富尔贝[2]奴隶主以及德国的部分盲目殖民者之间的冲突,他的叙述属于社会学的殖民观念模式,展示了欧洲力量是如何在压迫当地人的基础上兴起

---

[1] 努比亚(Nubia),非洲东北部苏丹的民族,另有部分分布在埃及南部。
[2] 富尔贝(Fulbe),非洲西部的跨界民族,为非洲第四大民族。

的。像杜波依斯一样，他注意到19世纪末以殖民远征为标志的白人统治往往试图将自己伪装成土著奴隶贸易的反对者。在他的书中，弗罗贝纽斯用赞歌对古老的非洲文明进行总结，认为这一文明应该无须由欧洲人来发掘其根源。这次，"症状"一词是贬义用法："政策刺激人们将自己的智力活动都集中到沿海地区去了，其中还含有我们文明的现代因素，造成的后果只能是给人们留下了最不愿见到的古怪症状，这难道还没有为这种严重错误提供证据吗？"（《非洲之声》，第682页）作为"非洲精神"全盛时期的描述其实是一种历史现象，这一点已经清楚了；这是由人类自身造成的——弗罗贝纽斯指责白人殖民者，同时敏锐地指出，交战各派和各部族对他们的社会失去稳定负有共同的责任，混乱的社会为又一场更大的掠夺埋下了祸根。

指责杜波依斯或弗罗贝纽斯是"种族主义者"，指责他们不加批判地相信种族的本质能够确定不同族群的区分，这样做未免简单了。如果认真阅读他们的文章，你很快就会感到他们是在祈愿创造"更多的光"来取代这踯躅徘徊的本质主义，这一努力指引着他们将发现历史化，从而使分析政治化。诚然，杜波依斯的目标是要成为一名诗人和黑人的先知，将他在人种学中获得的知识作为灵感以寻求平等与自由。诚然，弗罗贝纽斯是一名各个大陆的症状学家，被视为活着的文化有机体，或多或少是健康的"非洲萨满教巫师"。1913年，弗罗贝纽斯不但不愿质疑德国殖民主义，而且还有意使其更加有效和有用。但他认为，德国政府的作用是取消几个世纪以来的压迫和奴役，这一角色通常为穆斯林征服者（他们给欧洲人提供了范例）乱说为："如果我们欧洲人想要将这些人置于我们的保护之下，那么，我们对待他们的态度就应该和穆斯林半野蛮人完全不同，他们只看重这些人的经济价值。"[38]因此，他用类似的告诫作为他讨论"埃塞俄比亚人"一书的结束语："居住在埃塞俄比亚的穷人知道，来自草原的侵略者和最近的征服者是源源不断的嗜血杀人的掠奴者，他们奸淫妇女，偷窃粮食。当欧洲人想作为领导者出现在这片土地上，意图重建一个强大的国家时，他们的假慈悲不会有任何人相信。"[39]至少他可以感到高兴的是，他们中的一些国家一直坚持着独立，坚持着"不受惩罚"。

埃塞俄比亚是唯一可以在1913年被用来形容的一个民族国家和一片非洲大陆。作为一个提喻，埃塞俄比亚向弗罗贝纽斯展示了从大西洋海岸到红海的几乎所有的非洲大陆北部区域。对杜波依斯来说，这讽喻了他的整个非洲梦想，一个民族主义的乌托邦，他抛弃了明显是种族主义的美国而选择在加纳流亡，他试图在他生命的最后时刻通过放逐自己以实现这一梦想。这一梦想终于盼来了现实。1923年，埃塞俄比亚征集史诗传说，征集从埃及和它的疆界到黑暗大陆的中心地带的最古老非洲种族的丰富传说，用以传播反抗信息，甚至期待更加光明的未来。如果说杜波依斯本质上仍然是一个黑格尔派哲学家，弗罗贝纽斯却与尼采哲学倾向背道而驰。这个三部曲的书名本身就证实了这一点：《非洲也如是说》就源自《查拉图斯特拉如是说》(*Also Sprach Zarathustra*)。他们都不得不"创立"一个可行的埃塞俄比亚，这么做的同时没有放弃某种意义上的政治紧迫性或政治机构。因此，杜波依斯的《1913年的哲学》(*A Philosophy for 1913*)中的种族宣言作为反种族主义的信条，为弗罗贝纽斯或泰戈尔和阿波利奈尔提供了新一年将被签署的决议：

我将大胆并毫无畏惧地面对这铁的事实，在此，我的祖国，我必须面对自称是慈善家、基督徒和绅士的人的侮辱与歧视。我不希望回击这种卑劣的态度；有时，我甚至不能用言辞同他们一争高低；但愿上帝忘记我和我所犯的错误，若在特定的时候或者永远，我曾经无力地对自己或世界承认，错误不是错误，侮辱也不是侮辱，肤色歧视绝不是残忍的和该死的羞耻……总之，我将成为一个真正的人，并且我知道自己会做到，即使那些人秘密或公开否认我是个人，我也将毫不动摇地寻求各种可能的方法迫使所有人像我对待他们那样来对待我。[40]

第六章 现代主义的分裂主体

也许，杜波依斯是以其分裂的自我这一概念而著名：一种"双重意识"确定了他具体的非裔美国人身份，然而，这种"双重性"（"一个美国人，一个黑人；两个灵魂；两种思想；两种思想不可调解的斗争；同时存在于一个黑色躯体里的两种对立的理想，凭着顽强的力量保持自己不会被撕扯成碎片"[1]）可以用来概括大多数现代主义者的主体性。有必要去实地察看俄罗斯、德国、葡萄牙还有法国这些国家当时的情景，这样我们才能了解现代主义的诞生过程如何也是分裂主体产生的过程。它的根源可以在奴隶制的后遗症、西方帝国主义、尚未成熟的工业化、日益频繁的交流、旅行的速度以及人口密度等问题发展趋势的深度里去寻找，它们会显现在后象征主义、表现主义、同步主义以及未来主义等文艺运动的文本里。然而，一个常量是不变的：一个全球化的新世界蕴含着急剧的分化，抑或是旧我缓慢的分裂。一种新的主体性伴随着现代主义文学的发展而产生。这是一次不小的海啸，文学、艺术和政治都介入其中，齐心协力，来消解老资产阶级将自我理解为所有权和"财产"这样的概念。正如齐美尔及后来的瓦尔特·本雅明对这一过程所做的分析，大城市中的现代生活习惯掏空了主体性的内核，减少了精神的内在生活，只留下众多事物突然并置的空洞纪录，降低了对无数冲击和震撼的抵御能力。我将通过着重研究主体性新出现的几个症状来探讨其模式：现代科学首先将解剖视为一种探索人类内部结构的新方法。通过精神的手术刀来解剖抒情的自我（我们将会在戈特弗里德·本恩(Gottfried Benn)的早期作品中看到），现代精神似乎就有了活体解剖的性质。此时，自我在抒情的狂想中爆炸，四散成模仿言语的他人[这一点可以用特拉克尔(Trakl)短暂的创作生涯来说明]，直到主体的代言者也消失，你看到的只有层叠的符号、讽喻和互文的复调[如别雷(Biely)，勃洛克(Blok)，曼德尔施塔姆[1]的作品]。当自我完全发育成熟，产生了以不同的自我表现出来的性格时，人们就会观察到自我的最终分裂，就像佩索阿(Pessoa)、瓦莱里·拉尔博(Valery Larbaud)创造的"同形异音异意"手法一样。

本恩和特拉克尔：从表现主义到虚无抒情主义

戈特弗里德·本恩也许是1913年最激进的作家，因为他有意识地向旧的主体性宣战，并且系统地剥去了主体性理想主义的外衣。他的第一本诗集《太平间和其它诗》(*Morgue and Other Poems*)于1912年出版，那年，他

---

[1] 曼德尔施塔姆(Mandelstam, 1891—1938)，是俄罗斯白银时代的著名诗人、散文家、诗歌理论家，曾出版诗集《石》、《哀歌》等。

26岁。像威廉姆斯和塞利纳一样，他是一名内科医生，他还像塞利纳一样，战后也成了国家社会主义运动的同情者。他曾在柏林军医院做过研究工作，并于1912年退伍，在实验室、疗养院、甚至游轮上做过零活。他晚上有空写作；之前他数次艰难地战胜了疾病和死亡。选帝侯大街的咖啡店里，最前卫的柏林艺术家们熙熙攘攘，而本恩也是那里的常客。他与前卫诗歌中颇有名望的女诗人埃尔斯·拉斯克—舒勒(Else Lasker-Schüler)有过一段简短的爱情。她的《希伯来歌谣》(Hebrew Ballads)一出版就大获好评。拉斯克—舒勒将本恩的诗歌发表在表现主义杂志《风暴》(Der Sturm)上，热情称赞了他的诗歌。战争爆发后，本恩在布鲁塞尔和安特卫普担任军医，负责军妓和监狱。战后，他回到柏林，专治性病。他的剧本《大后方》(Home Front)有力地反映了战争的恐怖，运用准超现实主义的语言，表达了对人性的反感，极富感染力。这个剧本和诗歌成了战后左翼文学的灯塔，虽然本恩选择了不同阵营，成了新纳粹的同情者。后来，由于他的虚无主义和试验语言，纳粹审查了他。此后，本恩疏远了纳粹。虽然就像30年代的海德格尔一样，本恩也认为一次全国范围的革命能将德国精神从泥沼中拯救出来。他希望来一次表现主义的革命，类似于未来主义者当时的理想，期望法西斯政权能将前卫艺术制度化。

1912年的诗集《太平间》(Morgue)沉迷于对身体衰老和肉体病变的描写。由于本恩的医学知识，他的诗作往往传达的是：人性是一种疾病缠身的物种，要摆在解剖台上进行观察。"小紫苑花"一诗中，一个"溺死的卡车司机被抬到解剖台上"，一朵紫苑花卡在他牙缝里。医生用一把长刀"削去了他的舌头和上颚"，紫苑花却意外地滑进了被剖开的尸体中。但医生并没有受到惊扰，他把尸体整个缝合起来，感叹道："安息吧/小紫苑花！"[2]对花——而不是对人——的告别，提升了诗人拒绝感伤的境界。诗人认为，死去的司机只是一个皮囊，任由人切开，然后再缝合。唯一可取的是那朵花，虽然它也注定被人遗忘在缝合了的腐烂尸体中。另一首诗"夜间咖啡馆"描绘出了一幅人类病痛和缺陷的图景。在审视完乐队的演出后，本恩把镜头转向顾客们："绿色的牙齿，脸上的丘疹，/向结膜炎挥手致意。/头发上的油脂/跟张开的嘴攀谈[……]早期甲状腺肿看起来不错，在又扁又塌的鼻子上。/他请她喝了三瓶啤酒。"突然，"门消释了：一个女人。/像沙漠般干涸。迦南一样的褐色皮肤。/贞洁。纯真。她带来一股香气。几乎消失的香气。/空气甜美的涌上前/冲击着我的大脑。"而这幅感官美景很快受到了重大的打击："一个大腹便便的胖子在她身后蹒跚着跟了进来。"[3]这个美丽的异国女人是一种诗意的表达，相当于叙述者的内心独白，而这种手法，本恩在其散文中早就运用自如了。[4]关于性的狂热图景，是白日梦与现实肉体之间激烈的碰撞。

诗集《阿拉斯加》(Alaska)和《儿子》(Sons)[5]均出版于1913年。因为背景设定在城市，而不是解剖台，这本诗集读起来更具现代主义的意味。这些柏林诗歌将地铁和电车形容为奔跑在轨道上的地狱，在这幽闭的地狱中，渴望和厌恶的情绪此消彼长。这些作品的哲学理念也变得更加达尔文主义，不断提醒着我们，我们的始祖在泥泞的沼泽中一步一滑，艰难前行，而现代人的本质也差不多。男人是"体弱多病，腐朽堕落的神祇"[6]，需要回到他们的原始形态去，好好被羞辱一番。诗集采用抒情方式描写了南方的海景。诗中还表达了一种叔本华式的浪漫愿望，是一种自杀式的释放，就是回到大海这个最初的母体中，做到与自然最终的合二为一。对本恩来说,"这里没有安慰",这也是他一首诗的标题。即使看到美丽的风景,他的想象也是"有草地浅滩的神庙/伊甸、亚当、一个地球/都是虚无主义和音乐。"[7]因此,本恩早期的作品展现的是加倍的虚无主义,把人性归于虚无,用自己的艺术表现力去拯救。艺术,在他眼里成了面对荒谬时唯一有意义的活动。本恩是50年代存在主义的先驱,同时将德国表现主义推向了国际高度。

格奥尔格·特拉克尔(Georg Trakl)也是表现主义阵营的一员,也带有揭穿传统资产阶级自我的特点。在维也纳,他结识了当时颇有争议的建筑师阿尔弗雷德·卢斯和讽刺作家卡尔·克劳斯,路德维希·维特根斯坦曾资助过他。他同时也是奥斯卡·科柯施卡[1]的密友,后者的表现主义画像《弗兰齐斯卡》(Franziska)就挂在他的卧室里。特拉克尔也经常参观科柯施卡在普拉特公园附近的工作室,两人都认为特拉克尔的诗歌是表现主义绘画转用语言形式的一种表达。特拉克尔尽管缺点很多(经常酗酒,吸毒,还有反社会的行为),但知名杂志《火炬》的编辑路德维希·冯·菲克尔依然支持他。《火炬》刊登了很多现代主义作家的作品。多亏了《火炬》,特拉克尔扭曲痛苦的诗篇有了正规的发表途径。

1913年,特拉克尔出版了自己的第一本诗集。名字很简单,就叫《诗》(Poems),由库尔特·沃尔夫[2]出版,印刷精美。这本薄薄的诗集让他在维也纳知识分子的圈子里声名鹊起。但这本诗集的力度和成熟度都远不及一年后出版的第二本诗集。而在这之前,特拉克尔已于1914年11月3日死于毒品吸食过量。不久前,在格罗代克战役(10月6日至11日)后,他还有过一次自杀企图。在那次战役中,他在奥地利军队的精神健康部门工作。他的诗使用意象主义手法,着力表现忧郁症主题(有两首诗的题目就叫"忧郁症")。大多数意象都是这样的:先是一派秋季的田园风光,诗情画意,然后风雨欲来,夜幕降临,在场的人个个都不寒而栗。腐烂的水果和枯叶散发着死亡的气息,然后,宁静祥和的景象突然急转直下,死兆和哀乐出现。

他的诗作《喇叭》(Trumpets),情境较为明快,呈现了一段狂野嘹亮的视听盛宴:

> 修剪的柳树下,晒黑的孩子们在玩耍
> 风吹柳叶,如喇叭吹曲。整个院子在颤栗。
> 红色的旗帜在枫树的悲鸣中噼叭作响,
> 骑手们沿着麦地、空空如也的磨房奔去。
>
> 或者牧人在夜间歌唱而牡鹿们跑
> 进了他们的篝火圈里,林子里的古老忧伤,
> 舞者突然跨过墙头跳了进来;
> 红色的旗帜,笑声,疯狂,喇叭。[8]

---

[1] 奥斯卡·科柯施卡(Oscar Kokoshka, 1886—1980),奥地利表现主义画家。
[2] 库尔特·沃尔夫(Kurt Wolff, 1887—1963),德国印刷商。

"赫连"(Helian)写于1913年1月,是一首更富雄心的作品,特拉克尔说,这是他"最痛苦的一首诗"。[9]整诗情绪阴暗,杂乱不堪,充斥着精神错乱、麻风病、头骨的意象。诗的结尾讲的是极乐的死亡:"哦你将眼睛塞进了黑暗的大嘴巴,/此时在他内心温雅的夜里小孙子,/孤独地,估量着更黑暗的尽头,/宁静的神灵在他上面合上了他蓝色的眼睑。"[10]"赫连"是特拉克尔诸多面具中的一个,其他的还有基督、埃利斯、塞巴斯蒂安、白痴国的梅什金王子,或18世纪的"纯真"卡斯帕·豪泽,他死于一次神秘的谋杀。特拉克尔的《卡斯帕·豪泽之歌》(Caspar Hauser Song)是根据魏尔伦的一首诗改写的。魏尔伦同特拉克尔风格相似,同样烂醉如泥、放荡不羁。"赫连"于1913年11月发表,当时是受到了瓦塞尔曼1908年出版的小说《卡斯帕·豪泽:世纪之谜》(Caspar Hauser: The Enigma of a Century)的影响。[11]"赫连"表现了特拉克尔对"还未出生、即遭谋杀"的角色的认同。特拉克尔被打上了"颓废"、"表现主义"、或奥地利"意象派"的标签。他的生命轨迹虽然短暂,但却一刻也没有停止过挣扎。他一直说自己是在劫难逃,他和妹妹有乱伦关系。特拉克尔曾这样赞美过妹妹:"你走过的地方,就有秋日和傍晚。"[12]这就是特拉克尔,自我戏剧化的诗人,奥地利的"兰波",其与天主教复杂的关系,也使他成了托马斯·伯恩哈德[1]的前辈。

俄罗斯文学的蜕变

同样,文学趋势和主体的变化,带来了20世纪初象征主义的胜利,同时带来了俄国文学的"白银时代"(1895—1914年)。像弗吉尼亚·伍尔夫一样,俄国象征主义著名诗人亚历山大·勃洛克标志着俄国象征主义和文学老旧的主体在1910年开始没落。勃洛克注意到,1910年,托尔斯泰逝世。他补充说,"1910年,象征主义危机重重,……这一年,文学流派诸如阿克梅派[2]、自我未来主义和新生的未来主义,都对象征主义抱敌视态度,而他们之间也互相敌对。"[13]1905年,俄国革命失败后,"虚假神秘主义的宿醉"为俄国文学带来了新试验。在象征主义晚期的蜕变过程中,安德烈·别雷这个名字不得不提。勃洛克早期的诗歌象征着俄国象征主义第二次浪潮的到来,但1911年后,他着力探索新的诗歌风格,并最终带来了意象主义的小复兴。1913年10月10日的这首诗,就极好地证明了这一点:

夜,一盏街灯,一家药店。
一盏毫无意义的朦胧的灯。
一个世纪的四分之一
可以走过——没有变化。没有希望逃脱。

死去,然后重回开始的时候。

---

1 托马斯·伯恩哈德(Thomas Bernhard, 1931—1989),奥地利最有争议的作家,代表作有长篇小说《寒霜》、《历代大师》,剧本《鲍里斯的生日》等。

2 阿克梅派(Acmeism),20世纪初俄国的一个现代主义诗歌流派,代表人物有古米廖夫、戈罗杰茨基、阿赫马托娃等。

与以前一模一样，命运在重复
夜，运河的冷水泛着涟漪，
药店，灯，街道。

（《诗选》，第175页）

在优雅的词句交错中，勃洛克表达了对往事不可追回的哀痛，开头的几首诗让我们感受到圣彼得堡的一条大街上尼采哲学精神的永恒回归。勃洛克需要其他声音来推进他的诗意。他在一个他早年曾致意的诗人身上找到了这一声音，这位诗人就是安娜·阿赫玛托娃：

致安娜·阿赫玛托娃

美丽很可怕，他们会告诉你——
没精打采地，从你的双肩上
你要取下一条西班牙围巾，
在你的发梢别上一朵红玫瑰。

美丽很简单，他们会告诉你——
颇不习惯，你把印了花的围巾
盖在了婴儿的身上，
那朵玫瑰就躺在了地上。

但是，此时你隐约听到
你周围有人在说话，
你会突然变得沉郁
默默地对着你自己说：

"我不可怕，也不简单，
没有可怕到我要简单得
把谁杀掉，也没简单到
不知道生活充满了恐怖。"

（《诗选》，第215页；1913年12月16日）

这篇诗作在当时被里尔克视为美的精髓[在第一篇"杜伊诺哀歌"（Duino elegy）中，他这样写道"美是唯一/我们还能承受的/与恐惧的第一次亲密接触"[14]]他认为美是女性化的，因为只有在女诗人身上，极度的简单和单纯的动人才能合二为一。1913年12月，勃洛克在他的幻想诗"新美国"中，让俄国贫瘠干燥的大草原与美国式的工业化国家作了一次对抗。俄国史诗般的过去,充满了战争的硝烟和英雄的战斗,阵亡将士抛头颅洒热血,与现代化工业进程形成了强烈的对比。"凶猛的哥萨克人[1]"在战斗中"发辫飞舞"的景象不复存在,取而代之的是"工厂高大的烟囱"和"工厂警报器的尖叫声。"然而,"许多层的工厂大楼/和乡镇里劳动阶级的贫民窟"在一定程度上也带来了未来的希望:"是的,在荒凉的草原之上,新美国崛起/就像一颗闪耀的星星!"(《诗选》,第245页)

永恒的俄国这一主题在俄国革命前面临着两难境地。阿克梅派大师奥希普·曼德尔施塔姆给出了一个完全不同的解决方案。阿克梅派继承了象征主义正式的遗产,拒绝模糊不清的主观主义和令人头晕目眩的神秘主义。他们反对不规则的韵律,拥护齐整的诗体,认为写诗要有"韵律"。曼德尔施塔姆1913年出版的第一本诗集《石》(Stone),走的完全是阿克梅路线。其中大部分诗作发表在《阿波罗》(Apollo)上。1913年,这本杂志上至少发表了三篇阿克梅宣言。阿克梅派超越了当时的时代,为后来的新古典主义奠定了基石。其中,新古典主义诗人T·S·艾略特和埃兹拉·庞德在20多岁时就重新开始运用更严格的形式进行押韵绝句的创作。曼德尔施塔姆于1913年1月发表的"圣彼得堡诗节"中,相似的混搭风格和精湛技巧随处可见。这篇诗作让人印象深刻,以至于当时的未来主义诗人马雅可夫斯基马上就背了下来。

> 在隐约露头的政府大楼之上
> 回旋的飞雪积得很厚,下了一天;
> 裹紧他的大衣,一位学法律的学生将
> 胳膊伸了出来,然后钻到了雪橇里面。
>
> 汽船一直停泊到春天。那地方太阳温暖
> 船舱窗户上厚厚的玻璃光芒闪烁。
> 俄罗斯,就像一艘巨大的无畏号战舰
> 停在码头边沉思,那样子泰然自若。
>
> 涅瓦河有来自半个地球的外国使馆,
> 太阳,海军部,一片沉静。
> 这个国家穿着僵直的紫色长袍一件
> 这是过错,怎么和旧毛衬衫一样贫穷。
>
> 一个北部的势利眼必须承受沉重的负担
> 奥涅金为这由来已久的负担而苦恼;
> 一浪浪的吹雪在议会广场上堆满,
> 一堆火上的飘烟,闪着寒光的刺刀……

---

[1] 哥萨克人(Cossacks),俄罗斯和乌克兰民族内部具有独特历史和文化的一个地方性集团,性格英勇无畏,不为强权低头。

轻舟象小勺一样飘在水上，海鸥
猛冲下来栖集在临时搭建的货栈
那里农民四处把调味饮料和面包卷兜售，
就好像他们是小歌剧的合唱团。

一长溜汽车冲来，穿过烟雾；
古怪而又高傲的叶甫盖尼用他荒唐的方法
呼吸着汽油，将自己的命运深诅，
虽然羞于贫困，他仍保持着端庄的步伐。[15]

这篇诗作气势浑宏，有着整齐的韵律。曼德尔施塔姆在这首诗中，将由大都市伦敦、巴黎、柏林、纽约定义的现代精神，移植到自己所描述的"北方大都市"上。同时，他所描述的城市也应该有"卫城式"的恒久，像古典的雅典和罗马一样。他的别的主题还有一个在劫难逃的"美国女孩"上了泰坦尼克号，"无声电影"的拍摄，或一对打网球的夫妇，或是一股新的西方热潮。诗集《石》的主要主题是圣彼得堡市：一部题为《卡门》(Kamen)（意为石头）的诗集就强调表现了这座城市的建造者彼得一世，他名字的意思也是"石头"。还有许多诗作表达的是对建筑的思考，比如罗马的圣彼得大教堂，圣索菲亚大教堂，或巴黎圣母院：建筑的建造在他眼里就相当于诗篇的写作。两者看起来都纯粹是描写练习，而在其背后，人们看到的是社会批判力量的轮廓。

曼德尔施塔姆集中描写的是表现俄国力量的景象：特权阶级的学生离开了为他挑选好的法学院，钻进了雪橇，[16]我们还在诗中看到了行政权力的中心，包括大使馆和海军部，在另外一首诗中，作者着力描写了这个建于1809年的壮观建筑（《石》，139页）。曼德尔施塔姆的诗篇有很多互文回环，包括果戈理(Gogol)的《外衣》(The Overcoat)，普希金(Pushkin)的《叶甫盖尼·奥涅金》(Eugene Onegin)（奥涅金在诗作的第13行，代表"北部的势利眼"），还有后来的《青铜骑士》(Bronze Horseman)，里面的主人公叶甫盖尼在最后一个诗节里提到了。叶甫盖尼，因为半疯半傻而成了一个"怪人"，他在涅瓦河的洪水中失去了一切；神智错乱中，他诅咒了青铜骑士——沙皇彼得的骑马雕像。但雕像开始缠住他，逼他答应不再诅咒，最后把他折磨成了一个呓语不断的痴呆人。普希金并没有说明帝国专制主义和在沙皇压迫之下广泛民愤之间的矛盾。这些引述的文本将圣彼得堡作为大舞台，但诗人使用的其他典故则更加不祥：比如无畏号战舰的回忆，描写了俄国于1905年1月在亚瑟港口的可耻失败，当时俄国舰队被日本军舰摧毁殆尽。英国海军在1906年登上无畏号，当时英德不和，英国同时还对俄国人抱怀疑态度，因为在1904年10月，俄国曾在北海击沉了一艘英国的拖网渔船。议会广场，1825年，十二月党人起义爆发，而随后就被闪烁着冷光的刺刀残酷镇压。1905年1月22日，数百名手无寸铁的罢工者在冬宫附近游行示威，结果被军队残酷镇压。最后出现了一个醒目的意象：冰封的船舶，这一意象被反复使用，也指奥维德(Ovid)的《哀歌》(Tristia)。曼德尔施塔姆很喜爱奥维德的这部诗集，后来他曾多次引用。叶甫盖尼式的无助诅咒在1905

年的俄国人民中很广泛,他们对沙皇政权出现了普遍的不信任,彼得堡的知识界则期待着酝酿一场革命。1917年10月,俄国十月革命爆发,像勃洛克和别雷这样的作家热情地投身其中,但曼德尔施塔姆则持谨慎态度。

"圣彼得堡诗节"(Petersburg Stanzas)这首诗中的政治解读在"1913年"这首诗中得以更加淋漓尽致的发挥。"1913年"一诗1914年发表,收录在《石》的第二版中:

1913年

不要胜利,也不要战争!
哦,钢铁战舰,我们还要服役多久,
我们受到谴责还要保护
美国国会大厦的安全?

罗马的雷电——人民的愤怒
是否已经被人哄骗?
那些演说家长在论坛上的
那锋利的长喙歇息了吗?

或者那被打烂的太阳战车
也拉运干土做的砖头吗?
还有,罗马生锈的钥匙
是握在早产的人手里吗?

(《石》,第159页)

这首诗在1914年9月的《阿波罗》上首次发表,名为"战前"(Before the War),以古罗马神话作比。罗马从垂死的共和国时期过渡到运用武力掌了权的"早产的"凯撒时期,像西塞罗这样的演说家试图运用雄辩来维持权力的平衡,与1913年广泛的紧张局势很是相似。战争的滚滚雷声让人联想到斯拉夫人崇敬的雷神佩龙[1],也暗指世界大战的混乱局面和局势低迷的俄国内战。形式主义者的控制仅能勉强遮掩住酝酿中的社会政治动乱,与此同时,典型的俄国神话文学则与古典抒情主义完美地结合起来了。

别雷的突破

如果说英语世界的"现代主义"1922年达到了一个高峰,那么,俄国文学的这一高峰则

---

[1] 佩龙(Perun),斯拉夫神话中的雷电之神,同时也司战争和锻炼。斯拉夫人公认的至高神明。

出现在1913年，首先就是曼德尔施塔姆的《石》，然后是安德烈·别雷(Andrei Biely)的《彼得堡》(Petersburg)。"圣彼得堡诗节"可以说是别雷这部小说的引语，每一章都以普希金的一句名言开始，这些名言大多来自于《青铜骑士》。人们常常把《彼得堡》比作俄国的《尤利西斯》，这种比较有点过头。诚然，《彼得堡》也是一部关于城市的小说，在这部作品里，彼得堡控制着人们的生活和梦想；它也是一个关于父亲和儿子的故事，语言也俏皮新颖，对话亮点颇多，能立即使气氛活跃起来。说《彼得堡》与温德汉姆·刘易斯(Wyndham Lewis)的伟大的小说《塔尔》(Tarr)不相上下比较恰当。其实，《彼得堡》的开头跟《尤利西斯》很像，使用了迈克尔·格洛登[1]所称的"初始风格"。[17]这种风格较多地保留了关于斯蒂芬·迪达勒斯[2]的章节：一种变化不定的诗化散文的形式。从内心独白到对话还有第三人称叙述的方式，都让人联想到自己在城市中日复一日的生活。如果有人研究别雷文本风格的演变，就能发现，他不像乔伊斯那样，把一个都柏林人原本简单的生活以10年作为时间段，不断地跟进叙述，别雷更多地集中在一个时间上进行分析。别雷在1911年10月着手写作《彼得堡》，1913年11月完稿，分别发表在三期《西林》(Sirin)期刊上(1913年第一期和第二期和1914年第三期)，1916年作为整书出版。后来别雷改写了这本书，在1922年柏林版中删去了很多内容。从所表现出来的情况来看，他没有使用自己在战争岁月中的感受来进行包罗一切的描写——就像曼恩、普鲁斯特和乔伊斯一样——而是将《彼得堡》浓缩为一部象征主义小说，使其更紧凑，更神秘。

别雷的文学生涯开始于1902年，当时他还是个学生，但已经声名在外了。《戏剧交响曲》(Dramatic Symphony)这部书为他打开了文学圈子的大门，他当时很年轻，使用了别雷这个笔名，他的真实身份是一个天才数学家的儿子。[18]1909年，他的《银鸽》(The Silver Dove)系列出版。这一系列是首次描写1905年流产的革命小说之一。同样，《彼得堡》故事发生时间也设定在1905年，但却是一部城市小说，而《银鸽》发生在乡下，讲的是一个年轻贵族反对教派神秘主义的故事。故事中，他离开了自己的贵族未婚妻，成为未来人性挽救的先驱。在故事结尾，他被残忍地杀害了，因为教派头头，一个木匠，开始嫉妒他。别雷认为俄国文化在1909—1911年间处在危机之中[他的一些杂文题目就叫《文化危机》(The Crisis of Culture)]。他希望俄国文化能从一场革命或一场关于新价值观的大讨论中重获新生。在巴塞尔(瑞士第三大城市)，他完成了《彼得堡》第一个版本的写作。在那里，他和妻子成为了鲁道夫·施坦纳(Rudolf Steiner)的门生。施坦纳是人智学的创始人。别雷在革命前夕回到了俄国。这部小说在情节上，很大程度上是受到了当时一群神秘的无政府主义者的影响。这群人希望一位杰出政治家的儿子用他们提供的炸弹把自己的父亲炸死。这一阴谋启发了陀思妥耶夫斯基(Dostoevsky)，当时他正在创作《群魔》(The Possessed)。这一事件让他写出了《群魔》中那些虚无的咒语，和《卡拉马佐夫兄弟》(Brothers Karamazov)中俄狄浦斯式的谋杀。这一事件带有果戈理的风格，还有一种独特的超现实主义的味道。

---

[1] 迈克尔·格洛登(Michael Groden)，美国教授，任教于西安大略湖大学。
[2] 斯蒂芬·迪达勒斯(Stephen Dedalus)，乔伊斯小说《一个青年艺术家的肖像》中的主要人物。

这部小说完全是虚构的吗？别雷似乎这样认为，因为在完成《彼得堡》后，他在一封信里写道：这部小说里很多情节发生在角色的心灵里，在书中我并没有写，一个大脑思维过于紧张的角色[……]整部小说可以说是"大脑剧本"。[19]这些名词儿在整部小说中贯穿始终，因此，在第一章结束时，有一个简短的概括，告诉我们，已经出现的两个主角，参议员阿布列乌霍夫和他的儿子尼古拉，仅仅是一个影子，是旁白脑中的影像。[20]这很好地解释了小说里很多对话中模糊不清的形象，和游离于意识和白日梦之间的映像，但这篇小说不只是作者的幻想。事实上，在结尾处，作者重述了相同的理念。别雷暗示，小说的内容不单是一个旁白的幻梦。他解释说，虽然参议员的妻子，也就是尼古拉的母亲，已在两年后与她的意大利情人重返故土西班牙，但主角们并不知道这一情节。小说就如同下面这首散文诗：

> 这24小时！——
> ——我们叙事的这24小时扩展并
> 散落在心灵的宇宙里：作者的凝视已经
> 在心灵的宇宙里弄成了一团乱麻。
> 大脑的呆滞的游戏沿着已经闭合的地平线里面
> 缓慢地走动，一个我们一直在找寻的圈子——
> ——在那24小时！
> [……]一如既往，小说的主人公们——学着我们的
> 样子——已经把安娜彼特洛芙娜忘记了。
>
> （《彼得堡》，第265页）

别雷的叙述方式让我们看到了大千世界的镜像，作为作者，他为我们将这世界娓娓道来。而在后爱因斯坦时代，视点和时间都处在不断的变化之中，因此说别雷无所不知显然是不现实的——他只是看到了世界的意义处在一种螺旋式的变化之中。别雷的大脑也掌握不了他文本机制里所运用的各种语言、叙事逻辑和文体游戏。

这部小说运用准科学的方法构建：三个三角形互相重叠衍生，它们分别为家庭的三角（上了年纪的父亲对自己叛逆的儿子有所怀疑，但也没办法填补他们之间的代沟；还有意外重返的母亲）、情人的三角（尼古拉迷恋索菲亚，后者是尼古拉朋友风情万种的妻子）和政治阴谋的三角（天真的革命者杜德金，他是尼古拉的学生加朋友，已被一名专业的煽动者利潘琴科控制），这些都是情节的一部分，赋予小说活力、连贯性和张力——尼古拉不小心启动了炸弹，读者就能在全文中听到它滴答作响，直到最后爆炸——却没有任何人死亡。而伏线情节没有就此结束，整个彼得堡都被包括其中。该市作为一个主要角色，作者在一首散文诗里专门讨论到它的街道、运河和纪念碑。别雷并没有掩饰这个城市的分裂，而是描写了其中的两极，涅瓦大街上，时尚和权力在此处栖息，它被称为俄国的"欧洲之窗"；而瓦西里耶夫斯科耶岛则满是工人阶级的贫民窟，那里革命性的不安情绪在沸腾。连接着阶级划分的是更大的

种族划分：尼古拉和他的父亲阿布列乌霍夫都是柯尔克孜族[1]，俩人都被认为是俄国偏亚洲的人种。母亲离开后，尼古拉情绪抑郁，沉浸在康德的著作中，把康德的胸像供在自己的房间里，会见充满疑虑的学生们，穿着睡袍和鞑靼便帽在布哈拉游荡；至于参议员先生，在旅顺口陷落后，他不得不去东京谈判，以达成一项和平条约。而现在，他认为自己的儿子是一个年轻的蒙古人，与共产主义和亚洲部落的"创造性破坏"有着某种联系。

在结尾处，父亲和母亲团聚了，而尼古拉在几乎杀死了自己的父亲后，逃往国外了。他住在巴勒斯坦，在那里，他得知父亲去世的消息；后来他又在埃及呆了一段时间。他皈依了宗教，不再相信康德的哲学，开始阅读乌克兰宗教哲学家格里戈里·斯科沃罗达（Grigory Skovoroda）的著作，此人被称为18世纪"俄罗斯的苏格拉底"。他找到自己的中心了吗？到底有没有中心呢？这是令人疑惑不定的事情，因为这部著名的序言已经言明圣彼得堡不是中心（太接近俄罗斯西部边境），它已经被莫斯科这样的现代化大都市取代（1914年，莫斯科正式成为首都）。如果圣彼得堡不是首都，作者解释说，那么圣彼得堡就不存在了，它的存在就是虚构的："但是，如果圣彼得堡不是首都，那么彼得堡就不存在。只是看起来还在。//但彼得堡确实在地图上存在，两个小圆圈，一个套一个，中间一个黑点，就是圣彼得堡。从数学的角度看，它没有维度，但有力地宣告自己的存在：从这里，从这个点，书籍潮水般地涌出；从这个无形的点，官方的政令送向四面八方"。（《彼得堡》，第2页）果戈理式的第一人称叙事方法用口语叙事嘲讽官方文件，留给读者自己回味的余地。

在《彼得堡》里，什么是必须认真对待的，什么是嘲笑的对象，我们从来都不知道。最好的例子就是与索菲亚与尼古拉之间的爱情纠葛。尼古拉想要吸引她的注意，身穿红色多米诺斗篷出入于各种场合，但他穿着这件外套不断绊倒。索菲亚对这段感情的态度十分矛盾，很快接受了他，又很快拒绝了他。她喜欢被各种各样的求婚男人包围，还要最终稳妥地嫁给一个并不怎么亲密的官员丈夫——她的嘴上从一开始就发现装上了一横可疑的黑胡子。她不管不顾地要去一个聚会见尼古拉后，她的丈夫理胡金想要自杀——吊死，但也只是把自己房间天花板搞塌了而已。然而，尽管这一切都怪诞无比，景象突然变得平和幸福，夫妻团聚，在黄昏玫瑰色的光线中重归于好。

索菲亚读的书既包括安妮·贝赞特[2]（为了追随安妮，她还举办了招魂降神仪式），也包括卡尔·马克思[她背诵了《共产党宣言》（Communist Manifesto）]。在这里，别雷很明显调侃了自己与亚历山大·勃洛克的妻子柳勃夫·德米特利耶夫娜的一段激情。勃洛克的妻子曾在1904年和1906年之间与他调情，随后又犹豫了，但之后再次玩弄了他，最后彻底拒绝了他。只要是涉及人智学的主题，小说的基调就很不好定，所以讽刺就成了小说的主要选择。在听了鲁道夫·施坦纳的谈话后的几个小时内，别雷写了尼古拉在藏着炸弹的沙丁鱼罐头上睡着的那一章。在这一章中，尼古拉进入了一个恍惚的意识空间，看到自己所有的亚洲祖先，包

---

[1] 柯尔克孜族（Khirghiz），吉尔吉斯斯坦的主体民族，属于混合民族。
[2] 安妮·贝赞特（Annie Besant, 1847—1933），英国人智学者、社会改革家，著有《人的七大原则》、《死和以后》、《化身》等。

括西藏喇嘛、佛陀、孔子、克罗诺斯[1]，认为涅槃就是虚无。他要用蒙古游牧部落摧毁欧洲的价值观……具有讽刺意味的"最后的审判"在结尾处作为扭曲的幻觉出现，尾声更为清楚地描写道，尼古拉最后开始研究埃及的亡灵书和一神教的起源。这一情节只是一段诙谐的改编吗？别雷没有提供线索，只是简单地说，要得到明确的答案，一场俄国革命还是远远不够的。

这部小说的音乐结构是其唯一稳定的因素——叔本华曾称赞音乐高于所有其他艺术，这一直都是别雷的信条。虽然在他的小说里，音乐结构还是避过个体心理不谈。音乐，类似于冥想，提供了一种解决主体紧张局势的方法。1905年，别雷就已经因为陀斯妥耶夫斯基的写作手法上音乐性不够强而拒绝了他。他散文的音乐性，使这部小说成了一部长篇散文诗，同时情节紧张有序，而因为那个一直滴答作响的炸弹，这部小说也很有悬念。从这个意义上说，它比《尤利西斯》更具有小说性质（《尤利西斯》除了对摩莉不忠的描写外，就没有什么情节），而《彼得堡》却保持着社会和政治的关联。《彼得堡》是一部现代主义小说，虽然作者是"不情愿的现代主义者"。这部小说中现代主义的痕迹随处可见，在文学技巧上，使用了自由间接引语；在内心独白上，使用了无数语言主题；还有颇具讽刺意味的重复性的短语和句子；在玩笑、双关中对语言的随意拿捏等等。现代主义也经常使用俯视的透视法，一直变换视角，加之含糊不清的语言，结合现代科学，教育读者。[21]米哈伊尔·巴赫金[2]当时刚开始他的研究，他开放式的多种声音和异质语的概念，标志着俄国对《彼得堡》的接受，[22]根据这些描述，《彼得堡》是别雷的大师之作，象征主义在这部小说中幻化成了一种文体上的"异质语"。我试图恢复别雷文体的"独白"性，因为炸弹确实在最后爆炸了，打破了旧体小说及其具有稳定主体的风格。这是文体的炸弹，也是俄国革命的炸弹。在《彼得堡》的最终版本中，别雷只在结尾增加了一句话："爆炸将会发生：一切都会被席卷而去。"（《彼得堡》第292页）

佩索阿早期的同形异音异义手法

又一次爆炸也将根本改变葡萄牙的费尔南多·佩索阿（Fernando Pessoa），影响了他的躯体、灵魂，乃至姓名，而这一爆炸是又一场革命造成的。1906年10月，佩索阿从南非回到里斯本，直到1913年，这一年创作灵感就像旋风一般袭来。他经历过1910年革命的动荡岁月，那场革命中，曼努埃尔二世[3]被迫退位，这是在召唤自由和现代化。1912年，佩索阿开始为如《鹰》（A Aguia）等一些新文学杂志撰稿。1913年，他在给导师萨—卡内罗（Sà-Carneiro）的信里这样描述过他精神上的波动：

---

[1] 克罗诺斯（Kronos），第一代泰坦十二神的领袖，是时间的创造力和破坏力的结合体，吞噬一切的时间。
[2] 米哈伊尔·巴赫金（Makhail Bakhtin, 1895—1975），俄国哲学家、文学批评家及符号学家。
[3] 曼努埃尔二世（Manuel II, 1889—1932），葡萄牙第三十四位也是最后一位国王。

此时此刻，我正在经历着人们常在农业领域里提到的过剩危机。各种想法在大脑中迅速碰撞，我不得不随身带着笔记本，以便随时将它们记录下来。即便如此，所记的内容如此之多，我甚至事后找不到之前记录的地方，而有些地方因为写得太快以至于我自己再看到它们时也难以分辨所写的内容。这些也深深地折磨着我，而那些源源而来的想法却逐渐模糊起来，也使得我更为心痛。[23]

他在信里记下了几乎所有在他大脑中碰撞的那些半成型的创作构思。"那些英语或是葡萄牙语诗篇，那些臆想和诸多的意识碎片，虽然我无法理解它们，但它们真实地存在着。所有的文字都源源不断，批评性的一闪念，形而上学的低语……亲爱的马里奥，那是完整的文学素材，从迷雾中来，穿过迷雾，又消失在迷雾中……"[24]这也成了佩索阿内心挥之不去的困扰。这些不断袭来的想法也自然而然地帮助他孕育出了同形异音异义的创作手法。这些充满文艺气息的自我意识和独特的假名都被赋予了完整的身份、性格、出生日期，甚至是星图上的某个星座。这种倍增的潜能使得佩索阿有一种突然间的荣誉感，此刻，他感觉自己如同罗素一样伟大。庆幸的是，那些想法还仅仅是一些不成熟的碎片，这也使得佩索阿没有陷入狂喜后的妄自尊大之中（虽然他经常害怕变疯）。其实，他更仰慕莎士比亚，在这位抒情诗人身上，他最仰慕的是他完全没有个性。

1913年，佩索阿还没有完全想好他的主要的同形异音异义词，1914年3月和6月，他的脑中突然蹦出阿尔贝托·卡埃罗、里卡尔多·雷斯和阿尔瓦罗·德·坎波斯这三个名字。但他真正完成一个天才作家的转变是在1913年，那时他在里斯本。为纪念这一突破，他开始收集《惶然录》(*The Book of Disquietude*)里的自传体诗歌片段，这与里尔克使用路西塔尼亚语写的《马尔提·劳利茨·布里格随笔》(*Notebooks of Malte Laurids Brigge*)是相同的意思。佩索阿一生都未停止补充搜集到的诗歌。他的第一部节选集命名为"在迷失的森林里"，并于1913年发表在一家评论上。那时候，佩索阿的文学目标中还未引进未来主义，他的引进经过了纯葡萄牙语语境的筛选。说来也怪，1913年5月，他由此开始练习使用英语写作长诗——"新婚颂"，并尝试将他新发现的腹语与一些文学流派结合在一起，比如新古典主义、后浪漫主义、惠特曼式抒情主义、异教信仰以及现代主义。佩索阿不知疲倦地进行着创作，而且他认为所有这些不同的文学风格都应该均等地找到表达的媒介。1913年3月，他写出了极具影响力的"暮光印象"(Impressions of Twilight)，人们更习惯称之为"沼泽体"(Pauis)，这是他对自由体诗的一次尝试，它引起了一场持续时间不长的运动，即沼泽主义，1914年2月在《雷纳斯森萨》(*Renascenca*)刊登之后便引来如潮的好评。这也被他的读者认为是路西塔尼亚诗歌史上空前的创举：

穿过我装金的心灵，困境正啃食着痛苦的不安……
他者的丧钟在远处敲响……金色的麦子
在日落的灰烬里变淡……一根肉线穿过我的心灵……
如此的相同，此时！……摇摆的棕榈树梢……

沉静通过树叶向我们狰狞……苗条的秋天
有一声微弱的鸟啼……被忘却的蓝色，停滞不动……
哦，极度痛苦的无声啼哭向此时抓去！
我内心的疑惑渴求别物，而非这些啼哭！
我的手伸向远处去抓，但抓住了它们后我发现
我想要的东西不是我真想要的东西……
缺憾的钗钹……此时的这么多
古董从自我的时间那里被驱逐！……退去的浪潮侵进了
被我自己遗弃的自我，直到我昏厥，
一个礼物我记得如此难忘以至于我感到自己正在忘却！……
晕轮的液汁，透明的曾经，因为自身不变，所以已经变空……
神秘了解我的他性……月光掉落在
　　　不可承接的物体之上……
看守很拘谨——他的长枪插在地上
立得比他更高……这是要干什么……白昼就是大地……
毫不相关的藤蔓在攀爬，舔到了每个此时的那边……
地平线对着遥空闭上了眼睛，那里错误可以穿成一串……
鸦片夸耀未来的寂寞……长长的列车……
长长的门在远处出现……穿过树林……这么多的铁！[25]

彼此没有联接的虚构意象让人想起勋伯格的歌剧《期望》（*Erwartung*）中那个歇斯底里的女叙事人意思互不关联的突然叫喊，这一手法在兰波[1]的联觉想象诗中也有回响。在这映入眼帘的互不关联（虽然[原文]押了很严的韵）的一堆文字中，突出的一点是，佩索阿运用微妙的方式将浪漫的渴求推向了与主体脱节的极点。他再次断言了，"我'是'别的人"，这是兰波的一句名言。该诗以其敏锐的精确性分析了人们如何能够在忘却的那一刻又正在记住的自我感觉，人们如何在是自己的同时又不是自己，人们如何司空见惯地意识到在想要一个东西的时候想要的是另一个东西，他在这首极度的几乎是仿拟的诗中捕捉到了他想要表达的主要主题，上演了与自我脱去系统关系的一幕。自我的巴罗克式爆炸通过文学这样优势的表现样式找到了相应的表达形式，由此可以将个性这样的传统概念遗弃。

达林·萨德里埃尔（Darlene Sadlier）曾指出，这首诗（佩索阿在其诗集中使用葡萄牙语重新表达了一次）在《复兴》（*Renascença*）上发表时应该和第一诗节印在一起。这一诗节运用四段押韵的四行诗表达了村庄古老的钟声，这钟声似乎是我们所读到的那种痛苦的沉思的一种假托：

---

[1] 阿尔蒂尔·兰波（Arthur Rimbaud, 1854—1891），法国诗人，早期象征主义诗歌的代表人物，超现实主义诗歌的鼻祖。

哦，我的村里的钟声啊，
在宁静的夜晚那么忧伤，
你每一次被敲响的声音，
在我心灵里深深地回荡。

你的回响是这样地低缓，
对生活感到这么不高兴，
以至第一声敲击就已经
听起来像是重复的钟声。

在我身边无论你怎么响，
我都脚步匆匆漂泊悲痛，
对我来说你就是一个梦，
总是飘忽在遥远的地方。

正因为你的每一声回响
都在广阔的天空里震颤，
我感到过去就越来越远，
我感到很渴求到你身边。[26]

一个经典的主题却使用了不同的表达方式堆积在一起，晚钟忧郁的回响产生了悲伤的渴求，这样的表达与表演方面的辩证法背道而驰。1914年，当佩索阿表达与他相反的主体性时，这一点表现得最为突出，当时他是从反对新古典主义的里卡多·里斯和那个"异教徒"或称为惠特曼式的阿尔瓦罗·德·坎波斯开始的。对同一主题进行变换表述的手法就会让文体变得不透明：不能认为语言是透明的；它变成了动态的自治的媒体，在这种媒体中，文化的重量就会承载在易变的自我身上，因为这个自我在诗意的虚幻彩虹色的暗示中完全变形。这就是为何没有"第一声回响"：在佩索阿现代主义的世界观看来，重复是第一的，而且是原创的。

对佩索阿来说，最重要的戏剧语言是英语，他在南非接受教育的语言就是英语。他写的第一首英语诗是1913年的"新婚颂"，这是一首长达21个诗节的赞歌，歌颂性欲和世俗爱情。正如佩索阿1903年11月写给一个朋友的信中所说的，"安提诺乌斯"和"新婚颂"是他仅有的能称为"淫秽"的作品。[27]尽管他英语确实流利，但也知道自己对莎士比亚语言的掌握仍非一流，这才导致了他在这两首诗中的大胆放言。这两首诗构成了姊妹篇，"安提诺乌斯"（1915年）写的是同性恋（我们可以听见哈德里安哀悼他年轻男伴的死亡），而"新婚颂"从描写一次匿名的结婚典礼开始，歌颂了异性恋的欢乐。"新婚颂"只描写了一天的事情，该诗是这样开头的：朝阳照在仍做着梦的新娘身上，她得为结婚典礼起身打扮，结婚典礼过后是婚宴和狂欢，然后夜晚来临，带来了更加兴高采烈的欢乐。对佩索阿英语诗歌产生主要影响的是莎士比亚（稍后，他又写下了33首相当好的莎士比亚体十四行诗）、济慈[1]和爱伦·坡[2]。"新婚颂"读起来常常像是葡萄牙语版的"圣阿格尼斯之夜"回译成英语。令人销魂荡魄的是，佩索阿很好地掌握了表达的火候。这里，他唤起了年轻女人对初夜的怯惧心理：

> 在她和天顶之间一个白天就走到了终，
> 一个男人的体重她将要屈从。
> 瞧！想到这儿，她两腿并得更紧，十分清楚
> 一只手到时候会将它们分开；
> 怯惧那东西进了她体内，然后让它进入
> 那将会使柔软的一层疼疼地打开。

（《诗作》，第613页）

这些夸张的语言富有田园牧歌和怀旧的情味，其色调从维吉尔的诗到荷兰的油画，无所顾忌，应有尽有。"大公牛有力地爬上了小母牛身上"（《诗作》，第613页），这正是"佛兰芒人[3]的时刻"（《诗作》，第618页）。一股"酒神般的红色思绪的激流"（《诗作》，第617页）伴随着从肉体得到的欢乐。那首异教徒的情诗从新娘早晨的怯惧和幻想开始，然后又转移到新郎在婚宴上对性欲的渴求。

> 新郎恨不得婚宴马上结束，
> 急于体会吮吸的美味双乳，
> 想先将手伸到那肚皮的毛，
> 然后去摸那带有双唇的巢，
> 就要攻取先前设置在那里的要塞，
> 因为他感到那夯锤般的大炮正在竖起，心痒难耐。

（《诗作》，第616页）

性欲的谵妄很快为所有人分享，无论年轻人，还是老年人；老人们还记得他们是如何地"成双，黑夜被锯断/剩下的另一截儿是白天[……]还是盼望它快点儿结束，/还想让那根半垂的肉体点开那朵玫瑰"（《诗作》，第616页）。狂乱变成了为不受约束的交媾进行广泛的祈愿。古色古香的语汇的运用以及富有韵律的旧诗句的流畅使用给这首物欲的赞美诗增加了超现实主

---

[1] 约翰·济慈（John Keats, 1895—1975），英国杰出诗人，浪漫主义诗歌五大巨擘之一。
[2] 艾德加·爱伦·坡（Edgar Allen Poe, 1809—1849），美国作家、诗人、编者与文学评论家，被尊崇是美国浪漫主义运动要角之一，以悬疑、惊悚小说最负盛名，代表作有《乌鸦》、《黑猫》等。
[3] 佛兰芒人（Flemish），近代比利时的一个主要的文化语言集团，主要居住在西部和北部。

义的色调："除了香肌和肯给以外什么也别想/那男性的白汁就是生活的琼浆！"(《诗作》,第618页)唤起这种感觉的也不乏雄浑的意蕴：

> 艾奥！艾奥！愉悦的怒起将汁液喷出
> 穿过身躯那里的网膜，
> 那网膜现在确实疼痛地脱去
> 由此展开了彼此的肉搏
> 一场将白色汁液填入子宫的战争
> 男人赢得了双乳
> 这仗打得怒气冲冲，却是为了合一和适应，
> 而不是为了伤害，不是动武！
>
> (《诗作》,第618页)

这结尾的最后诗作在一轮战争结束后让夜间参战双方和好：现在，随着所有的爱人都忙于爱的战斗，或者如果他们睡去，也会做肉欲的美梦。星辰会黯淡下去，新一天的曙光出现在东方，"欢乐的喧闹和生活中不老的吵声/温暖的新一天来临"(《诗作》,第619—620页)。人们经常说，佩索阿的英语诗歌——他生前出版的唯一一本书就是英语十四行诗集——没有什么新奇之处，没有达到他同形异音异义诗歌所达到的令人激动的高度。然而，对佩索阿来说，英语语言本身就起到了同形异音异义的作用，让他能够探索使用葡萄牙语就无法表达的问题。在这些诗作中，他径直遭遇到了一种分界感，他运用这种感觉写下了表达许多声音的作品。他1913年写下的另一首英语诗就集中地表达了这种调式。这次，他运用的是艾伦·坡的模式，而不是济慈。我就引用诗的开头部分：

深渊

> 在我和我的意识之间
> 有一个深渊
> 在这深渊的最底下流动着
> 从遥远处流来的江水声
> 这江水声音又黑又冷——
> 　　啊，在我们心灵的皮肤上相信，
> 又冷又黑，而且还老得很，
> 　　出自本身，并非谁说了我才相信。
>
> 我的所闻已经变成我的所见，
> 　　说的就是那个无地可流的大江。

> 它无声的水声一直在放宽
> 　　我的思想，让我免受束缚，无法进入梦乡。

（《诗作》，第618页）

1913年，佩索阿是唯一一个对异化发表意见的人，异化是由主体性脱去而产生的，尤其是当异化是通过无意识的人确定下来的时候。那条冷冷的江水不要我们的思绪集中在上帝、世界或现实等崇高的主题上。10年前，阿尔托[1]给雅克·里维埃[2]写过一封著名的信，信中说，他的思想被腐蚀，最终被记录了下来。现在，佩索阿表达了现代版的焦虑，现在自己不属于自己是由于语言结构的原因造成的。"虽然我在不断地找寻自己，但是，我仍然害怕找到自己，尽量避免出现这样的情况，即我发现自己是别人，"佩索阿的名字起得很好(他的名字意为"没有人")，他在1913年4月8日的信中写道，他承认自己有典型的既爱又恨的矛盾心理。然而，他的气状的或粉末状的主体性一次又一次地从虚空里出来，还常常戴上越来越多的面具，从埋藏的灾难或疯癫里走出来，为发动一场新现代主义运动奠定了最佳基础，两者都具有强烈的地方性，因此充满了路西塔尼亚式的同情和渴望，所以，完全具有全球性，有意接受世界文化的影响。

拉尔博的内在对话理论

相似的问题对于瓦莱里·拉尔博(Valery Larbaud)这样一位几乎与佩索阿没有联系的作家来说，是一个出发点。早年的拉尔博是很幸运的，他是维希矿泉水财富的继承人，在语言方面极具天赋。这使他在少年时期就有很多的闲暇来环游世界，但是他绝不仅仅要做一个有天赋的业余爱好者或是翻译家，他决心要在文学领域留下不朽的印记。在他的文学处女作中，他给自己戴上了 A·O·巴纳布斯(拉尔博的异名)的面具，他把巴纳布斯设想为一位身家百万的英国诗人。巴纳布斯的第一首诗作写于1902年，在这之前拉尔博显示出对惠特曼的极大热情——他在1899年，自己只有18岁时开始翻译惠特曼的作品。1908年，拉尔博出版了一本匿名诗集，名字叫做《一个富有的业余诗人诗集》(Poems of a Rich Amateur)。诗的序言是一个传记式的注解，他使人推测诗的作者可能是巴纳布斯。这是一个短篇讽刺小说，嘲笑巴纳布斯对一个贫穷的衬衫制造商女儿的深深迷恋。1913年，拉尔博对此书做了全面的修改，并决定署上自己的真名。这就成为拉尔博编辑的《A·O·巴纳布斯：小说，诗歌，日记合集》(A.O.Barnabooth, His Collected Works Consisting of His Tale, Poems and His Personal Diary)。拉尔博把原来的诗歌部分减半，删除了冗长的传记式注解，取而代之的是一篇假个人传记，这个传记事实上是一个以第一人称撰写的220页的小说。结局是巴纳布斯与他在伦敦妓院里救赎的一个流浪儿结婚，并一同回到了自己的出生地，阿雷基帕，那是智利、玻利维亚和秘鲁共

---

[1] 安托宁·阿尔托(Antonin Artaud, 1896—1948)，法国戏剧理论家，演员，诗人，法国反戏剧理论的创始人。
[2] 雅克·里维埃(Jacques Rivière, 1886—1925)，法国诗人、文学批评家。

同争抢的领土。现在他是一个四海为家的人,他告别了欧洲,因为他预见到那里将有战火。

1913年的修改是合理的,拉尔博修饰了作者笔下的形象。因为原来的形象很难在温和的讽刺("富有的业余诗人"这个名字太直言不讳地表现出对穷苦人民的轻视,对于他年少时的突发奇想又显得过于炫耀)和一个理想化双面人神奇的投影(像拉尔博一样,巴纳布斯喜欢旅游并不是因为它能提供奢侈的感觉,而是使他有更多的机会感受下层社会的生活,在突发性的背景下偶然遇到坚忍不拔的故事,简而言之,新的阅历使自己的人生丰富多彩)之间相互转换。像拉尔博一样,巴纳布斯坦言了解底层人民流行的文化、歌曲,当地的通俗作品使他感到快乐。在谈论文学的时候,他说:"我就喜欢二流的作品。"[28]的确,这些诗歌里引用了许多沃尔特·惠特曼、许多西班牙诗人以及少数法国作家的文字,有许多有关他们的典故。1913年,拉尔博担心读者误以为巴纳布斯是作者,决定淡化形象,使这个百万富翁肖像少一点让人无法忍受的自命不凡,少一些对金钱的满足。像佩索阿一样,他也考虑身体的需要,所以将诗歌部分细分为"咕隆咕隆的胃"和"欧洲"两个部分。

色彩斑斓、充满异国情调的名字充斥在诗歌里面,但是如果不考虑到身体的需要,这样的诗歌会变得很冗长,很乏味("咕隆咕隆的胃!咕隆咕隆的胃……/胃和肚子不停地作响/总在改变的肉体在埋怨/声音,器官们忍不住的低语,/嗓音,只有人的嗓子不会撒谎,/一直是这样,哪怕身体已经死亡……"[29])。乘坐豪华的列车、游艇、轮船环游世界,我们欣赏到了许多别致风景,从威尼斯、利帕里群岛、那不勒斯、卡奥尔、伦敦、博斯普鲁斯海峡,到敖德萨、巴塞罗那、哈尔科夫、哥本哈根、鹿特丹、科尔多瓦、塞维利亚、黑山、科伦坡、长崎、克罗地亚、斯德哥尔摩、柏林、旧金山和芝加哥,但是,在所有这些动人的景致中,欧洲是诗人表达爱意和发表批判的主要主题:

> 我歌唱欧洲,歌唱它的铁路和剧院
> 还有它星罗棋布的城市,但是
> 我将一个新世界的赃物也带进了诗歌……[30]

他希望将其他大洲最原始的色彩带到欧洲,他心中的女神是个克里奥尔人[1]。尽管拉尔博认为可以将惠特曼移植到法国文化里(正如我们所看到的,这个计划和桑德拉计划有些像),但他不完全确定自己是否可以完成,这也是为何作者用一个特殊的问句作为诗歌的结尾:这是不是又一个"咕隆咕隆的胃"?

选取一个无所事事的百万富翁作为人物也不是没有风险。当然,我们不应该把拉尔博和巴纳布斯混淆起来,虽然巴纳布斯有足够的钱,但他还不是个百万富翁;另外,巴纳布斯到处指控某位 V. L. 嘲笑他。[31]在这个狡猾的伪装游戏里面,巴纳布斯体现了对绝对自由的追求,日记最初的题目就是"一个自由人的日记"。他有无限的财富让他去实现梦想,但我们看到他也因此失败。他沉溺于自己的怪癖——爱挑剔、过度享乐,可他根深蒂固地天真,还

---

[1] 克里奥尔人(Creole):生于美洲而双亲是西班牙人的白种人,以区别于生于西班牙后来迁往美洲的移民。

经常受骗。住在佛罗伦萨的时候，巴纳布斯爱上了"平民"弗洛丽·贝利，这位美丽的英国女人送给他一封情书，署名是"心的渴望"。[32]就像平常一样，他被迷倒了，向她求婚，他想通过娶一个平民为妻来为他无用的财富赎罪。后来他从自己的会计那里得知这个女人一无所有，别人花钱雇她来监视自己，而她以前是一个拍过色情照片的妓女，并且因此很有名。他坚持要娶她，但是弗洛丽自己却拒绝了他，她觉得更喜欢自由，懒得和一个严肃、呆板无趣的百万富翁住在一起。当他最终与那个从排水沟里解救出来的年轻女孩康塞普西翁·亚尔萨结为连理时，他的会计师认为这只是他昙花一现的念头。[33]我们也会怀疑，尽管这一举动满足了他需要找到救赎的要求，但这是否是他最终的决定。他最大的希望是逃离旧世界，回到他的南美老家。在日记的结尾处，这位"富有的业余爱好者"提到他正在忘却法国："我现在失去了用法语思考的习惯"。[34]用西班牙语思考是"放下曾经拥有的一切"的第一步。他将生活在一个农场上，并许诺再也不写日记了，抑或是再也不写作了。世界主义梦想的破灭标志着拉尔博的面具与同形异音异意手法已经合一。他的演变与佩索阿刚好相反，佩索阿的腹语和"同形异音异义"的文体使现代主义、民族主义和世界主义调和在一起。

1913年他修改这部作品时添加一首诗作为结尾，这就宣告了巴纳布斯决定离开欧洲，开始新的生活，从此他诀别诗歌，只写散文。巴纳布斯离开欧洲，但他仍然怀念在英格兰度过的青年时代。随着可怕的冲突降临，这个作为结尾的诗篇显示了担忧与不祥的预兆。诗人看到了罗马人和日耳曼人日趋扩大的分歧：

> 我将铭记欧洲的生活：
> 微笑的过去倚着屋顶，
> 钟声，众议院的大草坪，低语，
> 雾和电车轨道，美丽的花园和
> 南方的平缓的蓝色水流[……]
> 我将铭记这个地方，这里冬季
> 就住在夏季的每个月里：
> 这是冰天雪地，岩石是黑的，天也是黑的，
> 这里，在所有欧洲的
> 上空一片沉静。
> 日耳曼与罗马相遇。[35]

在这样的历史背景中，只有"死神的白骨之手"[36]能书写最后的结局，结局中只有一个词"死亡"。

第七章 与自己作战：德国与奥地利现代主义最后的世界之旅

　　1913年的欧洲，对于战争迫近的威胁，奥地利比任何其他国家都有更清醒的意识。战争或许应归咎于这个古老帝国的某些地域所释放出的民族主义能量，尤其是受到年轻强大而又傲慢的塞尔维亚人怂恿的斯拉夫民族。正如美国南部的觉醒刺激了整个美国的种族歧视，民族主义反过来也激发了反犹太思潮，同时也导致了激进的军国主义。其中，具有讽刺意味的是，当时的德国文化可以浓缩于一个名字——伯恩哈迪。1912年，亚瑟·施尼茨勒[2]出版了一部极具争议的剧本《伯恩哈迪教授》(Professor Bernhardi)，剧本中的同名主人公是位犹太医生，他拒绝牧师对他一个垂死病人的探望，尽管牧师此举是为了使病人的心灵得到安宁。该剧本在维也纳立即遭到审查，不过却很快在柏林和慕尼黑进行了排演。早在1913年，卡尔·克劳斯[3]对施尼茨勒的过于挑衅做出过批评，尽管他本人也声称是支持人道主义的医生[1]。这场争辩使反犹太主义思潮受到了空前的关注。不久，德军上将弗里德里希·冯·伯恩哈迪[1]于1913年在他出版的《德国与即将到来的战争》(Germany and the Next War)一书中对他的国家进行了公开的劝诫。

　　该时期大多数现代主义作品相应的主题都是战争，这并非偶然现象，即使在诗歌或小说的主体范围内或者整个欧洲作为一个主体的范围内，这是一场与自己作战的战争。坚信欧洲统一的人们必定也坚信稳固的主体性。正如我们所见，伴随旧世界一体化的崩溃，新能量得以释放。将战争的新能量约束到新艺术运动中并不仅限于未来主义，比如后来的里尔克、曼[4]、卡夫卡[5]以及霍夫曼斯塔尔(Hugo von Hofmannstal)等作家。

　　我将把国际旅行作为探索"整体"概念及其局限的方法。20世纪的前10年，人们还能在无需护照的情况下，从英国旅行到普鲁士、奥匈帝国或意大利；俄罗斯是唯一一个抵达和出境都需要护照、签证的国家[2]。战后的情况就不一样了，到处都需要护照。随着国与国之间和平关系的发展，没有哪个作家能像里尔克那样频繁地来回穿梭。里尔克和鲁·安德里亚斯—萨乐美一起游览了俄罗斯，并在奥地利、法国、德国、意大利、西班

---

[1] 弗里德里希·冯·伯恩哈迪(Friedrich von Bernhardi, 1849—1930)，普鲁士将军，军事历史学家，著有《德国与即将到来的战争》。
[2] 亚瑟·施尼茨勒(Arthur Schnitzler, 1862—1931)，奥地利小说家、戏剧作家，作品富于尖锐的现实意义和批判意识，著有剧本《伯恩哈迪教授》等。
[3] 卡尔·克劳斯(Karl Kraus, 1874—1940)，奥地利讽刺作家、诗人、剧作家、格言作家、语言与文化评论家，著有《文学的毁灭》等。
[4] 托马斯·曼(Thomas Mann, 1875—1955)，德国作家，诺贝尔文学奖获得者，著有《魔山》、《马里奥与魔术师》、《布登勃洛克一家》等。
[5] 弗朗茨·卡夫卡(Franz Kafka, 1883—1924)，奥地利德语小说家，犹太人，20世纪各个写作流派纷纷追认其为先驱，著有《判决》、《司炉工》、《变形记》等。

牙及瑞士都居住过。和里尔克一样，托马斯·曼也认为旧世界一体化的体制在逐步消亡。在他们的诗歌和小说中，我们可以发现这一点。霍夫曼斯塔尔和卡夫卡的旅行机会就不那么多了，他们也指出了到处旅行的危险与不易。他们使我们意识到危险并非来自死亡本身，而是来自其不知名的双胞胎"无限"。他俩都畏惧并表现出了对无限回归的眩晕，就像赫尔曼·布洛赫[1]在描写乔伊斯时隐射卡夫卡和霍夫曼斯塔尔那样，当艺术家们把"描绘全体而不相信全体"作为自己的任务时，无限的危险就更加逼近了，因为"无限和死亡同宗同源"。[3]

里尔克在杜伊诺待过后，又自我流放到西班牙

里尔克的生活和事业是1913年世界艺术家命运的象征。里尔克的日耳曼家人生活在布拉格，他原籍奥地利，却一直生活在德国，而后定居法国，在巴黎，他与雕刻泰斗罗丹[2]结识。然而1913年，是里尔克第二次也是最后一次与罗丹彻底决裂，那时，我们看到的里尔克已经决定自主，选择了现代主义。他去了的里雅斯特附近的城市杜伊诺，这一次和他平时在欧洲焦躁不安的旅行截然不同。1912年，他呆在杜伊诺城堡，这是他第二次到这里旅行，耗时更长，也更多产。里尔克作为客人总是完美无缺，他也热衷于恩主情有独钟的唯灵论思想。他很乐意扮演索伦及德克西斯的公主（即他的女恩主）的"宫廷诗人"角色。1912年9月和10月，她在城堡组织了两次降神会，以便让她儿子帕夏展现他作为灵媒的力量。里尔克目睹了这两次降神会，当显灵板上自动浮现的文字指引他们发现一位"不知名的女子"从一座桥上朝他们招手时，里尔克立即认出了托莱多[3]这一地方，并认为这是对他的提示。里尔克早就渴望去看埃尔·格列柯的画作，因习惯于流浪生活，他几乎是立即决定离开杜伊诺去西班牙，并且决定在托莱多过冬。[4]里尔克留下了零散的三篇挽歌和一些未完稿。他必须去国外，将他脑海中零星的片段组合起来，写成一首诗，或是一部书。

正如海伦·索德所说，招魂论的文化完全属于现代主义。[5]她充分的调查从很多方面论证了一个道理，那就是大多数诗人、作家和艺术家都可以召唤一些有名的或是无名的亡灵。踌躇于温雅的怀疑论和"凯尔特式"的怀疑论之间，像叶芝这样的诗人也采用过从坟墓那边发来的信息来煽起激情的火花。在里尔克的生涯中，这些信息会减少作家通灵的障碍。早在1912年，里尔克与天使有过一次重大的遭遇，这个天使是以传声的形式向他喊话，当时海云密布，风雨大作，这一传声赋予了他第一首哀歌中那开篇的著名诗句：

若是我开口呼唤，那么，谁会从天使的班列中听到我的声音[原文为德文]？

---

[1] 赫尔曼·布洛赫（Hermann Broch, 1886—1951），奥地利现代主义作家，著有《维吉尔之死》等。
[2] 奥古斯特·罗丹（Auguste Rodin, 1840—1917），法国雕塑艺术家，19世纪和20世纪初最伟大的现实主义雕塑艺术家，和他的两个学生马约尔和布德尔，被誉为欧洲雕刻"三大支柱"。
[3] 托莱多（Toledo），西班牙古城。始于罗马时期，在腓力二世前为卡斯蒂利亚王国(后西班牙王国)首都，位于拉曼却自治区的西部。

第七章　与自己作战：德国与奥地利现代主义最后的世界之旅

对鬼魂和超自然现象的信仰让现代诗人将古代魔力般的灵感改头换面运用到现代里。无论是从云端传来的天使的声音还是在降神会阴影中那一笔一划写字的无形之手，接通神灵标志着浪漫主义关于灵感理论所忽视的人神感应的回归。正如霍尔德林（Hölderlin）所说，尽管诸神不会回归，他们仍通过微妙的符号不证自明。这一期求支撑着里尔克孜孜不倦地思考着关于人、天使、诸神的问题，也就为杜伊诺哀歌第一卷的创作提供了原动力。里尔克的通灵是通过选择一个纯异教的天使以诗歌的灵感来传播福音的，他从而与落伍的只注重美学的天主教教义彻底地决裂了。在里尔克1913年后令人颇为敬仰的西班牙三部曲中有一篇信息密集的文字传达了灵感的回归。

沿着那个隐约女子所指引的方向，1912年底，里尔克旅行到了西班牙，来到托莱多，这座城市给他深刻印象的是其建筑和环境，而不是其艺术瑰宝。由于那里恶劣的气候，里尔克决定继续向南前行，他先到了科尔多瓦和塞维利亚，然后到了隆达。从1912年年末到1913年2月中旬，他都一直呆在隆达。这个小城的地理位置十分独特，像小鸟一样高栖在两座山巅，中间由一道幽深的峡谷分开，是喜剧般独自漫步的理想去处，里尔克在那里即兴创作了许多诗篇。由于是这座当地英式旅馆的唯一房客，在这种极度的孤独之中，他找到了从未有过的平和，也得以从困扰与疾病中抽出身来。他觉得自己仿佛变身成为一个中世纪圣人或者是阿西西的圣弗朗西斯。西班牙南部把伊斯兰教、基督教与异教元素都融合于一体，这恰好和他在杜伊诺所寻找的与忏悔无关的虔诚相一致。他需要一段虚静的时间来整理各种杂乱的新意象、感悟和乞灵，就这样，他完成了头两首哀歌，第三首哀歌还没有完成。西班牙三部曲中提出了一个关于诗歌的问题：怎样做才能从丰富的体验和主观的痛苦中提炼出真正要表达的"东西"？从可体认的西班牙山水中，诗歌的问题浮现了出来：过隙的白云、连绵的山脉、幽深的峡谷。这些风景中的所有细节都为诗歌这个磨坊捎来了"谷物"，将它们磨成"东西"，就像一颗流星划过天际，它的痕迹似乎忽然有了意义。

>　　……仅从我一人身上和我不知道的一切，
>　　去创造那个东西，主啊，主啊，主啊，那个东西
>　　在茫茫宇宙的领空里，像一颗流星
>　　在引力中只聚集飞行的总和：
>　　除了到来以外一切最终都没有重量。[6]

三部曲的第二部分深入到了诗人惴惴不安的心情，现在看来，这是通往诗歌成熟的必由之路。里尔克很不理解为何自己总是背负着沉重的思想包袱行走天下，他把自己比作一个提东西的仆人，"举着篮子在市场的货摊间穿梭，/篮子里的菜越来越多，虽然他都举不动了，但还往前走，/从不问：主人，干吗办这个宴会？"[7]将亲身经历嬗变成"血液"和"音乐"，这要依靠诗人勇敢面对天空群星的英雄主义精神，自觉放弃床上的云雨之乐。在第三部分末尾，诗人以与自然进行神圣交流所得到的绝对坚定信念来对抗混乱不堪的都市现代生活。上升到一

定的境界过后，诗人能感觉到自己很安全，受到了神灵的保护，神灵甚至会废除死亡。

> 当我再次面对城市拥杂的人群，
> 车水马龙、嘈杂、喧嚣
> 将我团团包围，孤身一人，
> 我会置身于一团混乱之上，超然物外
> 追忆星空和优美的山边
> 那遥远处缓缓的羊群蜿蜒在回家的路上。

他将自己想象成了牧羊人，遇到了神灵：

> 现在甚至连神灵
> 也潜进了队伍，依旧那么伟岸。
> 他一会儿前行，一会儿徘徊，就像白昼本身，
> 而那片片云影，
> 从他身上穿过，好像太空都在缓缓地
> 为他孕育着思绪。
>
> 你想怎么对待，就怎么对待他，我将自己置入他的体内，
> 就像风中顿然生起的夜焰飞入了灯罩。
> 光焰逐渐稳定。愿死神
> 更清楚地找到自己的路[8]

在隆达那里发现的这种神秘的英雄主义是起草第六首杜伊诺哀歌的起因，这首诗表达了对英雄死亡的沉思，英雄的死亡犹如孩子的夭折，是用相悖的方式肯定生命。这些都是里尔克身体与灵魂都发生巨大转变的预兆，正如他1913年1月从隆达写来的文章所说的："我感觉到这些都只不过是发生在我体内的无休止无预兆的变化，身体与灵魂一个分子接着一个分子地改变着……无论我在哪里找寻到真正的自我，只要我能成功地承受这一切，我就能获得永生。"[9]里尔克在西班牙战胜了近乎于神经质的自我压抑之后，回到了巴黎。在那里，他可以拉开与昔日的导师罗丹的距离，罗丹固执地拒绝其前妻当模特儿。这一轻慢打破了平衡，里尔克再也没有与他联系。然后他完成了描写性爱的第三首哀歌，在这首诗中，"生命中隐含的有罪的水神"与一个母亲婚配，这个母亲让孩子直面各种由来已久的恐怖，敢于走进"凶暴的开端"。[10]他成功地摒弃了世纪末的美学主义思想，选择了中期现代主义的思想，[11]里尔克至此步入了自身诗歌生涯的最后阶段，完成了所有哀歌以及献给奥尔甫斯的十四行诗，他的诗歌创作达到了巅峰。

完成《魂断威尼斯》之后的托马斯·曼

1913年,一场相似的与死亡的对抗主导了托马斯·曼的整个文学活动。这一年与他在威尼斯和达沃斯这两个不同地方的两次逗留有关。第一次关系到《魂断威尼斯》(Death in Venice)创作的起源。《魂断威尼斯》1912年首次以中篇小说的形式发表,然后,1913年以书的形式出版。该书是从托马斯·曼与妻子卡特娅在威尼斯海滨浴场的洗浴宾馆度假的故事衍生而来的。在那里,曼深受一位波兰美少年弗沃茨瓦韦克·莫斯的吸引。在这个故事的基础上,他在该书中将自己描绘成一位成功的老作家古斯塔夫·奥森巴赫。奥森巴赫比曼的实际年龄大17岁。他为这位美少年达秋所迷,因此,尽管霍乱流行起来了,他也延长了度假期限。最终,他荒唐地搽脂抹粉,在对这位美少年的最后一次冥思苦恋中让自己死去。曼的第二次逗留的产物是《魔山》(The Magic Mountain)。1912年3—9月,卡特娅·曼因患有疑似肺结核的肺感染在达沃斯进行治疗。为了照顾她,他5—6月间在当地一所疗养院呆了三周。原本计划在这里完成《魂断威尼斯》,但是在到达达沃斯后,感觉有些发烧,医生开玩笑说他也患有肺结核。虽然因要照顾他的四个孩子没有久留,这次事件却激发了他创作另外一篇记叙文章的计划,这篇记叙文章与《魂断威尼斯》唱的是反调,或者说成了它的"解药"。作为浪漫主义和瓦格纳所迷恋的《爱之死》(Liebestod)母题,威尼斯式的讽喻中美感细节的突出描写,在塞登布里尼的自由派人文主义和卡斯托普渴望学习与成熟相遇之时,就会转变成对生命的肯定。

正如曼1913年7月所写的那样,疗养院故事的喜剧情调应与发生在威尼斯海滨浴场沙滩上的奥森巴赫身上更阴暗的尼采式悲剧相抵消。两个故事都从离开单调的日常工作那一刻开始,无论是以放松休闲还是以治疗疾病为目的度假,都将作品中这些人物置于与外国人混合的人群中,这时,故事中的主角们与达秋和克拉芙迪娅·舒夏特发生了艳遇,永久性地影响了他们的意志,倾覆了他们的道德平衡。卡斯托普去看望他表弟时,原本打算在伯格夫疗养院只呆三个星期,但结果是,他在疗养院呆了整整七年。在这七年期间发生了第一次世界大战,正如我们最后所看到的,尽管卡斯托普的疾病治愈了,却为了躲避一场可怕的战斗中爆炸的炮弹而跌倒在淤泥里,这是一场大规模死亡,让人们想起了弗洛伊德的病人,一个叫"鼠人"的命运,他刚治愈了神经症,却又死在了战争中。[12]

像乔伊斯和普鲁斯特一样,由于战争,曼花费了比预期更长的时间来完成他的小说,因此也拓宽了范围,融入了更为广泛的议题和沉思。小说在1915年8月到1919年4月这段时间被搁置,到1924年才告完成。与世界大战所产生的政治和道德混乱相对应,曼在《一个非从政人员的见解》(Reflections of a Non-Political Man)(1918年)一书中和他哥哥进行了批评性的辩论。然而,早在1914年以前的几年中,他就产生了表达欧洲文化与思想截面的想法,当时,他与居住在疗养院的法国、荷兰、英国、俄罗斯、德国人就一起探讨过。塞特布里尼(Settembrini)和纳普塔(Naphta)之间意识形态的对立在那时也产生了。像别雷一样,曼推进了"亚洲"的国家概念与"西方"理性主义之间的冲突,前者与被动的非理性主义相融合,而后者崇尚个性和责任意识。塞特布里尼反对法西斯主义推崇者纳普塔,他在这一问题的系列演讲中详细地阐发了"西方"理性主义思想,因为纳普塔只以集体的社会人的视角来思考问题。《魔山》可能最为系统地尝试描述、分析和诊断1913年居统治地位的战前精神的各种成分。

《魂断威尼斯》（以下简称《魂》已经做好了这样的诊断。故事的开头几句话就反映出欧洲不稳定的局势："一九几几年春的一个下午，这一年连续几个月来，严重的威胁似乎笼罩着欧洲和平……"[13]正如我们所看到的那样，将塞尔维亚、保加利亚、希腊拖入反对奥斯曼帝国泥潭的第一次巴尔干战争直接影响着小说的情节。在故事开始时，奥森巴赫穿过公墓散步，他非常欣赏拜占庭的装饰和希腊的十字架，这样安排决不是巧合（《魂》，第196页）。奥森巴赫决定去旅游，这样这部小说的作者才能走出他的创作困境，这使我们联想起里尔克的不安情绪，而且也激发了他想要遇见东方人的深刻愿望，在这里，作者安排了一个东方文化的幻想，以此来解开一个知识分子所受到的束缚，他从未走出过欧洲，但已强烈感觉到"欧洲心理"有局限（《魂》，第198页）。奥森巴赫做了一个典型而有讽喻性的行程计划，他南行到了的里雅斯特和帕拉，在亚得里亚海的布里俄尼岛做了短暂的停留之后，发现自己无法静心休养，最终还是去了威尼斯。当他在那里染上了瘟疫时，民族差异再度体现了出来：德国和奥地利人一听到传染病这个词马上就离开；而波兰和俄罗斯人却能坚守，毫不畏惧。一个英国人将实情告诉了奥森巴赫，虽然说的还是那一套话，但他直截了当，实话实说。霍乱这一瘟疫横扫了整个东方，这个病起源于恒河附近，随后蔓延到了中国、阿富汗、波斯、阿斯特拉干、莫斯科，然后又通过过往的船只扩散到土伦、马拉加、巴勒莫、那不勒斯、意大利的卡拉布里亚区和阿普利亚区，最后袭击了威尼斯。流行病类似于蔓延的战争，导致了城市的"危机状态"（《魂》，第354页），一时之间，谣言四起，互为矛盾，公共道德堕落，抢劫和谋杀越来越多，沉迷酒色的现象与日俱增。正是在这样的大背景下，奥森巴赫最后的梦想也与此相关起来：他纵情于一片原始的狂欢，沉溺于对生殖器的崇拜，投身于似乎是斯特拉文斯基《春之祭》演出后开禁的性爱。性爱并不存在于语言里，而是潜伏在年轻神的肉体中，这一启示是足以摧垮像奥森巴赫这样一个作家的，奥森巴赫成为了自己的短篇小说"落魄书斋"（A Study in Abjection）的主角。达秋最终成为一个亡灵的超度者，带他跨过冥河到达冥府，已不仅仅是纳喀索斯[1]或是海辛瑟斯[2]。

奥森巴赫发现他对这个男孩的沉迷有伤身体之后，准备离开威尼斯前往的里雅斯特附近的一个度假胜地。他装好行李，心存懊悔。为了能看达秋最后一眼，他推迟了离开的时间，他乘汽艇前往市火车站。他感到要失去什么，内心不安，十分矛盾，既想搭上火车，又想误过火车（《魂》，第228页）。在车站，他被告知行李被误送到了科摩，他不但没有生气，反而如释重负，喜不自禁。一阵振奋之下，他从车站返回了洗浴宾馆。他的命运已经注定，就像误投了目的地的行李：一时的损失反而使他"放松了意志"，竟未弄清自己的真正目的

---

[1] 纳喀索斯（Narcissis），古希腊神话故事人物，纳喀索斯有一天在水中发现了自己的影子，却不知那就是他本人，他对影子爱慕不已，难以自拔，终于有一天他赴水求欢溺水死亡，死后化为水仙花。后来心理学家便把自我成疾的这种病症，称为自恋症或水仙花症。

[2] 海辛瑟斯（Hyacinthus），希腊的植物神，希腊神话中缪斯克利俄（Clio）和马其顿国王皮埃罗斯的儿子，也就是宙斯的外孙。

第七章　与自己作战：德国与奥地利现代主义最后的世界之旅　·141·

(《魂》，第230—231页)。类似的主题同样出现在卡夫卡的《司炉工》(The Stoker)卡尔抵达纽约这一情节中，霍夫曼斯塔尔《安德里亚斯》(Andreas)中的主人公到达威尼斯时也有这样的主题。所有这些充满异国情调的地方都溶解了旧的自我；而涌现出来的新的自我大多是可怕的，但摧毁某种先前的富有创建性的想法在某种意义上是积极的。这种自我允许欲望出现，无论后面是什么代价都难以阻挡这种欲望的出现。而伴随欲望而来的总是死亡和永恒这对双胞胎幽灵。

自由女神像的巨剑

《司炉工》的开头是这样的：一艘横渡大西洋的轮船停泊在纽约码头，年轻的卡尔·罗斯曼正准备下船上岸。意识到伞还落在下面时，他让一个熟人先照看一下他的大重箱子。然而就像在噩梦中一般，人家拦住了他，不让他回那个铺位去找。铺位没有回成，他却遇见了一个司炉工，这个司炉工的铺位是他的代用休息地，而他却将卡尔拖进了他自己的争夺战中。卡尔担心自己箱子，这个司炉工说箱子要么被偷了，要么还在那里，不管在哪里，都会找到的。[14]这种冥冥之中的安排像膏药一样粘在身上，于是卡尔就没再想着行李。他就这么丢掉他父亲的箱子，结果却发现一个美国叔叔就在那里迎接他，这让他意想不到，这个叔叔是一个身居要职的议员。直到小说的第三章，在卡尔不光彩地被现在这个专横的叔叔赶出去之后，他的行李又奇迹般地出现了。关于箱子，后一章有进一步的描写：这个箱子正是他父亲的旧箱子，老腊肠、父亲的护照和全家福还在里面。与其说是一种与家人团聚的象征，不如说它包含着一个人为了达到真正的无家可归而需要的"便携式祭坛"。前面在《司炉工》的章节里，卡尔相信为了"正义"而说谎是正确的，这里的意思只不过是以一种奇怪谬论的名义保护司炉工免受各种对手的侵扰："如果箱子在美国能被偷走，那么一个人当然也能随时说谎话了，他自圆其说地这样认为。"[15]

像卡尔一样，卡夫卡毫无顾忌地谎称，在这个国家手提箱能神奇地出现、神奇地消失。第一段描写自由女神雕像挥舞的是剑，而不是火炬，暗示着这个青铜女性成了正义的讽喻，而不是自由或启蒙的化身。卡尔虽然受到误导，但强烈追求正义，站在司炉工一边，因为他代表着蒙受屈辱的受压迫者，在像船长和议员一样的权威人物面前，不能替他自己解释。卡尔在与司炉工意见一致时，他对自己也都撒在谎，他认识这个人没几分钟，不知就里，尤其是当他控告舒巴尔有邪恶企图时，他站在了司炉工一边。从表面上看，卡尔将箱子的重现归功于舒巴尔，舒巴尔在船上发现了箱子，并且让人送到了他叔叔那里。[16]这只丢在船上的箱子里面装着他的大衣，里面有个秘密衣袋，放着护照，现在因为舒巴尔终于失而复得。然而，卡尔坚持怀疑像罗马尼亚人舒巴尔那样的外国人，后来对与他同住一屋的爱尔兰人，他也怀有类似的恐惧排外情绪。由于缺乏经验，所以才要探明真相，卡尔还得处理留在他父亲的军用衣箱里腐烂的德国腊肠。同样，1778年一个晴朗的早上，当年轻的安德里亚斯到达威尼斯时，他拖着沉重而又累赘的行李，与这个城市进行了第一次实地接触。"这是好事"，年轻的安德里亚斯·冯·菲尔申盖尔德先生想，1778年9月17日，他的船夫卸下他的箱子放在石阶上，又离开了。[17]正如后面我们所看到的，旅行中，他也跟错了导游。

霍夫曼斯塔尔《安德里亚斯》不可能的"重聚"

《安德里亚斯或云重聚》[Andreas or the Reunited Ones (Andreas oder die Vereinigten)]是一部谜一样的作品。这是霍夫曼斯塔尔这位多产作家一生中唯一一部小说。1890年，他才16岁，就受到了神童的礼遇，所做的诗成为维也纳一时的话资。1929年7月，在得知儿子弗朗茨自杀的噩耗后，他也突患中风而死，小说于是戛然而止。霍夫曼斯塔尔耗费了大量的时间和精力，可到最后也没完成这部突出的"叙事杰作"。[18]尽管小说在德国文学中有着不容否认的地位，这部小说本身的意义仍然难以确定。故事的开端和奥森巴赫的故事一样——1907年7月，霍夫曼斯塔尔呆在威尼斯海滨浴场，着手起草题为"冯·恩先生威尼斯旅游日记（1779年）"这部第一人称视角的叙事小说。1912年，他另加了两个片断，"养小狗的女人"和"冯·恩先生威尼斯历险记"，每个片断约25页。1913年，他开始撰写小说的主要章节，小标题为"令人赞叹的朋友"，写了大约85页，这是我们看到的唯一有连续性的部分。随后几年，他不断增加注释，不过，依然未能完成这部小说。这部未完成的作品好评如潮，斯蒂芬·茨威格（Stefen Zweig）赞扬它在"德语文学中可能是最美小说的未完稿"，理查德·阿鲁因（Ricard Alewyn）评论道，"这80页的作品是德语中最有震撼力的散文"。[19]

故事的缘起很平常，就是以威尼斯为背景的成长小说模式的一个变化形式，故事从22岁的安德里亚斯的发现之旅开始。安德里亚斯由他富有的贵族父母送往意大利，以便完成他的教育，也去见见世面。故事发生在1778年，洛可可艺术的鼎盛时期，当时的奥地利处于玛丽娅·特蕾莎[1]女皇统治之下，而威尼斯正处于逐渐衰落的时期，该国在向南扩张时，成了奥地利帝国更亲密的盟友。叙述者直入本题:9月17日，安德里亚斯到了威尼斯，遇见了一个奇怪的男人，那个男人在大街上半裸着身子，他将安德里亚斯领到了高贵但已破落的佩兰佩罗伯爵的宫殿。安德里亚斯被安顿在其长女的房间，这个家族的成员也引见给他了：长女妮娜，以前是个演员，现在是个名妓，次女扎斯蒂娜，正准备奉献她的童贞作为一次彩票活动的奖赏，组织这次彩票活动是为了拯救她衰落的家族。将房间腾给安德里亚斯的是舞台建筑师佐兹，安德里亚斯在房间里休息时，沉入了梦乡，以前他环游奥地利和北部意大利的种种场景——回放，历历在目。这是小说中唯一一个完整而又精彩的场景。

安德里亚斯骑着马从威尼斯来到了维拉赫[1]，遇见了一名比他年长三岁的年轻男子，这名男子执意要他雇为仆人。没法将他打发走，他只好让这个戈斯尔夫跟着自己，有人说服他替他的同伴购买一匹小马。戈斯尔夫为人粗鲁，性乱交，黄段子应有尽有，絮絮叨叨地讲给

---

[1] 玛丽娅·特蕾莎(Maria Theresa of Austria, 1717—1780)，奥地利国母，女大公、匈牙利和波希米亚女王，凭借尊贵的血统得到了奥地利、匈牙利、波希米亚三顶王冠，并使他的丈夫和儿子获得了帝国皇冠。

[2] 维拉赫(Villach)，位于奥地利南部城市克拉福根附近的小镇，是一块名副其实的三角地，被阿尔卑斯群山包围。

第七章 与自己作战：德国与奥地利现代主义最后的世界之旅

安德里亚斯听。次日，戈斯尔夫又在马上滔滔不绝地讲着猥琐之辞，将安德里亚斯讲到了幻想中，同一位女伯爵做爱，结果他猛扯了一下戈斯尔夫的缰绳，弄得他从那匹老马上摔了下来。戈斯尔夫建议让精疲力竭的马匹在一家农场边停歇一下，原来，这就是贵族菲娜兹家的住所。安德里亚斯和他的仆人受到了热情的招待，他很快就看上了这家美丽的女儿罗曼娜。戈斯尔夫越来越粗暴，在照料受伤的马匹时还勾引了一个女仆。罗曼娜带安德烈斯参观了这个村子，还领他看了埋葬了她六个兄弟姐妹的墓园。这个家族的盾徽是个戎装的骑士，骑士的脚边还有一条狗。他们第一次偷偷地接了吻，安德里亚斯想着夜里上她的床，但是她旁边睡着一个女仆。安德里亚斯做了个噩梦，他被一阵尖叫声惊醒：这个淫乱的女仆半裸着身子，被绑在床边，戈斯尔夫给这张床放了一把火，然后将安德里亚斯的钱都缝在马鞍上，骑马逃走。火光可惧，仆人背叛，这一情景让安德里亚斯深有感触，他觉得应为此事负责，想要赔偿损失。他记得12岁那年杀死了一条狗，随后他跑进了一片林子，在那里，他出现了神秘的幻觉，他将来和罗曼娜生活在一起，罗曼娜问他狗埋在了哪里。他又产生一个幻觉，他的未来更加灿烂，确信不管他身处何方，抑或他能否再次见到罗曼娜，他都会拥有她。

这个场景饱含着模糊的象征、对过去的回忆和对未来的憧憬，这些东西形成了一个共时的一体的印象。在这些越来越多的叙事片段的注释中，有人发现有一处引用了雅克斯·利维埃尔(阿兰·傅尼耶[1]的朋友和妹夫)的文字，他在1913年的文章中描述了一篇好诗的结构：

> 一篇优美的诗歌没有起伏。结尾和开头一直处于同一水平；读者可与之即刻交流；诗中的每个地方都处于平等的地位，读者可从任何地方开始读起。诗行形成一个圆圈，它们彼此依靠，彼此面对，将我们锁在它们的圈内。它们要让我们在每处都不要定位，让我们忘却时间及其维度。诗情是一种回旋运动，通过这种运动，即使物质的东西逝去，我们身上也形成了集中备用的永恒精神。[20]

以上这些话抓住了霍夫曼斯塔尔美学纲领的精神，使他陷入了难以驾驭的错综复杂的事物之中：适用于诗歌中的手法不会同样适用于这部用旅行叙事来呈现的成长小说，小说中既有对性爱活动开始的描写，又有对奇异发现的记录。

此外，为了跟进布洛赫(Broch)所作权威性分析的演变，霍夫曼斯塔尔曾是一场语言危机的第一位见证人，1902年"钱杜斯勋爵的信"[21]戏剧性地捕捉了这一危机发生的时刻。这场语言危机过后，他决定从纯粹审美领域跳到伦理领域。由此，《安德里亚斯》的主题是犯罪问题：鉴于他仆人对农场女仆的虐待，安德里亚斯深感愧疚，这一罪恶让他丢脸，他想给这个家庭赔罪，他计划迎娶这家的女儿。当他们将女仆从着火的床边解救下来时，罗曼娜惊恐地看着他。在他的梦中，她也是这样敬畏地看着他。他一天前见到的人间天堂消失了。他重新上路了，回到维拉赫，在那里，他遇见了那个男仆，而今无异于一个逃犯。对霍夫曼斯塔尔

---

[1] 阿兰·傅尼耶(Alain—Fournier, 1886—1914)，法国小说家，著有《故梦》。

来说，残忍地对待动物和下等人是一种罪恶，他曾经将老鼠临死时的惨叫理解为所有哑巴动物临死时也都是极度痛苦的，这才是钱杜斯勋爵故事的关键。具有讽刺意味的是，男仆名字的意思是"上帝的帮助"，而在恰恰需要帮助时没有丝毫帮助。安德里亚斯不知不觉地陷入了"罪恶"（女仆在被解救时用过这个词）之中，而他对童年时虐待动物的回忆更增加了这种感觉。听到男仆淫秽的言语，安德烈斯一时被激起了性冲动，摔下马来，小说中的这猛然一"摔"发生在戈斯尔夫马失前蹄的时候。一个人的"底线被触及"之日，就是道德问题出现之时——在安德里亚斯内心承认了是他杀死了那条狗时，他也面临着这一时刻："那就是道德底线来到他身边的经过"（意即"触及了他"）。[22]

书名《安德里亚斯或云重聚》的意思也是一个谜。一方面，它可能暗示着最后罗曼娜和安德里亚斯能有美好的结局，他的先见之明似乎预见到了这一点；另一方面，也指这个年轻人不仅仅是丰富了人生的阅历，增长了智慧，而且也在自己身上找到了和谐与稳定。从性乱交（以男仆为例）到更高级别的婚约式的神圣爱恋（安德里亚斯无论走到哪里，罗曼娜的面容都深深刻在他的心里），各种冲动和要求的调和都应该把道德法律考虑在内。没有这样的法律，经验就分崩离析，无法聚合在一起。这既是一部弗洛伊德式的小说，讲述如何在各种欲望之间达到健康的平衡，也是一部荣格式的小说，讲述了神秘入会的故事。安德里亚斯去威尼斯是为了寻找好的向导，而在萨克拉莫佐找到了，找到的是马耳他骑士，这个骑士成了他精神上的导师，最终在玛利亚与安德里亚斯结婚的当晚，他自杀了。

威尼斯将一个颓废的戏剧性的世界作为配合旋律引入了阿尔卑斯山那一节小说中。在这样的世界中，很难分辨出真实与假象。这样的乱象在玛利亚的故事中有所暗示，玛利亚就是安德里亚斯看见的那个穿着黑色衣服的女人，一个患有重度精神分裂症的年轻寡妇。她既是玛利亚，一个想死的女人，又是玛丽魁塔，一个极性感的女人。玛利亚患有重度"精神疾病"。[23]霍夫曼塔尔在一条注释中写道："这个女士[玛利亚]和这个妓女[玛丽魁塔]都是西班牙人，她们是同一个人分裂的两面，互相捉弄着对方。"[24]莫顿·普林斯（Morton Prince）在1906年做了《人格分裂症》（*The Dissociation of a Personality*）的研究，霍夫曼斯塔尔1907年阅读了该书，深受启发。[25]普林斯书中的波尚小姐患有多种人格分裂症，她的人格分裂成许多不同的身份——这个案例后来令乔伊斯十分着迷，致使他在《芬尼根守灵夜》（*Finnegans Wake*）中刻画了伊西的形象。波尚小姐随意变身，时而是个小小的圣人，时而又是个真正的恶魔（又叫赛莉）。呈现在安德里亚斯面前的不是玛丽魁塔这一邪恶的角色，而是其圣洁的一面。玛丽魁塔假装名叫德洛丽丝，将安德里亚斯迷惑住了。玛利亚或者说是玛丽魁塔和安德烈斯的两性结合是早有安排的，完事后，她会去修道院，而安德里亚斯回到了罗曼娜身边。

当然，伴随着新的旅程和不相关情节的发展，不同事件加入到了故事中，注释也繁多起来，所以，这只是众多结局中的一个。新的旅程描绘了更多的情节和沉思，这些情节和沉思的现代性体现在它们的开放性上。霍夫曼斯塔尔博览群书，有神话、无意识心理学、维也纳与奥地利历史、战争、诗歌、神秘主义，还有旅行，随着岁月的推移，这些都糅进了他的创作中，他引用的作者也很多，有歌德、诺瓦利斯、果戈理、拉克坦谛、狄德罗、普鲁斯特、雨果、拉梅内、卢梭、布罗塞、荷尔德林、但丁,还有维柯[1]。后来典型的"小说"描述(《安德里亚斯》指的不是标题,而是一般类别的"小说")框架是在意大利(以高尔多尼、高姿、阿尔菲力、阿利阿斯托、塔索、维科等作家为标志)与法国(主要是伏尔泰、卢梭和斯塔尔夫人等人的天下)之间的对立中展开的。[26]霍夫曼斯塔尔对"小说"最后一条解释的时间是1927年11月,这条解释勾画了一个不断扩展的创作计划:"小说//应该是一个纲要。//政治哲学深入到生物学的最小分支。"[27]如巴特[2]所说,《安德里亚斯》与"整体观的恶魔"[28]的抗争是无法避免的,会遭遇到与福楼拜(Flaubert)的《布瓦尔和佩居谢》(Bouvard and Pécuchet)、马拉美[3]的《书》(Livre)、穆齐尔的《没有品质的人》以及卡夫卡的大部分小说相同的命运。这些彻底的片段性已经孕育在1913年的那些残稿之中了。

赫曼·布洛赫为未完成的小说提供了他的答案:他认为,霍夫曼斯塔尔放弃了故事的叙述是因为他不想将它写成一部自传体小说,这一倾向是他想要控制或避免的。的确,许多注释都引用了卢梭(Rousseau)的《忏悔录》(Confessions),同时出现的还有这位瑞士作者在威尼斯形成性格的时期以及性爱体验的生动描述,而另一条注释则是从"作者的自传"开始的。[29]里尔克的《马尔提·劳利茨·布里格随笔》对霍夫曼斯塔尔有强烈的影响,他听了里尔克给他读的关于此书的部分内容之后,二人的友谊就开始了。一面是根源于纯粹自恋倾向而忏悔的冲动,一面又是希望根除超人类的神话、宗教礼仪、不足信的民间故事、传统寓言、不知出处的格言以及古老的经典规约,霍夫曼斯塔尔的作品彷徨于两者之间,不能自拔。

> 霍夫曼斯塔尔将《安德里亚斯》这部叙事作品置于到连他自己都低估了的高度;他放弃了这样的高度,因为他感到自己为小说中的自传性成分(这些自传性成分是在为小说准备的前期素材中积累起来的)所束缚,而这些素材的配备主要是从亲眼所见的实际开始的,否则材料就不充足——而这与他需要"自我"压制是不相容的:对他来说,比完成和出版小说更重要的是个人的自我阐释、自我思考和自我教育,而这曾是他开始写诗时所关注的内容——结果是,他做好了随时撤出身来从事片段的写作。[30]

由此,布洛赫强调了这样的事实,1913年,霍夫曼斯塔尔在音乐与文学之间摇摆不定——《安德里亚斯》没有完稿就给放下了,主要是因为《没有影子的女人》(The Woman Without a Shadow)的写作占据了优先权。1911年,《没有影子的女人》的主体已经形成了轮廓:一位公主,没有子女,也没有影子,要想购买影子的话,只有一个途径,就是夺取一个穷困的染色

---

[1] 乔瓦尼·巴蒂斯塔·维柯(Giovanni Battista Vico, 1668—1744),意大利哲学家、语文学家、美学家、法学家,在世界近代思想文化史上影响巨大,著有《新科学》、《普遍法》及《论意大利最古老的智慧》等。

[2] 罗兰·巴特(Roland Barthes, 1915—1980),法国文学批评家、文学家、社会学家、哲学家和符号学家,许多著作对于后现代主义思想发展有很大影响,著有《神话学》。

[3] 斯特芳·马拉美(Stephane Mallarme, 1842—1898),法国象征主义诗人和散文家,著有《诗与散文》、诗集《徜徉集》等。

工人妻子的生育能力。1913年3月,霍夫曼斯塔尔陪同施特劳斯开车去罗马旅行,旅途中他们一起讨论了歌剧创作。随后,他就写了第一幕和第二幕,施特劳斯马上配上了音乐。[31]这部歌剧1915年完稿,1919年,霍夫曼斯塔尔又写了这部戏剧故事的散文版——这是一部他梦寐以求的客观的、寓言式的作品。布洛赫认为,霍夫曼斯塔尔从另一个角度——父母的角度——进行创作,从而很好地达到了童年与成年的统一。当听到维也纳人的"欢乐启示录"作为背景音乐时,我们明白,能使他突破他在文学上的困境的只有歌剧了。威尼斯喜剧中的面具与剧本(在许多注释中,霍夫曼斯塔尔都坚持一种伪装和戏剧风格的氛围)将我们带回了古老风俗的氛围中,产生了纯粹讽喻的效果。思想的丰富性问题在为源源不断的创造力提供了一个恰当隐喻的同时,也将我们带到了共同的人性问题上,而它们只能在歌剧的更为轻松的世界里混合在一起。在小说的媒介中,霍夫曼斯塔尔太接近于卡夫卡的现代主义,一种充满焦虑与悖论的现代主义。对此匆匆一瞥过后,他以维也纳人轻松退出的方式退隐而去:"请奏乐!"管弦乐声响起,影子们在舞台上疯狂地旋转。

卡夫卡的新年

霍夫曼斯塔尔没有得到回答的问题对卡夫卡来说同样也是一个核心问题。人们如何能够祛除自我而进行工作?文学怎样才能克服主体的分裂?人们怎样才能创造一整套合并美学与伦理于一体而又不陷入无休止的分裂主义的信仰体系?随着时间的流逝,安德里亚斯自己越来越像卡夫卡的某种性格,1913年,卡夫卡的生活走进了一个青年人情感教育的没有完成也不可能完成的小说,一部他决定改写为书信体的绵延不断的成长小说。这一决定诞生了书信体小说史上的一部杰作《致菲莉丝的情书》(Letters to Felice)。具有讽刺意味的是,卡夫卡摆脱同菲莉丝旷日持久的拉锯战的唯一途径竟然是给她的书信。当卡夫卡的生活转变成《魔山》里的一个情节时,这场战争几乎才告结束:1917年8月,他开始大出血,被送到了疗养院。1912年是他在文学上取得主要突破之年,这年9月,他创作了《判决》(The Judgment),同时,小说《美国》(Amerika)的第一章"烧炉工"完成了,另外六章也完成了草稿,11月,又完成了《变形记》(Metamorphosis)。1912年9月22日至23日的那个夜晚,卡夫卡满是创作的喜悦,在一片狂喜之中,他证明了《判决》的灵感是如何产生的。那是一次显示"身心完全敞开"的经历。在刻画一个被暴虐的父亲骂死的青年人时,他想到了弗洛伊德。卡夫卡必须跳出父子之争,为了跳出这样的争斗,他需要一个能让他坠入爱河的女子。

1912年最后几个月发生的事情让卡夫卡足以相信他肩负着作家的使命,但他无法亲自确认这一点,因为那需要一个全新的操作舞台。1912年8月,他遇见了菲莉丝·鲍尔,这就给他提供了机会。他开始在那一年的9月20日给她写信,仅仅两天之后,他就在文学创作中有了突破性的进展。因为通信加快了传递速度,加大了传递数量(卡夫卡很快就给菲莉丝一天写一封或两封信),他不知不觉地将全身心都投入了书信写作之中,1913年,除了修改一些小说,续写未完成的《美国》和《失踪者》(Man who Disappeared)以外,他几乎没有写作别的什么。1913年,卡夫卡通过其他手段具体确信了自己的才华。他不乏读者,以下便是证据:小说集

第七章　与自己作战：德国与奥地利现代主义最后的世界之旅

《沉思》(Meditation)1912年12月底由罗沃特出版，《烧炉工》1913年5月以单行本的形式发行了，随后，《判决》也于1913年6月出版了。然而，对卡夫卡来说，1913年是过渡年，这一年，他创造了新的创作方法，同时开始掌握自己的命运——为了完成这一任务，他需要菲莉丝不知情的合作。

菲莉丝从柏林来到布拉格，1912年8月13日，她拜访了马克斯·布洛德家。晚宴结束的时候，他们相遇了。卡夫卡半开玩笑地许诺要在接下来的一年里陪她去巴勒斯坦。他足足等了一个月才在9月20日给她写信。不久，他们俩都陷入了计谋、反计谋以及设障的圈套中，在思念与拒绝之间令人沮丧地比舞。至少在卡夫卡这边，事态很快就发展得失去控制。到1912年11月11日，他还是没有再见到她（他们只能在1913年3月再次相见），他给菲莉丝写信，突然从正式的称呼"您"改成亲密的称呼"你"："我是属于你的；没有其他的方式能表达我对你的爱意，而这种方式也不足以表达。"[32]在后来的几年里，卡夫卡都采用这封信的表达策略：他立了一个违反常情的婚约，虽有约束力，但不可能兑现。在当时的情况下，书信是按工作规程送达的：由于书信在平常的工作日容易打扰人，他只能在周日收到书信。菲莉丝开始描述她的衣着，透露她喜欢什么款式，不喜欢什么款式，然而，卡夫卡反对，表示不想知道得太多，因为这样的细节只会让她显得太过迷人，太过可心，他会因此情不自禁地赶头班火车去柏林，跑着去见她；当然，这一趟路是不可能的。原因有很多：有健康的原因，工作的原因，还由家庭责任的原因。在这封信里，他坚持说，他还"不够好，不能结婚，更不用说要当爸爸了"（《情书》(Letters)，第37页）。此时，他发现自己因为讲错了话而突然住嘴，当他要认认真真地谈情说爱时，却发现要承受这样的痛苦是很可怕的。"我在折磨你、强迫你在寂静的房间里来阅读放在书桌上的一封封糟糕的书信，这是多么的可怕！说句实话，有时候，我感觉自己就像幽灵一样掠夺你的芳名！"（《情书》，第37页）。在他虚拟的关于自己的众多堕落形象中，以下是经常出现的强有力的一个：卡夫卡是一个荷马史诗中的嗜血魔鬼，他需要从活人身上吮吸鲜血，然后走进地狱。而他所嗜食的不是鲜血，不是肉体，而是名字。他所选择的是最好的名字："菲莉丝"的意思是"高兴"，但他知道他注定要过不幸福的生活。对她来说，不幸的是，她姓"鲍尔"，意思是"农民"，给人一种求稳、老土、希望过家常日子的感觉，而卡夫卡无法依从小中产阶级安于现状的要求。

他在书信的开头就说他"完全属于她"，会在结尾处签上"(属于)你的"吗？这可不能想当然："我是否想签上'自己的'？不，这样做再虚假不过了。不，我永远将自己绑缚起来，这就是我，这是我必须要尝试过的生活。"（《情书》，第37页）他本应该加上，而他很快就会加上"这是你必须尝试过的生活"。所有以下的书信玩的都是同一种诱惑与拒绝的邪恶游戏，一场耗神的猫捉老鼠的游戏，这场游戏菲莉丝也学会了，还赢了几分：通常情况下，当卡夫卡最终到柏林去见她时，她又几乎不被他找到。这种相互的折磨让他很快把它比作战争——令人好奇的是，费朗茨和菲莉丝这对永恒的情人必须彼此分开才能互致热情洋溢的书信，由此发明了书信形式的沟壕战，这种战斗稍早于真刀真枪的战斗。他已在1912年11月问道——"而今可能有和平的解决方式吗？"（《情书》，第37页）——他开始与父母开战，继而与自己，然后对抗整个世界，怎么会有和平？

回顾那些通信的岁月，卡夫卡后来从持续的战争中发展了众多的形象，为弗雷德里克·卡尔的卡夫卡自传中那些引人入胜的章节提供了主题，"弗朗茨，菲利丝和大战"。[33]举一个例子来说，卡夫卡独出心裁的写作技艺体现在1913年除夕时写给菲莉丝的一封信中。在这封信里，卡夫卡借节日问候遗憾不能呆在一起之名，编织出了他们相聚的奇异故事。出于纯粹假设的臆想，他和菲莉丝安排了面对面相见，相见发生在法兰克福市，他们在一起的第二个夜晚，他们会去看戏。为了能准时，菲利丝匆忙赶到，此刻正等着弗朗茨，而弗朗茨却没有到场。菲莉丝心生疑惑，回到了宾馆。

> 你发现了什么？八点了，我还躺[……]在床上，不累，也没休息；我想我下不了床了，抱怨一切，甚至暗示更糟糕的埋怨；我摸着你的手，用可怜巴巴的眼神望着你，失魂落魄地呆在黑暗的房间里，以求弥补我严重的过错；然而，我所有的表现都表明我将随时重复这一切。尽管我不知道如何用言语来解释，我却非常清楚我们俩人情况的每一个细节；如果我处在你的位置，站在我的床边，我会毫不犹豫地举起伞，在愤怒和绝望中，将它折断。(《情书》，第136页)

这一场景既滑稽可笑，又令人恼火，却又是测试菲莉丝决心的另一种方式。尽管他很清楚，对他来说，现实并不重要，他还是评论说，这样的场景在"现实中是不可能发生的"。他欢喜的是他写这些书信时他们假想的距离。在1914年1月24日的一篇日记中，卡夫卡说到，除了乐于给她写信以外，他从未体验到爱上菲莉丝的甜蜜。1913年新年的时候，他还写了一些自己编造的幽默笑话。菲莉丝演戏似地说"他们无条件地属于彼此"。卡夫卡迅速反驳说，他最亲切的愿望就是通过将他们俩人的手腕绑在一起让他属于她。他甚至幻想着他和菲莉丝在法国大革命时期是夫妻二人，并被送上了断头台。对卡夫卡来说，婚姻确实就是死刑，他把这种奇怪的玩笑归咎于有13这个不祥之数的新年(《情书》，第137页)。

这样的幻想并不能说明卡夫卡已经变形，成为一只大甲虫！他也会笑，诚如他在另一封长达四页的信上所描写的那样。在他工作的地方，有一件事将他逗笑了。作为年龄最小的职员，他必须向保险公司的总裁说些感谢的话。那个总裁摆着一付好玩的姿态听着，叉着两腿，手放在桌上，胡子拖到了胸口，鼓出的肚子轻微地起伏着。卡夫卡忍俊不禁，喉咙里痒痒着，想要放声大笑。这时，他的总裁就盯了他一眼，他感到害怕，但仍无法忍住发自内心的狂笑。总裁自己也讲了些感谢的话，现在，卡夫卡再也无法憋着不笑了：

> 起初，我只是因为总裁微妙的小笑话而笑，后来，当它成为扭曲人的个性，按常规来，对这些小笑话应该尊敬地扭动一下五官。但我已经忍不住大笑了；当看到同事们警醒我不要被这个笑话惹笑时，我更多的是为他们感到不好意思，而不是觉得自己有什么不好意思，因为我实在忍不住要笑；我甚至也不想扭过头去或捂住脸，我情不自禁，继续直视着总裁，无法转动我的脑袋，也许是本能地认为，如果扭过头去，一切只能是变得更糟，而不是更好，因此，最好还是不要再去扭头捂脸

了。既然我在尽力大笑，当然不仅因为今天的笑话而笑，我也因为过去还有将来的笑话整个加在一起而笑。这时候，人们已经不知道我实际在笑什么了。(《情书》，第147页)

为了掩饰整个场面的尴尬，一位同事开始讲有关他怎么养宠物的事情。由于紧张，他变得很活跃，活跃得荒唐；他使出浑身解数来讲话，这让卡夫卡再也忍不住了，他已经开怀大笑了："这个世界，这个我到目前为止所见到的虚伪的世界，已经完全虚化了，我禁不住地突然大笑，由衷的大笑，这种大笑，也许只有小学生在他们的课桌前才会有。"(《情书》，第147—148页)突发大笑过后便是极度的沉寂；在匆忙解散众人之前，总裁表现得很崇高，他豁免了其他人，把过错归于自己的笑话。但这却不可能拦住卡夫卡："我仍不可遏止地大笑，但却一点儿都不开心，我是第一个走出大厅的。"(《情书》，第148页)一边咳嗽，一边气喘，他跑到办公桌前写道歉信，认为别人再也不会原谅他了。

卡夫卡无处不在的笑声被像古斯塔夫·亚瑙赫这样的密友反复强调(马克斯·布洛德因为过于严肃，没有对此这么强调过)。卡夫卡嘲笑的主要是权威人士，这绝非凑巧。他一度试图参加鲁道夫·斯坦纳[1]的人智学运动，别雷曾经这样做过。1911年3月，他遇见了斯坦纳，解释了学校里吸引他的东西，问斯坦纳一个人能否在成为作家的同时也成为通神论者。日记没有写斯坦纳的回答，只写了这样的事实：斯坦纳在倾听的时候，一直将手帕深深地塞进鼻子里，每个鼻孔都插着一根手指"。[34]日记就停在了那里，没有更多的评论：日记只将斯坦纳当作一个掏鼻子的人来看待，而没有将他看作一位神秘主义者；对此，卡夫卡用文学的笔法对他做蔑视的手势。这一场景可以叠加到前面那一场景上。身体虚弱和神经紧张会让一个人狂笑不止，同时又惊慌失措，这与在菲莉丝身上所产生的情绪颇为相似。在这两种情况中，社会笑剧转换成了写信：卡夫卡不得不写信给总裁，为他的大笑而道歉，请求他垂怜。这一举动足以奏效，因为他是工人事故保险协会(一个重要的政府服务部门)最有效率的代理商，监督奥地利工业化引发的层出不穷的工伤事故。卡夫卡的专长就是能使用技术语言描述事故的预防工作，这一工作任务常被他的上司们看重。1913年3月，卡夫卡被晋升为副秘书，成了一个像《判决》里约瑟夫·凯那样的"全权代理人"。

写给菲莉丝的情书探索了与"写信"神秘结婚的意义。当他察觉到他的第一部小说集《沉思》(他将它当作1913年一次纯粹的文体训练)存在局限时，他意识到了自己的新能力。要不是他感觉到连生存内核都受到了一个可爱的女人威胁的话，他也不会对作家这一角色的定义进行突然而又富有意义的措辞。出于善意，菲利丝一度透露过，在他写作的时候，她想陪伴在他身边——由于习惯的惶恐心理，他回绝了这一建议。他的创作属于绝对独处和极度安静型。"当更深的源泉都已干涸而无其他途径时，源于生存表面的创作就什么也不是，在真情感使表面动摇时，它就会垮塌。这就是为何人们在创作时需要绝对独处，为何创作时周围

---

[1] 鲁道夫·斯坦纳(Rudolf Steiner, 1861—1925)，奥地利社会哲学家，人智学创始人，用人的本性、心灵感觉和独立于感官的纯思维与理论解释生活，著有《歌德的世界观》、《通神学》等。

需要绝对安静,为何连夜晚仍然显得不够静悄悄。"(《情书》,第156页)他甚至还狂想自己在一个深深的地窖里创作,食物按时送到,他唯一的身体活动就是去取食物。然而,如果实现了这样的愿望,他恐怕就会变得无能、绝望和疯狂了。

既然他和创作的关系是类似于一种神秘的婚姻,与上帝的婚姻,他问菲莉丝她是否觉得上帝出现在她的生命里:

> 你是否知道[……]自己与确实遥远的,甚至可能是无限遥远的高度或深度之间有着连续不断的关系?那些有这种连续不断的感觉的人不需要像丧家之犬那样四处流浪,使用哀求的眼神默默地打量着周围;他们绝不会想着要溜进坟墓,就好像坟墓是温暖的睡袋,而生活是寒冷的冬夜,当他们爬楼梯到办公室时,他们绝不需要想象他们的生涯就像坠入楼梯的深井,在疑惑的光线中闪烁,在坠落的速度中抽搐,在烦躁中摇头。(《情书》,第186页)

运用幽默的语言从狗的生活角度来描写人类的关切和人际关系,这是病态的。菲莉丝必须做出选择,是当一个疯子的仆人,关在牢里,还是当一个收信人,生发不在场的意义。如果两人的结合消除了必要的距离,那么,他就不能维持这样的虚幻性,"我就是虚幻性"(《情书》,第289页),结合的结果就是毁了他,也毁了菲莉丝。这种辩证的否定也可转用到各种文学之中:"我对文学没有兴趣,但我是文学做的,我不是别的什么,也不可能是别的什么。"(《情书》,第304页)。在1913年8月的信中,他引用了《沉思》的一篇评论,他的艺术被定义为一个"单身汉的艺术",同时他狡猾地问道:"菲莉丝,对此你有何看法?"(《情书》,第304页)

这种无休无止的自我折磨会使读者和菲莉丝一样感到精疲力尽,后来她的朋友格蕾特也加入其中,这才提起了趣味。卡夫卡发现了一种更扭曲的方法来逃避婚姻,他脚踩两只船,让两个女人争夺一个离开写作就不能活的怪物。有趣的是,这些信件揭露了一点,那就是作者也从来不完全知道自己创作小说时究竟表达什么意思。《判决》也是这样:"这场'判决'无法解释。[……]这个故事可能是围绕着父子而展开的一次旅行,而那个朋友的变形可能是父子关系中视角的变化。但我对此也不是很肯定。"(《情书》,第267页)1912年的突破表明了他具有深度的创作才华,但是,要想理解他在新发现了文学技巧后要做的事业,1913年的书信大战是必要的途径。

一旦他能够捍卫作家的地位,而不是捍卫想要说的意思,他就可以继续他单向的写作,而无须花费口舌去说明要表达的意思和不要表达的意思。人们如果通过写信能引发真正的痛苦,使人坠入爱河,或者做出改变生活的抉择,那么,生活的双重捆绑也并不比小说的双重捆绑更具威力。因而,卡夫卡发现,通过升华,自我陶醉的升华(霍夫曼斯塔尔即属此例),或者隐藏于沉湎的世界中而无法抑制的虐待冲动的升华,文学触及生活的深处。深入至此,他不必过多地为传统的情节与人物需要所打扰,而是到反抗可怕的社会秩序的斗争中去,在这样的社会秩序中,受害、屈辱和异化成为常态,而这样的斗争也分裂了自我,他将分裂的自我的脆弱性和易变性作为主题。整体观的神话爆炸成为另一种罗曼蒂克式的幻想。这样就没有必要通过去美国旅行，甚至人们的想象，来证实这一点。一个土地测量者以简单的首字母为名就可以了。由此，文学变成了无限，变成了无休无止的富有成果的恶作剧，变成了没完没了的通信中不可抵偿的幸福的罪过，卡夫卡在将这样的书信写给所有男女的同时，也写给了自己。

第八章 现代主义和怀旧之情的终结

"镀金时代"是马克·吐温和查尔斯·杜德利·沃尔纳(Charles Dudley Warner)二人1873年造出的一个名词儿,它几乎和美国提出黄金本位制度发生在同一时间,而英国早在1820年就采用了这一制度,它很快就为大多数工业国所效仿。被民粹主义者斥为"1873年之罪"的行动在鼓励早期全球化的同时也为美国资本主义的发展提供了条件。"镀金时代"结束于20世纪头10年,一些历史学家说它是伴随着1907年的恐慌而告终的。对它真正的死刑宣判是1913年2月3日做出的,这一天,1909年动议的宪法第16条修正案最终通过投票,所得税合法化,由此开启了一个所有物品都有定价但仍能收税的时代。这一精神也运用到了诸如婚姻之类的家庭契约中;价值虽像自由一样没有重量,但可以买到,甚至必须买才能得到,最牢固地占有的财富可以为社会带来好处。这是从美国资本主义中吸取的一个清醒的教训,并且在伊迪丝·华顿(Edith Wharton)的《乡土风俗》(The Custom of the Country,以下简称《风俗》[1])中应用于社会风俗中和个人道德上。这部小说虽然未完成,但已于1913年1月开始连载了,10月以单行本的形式出版。这也是普鲁斯特的叙事人在长期寻求艺术自主过后学到的一课。对华顿来说,这首先意味着解决离婚问题——她自己与鸳鸯错配令人失望的难缠丈夫泰迪·华顿的离婚,以及他小说女主人公昂汀·斯普拉格(Undine Spragg)的数次离婚。

普鲁斯特对工作的完全投入就意味着他结束了夜间社交生活及其危险的娱乐活动。当他能够一股脑投入小说创作,而不再对精英社会进行青春式的幻想时,当生活为艺术服务,而不是艺术为生活服务时,自由就不邀自来了。人们经常将普鲁斯特与华顿联系起来,这并不仅仅因为他们实际上拥有巨额财富;从某一点上说,华顿希望普鲁斯特做完《乡土风俗》的法文翻译,这部小说的翻译是由罗伯特·德胡米埃尔(Robert d'Humieres)开始的,而他在1915年阵亡了。普鲁斯特和纪德(Gide)讨论过这本书的翻译,但没有进行下去。[1]华顿的传记作者 R·W·B·刘易斯注意到,普鲁斯特和华顿虽然常常出席同一个沙龙,但他们的社交生活从来都没有交集:

> 在巴黎社交生活的高层中,似乎是天意,他们总是错过彼此。普鲁斯特1984年进入新市区社会,那时他23岁。他和男公爵、女公爵、男伯爵、女伯爵们混成了熟人,他的史诗般的小说取材于他们,在他们素材的基础上进行拼接、重塑,1899年,

---

[1] 这里采用了该小说名称目前通行的汉译法。据作者华顿自己的解释,英文小说名出自同名的英国戏剧,其中,custom 一词义为"开苞费"。

对阿尔弗莱德·德雷福斯(Alfred Dreyfus)第二次审判过后,他突然撤出。[……]到1906年伊迪丝·华顿被介绍到贵族圈时,普鲁斯特离开那里已经多年了。战争以及更大范围接触他人的需要又将普鲁斯特诱回了社交圈,特别是里兹宾馆这个社交重心。在这个舞台上,反倒是伊迪丝·华顿大多数时候都没出现——饱受折磨的个人问题已经让她减少了社交活动,而她的难民工作也让她大幅度减少了社交活动。[2]

他们都参与了德雷福斯案件[1](普鲁斯特坚定地支持德雷福斯,华顿也相信德雷富斯上尉无罪,虽然像小说家保罗·布尔热(Paul Bourget)这样的老朋友都反对德雷福斯),有人通风报信,他就是伊迪丝·华顿以前的情人沃尔特·贝利(Walter Berry)。战争结束时,贝利每周两次与普鲁斯特一起进餐。普鲁斯特敬佩贝利深厚的文化素养、深密的世界主义和不带偏见的智慧,他认为美国参战是由于贝利的努力。他将1919年的《拼贴与混合》(*Pastiches et mélanges*)一书献给了他:"献给律师、文学家沃尔特·贝利,从战争第一天起,在美国尚未决策的时候,他就以出群的才华不遗余力地为法国的事业而游说,并最终取得了胜利。"[3]而在伊迪丝·华顿方面,《在斯万家那边》(*Du côté de chez Swann*,以下简称《那边》)1913年出版后才两个月,她就送给了亨利·詹姆斯(Henry James)一本。在她的劝谕下,詹姆斯一气将它读完,并向一位"新大师"表示敬意。[4]美国和法国的现代主义之间由此架起了一座重要的桥梁。

他们共同的兴趣爱好超越了空间和社会的范围。如果人们想到《乡土风俗》和鸿篇巨制《追忆似水年华》(*A la recherche du temps perdu*)第一部《在斯万家那边》故事中的故事《恋爱中的斯万》(*Swann in Love*)都不遗余力地分析忌妒心理,主题的共同性已是不言而喻了。批评家们常将普鲁斯特的现代主义与华顿所谓的古典主义对立起来。华顿是一位现实主义作家,她从来没有怎么偏离过作品大多围绕19世纪后期社会达尔文主义的传统,同时对现代生活方式也带有尼采式的讽刺。由此,罗宾·皮尔(Robin Peel)的《现代主义以外》(*Apart from Modernism*)一书论证说,华顿不能被认为是现代主义作家,尽管她也曾搞过文学试验,因为她的政治世界观最终还是保守的。她还是一个"托利党人",所以在艺术上最终依靠古典表达的观念。[5]无论她政治观点如何,她和普鲁斯特有着更多的共同之处。心中有了这一相关性,我将集中讨论1913年出版的《在斯万家那边》和《乡土风俗》这两本书。

华顿的再婚喜剧

《乡土风俗》小说情节十分简单:小说描写了来自美国中西部的一个美丽而不讲道德的新贵利用和勾引纽约和巴黎富有而受人尊重的男人们并与他们结婚的手段爬上了令人垂涎的社会高级地位的故事。如果我们将美国的地方和社会特征对应到法国那边去的话,在像欧黛

---

[1] 1894至1906年发生于法国的冤案,犹太血统的法国军官德雷福斯被诬告向德国出卖军事秘密而被关押5年,经各方声援被平反昭雪。

特·德·克蕾丝(Odette de Crécy)这样的普鲁斯特式的女主人公向上爬的故事中也能找到相同的踪影。华顿笔下掠夺成性的女主角起了个可笑的名字——昂汀·斯普拉格(Undine Spragg),一个掺杂了不和谐成分的名字。斯普拉格这个姓氏让人感觉到昂汀生于阿皮克斯(Apex),出身蒿莱之中,父亲白手起家;我们很快就知道,她起的名字也与来源于拉·莫特·福克(La Motte Fouqué)的浪漫主义没有丝毫的联系;它产生于一种电器的名字。昂汀的第二任丈夫拉尔夫·马维尔(Ralph Marvell)出身名门,感情细腻,由于和蒙田头发"卷曲与多样"(ondoyant et divers)的个人特征有点关联,此时,他的思索被斯普拉格夫人寻根求源的法语单词打断——"哎,我们是根据一个头发卷曲的父亲给她起的名字,她才生下一个星期就被拿到市场上出售"——他接着说,"你知道,这个名字是个法语表示'卷曲'的单词;父亲一直认为这个名字是因为这个单词才取的。"[6]讽刺是明显的,表明这是美国资本主义污秽不堪地挪用文化符号的一个例证。对神话的商业回收利用和对经典的仿效便是她生下刚一个星期就取了一个卷发的名字的原因。由此,在昂汀身体上,一个主要资产就是她卷曲而又浓密的红发。与此同时,我们知道,在她出生之时就落到了现代商品化的天罗地网之中,营销策略如影随形。昂汀是她父亲的亲生女儿:她是在市场这幕社会大戏中"登上"舞台的;社会就像一家股票交易所,给她和她的求婚者贴上了价格标签。就像《欢乐之家》(House of Mirth)中的莉莉·巴特(Lily Bart)一样,她必须精打细算,做正确的投资,不能犯错。从某种意义上讲,她的冷酷无情为莉莉的失败和自杀报了仇。昂汀的名字也塑造了她的命运,这个仿效经典的名字一直在回响,因为人们也将昂汀比作阿塔兰忒[1],这个神话人物的身份也包含了对古人的尊重(这也是她对尊重追求的关键原因)和她对新事物的鉴别力,这为她完全没有道德顾忌、能干而又有进取心打下了基础。在卖掉挂在德·谢勒庄园价值连城的挂毯时,她的泼辣、能干到达了巅峰。昂汀的确是一个能够经受住百般变化的人物:这种社会变色龙善于模仿的性格既是她的优点,也是她的缺点。[7]

我们看到,昂汀逮着的第一个丈夫是拉尔夫·马维尔,一个以华盛顿广场为家底的纽约老贵族的特权后裔。拉尔夫能支配的钱比他富裕的堂妹夫彼得·凡·德根(Peter Van Degen)的要少,拉尔夫的堂妹虽然暗恋着拉尔夫,但还是嫁给了彼得。拉尔夫是这部小说最精心塑造的人物。他们的婚姻失败是不可避免的,这一点从昂汀和拉尔夫在意大利度蜜月的时候我们就看出来了。当拉尔夫强烈涌起的爱欲点燃他创造之火的时候,她却急躁,厌烦,抽身要去瑞士的一个时尚圣地参加有钱朋友的盛会。怀孕后,昂汀几乎没有表现出母亲角色转换的能力,为怀孕后穿不了在巴黎购买的新衣服而悔恨不已。这对夫妇的境况直走下坡路:为了给昂汀挥霍的生活方式付账,拉尔夫不得不在一家公司工作,她后来正是利用这一点作为借口,与他离婚:他太埋头工作了。这边他在埋头工作,那边昂汀纵容自己接受彼得·凡·德根的求爱,这一求爱最终证明是个错误举动,因为在他引诱并占有了她以后,对她就厌倦了。然而,他为她卖掉了宝贵的珍珠,算是告别时给她回巴黎的路资。在那里,她又逮着了

---

[1] 阿塔兰忒(Atalanta),希腊神话中的女英雄,西罗斯王的女儿,美丽而野性的女猎手,以骁勇和善跑著称。她在卡吕冬围猎野猪时建立了丰功伟绩,因而争得许多荣誉。

法国贵族雷蒙·德·谢勒(Raymond de Chelles),她利用儿子保罗作为交换工具,强迫拉尔夫同意离婚。离婚后,拉尔夫自杀了,她和德·谢勒自由结合了,婚后却发现和这个古老的家庭过日子和当初她与拉尔夫一起闲逛意大利街头是一样的无聊和空虚。她决定回到埃尔默·莫法特(Elmer Moffatt)身边,这是她在阿皮克斯的丈夫,现在已是一个百万富翁了,这个百万富翁还兼做艺术收藏。离婚与结婚带过不提,最后,我们看到昂汀没有满足的欲望:她现在又盼望着嫁给一位大使。昂汀在伦理道德上的失败可用她一点不感兴趣的儿子保罗来衡量。已经在纽约了,但她还是忘记了儿子的第二个生日。她和拉尔夫离异后,同意让儿子和他爸爸一起生活,最后儿子成了一个交换品。保罗与埃尔默·莫法特和雷蒙·德·谢勒走得更近,他叫他们爸爸,反与他妈妈离得很远。这是对世情的严肃诊断,对华顿对"现代"的弊端与品质的判断具有重要意义。

倒是拉尔夫强烈地感受到自己不够"现代"。现代性意味着老纽约的消失,踏在新纽约土地上的是新野蛮人这样的来客,他们挥金如土,缺少礼仪。拉尔夫使用征服这样的字眼来描述这场变化:

> 拉尔夫有时称自己的母亲和祖父为土著民,将他们比作随着入侵民族的到来,美洲大陆上注定要迅速灭绝的本土居民。他喜欢将华盛顿广场描写成"保护地",并预言不久以后这里的居民将会作为热心地从事其原始工业活动的人种供人参观。(《风俗》,第47页)

然而,他放弃了她这样反讽的距离,而去认同值得尊重的节俭精神,因为这种精神为反对"构成现代倾向的物欲横流的乱象"(《风俗》,第48页)提供了强有力的支持。他骑墙观望,至少通过不幸地选择了一个新娘表示了他模棱两可的态度:"他也曾想要'现代'过,也曾半幽默地反对过旧准则的拘谨和排外。"(《风俗》,第48页)这就解释了他为什么未能现实地看待昂汀的内心本质和愿望,也解释了他如何未能安排好自己的精力,未能处理好创造的冲动。拉尔夫是个多愁善感的人,在属于新一代与半心半意地迁就旧观念的矛盾中不能自拔。人种学和遗传学的科学语言都弥盖不了正在加宽的道德鸿沟。

说句俏皮话,那些被拉尔夫称为"土著民"的人对昂汀来说已经变成了"原著民":"就是在阿皮克斯,昂汀的空想也是由第五大道的功绩和姿态培养出来的。[……]在马贝尔(Mabel)的世界里,她徒劳地寻觅着原著民,但只能不时地瞥见一个原著民家属那可望而不可及的身影……"(《风俗》,第19页)梦想能够进入这个封闭的社会,她需要他们的美甲修剪工希妮(Heeny)夫人来弄懂一件事,即拉尔夫比像大众画家波普尔(Popple)这样的"家属"更"原著"。她学会了更细的区分,比如第五大道和华盛顿广场的社会划分,而在巴黎,圣杰曼大道和新起的香榭里大街就有这样的区别。她对古老、真实和正宗东西的寻求(用瓦尔特·本雅明的话来说,就是对"气味"的回归寻求)在某种意义上使她成了一个反现代的人。然而,昂汀很"现代",完全是因为她善于模仿,因此她打破了自己追求的那种气味。

昂汀有无限的模仿能力,华顿使用一种逗弄的幽默来表达这一点,给了她的社会批评以一种独特的笔调。昂汀就是一个活生生的悖论：在给别人对什么是理想所下的定义提供有益参考的同时，她也体现了为追求自己的目标所做的不懈努力："昂汀极其独立，但又充满激情地模仿别人。她想用自己的闯劲和独创性给每个人以惊喜，但她每见一个人都情不自禁地学那个人的样儿，由此而产生的各种理想乱成一团，当她必须在两条道路上做出抉择时就感到很不安"（《风俗》，第13页）。她这种通过模仿那些她认为比自己地位高的人来适应环境的愿望实际上是由欲望驱动的。在马维尔家，她误认为受到了轻慢而感到不安，拉尔夫的冷漠又让她不安，于是出于本能的反应，她出去看画展了。在这一幕中，我们清楚地看出了她的欲望。她光彩照人的美丽比油画吸引的目光更多，她摆了一个姿势："她在油画前面唰地摆了个令人销魂的姿势，学着画中穿着貂皮大衣的那个高挑姑娘的样子在目录册上挥笔做笔记，而她背后似乎也长着眼睛，上下泛着自我意识的秋波"（《风俗》，第31页）。她假装在欣赏画作，而实际上在敏锐地注意着观众群中穿着出众的人们的面貌。她"背后似乎长着眼睛"，因为她的目光真的瞟向了周围的人群。在人群中有一个女士在看油画，她戴着一付镜腿精致地系在珍珠链上的眼镜。这在昂汀内心一下子就触动了要得到那个东西的不可遏止的欲望："不戴眼镜看东西似乎一下子变得粗俗不堪，甚至连事物都分不出来了，这时，她所有浮动的欲望都汇集成了要得到一付镶嵌了宝石的眼镜和眼镜链的愿望"（《风俗》，第32页）。这一冲动让她猛地晃动了一下身体，撞到了一个男人，这个人正是彼得·凡·德根；后来她才意识到这付珍贵眼镜的主人就是彼得的妻子，拉尔夫的堂妹。

《恋爱中的斯万》也有一个相同的情景：斯万的视力正在衰退，在家戴正常眼镜，就餐时戴单片眼镜。欧黛特却认为他这么做是为了"好看"（她经常用英语这么讲），并宣称："我真的认为男人戴眼镜好看！你多适合戴眼镜啊！你看上去像一位真正的的绅士，你只是缺少这个头衔！"[8]这里的反讽是斯万是位真正的绅士，是法国总理威尔士和格莱威(Grévy)公爵的朋友，他不需要像小贵族和没有受过教育的贵族（她将他们作为情人）那样需要一个头衔来显示其重要性。这里，和昂汀一样，她的爱慕也有两种理解，因为她也隐含了这样的意思，即在社会成功的梯级上，总有更高一级要爬。她一步步的攀爬虽然处处受阻，但是凭着她蒙事本领的不断成功，还总算爬得平稳。在与拉尔夫分手过后，昂汀在巴黎想要勾引雷蒙·德·谢勒，于是通过和几个不好搞定的贵妇人攀上有用的关系，她极力"猜想她们想要她说什么，最好采用什么语气"（《风俗》，第242页）。她采用了将在阿皮克斯的冲动和在纽约的尊严合为一体的做法，令她宽慰的是，她发现那场鸡尾酒会上她的表现很受人赞赏。

在他们去意大利度蜜月期间，拉尔夫以为幸福已经抓在手上了：对他来说，"生活的酒杯似乎满得快要溢出"（《风俗》，第90页）。他已经到达了自己的巅峰，[1]但此后不久就发现了昂汀的美貌背后别无长物。她总是在社会中装成能干的样子，但这在夫妻之间长时间的谈话中没有任何帮助。甚至连她的温柔和多变也是模仿来的，而非发自内心"（《风俗》，第92页）。是不是昂汀真的像她表现的那样缺少内涵呢？是不是恰恰缺少了内心的激情，还是她没有顺从自己的意愿？不久之后，她嫁给了雷蒙·德·谢勒这个典型的法国老贵族家庭。德雷扎克

---

[1] 英文中"巅峰"与前面出现的《乡土风俗》的假想城市的名字阿皮克斯(Apex)是同一个单词，这里语含双关。

(Trézac)夫人曾警告过她:在法国餐会上,光有美貌是不够的,女人还得干更多的活,她们必须既要勾魂,又要聪明。昂汀除了毫无表情程式化的反应以外,就没有什么能说得出来的东西,自然她受到的责备是辛辣的:"哎呀,你活干得不够卖力"(《风俗》,第339页)。然而,昂汀"适应性"强,也肯学;有人猜想她下一次变身时会假装参加高级知识分子的讨论会,如果她在继莫法特之后再嫁给大使的话。的确,昂汀嫁给凡·德根的计划流产后,像包法利夫人一样,开始阅读情感小说:"她读了这些小说,脑子里满是那些令人激动的关于德行的词汇"(《风俗》,第236页)。

在她身上既有个人的浅薄,又有性格的独立,她父亲建议她将珠宝送回去,这加深了她内心的不确定。她幻想着这样的一幕,她将宝石扔在富裕的凡·德根面前,也扔给他几句轻蔑的话。当然,她还是不把这些宝石送回去,把它们卖了,然后邀请父母陪她一起去巴黎,就是为了他们能看起来让人尊重。在这些场景中,华顿似乎为美国的能干而有进取心的人和社会掘金者提供了临床诊断。这是受控的一种歇斯底里形式。昂汀经常有点儿"神经质",不能有什么人跟她作对。她吓唬她父母,而他们在她要小孩脾气的时候也无能为力。依照布厄迪尔(Bourdieu)定义"文化资本"的各个要素,昂汀像她父亲,无所顾忌地追求权力、金钱和特权。她重复和模仿着他父亲的欲望,只是在不同的领域,且用的是女性的秘诀而已。她将常识和计谋(当她父亲问她是否将珠宝送回时,她告诉他希妮夫人将它们收下了,这一说法从技术上讲也没错)巧妙结合。昂汀在复制着她父亲渴望得到财富的激情,甚至做着像他那样的欠诚实的生意,她设法说服她父亲同意她的一个突如其来的奇想。她父亲将一块块没有价值的土地卖给城市自来水公司,由此发家致富,这一举动显示了他富有机智,将利他主义(阿皮克斯地区的周期性伤寒流行病治愈了)和利益(以前没有价值的土地一下子畅销起来了)结合了起来。在这部小说中,华顿充分利用了自己尚未找出病因的歇斯底里症,她这个病也曾接受过费城著名的治疗妇女歇斯底里症首屈一指的专家威尔·米歇尔(Weir Mitchell)医生的治疗。[9]几年之后,她丈夫也开始有了复杂的歇斯底里症的征兆,而在他们移家巴黎之后他也从未完全康复过。

称昂汀是歇斯底里患者的确有那么一点粗略的夸张,尽管她和本世纪初确诊的科氏歇斯底里症有很多显著的相似的病征。诚如拉康在多拉(Dora)的病例(这是弗洛伊德分析的歇斯底里的主要病例)中所示,她期望由别人代表她,由此她与她父亲的身份深深地混同起来。多拉爱上了凯夫人,而凯夫人是她父亲不正当的感情对象。[10]昂汀傲慢专横的欲望是遵循着她父亲商业战略的基本路线的,这一点在她打算逃避一场沉闷的婚姻,计划只身去往巴黎的举动中得到了证实。昂汀被描述为"受到父亲商业直觉的过分激励"(《风俗》,第148页)而忽视了父亲的经济困难。当昂汀坦言自己去巴黎是想挣脱婚姻的束缚时,这对将父亲和女儿混同起来的歇斯底里夫妻又相逢在一起了;就在这时,莫法特出现了,问他们是否争吵过。她回答道:"我们再也不吵了:他总是赞同我的意见"(《风俗》,第125页)。与拉康的观点相一致,这种歇斯底里的欲望没有一个明确的目标,病理结构表现为效仿父亲的欲望,昂汀想要什么的想法也是模糊的,但却是激进的;她告诉拉尔夫她想让婚姻给她带来"一切"(《风俗》,第61页),同时也承认她欲望的附带特性:"我想要别人想要的东西"(《风俗》,第64页)。像大多数歇斯底里症患者一样,她总在产生欲望,并因此寻找得到这些东西的手段,而对占有的东西应该带来的快乐不感兴趣。她总是在追求一种难以捉摸的最好的东西,但也不将这个东西混同于财富或权力什么的。用弗洛伊德的话来说,她所追求的就是内心的驱动。

有一段昂汀冲她父亲发火的描写将她这种驱动的强烈程度讲得很清楚。她把自己比作是"龙卷风",这个词华顿的密友亨利·詹姆斯也曾用在华顿身上。值得一提的是,这一比喻出自她自己的口中;昂汀大发雷霆,因为她父亲意识到了拉尔夫不够富裕,没法维持他女儿已经习惯的生活方式,因此建议取消婚礼。这惹恼了昂汀,她到再后来的一段时间才意识到那是她父亲的先见之明。华顿将她的谩骂用自由表达的间接方式写了整整一页纸:"一切东西在她面前都摧垮了,正如城镇和村庄在她本州的龙卷风面前都被摧垮了一样。[……]他认为她是为了金钱才结婚吗?他有没有看到此时此地根本问题是她想和哪类人'走到一起'。"(《风俗》,第78页)。具有讽刺意味的是,她确实不是为了金钱而结婚;她想要的只是权力和尊重。昂汀所说的话大部分都用了引号,这是用来说明她在大规模复制别人的用语,这样规模的复制成了她语言的自我意识。斯万也有同样的习惯,叙事人观察到:比如,当他说到"层级"一词时,从来都是把它放在引号里的(《那边》,第100页)。这些引文都指向如果一个人想在礼貌的社会生存就必须掌握的规约。昂汀与歇斯底里症所形成的模式相一致,她似乎对性不感兴趣。当她让彼得·凡·德根牵她的手时,她表现得像她父亲一样:"这样,斯普拉格先生可能感觉到就像纯净水行动那个最紧张的时刻一样"(《风俗》,第184页)。当她让他亲吻时,她一点儿也不激动:"她的生理反应从来都不很敏锐:她总是有点儿搞不懂为什么人们对此事'小题大做',为什么如此猛烈地赞成或反对这样的表现形式"(《风俗》,第184页)。昂汀究竟只是她无法控制的社会力量的产物呢,还是一个最终学会了掌握这种力量和游戏(这种力量和游戏摧毁了《欢乐之家》中的莉莉·巴特)的很具天赋的社会梯级的攀爬者呢?

借用斯坦利·卡维尔(Stanley Cavell)精彩的表达,华顿似乎用这部小说创造了"再婚喜剧"的样式,[11],一种30—40年代经济大萧条后好莱坞的主导电影样式。卡维尔为浪漫喜剧造了这个术语,在这样的喜剧中,一个男人和一个女人在闹崩或是离婚后结果还是与同一个伴侣结婚,比如《费城故事》(Philadelphia Story)。这笼统的说法应使我们注意与卡维尔所建立的标准有点偏离的一个重要方面:在《乡土风俗》中,在华顿特意安排的叙事中,直到故事的靠后部分读者才被告知昂汀以前结过婚。我们倾向于认为昂汀天真、没有经验、年少,然而实际上她在以前的小镇上离过婚,这个秘密是慢慢透露出来的。小说头几页给了一些暗示("斯普拉格夫人如此保持沉默,就好像这个问题变得不存在似的"《风俗》,第9页)。莫法特登场时就很不祥:他是来敲诈的吗?为何昂汀要躲开他?她父母的观点没让我们猜出他们负有什么责任,与此同时,埃尔默自从婚姻解体以后似乎在心中一直为昂汀保有一个柔软的位置;他努力赚大钱可能就是挽回她的心的一种做法。

如果这种解释精确的话,那么这部小说就是个喜剧,因为最终"皆大欢喜",虽然最后一次再婚的婚姻变成了一场闹剧——这场婚姻在里诺[1]这座小城被全速地加速了,一个法官跳进

---

[1] 里诺(Reno),位于美国西南部内华达州的北部,是该州的第二大城市,称为美国最大的小城市,以"无责任离婚"而著名。

他们的汽车充当伴郎(《风俗》,第366—7页)。正如斯蒂芬·奥尔盖尔(Stephen Orgel)指出的那样,此书的一个反讽是,昂汀让拉尔夫的父母十分震惊,因为她毫不掩饰地承认,对一个与她丈夫在一起不幸福的妻子来说,离婚是方便的做法,这时,她不是天真,而是"颠覆",[12]虽然我们没有留意到这是反讽。昂汀这些坦率的话似乎脱口而出;读到后面,我们才明白她为什么对离婚有这样的看法。拉尔夫的母亲试图告诉她为什么在好的社会里离婚遭到诅咒,这个意思她毫不理会。拉尔夫从莫法特那里发现了真相后,再婚的喜剧结果演变成了悲剧。导致拉尔夫·马维尔自杀的原因不是保罗抚养权的争夺,而是他不是第一任丈夫而是第二任的事情突然真相大白。他原来和一个他鄙视的男人共用了昂汀的身子。突然间,一切都成了谎言,支撑他的想法垮掉了。昂汀代表了欢乐和荣光,然而所有这一切都无可挽回地垮塌了。

是不是接连离婚的社会喜剧变成了失败婚姻的悲剧呢?这一犹豫不决决定了这部小说的意义。这部小说的"现代主义"依赖于这种模棱两可的来回反弹:读者对此越是模棱两可,那它的社会讽刺意义就越不"经典",因为《乡土风俗》有许多现代主义元素,有些元素在令人警觉的叙事技巧中,有些则在所处理的那些主题中。叙事中大量的剪接和跳跃让读者吃惊;对发生的故事没有提供扼要的重述,华顿很少深入窥探她人物的思想,叙事的步伐因此而加快了。当昂汀因与凡·德根的婚事失败而受到伤害时,她只有借通俗小说来表达一种难以名状的沮丧之情。华顿不想搅进他笔下人物的心理中去——这一写作特点在符合现代主义文学有意避开外显性和情感性要求的同时,还丰富了讽刺写作的技巧。这样,我们最终可能想知道:昂汀是否一直爱着莫法特,而在承认自己的"真爱"(这是浪漫文学的版本)之前实际利用着另外两个丈夫以便过上上等人的生活,还是利用莫法特作为另一块垫脚石,爬上更高的社会地位,她在阿皮克斯的时候就是这样利用他的(这是批判现实文学的版本)。当她梦想与一位大使结婚的时候,我们就不用做这种简单化的选择了,因为华顿暗示过,她唯一真实的东西就是欲望。

这部小说主要的现代主义特征是其伦理上的矛盾心理:一些批评家谈到了讽刺,另外一些批评家得出结论说我们不应该去评判昂汀是什么人。如果我们只是从表面价值上看待因为昂汀可能要卖掉在德·谢勒家的古堡里已经挂了几百年的价值连城的挂毯时德·谢勒强烈反对从而给予猛烈谩骂这件事,确实具有讽刺意味。当德·谢勒责骂美国妇女时,他反对权威性,强调模仿原则:

> 你来自我们中间,说着我们的语言,但却不懂我们的意思;想要我们想要的东西,但却不知我们想要它们做什么;模仿了我们的弱点,光大了我们的愚蠢,忽视或嘲弄我们所在乎的一切——你住过的宾馆比城镇还大,你去过的城镇比纸还薄,甚至连街道都还没来得及命名,大楼还没等晾干就被拆毁[……]我们做这样的想象是真够愚蠢的,因为你抄袭着我们的方式,拾起了我们的牙慧,就以为你懂得其中那些让我们的生活体面和荣光的东西!(《风俗》,第341—342页)

然而,我们不能将法国贵族的标准绝对化,不能将其看作美国资本主义入侵的一个最终避难所。与荣誉、体面和传统相关的价值观已被叙事本身从内核里掏空,至少华顿一直接连不断地和令人信服地唤起这座被随手命名为"圣宜洛"[1](《风俗》,第317—327页)的城堡日常生活的单调乏味。可以猜想一下,昂汀对单调的日常生活很满意;她的生活就是对一些空洞的繁文缛节的简单重复;而对单调生活的唯一缓解就是跟佣人和婆婆吵吵架。雷蒙有无可置疑的特权随心所欲地去巴黎陪情妇。昂汀在进入最封闭的法国贵族圈后,她的胜利感表现得确实很空洞。德·谢勒的怒骂也是有正当理由的,虽然这并不是该小说最后的话语。

说这部小说被指为愤世嫉俗才使华顿失去了1927年的诺贝尔奖,这绝非偶然。[13]虽然"愤世嫉俗"可能不是恰当的说法,但从她女主人公的角度来说,华顿身上存在着深深的矛盾心理,我们应该因为昂汀只是重复了"乡土的风俗"而宽恕她么?人们常常猜想,华顿会像福楼拜笔下的艾玛·包法利一样说:"昂汀,其实说的就是我自己。"不管怎样,当昂汀有情人时,她就像艾玛第一次接受肉体的快乐一样,并未感到怎么开心,怎么得意。昂汀想要的并不是性爱,而是婚姻和受尊重感。华顿意义双关的批评与《包法利夫人》基本接近,在《包法利夫人》中,福楼拜通过一个除了通奸以外别无他法来结束单调的婚姻的女主人公抨击了受尊重的小资产阶级。像福楼拜一样,华顿的批评与移情作用混杂在一起,尽管她的风格与福楼拜相差甚远。这种移情作用解释了为什么我们已经愿意宽恕昂汀和艾玛的冷漠无情。

当金钱取代了出生、等级和传统时,根本的做法就不是对社会流动性进行批评分析,从而宣布现代精神的胜利。昂汀美丽,但永不满足。早些时候,华顿发现了尼采的作品,充满激情地阅读了德文版,那时她和莫顿·富勒顿有性关系。昂汀的态度带有一种尼采式的激进主义,她行为的理论基础就是打破古老价值观的一种无意识冲动。1908年5月,她沉浸在婚外情的喜悦中,最终发现了肉体的快乐,华顿写到:"在'善恶的彼岸',一下子感觉到自己的存在,这有多奇妙哇!"[14]就在那个春天,她一口气接连读了《善恶的彼岸》(*Beyond Good and Evil*)、《权力意志》(*The Will to Power*)和《道德的谱系》(*The Genealogy of Morals*)[15]。昂汀是尼采式的女主人公,在为独立和自由而奋斗时,她不惧怕打破秩序的外表形式。她的武器是社会为女人提供的杀手锏——美貌。小说多次回响着尼采的"重估一切价值"(Umwertung aller Werte)。昂汀一次次发现,"所有原先被认可的社会价值又被倒置了"(《风俗》,第180页):每一次某个稳定措施确立后,昂汀都需要将它推倒,从而走向另一层次。在力图掌握法国贵族规约的过程中,她学会了不将地位与美貌联系起来,她在纽约就是这样天真地做的,然而她发现社会地位的提升与道德并不对应:"但就她[埃斯特拉蒂娜公主(Princess Estradina)]竟然也吹牛说与阿黛尔申夫人(Madame Adelschein)十分亲密,并以此为借口来给自己取名,这就推翻了昂汀的等级观"(《风俗》,第242页)。在道德尚未确定和不同的叙事距离中,这种讽刺与现代主义作家的试验相结合,对粗俗的美国资本主义的讽刺已经超出了对一切价值商品化的谴责。这就是为什么人们搞不明白皮尔(Peel)的结论,他说"颇为矛盾的是,她的小说现在比1915年当时更现代"[16],这句认可的话削弱了他的整个立论,意即华顿与现代主义失

---

[1] 法语原文为 Saint Désert, 可译为"圣遗落"或"圣丢弃"。为了使汉译名文雅一些,这里采用了谐音译法。

之交臂。这并不是因为在1900至1915年之间，华顿的言论明确趋于保守，所以不是现代主义作家，尤其我们今天这样将她作为一个现代主义作家来阅读。这样的二分式看法没有将历史的语境化与批评性地确定文本的意义这两者联系起来。华顿的小说今天更为现代仅仅是因为我们更愿意称之为现代。

婚姻是妇女提高社会地位的唯一方法，这一看法构成了资产阶级小说的主要思想，这种小说样式至少自简·奥斯汀[1]以来，诚如黑格尔所讲的名言，在有关社会价值的散文（市场规律）和有关心灵的诗歌（主人公遭受挫折的抒情幻觉）之间上演了冲突。在《乡土风俗》和《在斯万家那边》两部作品中，欧黛特·德·克蕾丝和昂汀·斯普拉格故事的平行发展显示了某种思想，这种思想超出了族内婚制与族外婚制的冲突，撼动了一种制度，在这样一种制度中，诚如列维·斯特劳斯所言，社会生活是以男人交换言辞、商品和女人的方式来定义的。这里，女人不交换或生产商品，因为她们在使用言辞时喜欢模仿，而不真去创造，但他们确实交换男人。普鲁斯特的世界也是如此。在华顿的小说里，我们被告知了"乡土风俗"的意思：这个风俗就是一种制度，它不允许女人对男人应该为妻子的愉悦付账的努力感兴趣（《风俗》，第129页）。甚至连拉尔夫这样的因为其老式的浪漫主义思想而被认为是一个明显的例外的人也必须"归顺于一种所有浪漫主义价值都被颠覆的环境"（《风俗》，第130页）。

华顿在拉尔夫身上没有少花气力，像《没有品质的人》中的乌尔利奇（Ulrich）一样，拉尔夫虽然被赋予了所有的品质，但实际上却一样也没有。他虽然有教养、文雅、多情、谦逊，但是昂汀所拥有的品质，即她的驱动力，他却一点儿也没有。从这个意义上说，他似乎与斯万相似。尽管斯万要富裕得多：两人实际上都是艺术爱好者，兴趣过于广泛，过于分散。作为作家，他们很失败，从来没找到表达他们创作冲动的媒介。一面，斯万漫无条理地拼命地写着他关于弗美尔[2]的专著，另一面，拉尔夫的诗歌沉思从未征服过读者。拉尔夫确实写了两个章节的小说，就在此时，他被昂汀有第一次婚姻的消息击倒，然后就自杀了。在这两个人物从事写作的失败与他们对光彩照人的美丽的强烈爱好之间有某种联系吗？拉尔夫·马维尔感到和妻子之间拉开了差距，他表现出特别缺乏活力，这使得读者青睐昂汀未经调教的自发性行为和野性的活力。然而，她并不决定要去做一个放荡的人（她不是个"不道德的女人，"第222页）；她只是想要一个更强大的保护者。她不愿做一个给诗人以灵感的理想化的缪斯的角色，虽然他曾经确实感到"语言释放的力量"（《风俗》，第88页），但过后不久，他就放倒了他的"魔杖"去沉思他妻子极端的空虚。这种优柔的消极状态由于他对昂汀的迷恋而加深。与其说昂汀是"羞怯的女主人"，不如说拉尔夫是"羞怯的男主人"，虽然他和英国诗人马维尔[3]同姓。如果他在小说上试试手，如果他有勇气蔑视世俗，也许和他深爱的表妹克莱尔（Clare）结婚的话，没准他会成功的。对拉尔夫来说，婚姻没有发挥作用：它没有让他更

---

[1] 简·奥斯汀（Jane Austin, 1775—1817），英国小说家，她的作品主要关注乡绅家庭女性的婚姻和生活，以女性特有的细致入微的观察力和活泼风趣的文字真实地描绘了她周围世界的小天地，著有《傲慢与偏见》。

[2] 彦·弗美尔（Jan Vermeer, 1632—1675），荷兰风俗画家，以善用色彩表现感及光的效果著称，有《挤牛奶工》等。

[3] 安德鲁·马维尔（Andrew Marvell, 1621—1678），英国玄学派诗人，作品有"致羞怯的情人"等。

成熟，没有让他准备好按照他的欲望行动。就是在昂汀独自离家到巴黎去尽情享受各种晚宴和高级沙龙之后，他仍在想着"她尚未走出儿童的年龄"（《风俗》，第193页），这句话实际上恰恰可用在他自己身上。他被美貌哄骗，因为婚姻，或云通奸，他失去了成长为大人的机会，而因为离婚，他又失去了找到自由的机会。

普鲁斯特的文学战争

斯万的情况可以说恰恰相反，虽然这一点从来没有明说。斯万与欧黛特结婚却在他狂恋她之后。正如德勒兹（Deleuze）所言，[17]我们从爱情的病症体系（其病症表现为病态的嫉妒）进入到世俗的令人心安的符号体系（表现为关心家庭和有社会抱负）。这就是为什么那些囫囵吞枣的读者在读到《恋爱中的斯万》中斯万粗蛮地放弃整个爱情这样富有讽刺意味的结尾时，会有一脸的迷惑："想一想，我虚度了多年的人生，我还想过死，我深深地爱着一个对我没有吸引力，不是我要的那种类型的女人！"（《那边》，第396页）。但后来，他们又结婚了，还生了个女儿吉尔伯特（Gilberte），这个女儿才是叙事人第一个迷恋的对象，这一点，读者确须调节一下心理才能搞懂。1913年出版的这一卷以斯万为中心展开情节：第一部分中，他的造访打扰了上床睡觉时进行的恋母仪式，妨碍了母亲亲吻小男孩。而后面到第三部分中，他就出现在自己女儿的旁边，但叙事人的父母却不让他见女儿，因为他和一个声名狼藉的女人结了婚。然而，在这一卷结束时，当已经做了母亲的欧黛特在布洛涅森林公园散步，和她的旧情人们打招呼时，叙事人似乎对她的迷恋超过了对她女儿的爱，由此，女儿的身影渐渐淡去，后来嫁给了他的好友圣卢（Saint-Loup）。昂汀和欧黛特两人虽然言语粗鲁，但都迷倒了所有的男人，她们的共同之处是永恒的美丽。

相比于《乡土风俗》，在普鲁斯特的《恋爱中的斯万》里，社会风俗的喜剧有更多的发展。叙事从花哨而又可笑的一群凡尔杜林（Verdurin）人开始，直接交待了故事情节，他们的沙龙就是斯万和欧黛特见面的场所，也是后来斯万被排除在这个圈子之外后备受折磨之地。普鲁斯特花费了一些笔墨重现了这一小群人愚蠢的格调。他们模仿上流社会的交际圈，同时又假装发现它们极其"乏味"。没什么文化的欧黛特在这个庸俗的人群中佯装有教养，而斯万则对自己和上流社会的联系保持低调。华顿在《乡土风俗》的开头也表现了类似的喜剧，昂汀脱口而出，说她看过"萨拉·伯恩哈德"（Sarah Burnhard）在剧院饰演"莱格朗"和"费德"[1]（《风俗》，第25页）。她对这位著名的女演员很失望，因为她发现她比自己预料的要老得多，她的失望反映了《恋爱中的斯万》里叙事人的失望，因为叙事人第一次见到勒波玛（Le Berma，我们可以在她身上看到萨拉·伯恩哈德）时，也将她当成了《在少女的花影下》(*In the Shadow of Young Girls in Flower*)里的费德。尽管她得到了著名小说家贝尔戈特（Bergotte）以及斯万的高度赞扬，他也发现她老了，也很造作。过了一会儿，他就天真地承认了自己的失望，不过他父亲和诺尔布瓦（Norpois）先生的热情让他改变了想法。凡尔杜林那群人的沙龙的

---

[1] 这里的汉译采用音译法，原文人名为 Leg—long（法文为 L'Aiglon）和 Fade（法文为 Phédre），义为"长腿"和"凋谢"。

基本规律是，排除任何其他群体，仅仅代表精英分子，尽管戈塔德(Cottard)的双关语十分浅陋，而他们的交谈近于胡扯。斯万拒绝在众人面前离开他一直在一起的贵族人群时，他骤生了一股耻辱感。在《乡土风俗》所提供的强烈文采照映下，我们可以猜想欧黛特的动机：她需要结婚，因为她过厌了被许多情人控制的情妇生活，而这些情人都拥有好几个女人。只有一个像斯万这样富贵超群的男人才能迷上这些，因为他从来不光顾她已经在那里臭名昭著的下层社会的交际圈。

华顿和普鲁斯特都是现代主义作家，但因为不同的原因。两人的根本区别是：华顿很快就完成了小说创作，而普鲁斯特的创作计划几乎是没完没了。华顿是一位著名的小说家，顺利地在1913年1月《斯克里布纳杂志》(*Scribner's Magazine*)上连载《乡土风俗》。这本书10月出版时，媒体给予高度赞誉，销量看涨。她很快就被视为美国在世的最佳小说家。普鲁斯特却不是这样。1913年，他的《逝去的时光》(*Lost Time*)的第一部又一次被拒稿。1912年，他和法斯盖尔(Fasquelle)、伽利玛(Gallimard)和奥朗多夫(Ollendorf)几个出版商联系过；1913年2月，奥朗多夫做了有名的答复：他不懂为什么一个人"竟然写了30页纸的文字来描述一个人入睡前如何在床上辗转反侧"。最终，普鲁斯特和葛拉赛(Grasset)签了约，但自己要付所有出版费用。那时书稿还没有完成，最终的书名到1913年5月才定下来。1913年11月第一卷出版时，尽管安排了媒体采访，批评家的反应还是不温不火，大多数读者都被这部复杂的书弄懵了头。对拒稿的伽利玛编辑、小说家纪德来说，这倒不是因为他著名的长句子，而是因为普鲁斯特有名气，是富裕的文学业余爱好者，喜欢陪伴圣—热尔曼郊区(Faubourg Saint-Germain)的贵族。

小说的第一部引来众多的批判，这是常见的。普鲁斯特的小说一开始就将我们带进了一个人物广阔的主体性中。我们读到了复杂而又离奇的细节，说很早就寝（"长期以来，我一直早睡，"《那边》，第3页）的叙事人如何总是醒来后不知道自己在什么地方，并且随着他脑中虚幻的环境变化，改变了自己的身份，或者变成了睡前刚读完的某一本书里的人物。这一精心编制的小说开卷是对自我不稳定性的一首赞歌，永无止境的"轮回"展现了几万个自我，这些自我是由那些睡觉、阅读或写作的人通过梦幻和虚构创造出来的。这些深思构成了音乐般的序曲，慢慢地将读者引入了书中。

    半小时后，该想办法睡觉了的念头让我将书抛下；我想放下我以为还在手中的书，吹灭灯；我从未停止过对我刚刚读过的书的思考，然而这些思考却起到了一个相当奇特的变化；似乎我自己就是书中所讲的内容：一座教堂、四重奏、弗朗索瓦一世和查尔斯五世之间的竞争。(《那边》，第3页)

我们跟着叙事人要讲完整个故事的许诺，会发现这一奇想的全部意义最后变得很明显：叙事人就是他正在阅读的书的主题。普鲁斯特曾认为《追忆似水年华》就是一幅双连画，其中的第二部分可以给第一部分留下的所有谜语提供答案，但是由于战争引起的拖延迫使他对作品进行修改、扩充，并且扩大了他巨著的视野。

华顿和普鲁斯特1913年的小说属于早期现代主义发现时期的作品，因为他们两人都在探索形式与技巧之间的联系。两人都意识到当旧世界仍旧活着并主导着社会游戏时，表达"新事物"就十分困难。"新事物"只能在意外地打破常规时产生，普鲁斯特决定把第一次世界大战写进《重获的时光》(Time Regained)里去，《追忆似水年华》就这样诞生了。这一举动迫使他做了多次最后时刻的调整，将贡布雷(Combray)放到了前线，由此又将村庄从诺曼底挪到了法国北部，远离了巴尔贝克(Balbec)。在这些修改中，常作贬义用的"现代主义"一词就应运而生了。从某一点上讲，查尔鲁斯(Charlus)以一篇谴责现代愚蠢行为的文章将文学批评家与战略家联系在了一起："让情况变得更糟的是，大众在抵御了现代主义文学或艺术之后，跑到了战争中的现代主义者阵线那边去了。"[18]他亲德的观点一定要比戈塔德的民族主义宣传更深入。同样，布洛赫赞扬瑞秋(Rachel)的"现代主义措辞"，[19]这位年轻的女演员赢了勒波玛的胜利标志着战后的虚假价值的胜利。战争破坏了社会关系，降低了个人的高尚地位，让布洛赫、布里绍(Brichot)、欧黛特和那群凡尔杜林人兴旺发达起来，而高尚的圣卢却死在了前线。时间的流逝带来了价值观的完全颠覆：我们了解到，斯万去世后，欧黛特嫁给了斯万的老竞争对手，变成了德·福尔谢维尔(de Forcheville)夫人。在最后的宴会上，她作为年老却依然精神饱满的达克·德·盖尔芒特(Duc de Guermantes)的正式夫人露面。最显眼的转变要算是凡尔杜林夫人。在死了丈夫后，她嫁给了德·盖尔芒特王子的一位潦倒的堂兄，而在第二任丈夫又死了过后，她最终嫁给了王子本人。凡尔杜林夫人最终成了德·盖尔芒特王妃。普鲁斯特小说里的人物们都重复着国际跳棋似的社会游戏，对此，华顿减少了一次次再婚的繁琐：只走了盘算好的三四招就当上了棋后了。

这一过程在两部小说中创造了一种螺旋式的效应：就在普鲁斯特的读者再次进入刚读完的小说的时候，昂汀急于想嫁给可嫁的下一任大使来继续这场游戏。用罗兰·巴特的话来说，这种"等级学"(bathmology)或云"级别学"(science of degrees)[20]在德·谢勒这个高贵的姓氏上以一种讽喻的方式被解说得淋漓尽致。德·谢勒(de Chelles)让人想起了法语词 échelles（梯子）。蛇与梯子的游戏不只是讽刺：盖尔芒特下午会客结束时，叙事人就一下子明白了在此所提的这个姓氏的真义。到最后，连时间都将被艺术废除，这部小说没有尽头的磨坊会将所有这些都磨成面粉的。如果最后一场宴会变成一场特殊的舞会的话，对时间创伤的预感就会从激进的现代性（这样的现代性对"失去的"或"虚度的"过去是没有耐心的）那里调头，从而走向美学的平静。失去的时间从来就没有失去，因为它还可以用在小说创作中。这就是艺术家和读者在书中是如何变成一个人的。叙事人离开了上层社交圈，而这样的上层的主要标志就是两种"方式"（斯万的方式和盖尔芒特的方式）的最终合流。华顿的情况是这样的：双方都聚到社会大熔炉里去了，这里，再婚就是融合和重组的最强酵素。这也是我们听到了对这个家庭所说的久已淹没的双关语，这家人代表着古老的社会价值，但是他们被卷入价值颠倒与变迁中。盖尔芒特这个神圣的姓氏在言语模仿症者那里暗含的意思是，战争对明显稳定的社会等级说了谎。无疑，沃尔特·贝利被灵感驱动，将一卷带有盖尔芒特家族徽章的18世纪的书赠给了普鲁斯特。[21]这是他、华顿和普鲁斯特可以分享和交流的一个真正的纪念物。

《大莫纳》与怀旧主义的终结

对普鲁斯特来说,古代贵族的神奇力量都凝聚在像"盖尔芒特"这样的姓氏中,而对阿兰—傅尼耶(Alain-Fournier)来说,这股魔力来源于"伊冯娜·德·伽莱斯"(Yvonne de Galais)这个《大莫纳》里的女主人公,她体现了古代法国日渐衰落的荣耀和性的魅力(当时的法国几乎都是罗马的高卢人)。这一有名头的辉煌历史1913年正在很快地消失,这一点普鲁斯特和阿兰—傅尼耶是知道的。伊冯娜是从伊冯娜·德·奎埃瑞考特(Yvonne de Quiévrecourt)这个人名借过来的,她是阿兰—傅尼耶1905年6月1日偶然看见的一个戴着宽边帽的年轻活泼的女子,当时她正在大宫的台阶上漫步。他一下子对她着了迷,跟着她上了塞纳河上一艘游船,又从那里尾随到大街上,一直跟到她走进了圣热尔曼大道上的一处大公馆才罢休。这一景象写进了小说里,就是莫纳(Meaulnes)误入了一场化装舞会,就像梦游一样,陪着他的舞伴女士上船旅游。经过了这头一次的艳遇,阿兰—傅尼耶在圣灵降临节那天又看到了伊冯娜在教堂祈祷,他有语言天赋,对她表达了他的爱恋,虽然他无法战胜她的拒绝。他的作品就是围绕着这次失败的艳遇而展开的,他一直玩味和设想着这次艳遇的种种可能性。他送给了伊冯娜1907年写的首次发表的叫"女人的身体"(The Body of Woman)的一篇不长的文章,想以此来感动她,这篇文章吹捧纯洁,主张女人的身体依然要穿上衣服。对没有说服力的天主教唯美主义的夸耀和对母亲的理想化最终取得的是完全相反的效果:伊冯娜是个虔诚的天主教徒,已经订婚了,1906年结的婚,1909年做了母亲。如果说"女人的身体"未能达到向她求爱的目的,《大莫纳》(Le Grand Meaulnes)却迷惑了几代法国读者。"女人的身体"含混地表示,一个女人在教堂里祈祷的样子对男人形成欲望很有帮助,因为女性出现在那里,"与一个神秘的、婴幼儿期的基督的历史融合在一起。"[22]这种对虚伪宗教信仰的抱怨口气给阿兰—傅尼耶带来的蔑视要比1913年活跃的任何作家都要多。《大莫纳》一直与青春联系在一起,这一点和《麦田守望者》(Catcher in the Rye)是一样的,这部小说浓缩了美国人对二次大战后婴儿潮中出生者丢失了真实性的怀念。然而,《大莫纳》也具有严肃的价值,因为它也浓缩了1913年出现的现代主义的诸多不确定性和可能性。

阿兰—傅尼耶所着力表现的社会层面与叶芝1913年所表现的爱尔兰政治图景类似。那时,他做了这样的想象:旧贵族和受过教育的农民子女联合起来就会将遭到殖民主义者、资本家和腐败的政客毁坏的国家重建起来。从这个意义上说,《大莫纳》仍是贴近法国这个中心的,战前,这个国家主要是农业国。阿兰—傅尼耶描述的是一个两重的世界,一面是小村庄里的小学教育;一面是附近隐藏在周围的当地乡绅的贵族领地。大多数情节发生在一个名叫索洛涅(Sologne)的乡村,一个远离温文尔雅的巴黎的渔猎地区。这个地方就是阿兰—傅尼耶所熟知的法国。他是在那里长大的,是当地小学教师的儿子,后来去了巴黎上学。故事情节虽然粗野,但却很有趣味:一个小男孩来到了学校,成了一个风头人物。他就是"大"莫纳,或者说是"了不起"的莫纳,天生就是一个当头的,他还是一个九头牛都拉不回来的梦想家和探求者。他的到来预示着学生们的单调生活即将打破。不久,他就有了一次"历险",这次历险就让他的同学很兴奋。他旷了课,跑了出去,意外闯入了一家花园住宅,里面正进行着一场神秘的仪式。他将自己伪装了一下,就自如地混入了聘来的演员和化了装的孩子们中间。这时,他看到美丽的伊冯娜,对她一见钟情。这场聚会散开后,他才不得不离开,但在这里他瞥见了心神错乱、意欲自杀的弗朗茨。他是伊冯娜的弟弟,他本打算带他的未婚妻来参加聚会;但这个叫瓦伦丁的任性女人溜走了,害怕在这样一个高贵的节日场合自己显得粗俗。

后来,莫纳因为一直萦绕着这次聚会遇见的那个理想女人的形象,到处去找她,最后找到了巴黎。在那里,他见到了瓦伦丁,他和她一起做了一件相当卑鄙的事情。与此同时,叙事人发现伊冯娜离莫纳不远,于是安排她准备与莫纳重聚。莫纳和伊冯娜重逢后,决定结婚,但一个秘密压在莫纳的心头,婚后,他对年轻的妻子很糟糕。弗朗茨的一次拜访使莫纳想起了一个与瓦伦丁有关的誓言,这让他再次踏上了旅途。他最终成功地让弗兰兹和瓦伦丁团聚了,完成誓言回来后,他获悉,伊冯娜已经死于难产,给他留下了个女婴,而他已经准备好投身于"新的历险"了。

小说的情节似乎是以宫廷爱情的模式行文的,通过对骑士品质的考验来改写浪漫主义的魅力。选取的女人是理想化的,遥不可及,也可干脆说是"不可能",即便是在和她结婚之后——莫纳一旦得到了他欲望的对象,就离开了:梦想必须保留在梦想中。无独有偶,当瓦伦丁向莫纳解释说她别无选择,只能离开弗朗茨,虽然他爱她,因为他对她实在是拜倒在石榴裙下了:"他看到的是想象中的我,而不是实际中的我"。[23]不可避免的是性欲将莫纳和瓦伦丁联系起来,因为她给人的印象是一个低贱的女性形象。小说中,她问莫纳:"你也想要和我结婚吗?"(第367页);在初稿中,她说:"你最终想要什么?和我睡觉吗?"(第545页)。每一次,莫纳都给予了肯定的回答。女人要么是理想化的人物,要么是淫乱的妓女,这样的世界已为我们所熟知,小说的后半部显示了越来越弱的写作风格和叙事技巧,这样的陈词滥调有增无减。故事后来的部分未能继承第一部分迷糊的艳遇产生的轻盈的魅力。像唐豪瑟(Tannhäuser)一样,莫纳必须赎回性的罪衍,在他回到已故的妻子那里时,他要为一切付出代价。

弗朗茨·德·伽莱斯与莫纳极其相似,耽于幻想,善于伪装,从小就畏缩不前,逃避现实。那次使像莫纳这样的学生着迷的"神秘聚会",据小说后来透露,却未能迷住弗朗茨想要娶的那样年轻的无产阶级女性,这个策略基本上是用错对象了。德·伽莱斯这个贵族家庭似乎也需要像莫纳这样的来自中下阶层的青年作为新鲜血液。事实上,弗朗茨的第二个自我是弗朗索瓦(François),即叙事人,他的法文名字翻译成德国早期浪漫主义的词汇,就是"弗朗茨"。弗朗索瓦如同抄写员,是做着别人的梦、经常将莫纳的"历险"说成是"我们的历险"的这样一个介质性的知识分子(第338页)。伊冯娜生孩子,在生死之间挣扎时,弗朗索瓦伶牙俐齿地表达了他的绝望之情:"我们又一次发现了这个美丽的年轻女子。我们征服了她。她已经是我和我同伴的女人了,我用一种难以说明的深厚而又秘密的友情爱着她。"(第357页)这让读者非常近距离地一睹她那富有魅力而又十分薄命的倩影。

像《乡土风俗》一样,《大莫纳》也体现了1913年现代主义的阵痛和难产。它昭示着现代性,而其自身却未能从过去的迷网中挣脱出来。诚如大卫·埃里森(David Ellison)在一篇令人信服的分析文章中所辨明的那样,在严格意义上,这并不是一部"现代主义"小说,[24]它摆弄着现代性的陈词滥调,与正在褪去的过去的光环形成对照。埃里森寻求浪漫主义范畴的"美丽心灵"以解释阿兰—傅尼耶小说第一部分的富有感染力的魅力,虽然后来也承认后者作为叙事人是有局限的。按这个观点来看,这部小说的主要局限是现代主义认为浪漫主义的陈词滥调已经没有意义,却依然运用这些迟迟不去的表达方式。根据埃里森的说法,阿兰—傅尼耶的小说应该产生于一个"关键过渡时期,这一时期发生在1913年前后,此时,浪漫主义衰落,而新的形式大爆炸,构成了人们一般所说的欧洲现代主义。"[25]埃里森将它与普鲁斯特的《在斯万家那边》和里尔克的《杜伊诺哀歌》两部同时代的作品做比较,将它有区别地置入新的位置,认为它继承了"美丽心灵"的浪漫主义传统。然而,即便是这部小说重述了席勒、歌德、黑格尔所开创的"美丽心灵"的主题,将其归入气息尚存的浪漫主义小说,这一做法似乎太过简单。

  文本前面部分的精当措辞导致审美上的误导,伦理上的错乱使这种误导更加复杂:"这部书的美掩盖了其关于存在的静止性,"埃德森写道,他将道德选择的悬而未决的问题作为一个绊脚石。他补充说:"选择和责任的问题以及向成年过渡的问题都给躲过去了,绕过去了。诗美的意象掩盖并扼杀了道德的进步。"[26]尽管如此,埃里森也承认,莫纳放弃梦想的理由是,一旦他的梦想差不多实现了,在道德的意义上,他就背叛了他的内弟弗朗茨这另一个梦想家。这部小说叙事中真正的噱头在于它卖了个关子,让莫纳看起来像个浪漫主义者,一旦他得到他理想中的东西,他就再也不能平静地生活了,因为他刚刚将未来的内弟妹当作了自己的情妇。他不可能享受着家庭的幸福而没有什么内心的波澜,这一点是可以理解的。叙事人误导的视角又更增加了这种前后一致的错觉和困惑。目睹了莫纳在他妻子面前的不安心情,弗朗索瓦仍旧认为这是浪漫主义的投射,听起来就像《了不起的盖茨比》[1](The Great Gatsby)(一部与《大莫纳》有着重要的密切关系的小说)里华而不实的无聊话语:"那么,在他晦暗和狂野的心里发生了什么呢?我经常问这个问题,而弄清答案时已经太晚了。是他曾经漠视的悔恨?是一些无法解释的遗憾?还是看到他抓在手里的幸福很快就消失的恐惧?"(第339页)。在这种情况下,他用人们可以想象的所有同性恋的共鸣来和弗朗茨发展了日耳曼式的"血谊兄弟"之情,并以此战胜了对婚姻幸福的稳定享受。小说中的一个基调就是三个男性人物参与的投射和辨认自我的游戏。弗朗茨被一而再、再而三地谴责为不成熟,而莫纳送给他的许诺也就是"幼稚"(第340页)。这种稚气被弗朗索瓦几次强调出来,并予以谴责,因为他不能忍受弗朗茨的"孩子气"和"疑神疑鬼的幻觉",他是个在异想天开和突然绝望之间徘徊的早熟的孩子(第335页)。要我说,弗朗索瓦自己就传染上了浪漫主义的病毒。人们可以问莫纳完成使命回来后最终是否成熟了。当然,他已经长了胡子,言辞表达更加简要了。"解围之神"有效地偷走了叙事人所期待的"快乐"——他现在是伊冯娜女儿的代理父亲。我们最终都会很沮丧。

---

[1] 《了不起的盖茨比》和《大莫纳》的原文书名都含有同义的修饰成分 the great和le grand,前者亦可译为《大盖茨比》,或云后者亦可译为《了不起的莫纳》。

叙事人弗朗索瓦仍是一个无可救药的浪漫主义者，他比莫纳更坚定地体现了"美丽心灵"。当文本提到了遥远的"美丽心灵"时，与其说是莫纳不如说是弗朗索瓦在做梦，在想象着他朋友的幻想："他离开了。[……]无疑，在草坪的那边，专心致志的年轻姑娘们说到了爱。人们可以想象到她们在那边的心灵，美丽的心灵。"[26]只要弗朗索瓦代表着读者，不想让我们看清事物，那么，这部书就可以叫做是浪漫主义的，在道德上有缺失。然而，这样的解读可能有欺骗性，理所当然地看待这部书熟练的叙事手法。我倒要说，它的现代性并不是从它一开始给人的美感中就可以看出来的，而是从其激进的方式中看出来的，书的第二部分采用了从通俗文学中传下来的陈旧的情节和陈词滥调。被贬值的青少年历险的世界起到了彻底揭穿浪漫主义的作用，这使得这部小说变得更像史蒂文森[1]的作品，而不像邓南遮的作品。

确实，这本书最初的风格让人回想起邓南遮的诗性散文，或像乔伊斯所发明的风格，他在《青年艺术家的肖像》(*A Portrait of the Artist as a Young Man*)中用这种风格来再现斯蒂芬在性爱和唯美主义中的成长历程。毫无疑问，阿兰—傅尼耶的策略不够巧妙，但当他将小说通过不同的风格推进的时候，那就不能说是偶然的了：它既没有暗示前面风格上措辞花哨的弱点，也没有暗示道德上的欠缺。像乔伊斯的《成长小说》(*Bidungsroman*)一样，《大莫纳》也显示了自身的时间变化，因为它在和一种浪漫主义的怀旧之情作斗争，这种怀旧之情是使用语言直接模仿出来的。还有什么可以比通俗小说中的陈旧世界可以更好地表现"幼稚"理想的贬值呢？小说的第二部分是有意写得这样木讷拙劣的。当我们随着叙事人弗朗索瓦的特别视角去看莫纳最隐秘的思想时，小说的拙劣表达就更加突出。这个有趣的技术难题，阿兰—傅尼耶没有很好地解决；然而，在这个代理的处理中，叙事人重塑了怀旧之情，向我们说明了就连怀旧之情也陈旧不堪，由此迫使我们质疑前面的神秘、纯洁和完美。莫纳乱跑，走进了"神秘领地"的魔幻世界，这里，孩子们都伪装起来，大人们穿着老式的服装，他在寻求中看到的奇异仪式就是他的起点，体现了他最深层的梦想和欲望，但却被有意识地、系统地揭穿。我们了解到化装舞会是一个误导性的策略，就是弗朗茨想通过它来迷惑他那不情愿在公开场合露面的未婚妻，她不喜欢老款服装展示，被迫溜走了，这时，我们才弄明白，小说描写的与其说是服装魅力的奇迹，不如说恰恰是服装魅力的毁坏。演员们在这个人家所使用的服装和伪装不过如此，老款的服装可以弃而不用了。

《大莫纳》用实例说明了1913年出现的现代主义，一个尚不确定仍在徘徊的现代主义，因为它还陷在怀旧的情感之中，但已经想要通过定型一个现代术语来摆脱怀旧之情的束缚。它往回去倾听浪漫主义对诺瓦利斯的蓝色之花或内瓦尔的狮头、羊身、龙尾的吐火怪物的向往，与此同时，又竭力适应现代生活的惨淡现实。小说大部分篇幅都是以农村为背景的，展现了古雅的村庄和敬业的老师的朴素意象；我们仍在19世纪的成长小说之中，跟着一位主人公从封闭的环境中走出来，但还没有到大都市的挫败感和失望感的程度。《大莫纳》由此努力谴责自己的"幼稚"，哪怕是在承认在语言和风格上"幼稚"是它能够提供的最好的东

---

[1] 罗伯特·路易斯·史蒂文森(Robert Louis Stevenson, 1850—1894)，英国浪漫主义代表作家之一，代表作品有《沃尔特·斯科特爵士》，《金银岛》等。

西。怀旧之情与幻想破灭之间的艰难平衡是福楼拜留下的遗产，这一点可以从《情感教育》(*Sentimental Education*)[1]中对弗雷德里克·莫罗(Frédéric Moreau)模棱两可形象的深入刻画中看出来：瓦伦丁就是年轻的罗桑奈特(Rosanette)，而伊冯娜注定就是阿诺特(Arnoult)夫人。至于《青年艺术家的肖像》里的斯蒂芬，乔伊斯也同样在艺术和道德之间挣扎，就像所有经过了象征主义的后福楼拜作家所了解的那样：小说想要用一些陈词滥调去讲述浪漫，这必将会同时引来各方面的批判。如果"历险"最终赢得了胜利，那也只是小说的最后一个词，这是因为它只能留在未来的模式中。至于我们，留给我们的是弗朗索瓦这个半可靠的叙事人的严重局限。阿兰—傅尼耶1914年9月不幸阵亡，留给我们的是另一种悲伤，由此，我们并不勉强将他的小说看成是"青少年小说"，而是将他看成是一个天才的青少年作家。他还没到28岁就死了，在这个岁数，乔伊斯才刚刚完成《都柏林人》(*Dubliners*)、一本诗集和一本苍白无力又显过时的《室内乐》(*Chamber Music*)。

---

[1] 福楼拜的代表作之一，被认为是他最具先锋气质的伟大的实验小说。

结论 多种对抗

浪漫主义猛烈的能量尚未用完，因此像幽灵一样在阴暗里憋着，这个幽灵很快在大战中找到了出口。如果莫纳是现实生活中的人，他的最后一次冒险旅程肯定会把他带到凡尔登泥泞的战壕里，而他的女儿很有可能在1918年沦为孤儿。让历史学家们震惊，并且持续震惊的是好战的热情于1914年夏风暴般地席卷了法国、英国、意大利、奥地利和德国等先进国家。像桑德拉尔、戈迪埃—布尔泽斯卡和阿波利奈尔这样经验丰富的世界级和国际级艺术家和作家们也纷纷表达了同一个意愿——去和敌人战斗。这三个人本都有充足的理由可以免于应征入伍，比如说国籍原因（桑德拉尔和阿波利奈尔的法国国籍是在参军入伍后才获得的）或是距离原因（戈迪埃当时住在伦敦，其家庭情况本可以让他免于参军入伍）。这里的缘由其实很简单，那就是浪漫主义还没有消亡，或者，说得更清楚些，是现实主义推动了这股热情的攻击意识普遍迸发。

我们应该分清以欧洲为中心的现代主义和更大的地理范围的早期全球化。我希望描绘的这个早期全球化让全世界都陷入其中。美国公众远离欧洲战火，在共和党的干涉主义与威尔逊总统拒绝参战的政策之间莫衷一是，但他们还是免不了得到有关欧洲危机的消息。美国的报纸报道着英国、德国和法国之间的造船比赛和新军备竞赛。5月，温斯顿·丘吉尔提议休战一年，不料竟遭到指责，因为当时德皇宣称计划打造更强大的无敌舰队。不过一些人找到了安慰，他们相信像法国的乔瑞斯和德国的李卜克内西这样的社会主义者会利用大罢工来反对将人们拖入战争。早在1913年1月，《大西洋月刊》邀请其定期撰稿人，即意大利记者兼文化评论家古格列莫·费雷罗[1]向公众发表《欧洲的战争危险》一文。弗雷罗在写这篇范围广泛、颇有预见性的文章时，的黎波里战争尚未结束，这篇文章概述了欧洲整个的历史，对比了前一个世纪（19世纪）以反专制主义胜利和自由主义兴起为标志的乐观主义和20世纪头10年不断加剧的悲观主义。19世纪中叶，当权力从王子、国王和皇室转移到民主选举产生的议会手里时，资产阶级自由主义者的理想几近实现。他们相信，过去由野心、世仇、盛世以及皇家的任性妄为而引起的侵略战争将会结束：刚刚经历了解放和启蒙的民众在议会中有自己的代表，他们一定知道帝国主义战争违背了他们的最大利益。诚然，他们想要保护自己反抗侵略，并与受到相似理想驱动的邻国和平相处。但是，弗雷罗写到，这一希望破灭了，因为从皇权压迫中解放出来的民族并没有获得和平，相反，大规模的战争正从各个方面威胁着他们。

---

[1] 古格列莫·费雷罗（Guglielmo Ferrero, 1871—1943），意大利历史学家、记者、小说家，著有五卷本的《罗马的伟大及其衰落》。

弗雷罗的论点与富勒顿在《强权问题》一书中表达的观点相近，虽然这位意大利作者淡化了经济因素。对弗雷罗来说，1848年后自由主义的胜利是造成1913年好战趋势的直接导火索；因为在很多国家，民主化进程来得太快，阻碍了公众舆论的成熟发展。加上新闻传媒的力量不断壮大，公众舆论由此引发了一股危险的民族主义思潮，比起统治者的号召，这种思潮影响和鼓动的人更多："充满战争欲望的恰恰是那些公众，相反，只要可以抵制公众舆论的压力，政府和君主们就竭力争取和平，即使这样做有可能会失去他们奋力追求的民心。"[1]因此，意大利发动反对奥斯曼帝国的利比亚战争正是公众的意志，外加上广泛的媒体宣传运动的推动；与之相反，国王却保持着谨慎的态度："的黎波里战争是民众挑起的，那些报纸是民众的喉舌……"[2]弗雷罗指出，在德国也存在类似的情况，1905年，在第一次摩洛哥反法危机期间，正是由于德皇威廉二世抵住公众舆论的压力，才保住了国际和平。因为已有的各种心智都已无计可施，这种自相矛盾的情形会更加危险。在这种新的情形下，民众显得更加保守，更加为传统所束缚，更易受民族主义狂热的影响；相反，政治统治者们则倾向于现实。启蒙运动传承下来的理想只有精英阶层才能秉持，而这些理想与大多数狂热的公众往往没有什么关系。当公众舆论偏向战争和帝国主义侵略时，任何有教养的理性呼吁都是徒劳的。因此，在预见到战后平民法西斯主义会出现之后，弗雷罗把战争的罪责归咎到根深蒂固的浪漫主义，因为浪漫主义蒙蔽了公众的双眼，从而招致了战争带来的集体痛苦："现在我们看到，在欧洲，几百年的基督教熏陶和人道主义教育并没有根除民众的好战怪癖，与此同时，由于和平时期持续已久，无处不在的报纸和小学肤浅的教育就能轻而易举地欺骗公众的想象，将战争往浪漫的方向描述，说成是一种国家的运动游戏，可以马上带来娱乐和荣耀。"[3]为了说明事实，弗雷罗分析了意大利流行报纸上描绘的阿比西尼亚战争：这些报纸夸大事实，称那场战争为一部史诗传奇，其中令人毛骨悚然的虚构传奇变成了对爱国热情的赞美诗，而他们自始至终对平民大屠杀和全面破坏的悲惨事实都熟视无睹。

从这一点来看，工业革命和科学进步时期，现代民主发展起来了，古代英雄浪漫主义也幽灵般地复活了。这些矛盾交织在一起，结果就是战争，它是法国大革命的胜利果实与民族主义神话的回归之间的一次妥协。民主并没有起到教化民众或是提高他们政治意识的作用。整个欧洲剑拔弩张，至少有七个国家都武装到了牙齿，准备好了互相厮杀，显示了民主理想的衰退。然而，每个国家都对邻国惶恐不安，但又自以为是地认为会迅速取得战争胜利。从拿破仑战败开始的欧洲格局大范围转变在1913年完成，其结果看上去令人恐惧。费雷罗认为，问题的解决途径是扩大民主和广泛实行社会主义。他强调现在亟需一批年富力强的政治精英，他们能认清新的形势，领导开明的政府，而不是在工商业中牟取私利。

如果这一诊断正确的话，我们就能理解现代主义者的困境：他们不能恢复旧日的理性主义，因为尼采、伯格森、黑格尔的左翼和马克思主义者已经揭穿了它的真实面目。他们也没有浪漫主义关于血统、地球和民族的神话故事，因此他们手中的武器寥寥无几。其中之一就是反讽，但经常不能命中目标，或者说容易引起误解。让·科克托在1913年发表的关于优生学的批评文章就是个典型的例子。在叶芝和阿兰—傅尼耶的作品中，我们可以看到通过农民与贵族的联姻促成民族振兴的思想仍具吸引力。这种思想观念往往让人把战争当做是再生的血洗。但是年纪轻轻、才华横溢的科克托完全反对这一观点。1912年，他为佳吉列夫的俄罗斯芭蕾舞团编排了一套叫做《蓝神》(*The Blue God*)的芭蕾舞。科克托不再纠缠于与普鲁斯特既矛盾又嫉妒的友情，不再迷恋尼金斯基，直到1913年他还在追寻自己作为作家的表现方式。在撰写小说《波多马克》(*Potomak*)时，他陪同斯特拉文斯基去了瑞士，这部小说里有大约60幅图画，每幅图还附有装饰性的文字说明。早在1912年，科克托就开始了这部小说的创作，那时他住在雅克·艾米尔·布兰奇在奥夫朗维尔的乡间别墅，得到了纪德父亲般的关注（他猜想科克托正在模仿自己早期出版的小说《帕吕德》(*Paludes*)里诙谐的比喻）。在这种情况下，布兰奇会说："所有这一切都显示了我们正一股脑地奔向大灾难，就连年轻的科克托，也能感觉到这一点。"[4]战后，《波多马克》以书的形式出版，在书中作者向斯特拉文斯基致谢，因为这部试验性小说的创作灵感来自他的《春之祭》：

我亲爱的伊戈尔：

我将这本书献给你并非偶然。

来自雪地的《火鸟》飞过齐格菲森林，来到我们的中间，可怜的木偶人彼得鲁什卡在一个听安徒生童话的夜晚，因听到口琴声而死去，《春之祭》进行着祭礼。[……]您的杰作就像一只卵，因为它包含着生命与奥秘。我记得在《春之祭》首演后我将它叫做"史前田园诗"。我现在要补充：他的田园诗，惊人的田园诗。[……]在这个乡间别墅里，看着尤金的画册，每天听着您的音乐。有人听到高跟鞋重重地砸在地上……[5]

这部由图画与文章组成的小说的创作过程是复杂的。[6]1912年，科克托画了好多滑稽的水怪逗布兰奇的小侄子玩，他把这些画装订成册，水怪们立刻变活了，身着人类的衣服，挺着大肚子，吃起东西来狼吞虎咽的样子。这些令人不安的怪兽还吃人，而且特别爱吃人的内脏，在晚上或是听音乐会时把它们整个地吐出来。他们生吞了墨守成规的莫蒂默夫妇，这对夫妇似乎一开始不知道这些繁殖很快的寄生物，然后，面对"怪物"，他们开始痛苦万分。"尤金"是科克托姓名的一部分，小说里这些奇怪的生灵是对小资产阶级的礼制和婚姻生活条条框框的嘲弄。在展示了性欲矛盾的性吸收活动中，莫蒂默夫妇一次又一次被吞食。科克托自己指出，"金"的双关意味着令人难堪的情况，与此相关度更大的一语多关如下："尤金"（原文Eugenes）十分明显地体现了"优生学"（原文eugenics），这可算是一个报复。"尤金"的字面意思是"优生"，是对出生和财产开的玩笑。莫蒂默夫妇与尤金一家组成的违背常理的配对显示了生理机能的外部创伤，包括性行为、生殖（综合来看，艺术也是如此）和营养。因此，科克托告诉像阿兰—傅尼耶那样的同时代人："干掉你的怀旧之情吧！"《波托马克》终结了人们关于原初种族的回归梦想，迫使法国读者咽下他们的民族自豪感，吃掉英语化的"死妈妈"（莫蒂默听起来像"殁的妈"）。

《波托马克》还嘲讽地模仿了一个精神分析场景，这个场景让科克托自己也陷进去了，父亲自杀的模糊记忆和无处不在场、无时不爱他的母亲，让他感到窒息。不过，早在1915年，科克托应征到救护队时，他就准备使用这些奇形怪状的画来做宣传："杀人狂尤金"变成了传统的德国"食人魔"或是带着标志性尖头盔的"匈奴人"。[7]尽管科克托用尤金的故事来作为战争的力量，后来他感到有必要降低这些爱国读物的调门。在1924年第二版中，他嘲笑了还原的讽喻手法，并说自己在1915年还在读尼采，听巴赫。[8]现代主义的嘲弄再一次踌躇不定，最终被误解。尽管如此，《波托马克》是出挑的，是科克托第一本真正意义上的小说。这本书的怪诞、奇异和令人仓皇不安的口语表达技巧标志着达达主义意识的出现。书中，无论是现代主义，还是与其对立的浪漫怀旧主义，都被无情地嘲讽：观光旅游和试着看懂歌剧的资产阶级分子都属于由这些令人毛骨悚然的吞噬者组成的一对"夫妇"。颇有意义的是，在讲述1913年发生的一次事件时，科克托还提到了一位文学前辈，格特鲁德·斯坦因。他听到一帮朋友在咯咯大笑，对他们把"吃饭在韦斯特"列为有史以来最可笑的句子感到震惊。[9]他很不认同他们对格特鲁德·斯坦因荒唐念头的嘲笑，他看到那些荒谬话语潜在的文学价值："单个绰号就足以触发梦想，轻灵的肩脖，单独一个指示牌。让这群人恼怒的是，恰恰相反，美国的闹剧对我来说是信心的佐证。//已经比一次毁灭好，新事物触动了我的心灵，飘走了、打着转悠，驶向风险。新事物被神秘上了套，那正是我所追求的，趁抉择的牢房还没有关住它的潜能的时机。"[10]作为一个反讽的鞠躬致敬，他选择了美国这条河流的名字，有意将其最后一个字母拼写成k，这是在承认斯坦因前卫的牢固地位时，遵循与她相似的开始的陈述和分裂的不连贯逻辑。

决定冒险之后，《波托马克》通过怪兽尤金对生物学和优生学进行讽刺。他们还提到了在伦敦遇到的十分险恶的斯麦那商人——尤金尼德先生。他邀请《荒原》的叙述者到布赖顿过一个特殊的周末。和斯坦因一样，科克托厌恶主流文化中的常态主义，特别是它的种族理论。科克托在一封信里解释了他们的关系，尽管之后他推翻了自己的说法，认为它只是部分相关："想一想'优生'，甚至是尤墨尼德斯，就让我们忘了它吧。"[11]像尤金们一样，希腊神话里的尤墨尼德斯的名字也是反语，名字字面意思是"善良的人"，可实际上她们是复仇三姐妹，众神惩罚人类时的复仇代理人。因此，在索福克勒斯的诗里，俄瑞斯忒斯在安提戈涅怂恿下杀死母亲而被复仇三姐妹惩罚。这些新古典主义悲剧史诗在战后会把科克托带到俄耳甫斯和安提戈涅的感觉中，除了暗示一次古老的危机以外，也预示了一场不可避免的战争具有神话潜意识基础。在《波托马克》中，他将自传性的一段话命名为"安提戈涅哀歌"，过后就概述自己新的"最简审美观"。[12]

"安提戈涅"这个名字含有反对生育（反对怀孕）的内蕴，使激进的女权主义反对者想到了黑格尔著名论著《精神现象学》(Phenomenology of Spirit)中城邦的价值观。人们猛烈地抨击女性战争的观点，但是，我们在前面已经提到的英国生物学家瓦尔特·希普[1]却十分相信这一观点。希普大受欢迎的著作《性别对抗》(Sex Antagonism)（1913年）开头部分分析了当前弥漫

---

[1] 瓦尔特·希普(Walter Heape, 1855—1929)，英国生物学家，生殖生物学先驱。

在整个社会中的对"性别"的不满。在弗洛伊德后来出版的《文明及其不满》(Civilization and its Discontents)之前,希普列出了文明中骚动的三大原因:阶级、性别和种族。"世界范围的动乱的源头概括起来有三个:种族对抗、阶级对抗和性别对抗。"[13]希普发展了这三大对抗,他简单讨论了种族冲突,而对阶级对抗似乎持容忍的态度。他指出"阶级的调整"不是一个"民族的罪恶",而是"一个民族活力的标志"。[14]他还补充说:"这种阶级战争我们正在经历。"他觉得这种现象不会很快消失。比起前两种对抗,"性别对抗"似乎是新近的现象,虽然希普书中自始至终都说它一直存在。为了证明自己的观点,希普作了一个异族婚姻家谱和图腾制,里面提供了随着时间的发展社会对性别的制约。最后,希普断言,女性因为不同性别的生理构造而卑于男性,这时他其实是认为生物学比历史学重要。尽管1914年大战的爆发至少暂时结束了关于希普所说的种族、阶级和性别问题的争吵,致使引起社会持续骚动的这三大问题悬而未决,但显然,他不是进步人士。战争使这些争吵暂时告一段落,或是予以压制,直到20年代才卷土重来——这一次,在大多数发达国家,妇女都获得了选举权,虽然在种族和阶级方面还有很多有待解决的问题。不过,1913年,阶级斗争似乎与民族主义战争格格不入。这也成为德国情报部门针对斯大林、托洛茨基和列宁制定政策的关键因素;他们帮助这些革命分子,允许他们回到俄国去宣传阶级战争,发动革命,以此来阻止沙皇俄国向东线进军。

　　如果夸张地认为所有的现代主义者都是战争贩子,明显有失公允:庞德、布罗赫、乔伊斯、D·H·劳伦斯和其他一些人都表示他们是反对军国主义的,正如庞德常说的,他们还质疑民族主义的"混淆是非"。庞德是旅居伦敦的美国人,但他的朋友托·厄·休姆和戈迪埃—布尔泽斯卡二人被杀后,他陷入巨大的丧友痛苦之中。那些抵制参加战争的人大都是这样的,因为他们的国际主义思想会让他们同时批判浪漫主义和现代性。赫尔曼·布罗赫的早期诗歌就清晰地展现了这一点。1913年,在卡尔·克劳斯反战思想的影响下,布罗赫写了一首名字叫《1913诗章》(Cantos 1913)的诗,诗里,他抨击了奥地利和德国的好战民族主义。这首对军国主义大加攻击的诗随后被用作故事集《无辜者》(The Guiltless)的序言,这部故事集谴责道德责任缺失导致了希特勒的出现。由于当时被广泛宣传的庞德的诗章受到了法西斯主义深深的侵蚀,1950年,布罗赫将这首诗改名为"1913之声"。诗开头是一段父子对话:父亲代表19世纪的价值观念,天真纯朴地相信社会是发展前进的;儿子则持怀疑和担忧态度,他看到了受压抑的人就像鬼魂一样回来了。父亲坚持认为"进步是真实的,而且是无限的",因此,无须讨论鬼魂。儿子则继续断定,进步既是人类的礼物,又是给人类的诅咒,因为它打乱了我们赖以生存的"基础"和特有的"空间"。[15]父亲谴责儿子是反动分子,而儿子则哀叹,将无限的宇宙解缆漂流到一个新的世界观里,毁坏了生灵。混乱、痛苦、恐慌致使人们错误地认为只有战争才能拯救人类。与此同时,资产阶级的后代自成一派,看不起未受教育的平民大众,对时局默然,毫无责任感:

　　　　13年就这样过去了
　　　　那音乐已然飘走,空留下歌剧表演的姿势。

然而，那晃悠着灯光的拱门还在摆动
让人想起浪漫文学的喜庆和礼仪，
饰带、紧身胸衣、带支架的女裙和令人透不过气的站领
巴罗克艺术最后文雅的告别年。[16]

比起这首哄骗人的"告别欧洲"的诗来，布罗赫嘲弄的则是彻底的愚蠢。愚蠢后来被这位奥地利作家抨击为矫揉造作，因为它将一切都理想化：

因为愚蠢缺少想象；
讲出来的都是抽象的东西，嘟哝一些神圣的概念，
家乡的土地、国家的荣誉，女人和孩子
需要保护。但在具体的东西面前，它
就掉了舌头，想象不出
男人被肢解的身体、面孔和四肢，
只能感觉到他们忠诚的妻子
和亲爱的小孩子饿肚子是啥
滋味儿。[17]

赞美战争的诗人和哲学家们也难以逃脱愚蠢，即使是阶级战争：那里，在街垒之上勇敢飘扬的战旗（布罗赫反对斯巴达克同盟成员，不过和工团主义者关系亲密，战后还和他们交谈），在他看来，暴露了某种虚幻的热情奔放。从根本上说，布罗赫和费雷罗的观点一致，两人都解释了科克托的诊断：尤金们是贪婪的鬼怪，入侵人们的梦想；毕竟不必让他们成为德国士兵，而不是任何其他敌人。对浪漫的向往和对现代主义的攻击，这两者结合所产生的荒诞不该蒙蔽我们的双眼，让我们看不清作家所发挥的伦理作用。在布罗赫关于历史和形而上学的方案中，1913年是三个"虚伪的10年"进程中的第一个阶段，这一进程到了1933年达到顶峰，恐惧弥漫，尤其是在德国。

考虑到这些道德和政治的关注点，我想简单地指出，1913年现代主义的出现恰恰帮助我们从不同的角度想象事物——这正是它作为一种宣言的重要价值所在，虽然它没能使人民和政府发生太大改变（如果有的话）。在现代主义还未被推崇、被系统化或规约化的1913年，现代主义已经进入我们的视线，其后在20年代后期，它得到迅速发展，一直持续到50年代中期。早期现代主义兴起时，进步形式和落后内容还未加以区分（虽然我们看到后来阿多诺在《春之祭》评介中尝试区分）。诚然，它见证了现代主义发展到全球化的进程。在这个全球化里，战争并非不可避免。现代主义也不可避免地成为文学和艺术领域的主流。1913年后，引用、重复和引喻突然之间像紧身衣和站领一样成了老掉牙的东西。我们今天认为是"新"的东西还要拿这一年作为参照点，这就是为何最近一本诗歌杂志将它用作刊名：《1913年》杂

志[18]是最好的一个例证,它说明了有必要回归那个时刻,更充分地理解它以及它的边界,欣赏其主张的各种细微特征,从而更好地评价独创性与现今努力之间的关联。简言之,与其说1913年让我们接触到了早期现代主义,不如说它揭示了现代性历史上的一个不受规约制约的时刻,一个给后代带来预兆和启示的时期,一个文学和文化似乎在混乱和不确定边缘的世界里挣扎的时期。

引言:

[1] Morton Fullerton, *Problems of Power* (New York: Scribner's Sons, 1913), 282–3. I will return to this book soon.
[2] Leonardo Sciascia, *1912 + 1* (Milan: Edizioni Adelphi, 1986).
[3] Modris Eksteins, *Rites of Spring: The Great War and the Birth of the Modern Age* (New York: Houghton Mifflin, 1989).
[4] A very good discussion of *Erwartung* will be found in Christopher Butler's *Early Modernism: Literature, Music and Painting in Europe in 1900–1916* (Oxford: Oxford University Press, 1994), 111–15.
[5] See Allen Shawn, *Arnold Schoenberg's Journey* (New York: Farrar, Straus & Giroux, 2002), 148.
[6] Michael North, *Reading 1922: A Return to the Scene of the Modern* (Oxford: Oxford University Press, 1999).
[7] Marc Manganaro, *Culture, 1922* (Princeton: Princeton University Press, 2002).
[8] Hans Ulrich Gumbrecht, *In 1926: Living at the Edge of Time* (Cambridge, MA: Harvard University Press, 1997).
[9] Ibid. 426, in italics in the text.
[10] Marjorie Perloff, *The Futurist Moment: Avant-Garde, Avant Guerre and the Language of Rupture* (Chicago: University of Chicago Press, 1986).
[11] Liliane Brion-Guerry, ed., *L'Année 1913: Les Formes esthétiques de l'œuvre d'art à la veille de la première guerre mondiale*, 3 vols (Paris: Klincksieck, 1971).
[12] Frederic Morton, *Thunder at Twilight: Vienna 1913/1914* (Cambridge, MA: Da Capo Press, 2001).
[13] Alan Valentine, *1913: America between Two Worlds* (New York: Macmillan, 1962).
[14] Virginia Cowles, *1913: An End and a Beginning* (New York: Harper & Row, 1968).
[15] Brion-Guerry, "Pourquoi 1913?", in *L'Année 1913*, vol. 1, 8–13.
[16] Sir Charles Petrie, *The Drift to World War 1900–1914* (London: Ernest Benn, 1968), 7.
[17] Paul Virilio, *Speed and Politics: An Essay on Dromology* (1977; New York: Semiotext(e), 1986); *War and Cinema: The Logistics of Perception* (London: Verso, 1989); *The Virilio Reader*, ed. James Der Derian (Oxford: Blackwell, 1998); and Steve Redhead, *Paul Virilio: Theorist for an Accelerated Culture* (Toronto, University of Toronto Press, 2004).
[18] *New York Times*, Apr. 21, 1912, quoted in Stephen Kern, *The Culture of Time and Space 1880–1918* (Cambridge, MA: Harvard University Press, 1983), 67.
[19] I have used several websites dedicated to the "origins of the First World War" to

condense this synthesis. Among the historical summaries, next to Petrie's *The Drift to World War*, one can consult Richard C. Hall, *The Balkan Wars 1912–1913: Prelude to the First World War* (London: Routledge, 2000).

[20] Hall, *The Balkan Wars 1912–1913*, 118.
[21] See Michael Hardt and Antonio Negri, *Empire* (Cambridge, MA: Harvard University Press, 2000), and, by the same authors, *Multitude: War and Democracy in the Age of Empire* (New York: Penguin, 2004).
[22] Doug Henwood, "What is Globalization Anyway?", in Amitava Kumar, ed., *World Bank Literature* (Minneapolis: University of Minnesota Press, 2003). For a wholesale rejection of Hardt and Negri's arguments, see Ellen Meiksins Wood, *Empire of Capital* (London: Verso, 2003).
[23] Niall Ferguson, *Empire: The Rise and Demise of the British World Order and the Lessons for Global Power* (New York: Basic Books, 2002).
[24] Fullerton, *Problems of Power*, vii. Edith Wharton had read the first drafts of *Problems of Power* when it was originally called *Internationalities*. See Marion Mainwaring, *Mysteries of Paris: The Quest for Morton Fullerton* (Hanover, NH: University of New England Press, 2001), and Dale Bauer, *Edith Wharton's Brave New Politics* (Madison, WI: University of Wisconsin Press, 1994).
[25] Karl Marx and Friedrich Engels, *The Communist Manifesto*, in Karl Marx, *Selected Writings*, ed. David McLellan (Oxford: Oxford University Press, 1977), 224–5.
[26] See Michel Decaudin's preface to Jules Romains, *La Vie unanime, Poème, 1905–07* (Paris: Gallimard, 1983), 18.
[27] See on this point Walter Benjamin's *Charles Baudelaire: A Lyric Poet in the Era of High Capitalism*, trans. Harry Zohn (London: Verso, 1997).
[28] See Hardt and Negri, *Empire*.
[29] For this account, I have used the excellent biography by David Levering Lewis, *W. E. B. Du Bois: Biography of a Race*, vol. 1:*1868–1919* (New York: Henry Holt, 1993), 408–500.

第一章：

[1] Richard Ellmann, *James Joyce* (1959; rev. edn, Oxford: Oxford University Press, 1982), 301.
[2] See Robin Waltz's "The Lament of Fantômas," in *Pulp Surrealism: Insolent Popular Culture in Early Twentieth Century Paris* (Berkeley: University of California Press, 2000), 42–75.
[3] Quoted in Stephen Kern, *The Culture of Time and Space, 1880–1918* (Cambridge, MA: Harvard University Press, 1983), 260.
[4] Guillaume Apollinaire, "The New Spirit and the Poets" (1917–18), in *Selected Writings*, ed. Roger Shattuck (New York: New Directions, 1971), 230.
[5] Ibid. 228.
[6] *Sacre* means literally "coronation" while *Massacre* means "slaughter." The easy pun acquired more relevance in August 1914 ...

[7] Richard Buckle, *Diaghilev* (New York: Atheneum, 1979), 182.
[8] Gertrude Stein, *Writings*, vol. 1: *1903–1932*, ed. Catharine. R. Simpson and Harriet Chessman (New York: Library of America, 1998), 797–8.
[9] Quoted in Buckle, *Diaghilev*, 253.
[10] See André Boucourechliev, *Igor Stravinsky* (Paris: Fayard, 1982).
[11] T.W. Adorno, *Philosophy of Modern Music*, trans. Anne G. Mitchell and Wesley V. Blomster (London and New York: Continuum, 2003), 145 and 140.
[12] Ibid. 146.
[13] Ibid. 150–1.
[14] Ibid. 160.
[15] For an account of this evolution, see Max Paddington, "Stravinsky as Devil: Adorno's Three Critiques," in Jonathan Cross, ed., *The Cambridge Companion to Stravinsky* (Cambridge: Cambridge University Press, 2003), 192–202.
[16] See Roger Shattuck's *The Banquet Years: The Arts in France 1885–1918* (New York: Harcourt, Brace & Co., 1958), 113–45, for a good analysis of the last two decades of Satie's life. Satie died in 1924. See also Anne Rey, *Satie* (Paris: Seuil, 1995).
[17] See Lawrence Rainey, *The Annotated Waste Land* (New Haven: Yale University Press, 2005), 96–9, for the whole score.
[18] Jean Cocteau, *A Call to Order*, trans. Rollo Myers (London: 1926), 43.
[19] Adorno, *Philosophy of Modern Music*, 138 and 191.
[20] See Christine Poggi, *In Defiance of Painting: Cubism, Futurism, and the Invention of Collage* (New Haven: Yale University Press, 1992).
[21] In Guillaume Apollinaire, *Chroniques d'Art 1902–1918* (Paris: Gallimard, 1960), 350–7.
[22] Apollinaire reviewed the show's catalog in November 1913: ibid. 425.
[23] "Mr Bennet and Mrs Brown" (1924), in *A Woman's Essays*, ed. Rachel Bowlby (London: Penguin, 1992), 70. See also Peter Stansky, *On orAbout December 1910* (Cambridge, MA: Harvard University Press, 1996).
[24] Virginia Woolf, *Roger Fry: A Biography* (1940; London: Harvester, 1976).
[25] Ibid. 300.
[26] Ibid. 669.
[27] Virginia Woolf, "Walter Sickert," in *Collected Essays*, vol. 2 (London: Hogarth Press, 1966). 236.
[28] Ibid. 240.
[29] Ibid.
[30] Ibid. 237,
[31] Ibid.
[32] "Modern Art," *The New Age* (Jan. 22, 1914). in Walter Sickert, *The Complete Writings on Art*, ed. Anna Gruetzner Robins (Oxford: Oxford University Press, 2000), 338.
[33] "The Cubist Room." in *Wyndham Lewis on Art: Collected Writings 1913–1956*, ed. Walter Michel and C. J. Fox (New York: Funk & Wagnalls, 1969), 57.
[34] Ibid. 56.
[35] Ibid.

[36] Ibid. 57.
[37] About *Lacerba* and Papini's evolution, see Walter A. Adamson, *Avant-Garde Florence: From Modernism to Fascism* (Cambridge, MA: Harvard University Press, 1993).
[38] See appendix II, "Exhibitions Arranged by Stieglitz 1902–46," in Sue Davidson Lowe, *Stieglitz: A Memoir/Biography* (New York: Farrar. Straus & Giroux, 1983), 429–37.
[39] Milton W. Brown, *The Story of the Armory Show* (New York: Abbeville Press, 1988), 43–4. See also Abraham A. Davidson, *Early American Modernist Painting 1910–1935* (New York: Harper & Row, 1981).
[40] Brown. *The Story of the Armory Show*, 137.
[41] Clement Greenberg, "Convention and Innovation." in *Homemade Esthetic: Observations on Art and Taste* (Oxford: Oxford University Press, 1999), 55.
[42] Ibid.
[43] Ibid. 56.
[44] See Stephanie Barron and Maurice Tuchman, eds, *The Avant-Garde in Russia 1910–1930: New Perspectives* (Cambridge, MA: MIT Press, 1980).
[45] I quote and translate from K. S. Malevitch, *Le Miroir suprématiste*, trans, and ed. J.-C. and V. Marcadé (Lausanne: L'Age d'Homme, 1977), 41. See also Serge Fauchereau, *Malevitch*, trans. Alan Swan (New York: Rizzoli, 1993).
[46] *Le Miroir*, 42.
[47] Quoted in Fauchereau, *Malevitch*, 18.

第二章:

[1] Louis Latzarus, "LaJournée Brisset," *Le Figaro* (Apr. 13, 1913) article reproduced on the Jean-Pierre Brisset website.
[2] Ibid. Latzarus concludes by dissociating himself from such a cruel practical joke that put on an innocent old man's head a "crown of derision."
[3] See Jean-Pierre Brisset, *La Science de Dieu*, in *La Grammaire logique, suivi de La Science de Dieu*, ed. Michel Foucault (Paris: Tchou, 1970), 155. See also Jean-Pierre Brisset, *Œvres complètes*, ed. Marc Décimo (Dijon: Les Presses du Réel, 2001).
[4] *La Science de Dieu*, 110–11.
[5] See Roger Shattuck, *The Banquet Years*, rev. edn (New York: Random House, 1968), 63–6.
[6] From Marcel Duchamp's 1946 interview with J.J. Sweeney, in *Marchand du Sel: Ecrits de Marcel Duchamp*, ed. Michel Sanouillet (Paris: Le Terrain Vague. 1958), 113. See also Marc Décimo, *Jean-Pierre Brisset: Prince des penseurs, inventeur, grammairien, et prophète* (Paris: Les Presses du Réel, 2001).
[7] Quoted in François Caradec, *Raymond Roussel*, trans. Ian Monk (London: Atlas Press, 2001), 135.
[8] Jean-Jacques Lecercle, *Philosophy through the Looking-Glass: Language, Nonsense, Desire* (London: Hutchinson, 1985).

[9] See Ferdinand de Saussure, *Words upon Words*. ed. Jean Starobinski (New Haven: Yale University, Press, 1979).

[10] Brisset states that the ancient Romans already spoke Italian; then for some reason, such as the need to hide meanings, they decided to "invert" it. See the section "Latin Is Artificial" in *La Grammaire logique*, 87.

[11] Jules Romains, *Les Copains* (Paris: Gallimard, Folio, 1984), 116.

[12] See Jacques Derrida, *Politics of Friendship*, trans. George Collins (London: Verso, 1997).

[13] Guillaume Apollinaire, *Œuvres en prose complètes*, vol. 2, ed. Pierre Caizergues and Michel Decaudin (Paris: Gallimard, Pléiade, 1991), 960–3.

[14] Guillaume Apollinaire, *La Vie anecdotique*, in *Œuvres en prose complètes*, vol. 3, ed. Pierre Caizergues and Michel Decaudin (Paris: Gallimard, Pléiade, 1993), 54.

[15] See Marcel Proust, *Remembrance of Things Past*, trans. C. K. Scott Moncrieff, Terence Kilmartin, and Andreas Mayor (New York: Random House, 1982), 916–17.

[16] V. I. Lenin, "Conversation" (Mar./Apr. 1913), in *Collected Works*, vol. 19 (Moscow: Progress Publishers, 1977), 45.

[17] See Frederic Morton, *Thunder at Twilight; Vienna 1913/1914* (Cambridge, MA: Da Capo Press, 2001), 19–23.

[18] It was published in *Prosveshcheniye*, nos 3–5 (Mar./May 1913).

[19] Apollinaire, *Œuvres en prose complètes*, vol. 3, 138–40.

[20] Ibid. 1191 n.

[21] See Calvin Tomkins, *Duchamp: A Biography* (New York: Henry Holt, 1996), 221–2.

[22] Apollinaire, *Œuvres en prose complètes*, vol. 2, 937–9 and 1675–82 for the handwritten manuscript.

[23] Ibid. 6.

[24] Ibid.

[25] This was in the eleventh issue, June 1, 1913; see Noëmi Blumenkranz-Onimus, "*Lacerba* ou le nouvel ordre du désordre," in Liliane Brion-Guerry, ed., *L'Année 1913: Les Formes esthétiques de l'œuvre d'art à la veille de la première guerre mondiale*, 3 vols (Paris: Klincksieck, 1971), vol. 2, 1124.

[26] "Zone," trans. Samuel Beckett, in Beckett, *Collected Poems in English and French* (New York: Grove Press, 1977), 107.

[27] See Guillaume Apollinaire, *Alcools*, ed. Garnet Rees (London: Athlone Press, 1993), 39.

[28] Beckett, *Collected Poems in English and French*, 107.

[29] Quoted in Cecily Mackworth, *Apollinaire and the Cubist Life* (New York: Horizon Press, 1963), 150–1.

[30] For a very attentive analysis, see Marjorie Perloff, *The Futurist Moment: Avant-Garde, Avant Guerre and the Language of Rupture* (Chicago: University of Chicago Press, 1986), 3–43.

[31] Blaise Cendrars was a witness of the revolutionary agitation of 1905: see his daughter's biography, Miriam Cendrars, *Blaise Cendrars* (Paris: Balland, 1993), 97–129.

[32] This is the title of chapter 9 of Shattuck's *The Banquet Years*, 253–97.

[33] See Ezra Pound, "A Retrospect," in *Literary Essays*, ed. T. S. Eliot (London: Faber & Faber, 1963), 3–14.

[34] *The New Freewoman* (Aug. 15, 1913), repr. by Kraus Reprint Corporation (New York: 1967), 88.

[35] See Ezra Pound, *Selected Letters 1907–1941*, ed. D. D. Paige (New York: New Directions, 1971), 17–18.

[36] Ibid. 10, and David E. Moody's forthcoming biography of Ezra Pound (Oxford: Oxford University Press)

for the second quote.

[37] Pound, *Selected Letters 1907–1941*, 22.

[38] Quoted in Jane Marcus's Editor's Introduction to *The Young Rebecca: Writings of Rebecca West 1911–17* (Bloomington: Indiana University Press, 1982), 4.

[39] Bruce Clarke, *Dora Marsden and Early Modernism* (Ann Arbor: University of Michigan Press), 1995.

[40] *The New Freewoman*, 1/2 (July 1, 1913), 27.

[41] *The New Freewoman*, 1/5 (Aug. 15, 1913), 86.

[42] *The New Freewoman*, 1/9 (Oct. 15, 1913), 162.

[43] Rachel Blau Du Plessis, *The Pink Guitar: Writing as Feminist Practice* (New York: Routledge, 1990), 45.

[44] *The New Freewoman*, 1/1 (June 15, 1913), 1.

[45] Max Stirner, *The Ego and His Own,* trans. S. T. Byington, ed. J. J. Martin (New York: Dover, 1973), 3

[46] Dora Marsden, "Views and Comments," *The New Freewoman*, 1/1 (June 15, 1913), 3.

[47] Ibid. 5.

[48] *The New Freewoman*, 1/2 (July 1, 1913), 25.

[49] *The New Freewoman*, 1/10 (Nov. 1, 1913), 204.

[50] *The New Freewoman*, 1/13 (Dec. 15, 1913), 260.

[51] Ibid. 244.

[52] Ibid.

[53] Ibid.

[54] Fritz Mauthner, *Beiträge zu einer Kritik der Sprache* (1901–2), 3 vols (Frankfurt: Ullstein, 1982). Mauthner had also published a catalog of abstract notions in philosophy, which he then submitted to a radical philosophical and skeptical debunking: see his *Wörterbuch der Philosophie* (Berlin, 1910–11).

[55] T.S. Eliot, *Letters*, vol. 1: *1898–1922*, ed. Valerie Eliot (London: Faber & Faber, 1988), 315.

[56] The answer to this (rhetorical) question is given in Shaw's afterword to *Pygmalion* (1913): "Galatea never does quite like Pygmalion: his relation to her is too godlike to be altogether agreeable." This might throw some light on the difficult but obdurate relationship of H.D. and Pound. See Bernard Shaw, *Pygmalion* (Baltimore: Penguin, 1964), 125.

第二章:

[1] Robert Musil, *The Man Without Qualities*, vol. 1, trans. Sophie Wilkins and Burton Pike (New York: Random House, 1996), 3.

[2] From an Austrian point of view, Romanticism defined the whole of the 19th century — see Broch's trilogy *The Sleepwalkers*.

[3] *The Man Without Qualities*, 5.

[4] See Virginia Cowles, *1913: An End and a Beginning* (New York: Harper & Row, 1968), 188–9.

[5] Rainer Maria Rilke, *Die Aufzeichnungen des Malte Laurid Brigge* (1910), in *Werke in drei Bänden*, vol. 3

(Frankfurt: Insel Verlag, 1966), 110.
[6] Georg Simmel, "The Metropolis and Mental Life" (1903), in *On Individuality and Social Forms*, trans. Edward A. Shils, ed. D. N. Levine (Chicago: University of Chicago Press, 1971), 53.
[7] See Stephen Kern, *The Culture of Time and Space 1880–1918* (Cambridge, MA: Harvard University Press, 1983), 12–15.
[8] *The Man Without Qualities*, 4.
[9] Robert Musil, "Das Fliegenpapier," in *Three Short Stories*, ed. Hugh Sacker (Oxford: Oxford University Press, 1970), 107–9, and, for an English version, *Posthumous Papers of a Living Author*, trans. Peter Wortsman (Hygiene, CO: Eridanos Press, 1987), 5–7.
[10] Robert Musil, "Der mathematische Mensch" (Apr./June 1913), in *Gesammelte Werke*, vol. 8: *Essays und Reden* (Hamburg: Rowohlt, 1981), 1004–8.
[11] Ibid. 1004.
[12] A phrase used by the Bourbaki group in the thirties; quoted in Eric Hobsbawm, *The Age of Empire: 1875–1914* (London: Weidenfeld & Nicolson, 1987), 245.
[13] Quoted in Ronald W. Clark, *The Life of Bertrand Russell* (New York: Knopf, 1976), 213.
[14] Robert Musil, *On Mach's Theories*, trans. Kevin Mulligan, ed. G. H. von Wright (Munich: Philosophia Verlag, 1982), 39.
[15] Ronald Clark, *Einstein: The Life and Times*(New York: Avon Books, 1984), 204—5.
[16] See Michio Imai, "Musil between Mach and Stumpf," in *Ernst Mach's Vienna 1895–1930*, ed. J. Blackmore, R. Itagaki, and S. Tanaka (Dordrecht: Kluwer, 2001), 187–209.
[17] See Alice Calaprice, *The Einstein Almanac* (Baltimore: Johns Hopkins University Press, 2005), 36–46, and, for the "temporary impasse" of 1913, Ronald Clark, *Einstein: The Life and Times*, 199.
[18] Michel Foucault, *The Order of Things: An Archeology of the Human Sciences*(New York: Vintage, 1973), xxiii.
[19] Quoted in Cowles, *1913,* 35.
[20] Ibid. 175.
[21] As Jane Farrell-Beck writes about America: "By the mid-1910s, brassieres rather than corsets had become the source of increased business in foundation departments ... Expansion of women's work, recreation, public roles, and health care further disposed them to trade in old-style corsets for these new foundations." Between 1906 and 1917, brassiere manufacturers distributed their wares regionally and nationally through retail chains, specialty shops, merchants' catalogs, and department stores. *Uplift: The Bra in America* (Philadelphia: University of Pennsylvania Press, 2002), 11.
[22] Cowles, 1913, 175.
[23] See Guillermo Gasio, *Jean Richepin y el Tango Argentino en Paris en 1913* (Buenos Aires: Corregidor, 1999).
[24] Cowles, *1913*, 235.
[25] Quoted in Alan Valentine, *1913: America Between Two Worlds* (New York: Macmillan, 1962), 82.
[26] Floyd Dell, *Women as World Builders: Studies in Modern Feminism* (1913; repr. Westport, CT: Hyperion Press, 1976), 13–14.
[27] See Hobsbawm, *The Age of Empire*, 207.

[28] See Valentine, *1913*, 85–94, for a vivid evocation of the march.
[29] Allen G. Roper, *Ancient Eugenics*(Oxford: Blackwell, 1913).
[30] As Vernon L. Kellogg would ask in "Eugenics and Militarism," *The Atlantic* (June/July 1913), and in *Beyond War: A Chapter in the Natural History of Man* (New York: Holt &: Co., 1912).
[31] David Bradshaw, "Eugenics," in id., ed., *A Concise Companion to Modernism* (Oxford: Blackwell, 2003), 39.
[32] Henry H. Goddard, *The Kallikak Family: A Study in the Heredity of Feeblemindedness* (New York: Macmillan, 1912), and *Feeblemindedness: Its Causes and Consequences* (New York: Macmillan, 1914).
[33] See Tim Armstrong, *Modernism, Technology and the Body: A Cultural Study* (Cambridge: Cambridge University Press, 1998), 133–83.
[34] Havelock Ellis, "Sexo-Aesthetic Inversion," *Alienist and Neurologist*, 34 (1913),156–67 and 249–79.
[35] Walter Heape, *Sex Antagonism* (New York: Putnam's Sons, 1913).
[36] Ernest Jones, *The Life and Work of Sigmund Freud*, vol. 2: *Years of Maturity 1901–1919* (New York: Basic Books, 1955), 350.
[37] *The Freud/Jung Letters*, abridged, ed. William McGuire (Princeton: Princeton University Press, 1994), 252.
[38] Ibid. 253.
[39] Ibid. 255.
[40] Ibid. 244.
[41] Jones, *The Life and Work of Sigmund Freud*, vol. 2,353. See also Frederic Morton, *Thunder at Twilight: Vienna 1913/1914* (Cambridge, MA: Da Capo Press, 2001), 10–11, 49–55, 96–108, 203–6, 213–15, and *passim* for an interesting comparison between Freud's strategy facing the "secession" of Jung and his followers and the attitude of the Emperor Franz Joseph in 1913–14.
[42] Jones, *The Life and Work of Sigmund Freud*, 354.
[43] Ibid.
[44] See Peter Gay, *Freud: A Life for our Time* (New York: Doubleday, 1988), 314–15.
[45] Sigmund Freud, "The Moses of Michelangelo," in *Writings on Art and Literature* from the *Standard Edition*, ed. Neff Hertz (Stanford: Stanford University Press, 1997), 124.
[46] Ibid. 146.
[47] Quoted in Clark, *The Life of Bertrand Russell*, 161.
[48] Ibid. 186.
[49] Ibid. 172.
[50] Ibid. 194.
[51] Miguel de Unamuno, *The Tragic Sense of Life in Men and Nations*, trans. Anthony Kerrigan, ed. William Barrett (Princeton: Princeton University Press, 1972), 356.

第四章：

[1] It was called "The Love Song of J. Alfred Prufrock (Prufrock among the Women)" and "Prufrock's

Pervigilium." See T. S. Eliot, *Inventions of the March Hare: Poems 1909–1917*, ed. Christopher Ricks (New York: Harcourt Brace, 1996), 39–46.
[2] Ezra Pound, *Selected Letters 1907–1941*, ed. D. D. Paige (New York: New Directions, 1971), 40.
[3] T.S. Eliot, *Letters*, vol. 1: *1898–1922*, ed. Valerie Eliot (London: Faber & Faber,1988), 36.
[4] From a letter to Verdenal, Apr. 22, 1912, ibid. 34.
[5] I am indebted to Piers Gray's "The Life of Theory," in T. S. *Eliot's Intellectual and Poetic Development, 1909–1922* (Brighton: Harvester Press, 1982), 90–107.
[6] T.S. Eliot, "Draft of a Paper on Bergson," quoted in M. A. R. Habib, *The Early T. S. Eliot and Western Philosophy* (Cambridge: Cambridge University Press, 1999), 53. Habib dates the "Draft" to 1912–13.
[7] T.S. Eliot, *Collected Poems 1909–1962* (London: Faber & Faber, 1963), 17.
[8] Ibid. 41.
[9] D.H. Lawrence, *Sons and Lovers*, ed. David Trotter (Oxford: Oxford University Press, 1995), 316.
[10] Ibid. 337.
[11] See Brian Finney, "The Psychoanalytic Perspective," in *Sons and Lovers* (London: Penguin, 1990), 22–32.
[12] James Joyce, "Notes for Exiles," in *Poems and Exiles*, ed. J. C. C. Mays (London: Penguin, 1992), 346–7.
[13] Ibid. 45.
[14] I have tried to analyze the functional relevance of doubt in *Joyce Upon the Void: The Genesis of Doubt* (Houndmills: Macmillan, 1991), 21–42.
[15] D.H. Lawrence, *Complete Poems*, ed. V. de Sola Pinto and W. Roberts (London: Penguin, 1993), 45.
[16] Ibid. 915.
[17] See R. F. Foster's masterful biography, *W. B. Yeats: A Life*, vol. 1: *The Apprentice Mage 1865–1914* (Oxford: Oxford University Press, 1997), 438–9 and 473–6.
[18] Quoted in James Longenbach, *Stone Cottage: Pound, Yeats and Modernism* (Oxford: Oxford University Press, 1988), 19.
[19] Quoted in Foster, *W. B. Yeats: A Life*, vol. 1,476.
[20] "September 1913," in W. B. Yeats, *Collected Poems* (London: Macmillan, 1965), 121.
[21] These comments were made in the late fifties by Williams to John Thirlwall, who copied them into the margins of the poems. William Carlos Williams, *Collected Poems*, vol. 1: 1909–1939, ed. A. Walton Litz and C. MacGowan (New York: New Directions, 1986), 473–5.
[22] William Carlos Williams, *The Tempers* (1913), ibid. 15–16.
[23] Ezra Pound, "Robert Frost (Two Reviews)," in *Literary Essays*, ed. T. S. Eliot (London: Faber & Faber, 1963), 382.
[24] Robert Frost, *Early Poems*, ed. Robert Faggen (London: Penguin, 1998), 33.
[25] Pound, *Literary Essays*, 388.
[26] "1913: Philadelphia," in *Willa Cather in Person: Interviews, Speeches and Letters*, ed. L. Brent Bohlke (Lincoln: University of Nebraska Press, 1986), 6–11.
[27] Ibid. 10.
[28] This is the last sentence of *O Pioneers*!. Willa Cather, *O Pioneers!* (New York: Random House, 1992), 159.
[29] Gertrude Stein, *Writings*, vol. 1: *1903–1932*, ed. Catharine R. Stimpson and Harriet Chessman (New York: Library of America, 1998), 378–96. Subsequent citations in the text are to volume 1 of *Writings*.

[30] Gertrude Stein, *The World Is Round,* in *Writings,* vol. 2: *1932–1946,* ed. Catharine R. Stimpson and Harriet Chessman (New York: Library of America, 1998), 537.
[31] Gertrude Stein, *How To Write* (New York: Dover, 1975), 131.
[32] Gertrude Stein, *The Autobiography of Alice B. Toklas, in Writings,* vol. 1: *1903–1932,* 798–9.
[33] See "Le Ballet des architectes" by Claude Loupiac, in *1913: Le Théâtre des Champs-Elysées,* ed. Thérèse Barruel and Claude Loupiac (Paris: Editions de la Réunion des Musées Nationaux, 1987), 22–52. Most of my documentation comes from this exhibition catalog.
[34] See *1913: Le Théâtre des Champs-Elysées,* 55, and Nikolaus Pevsner, *Pioneers of Modern Design* (Harmondsworth: Penguin, 1977), 252.
[35] Hanno-Walter Kruft, *A History of Architectural Theory from Vitruvius to the Present,* trans. Ronald Taylor, Elsie Callander, and Anthony Wood (Princeton: Princeton Architectural Press, 1994), 395.
[36] Guillaume Apollinaire, review of the Salon des Indépendants, Mar. 1913, in *Chroniques d'Art 1902–1918* (Paris: Gallimard, 1960), 379.
[37] Quoted in Hans L. C. Jaffé, *Piet Mondrian* (New York: Harry Abrams, 1970), 64.
[38] See Carel Blotkamp, *Mondrian: The Art of Destruction,* trans. Barbara Potter Fasting (New York: Harry Abrams, 1995)
[39] Apollinaire, *Chroniques d'Art 1902–1918,* 419.
[40] See *Paolo De Chirico: The Metaphysical Period, 1888–1919,* trans. Jeffrey Jennings (New York: Bullfinch Press, 1997), 197.
[41] Clement Greenberg, *Collected Essays,* vol. 2: *1950–1956,* ed. John O'Brian (Chicago: University of Chicago Press, 1993), 135.
[42] James Joyce, *Giacomo Joyce,* ed. Richard Ellmann (New York: Viking, 1968).

第五章：

[1] See Marina Scriabine's survey of magazines like *La Vie heureuse* and *Luxe de Paris* in "Réflexions sur l'esthétique de la vie quotidienne en 1913," in Liliane Brion-Guerry, ed., *L'Année 1913: Les Formes esthétiques de l'œuvre d'art à la veille de la première guerre mondiale,* 3 vols (Paris: Klincksieck, 1971), vol. 1, 923–49.
[2] Marcel Proust, *Remembrance of Things Past,* vol. 3, trans. C. K. Scott Moncrieff, Terence Kilmartin, and Andreas Mayor (New York: Vintage, 1982), 376.
[3] See *The Invention of Tradition,* ed. Eric Hobsbawm and Terence Ranger (Cambridge: Cambridge University Press, 1993), especially Terence Ranger's "The Invention of Tradition in Colonial Africa," 211–62.
[4] Translated in Samuel Beckett, *Collected Poems in English and French* (New York: Grove Press, 1977), 121.
[5] Guillaume Apollinaire, *Selected Writings,* ed. Roger Shattuck (New York: New Directions, 1971). Subsequent references are given in the text.

[6] Beckett, *Collected Poems in English and French*, 111.
[7] See Mary Fenollosa's preface to Ernest F. Fenollosa, *Epochs of Chinese and Japanese Art* (1st edn, 1912; 2nd edn, 1913; New York: Dover, 1963), vii–xxii.
[8] Pound, *Selected Letters 1907–1941*, ed. D. D. Paige (New York: New Directions, 1971), 27.
[9] Allen Upward, "Sayings of K'ung the Master," *The New Freewoman*, 1/11 (Nov. 15, 1913), 205.
[10] The subtitle of *Cathay* duly acknowledges the intermediaries: "For the most part from the Chinese of Rihaku, from the notes of the late Ernest Fenollosa, and the decipherings of the professors Mori and Ariga." See Steven G.Yao, *Translation and the Languages of Modernism* (New York: Palgrave, 2002)
[11] Ezra Pound, "Vorticism," *The Fortnightly Review*, 102 (Sept.1914), 462.
[12] *"Noh" or Accomplishment*, in Ezra Pound, *Poems and Translations*, ed. Richard Sieburth (New York: Library of America, 2003), 402.
[13] Quoted in Probhat Kumar Mukherji, *Life of Tagore* (New Delhi: Indian Book Company, 1975), 111.
[14] *A Tagore Reader*, ed.Amiya Chakravarty (Boston: Beacon Press, 1961), 305.
[15] Humphrey Carpenter, *A Serious Character: The Life of Ezra Pound* (London: Faber & Faber, 1988), 186.
[16] Pound, *Selected Letters* 1907–1941, 14.
[17] R. F. Foster, *W. B. Yeats: A Life,* vol. 1: *The Apprentice Mage 1865–1914* (Oxford: Oxford University Press, 1997), 470.
[18] Pound, *Selected Letters 1907–1941*, 19.
[19] Ibid.
[20] Ibid.106.
[21] See Wilson J. Moses, "The Poetics of Ethiopianism," in *Modern Critical Views: W. E. B. Du Bois*, ed. Harold Bloom (Philadelphia: Chelsea House, 2001), 57–69.
[22] Quoted in David Levering Lewis, *W. E. B. Du Bois: Biography of a Race*, vol. 1: *1868–1919* (New York: Henry Holt, 1993), 101.
[23] Ibid.
[24] W. E. B. Du Bois, *The Quest of the Silver Fleece* (Philadelphia: University of Pennsylvania Press, 2004), 251.
[25] I am quoting the full text reproduced in Moses, "The Poetics of Ethiopianism," 64–5. Du Bois' abridged version of the pageant is given in *The Oxford W. E. B. Du Bois Reader*, ed. Eric J.Sundquist (Oxford: Oxford University Press, 1996), 305–10.
[26] See David Krasner, "The Pageant Is the Thing: Black Nationalism and *The Start of Ethiopia*," in *A Beautiful Pageant* (London: Palgrave Macmillan, 2002), 31–94.
[27] W. E. B. Du Bois, *The Negro* (New York: Holt, 1915), 48.
[28] Ibid. 159.
[29] Ibid. 272.
[30] "The African Roots of the War," in *Writings by W. E. B. Du Bois in Periodicals*, vol. 2:*1910–34*, ed. Herbert Aptheker (New York: Kraus-Thomson, 1982), 97.
[31] Ibid. 98.
[32] Ibid.
[33] Ibid. 104.

[34] Ezra Pound, "A Visiting Card" (1942), in *Selected Prose 1909–1965*, ed.William Cookson (London: Faber & Faber, 1973), 300.
[35] Leo Frobenius, *Unter den unsträflichen Aethiopen* (Berlin: Deutsches Verlaghaus, 1913).
[36] Ibid. xxiv.
[37] Leo Frobenius, *The Voice of Africa; being the account of the travels of the German Inner African Exploration in the years 1910–1912* (1913; repr. New York: Arno Press, 1980). Subsequent references, to *VA*, are given in the text.
[38] *Unter den unsträflichen Aethiopen*, 6.
[39] Ibid. 508.
[40] "A Philosophy for 1913," from *The Crisis*, 5 (Jan. 1913), quoted from *Selections from the Crisis*, ed. Herbert Aptheker (Millwood, NY: Kraus-Thomson, 1983), 47.

第六章：

[1] W. E. B. Du Bois, *The Souls of Black Folk* (New York: New American Library, Signet 1982), 45.
[2] Trans. Babette Deutsch, in *Primal Vision: Selected Writings of Gottfried Benn*, ed. E. B. Ashton (New York: New Directions, 1960), 213.
[3] Ibid. 219, trans. Michael Hamburger. I have modified the punctuation.
[4] See the first of the Rönne pieces dating from 1916, "The Birthday": ibid. 3–12.
[5] See Gottfried Benn, *Gedichte (In der Fassung der Erstdrucke)*, ed. Bruno Hillebrand (Frankfurt: Fischer, 1988), 42–74.
[6] "Songs," trans. Babette Deutsch, in *Primal Vision*, 229.
[7] Ibid. 223–5, trans. Richard Exner; punctuation modified.
[8] Trans. Robert Grenier, in *Georg Trakl: A Profile*, ed. Frank Graziano (Lockbridge-Rhodes, Durango, 1983), 27.
[9] Quoted ibid.105.
[10] Trans. Christopher Middleton, ibid. 33.
[11] See Frank Graziano's introduction to *The Dark Flutes of Fall: Critical Essays on Georg Trakl* (Columbia: Camden House, 1991), 20.
[12] *Georg Trakl: A Profile*, 26.
[13] Alexander Blok, foreword to *Retribution* (1919), in *Selected Poems*, trans. Alex Miller (Moscow: Progress Publishers, 1981), 262. Subsequent references are given in the text.
[14] Rainer Maria Rilke, *Duino Elegies*, trans. David Young (New York: Norton, 1978), 19.
[15] Osip Mandelstam, *Stone*, trans.and annotated by Robert Tracy (Princeton: Princeton University Press, 1981), 127.
[16] Robert Tracy notes that there was a special law school on the Fontanka canal that was open only to scions of noble families; see *Stone*, 228. Subsequent references in the text are to page number.

[17] Michael Groden, *Ulysses in Progress* (Princeton: Princeton University Press, 1977).
[18] For more details see the excellent study by Roger Keys, *The Reluctant Modernist: Andrei Belyi and the Development of Russian Fiction 1902–1914* (Oxford: Clarendon Press, 1996), 162.
[19] Quoted ibid. 229.
[20] Andrei Biely, *St. Petersburg*, trans. John Cournos (New York: Grove Press, 1959), 37. Andrei Biely, *Petersburg*, trans. and annotated Robert A. Maguire and John E. Malmstad (Bloomington: Indiana University Press, 1978). References in the text are to the 1978 edition.
[21] See Timothy Langen, *The Stony Dance: Unity and Gesture in Andrey Bely's Petersburg* (Evanston: Northwestern University Press, 2005), 91–3. The creation of a reader is for Langen an indisputable feature of high modernism.
[22] See Caryl Emerson's *The First Hundred years of Mikail Bakhtin* (Princeton: Princeton University Press, 1997), 149. Bakhtin was close to the Free Philosophical Association of Petersburg co-founded by Biely in the twenties, but never shared Biely's post-symbolist trust in the demiurgic powers of language.
[23] Quoted in L. C. Taylor, "The Life and Times of Pessoa," in Eugenia Lisboa and L. C. Taylor, eds, *A Centenary of Pessoa* (New York: Routledge, 2003), 131.
[24] Ibid. 132.
[25] I have slightly modified the fine translation given by Darlene J. Sadlier in *An Introduction to Fernando Pessoa: Modernism and the Paradoxes of Authorship* (Gainesville: University Press of Florida, 1998), 34–5.The original text is in Fernando Pessoa, *Obra poética* (Rio de Janeiro: Nova Aguilar, 1986), 108.
[26] I have slightly modified Darlene J. Sadlier's translation in *An Introduction to Fernando Pessoa*, 34.
[27] "Nota preliminar" to"Poemas ingleses," in *Obra poética*, 587.
[28] "Propos de table et anecdotes de M. Barnabooth," from the 1908 edition of *Poèmes par un riche amateur*, in Valery Larbaud, *Œuvres*, ed. G. Jean-Aubry and Robert Mallet (Paris: Gallimard, Pléiade, 1989), 1151.
[29] "Les Borborygmes," in *Œuvres*, 43.
[30] "Ma Muse," ibid. 60.
[31] Ibid. 117.
[32] Ibid. 109 and 119.
[33] Ibid. 301.
[34] Ibid. 303.
[35] Ibid. 305.
[36] Ibid. 306.

第七章：

[1] See Wendelin Schmidt-Dengler, "Literarische Streiflichter 1913," in Karen Witt and Christoph Becker, eds, *1913: Aufbruch in unsere Welt* (Vienna: Löcker Verlag, 1993), 25–38.
[2] Virginia Cowles, *1913: An End and a Beginning* (New York: Harper & Row, 1968), 107.

[3] Hermann Broch, "James Joyce und die Gegenwart," *Schriften zur Literatur*, vol. 1: *Kritik*, ed. Paul Michael Lützeler (Frankfurt: Suhrkamp Verlag, 1975), 90.

[4] Ralph Freeman, *Life of a Poet: Rainer Maria Rilke* (New York: Farrar, Straus & Giroux, 1996), 350.

[5] See Helen Sword, *Ghostwriting Modernism* (Ithaca: Cornell University Press, 2002).

[6] Rainer Maria Rilke, *Uncollected Poems*, trans. Edward Snow (New York: North Point Press/Farrar, Straus & Giroux, 1996), 31.

[7] Ibid. "Master" could be translated as "Lord" (*Herr*), as it was for the first part.

[8] Ibid. 35. The poem is dated "Ronda, early January 1913."

[9] Letter of Jan. 16, 1913, trans. in Donald Prater, *A Ringing Glass: The Life of Rainer Maria Rilke* (Oxford: Clarendon Press, 1986), 220.

[10] I am quoting from A. Poulin's translation of the third Duino elegy, in Rainer Maria Rilke, *Duino Elegies and the Sonnets to Orpheus* (Boston: Houghton Mifflin, 1977), 19 and 23.

[11] For a systematic analysis of this complex process, see Judith Ryan's invaluable *Rilke, Modernism and Poetic Tradition* (Cambridge: Cambridge University Press, 1999).

[12] Freud added a note to "The Rat-Man" in 1923: "The patient, who had recovered his psychic health as a result of the analysis described here, was-like so many other promising and estimable young men-killed in the Great War." Sigmund Freud, *The "Wolfman" and Other Cases*, ed. Adam Philip, trans. L. A. Huish (London: Penguin, 2003), 202.

[13] Thomas Mann, *Death in Venice and Other Stories*, trans. David Luke (New York: Bantam Books, 1988), 195. References in the text are to this edition.

[14] Franz Kaflca, "The Stoker," trans. W. and E. Muir, revised by A. S. Wensinger, in *The Sons*, ed. Mark Anderson (New York: Schocken, 1989), 22.

[15] Ibid. 34.

[16] Franz Kafka, *Amerika*, trans. Willa and Edwin Muir (New York: Schocken, 1996), 95. This is the continuation of the story in the novel.

[17] Hugo von Hofmannsthal, *Andreas, in Selected Prose*, trans. Mary Hottinger and Tania and James Stem (New York: Pantheon Books, 1952), 3.

[18] Hermann Broch, introduction to Hofmannsthal, *Selected Prose*, xxiii.

[19] David H. Miles, *Hofmannsthal's Novel Andreas: Memory and Self* (Princeton: Princeton University Press, 1972), 103.

[20] This fragment is entitled "The mystical element of poetry: the abolition of time." Jacques Rivière's essay was published in *La Nouvelle Revue française*, vol. 1, VII (1913), quoted in Hugo von Hofmannsthal, *Sämtliche Werke*, 30: *Andreas*, selections from the Archives, edited by Manfred Pape (Frankfurt: Fischer, 1982), 111.

[21] Hofmannsthal, *Selected Prose*, 129–41.

[22] Ibid. 40, and *Sämtliche Werke*, vol. 30, 71: "So rührt ihn das Unendliche an."

[23] *Selected Prose*, 112.

[24] Ibid. 87.

[25] Richard Alewyn, *Ueber Hugo von Hofmannsthal* (Göttingen: Vandenhoeck & Ruprecht, 1967), 142–60.

[26] *Sämtliche Werke*, vol. 30, 179.

[27] Ibid. 218.
[28] A note from 1919 (*Sämtliche Werke*, vol. 30, 189) states Hofmannsthal's ambition to create a "totality" through art, an endeavor that is impossible since in real life everything is confusedly mixed up. Totality implies an abolition of time transforming the text into pure space, literature's true ambition, according to Hermann Broch.
[29] *Sämtliche Werke*, vol. 30, 127.
[30] Introduction to Hofmannsthal, *Selected Prose*, xxxi.
[31] A detailed account of the genesis of *The Woman Without a Shadow* is provided in Hofmannsthal, *Sämtliche Werke*, vol. 25, 1, *Operndichtung* 3.1, ed. Hans-Albrecht Koch (Frankfurt: Fischer, 1998), 117–46.
[32] Franz Kafka, *Letters to Felice*, trans. James Stem and Elisabeth Duckworth (New York: Schocken, 1973), 37. Subsequent references, to *Letters*, are given in the text.
[33] Frederick Karl, *Franz Kafka, Representative Man: Prague, Germans, Jews, and the Crisis of Modernism* (New York: Fromm Editions, 1993), 308–419. The 800 pages of this book take as much space as Kafka's collected works, but Karl's attention to textual details, his awareness that one should not put Kafka on a pedestal but situate him in the larger picture of international modernism, and his novelistic re-creation of situations make this biography one of the best guides to Kafka's oeuvre.
[34] Quoted in Karl, *Franz Kafka*, 266.

第八章：

[1] R.W.B. Lewis, *Edith Wharton: A Biography* (New York: Fromm International, 1985), 400–1.
[2] Ibid. 401.
[3] Marcel Proust, *Contre Sainte-Beuve* (Paris: Pléiade), 3.
[4] Lewis, *Edith Wharton: A Biography*, 402.
[5] Robin Peel, *Apart from Modernism: Edith Wharton, Politics and Fiction before World War I* (Cranbury: Associated University Presses, 2005).
[6] Edith Wharton, *The Custom of the Country*, ed. Stephen Orgel (Oxford: Oxford University Press, 2000), 51. Subsequent references, to *CC*, are given in the text.
[7] Roland Barthes' term for someone who does not have any opinions of his or her own and merely echoes the dominant opinion (or doxa) in a given milieu. For an excellent analysis of Undine's mimetic character, see Nancy Bentley's chapter, "Wharton and the Alienation of Divorce," in *The Ethnography of Manners: Hawthorne, James, Wharton* (Cambridge: Cambridge University Press, 1995), 160–211.
[8] Marcel Proust, *Swann's Way*, trans. Lydia Davis (New York: Viking, 2003), 255. Subsequent references, to *SW*, are given in the text.
[9] See Lewis, *Edith Wharton: A Biography*, 82–4.
[10] I have discussed this in "Dora's Gift, or Lacan's Homage to Dora," in *Psychoanalytic Inquiry, Freud and Dora: 100 Years Later*, 25/1, ed. Susan Levine (2005), 84–93.

[11] Stanley Cavell, *Pursuits of Happiness: The Hollywood Comedy of Remarriage* (Boston: Harvard University Press, 1981).
[12] See Stephen Orgel's superb introduction to *The Custom of the Country*, vii.
[13] Robin Peel quotes Kenneth Clark's autobiography to make this point in *Apart from Modernism*, 203.
[14] Lewis, *Edith Wharton: A Biography*, 221.
[15] Ibid. 230.
[16] Peel, *Apart from Modernism*, 279.
[17] See Gilles Deleuze's groundbreaking study *Proust and Signs* (1964), trans. Richard Howard (Minneapolis, MN: University Press of Minneapolis, 2001).
[18] Marcel Proust, *Remembrance of Things Past*, vol. *3: Time Regained*, trans. Andreas Mayor (New York: Random House, 1982), 804.
[19] Ibid. 236.
[20] In *Roland Barthes by Roland Barthes*, "bathmology" (from *bathmos*, degree) is glossed as "a new science, the science the degrees of language." Roland Barthes, *Roland Barthes*, trans. Richard Howard (New York: Hill & Wang, 1977), 67. To exemplify this principle, one might say that Raymond de Chelles is right when he attacks American vulgarity since he defends his class interests, but that he is wrong when he enslaves Undine to a male patriarchal system that she is right to reject, whereas he is right at a superior level when upholding moral dignity above commercialization.
[21] Lewis, *Edith Wharton: A Biography*, 401. Edith Wharton and Walter Berry, both avid readers of *Swann's Way*, had adopted the habit of referring to the Guermantes as real characters (ibid.).
[22] "Le Corps de la femme" attacked the materialist libertinism of Remy de Gourmont, Hippolyte Taine, and Pierre Louÿs. See *Œuvres d'Alain-Fournier: Le Grand Meaulnes, Miracles, Le Dossier du grand Meaulnes*, ed. Alain Rivière, Françoise Touzan, and Daniel Leuwers (Paris: Garnier, 1986), 88. Subsequent citations are to this edition.
[23] Ibid. 367.
[24] David Ellison, "The 'beautiful soul': Alain-Foumier's *Le Grand Meautnes,*" in *Ethics and Aesthetics in European Modernist Literature: From the Sublime to the Uncanny* (Cambridge: Cambridge University Press, 2001), 121.
[25] Ibid. 121.
[26] Ibid. 131.
[27] "On imaginait, là-bas, des âmes, de belles âmes" (*Œuvres d'Alain-Fournier*, 376).

结论：

[1] Guglielmo Ferrero, "The Dangers of War in Europe," *The Atlantic Monthly* (Boston) (Jan. 1913), 2.
[2] Ibid.
[3] Ibid. 4.

[4] Quoted in Claude Arnaud, *Jean Cocteau* (Paris: Gallimard, 2003), 121.
[5] Jean Cocteau, *Le Potomak* (Paris: Passage du Marais, 2000), 53–4; my translation.
[6] For more details, see Arnaud, *Jean Cocteau*, 122–4.
[7] See "The War Eugènes," appendix in *Le Potomak*, 215–49.
[8] *Le Potomak*, 42.
[9] This comes from *Tender Buttons*, written in 1912 and published only in 1914. Cocteau's friends saw one sentence on a single page. It is the only sentence in the sub-section entitled "*Dining.*" Gertrude Stein, *Writings*, vol. 1: *1903–1932*, ed. Catharine R. Simpson and Harriet Chessman (New York: Library of America, 1998), 342.
[10] *Le Potomak*, 34.
[11] Quoted from the first 1919 version of *Le Potomak*, 25.
[12] *Le Potomak*, 33–4.
[13] Walter Heape, *Sex Antagonism* (New York: Putnam's Sons, 1913), 1.
[14] Ibid. 2.
[15] Hermann Broch, "Voices: 1913," in *The Guiltless*, trans. Ralph Mannheim (London: Quartet Books, 1990), 8. See Hermann Broch, *Die Schuldlosen. Roman in elf Erzählungen*, ed. Paul Michael Lützeler (Frankfurt: Suhrkamp, 1974), 331–2, for the genesis of this section.
[16] *The Guiltless*, 10.
[17] Ibid. 8–9.
[18] *1913, a Journal of Forms*, nos 1 and 2 (2005) (New York: 1913 Press).